L'Affaire Gideon

RUSSELL ANDREWS

L'AFFAIRE GIDEON

FRANCE LOISIRS

Titre original : *Gideon.*

Traduit de l'anglais (États-Unis) par Jacques Martinache.

Édition du Club France Loisirs
avec l'autorisation des Éditions Presses de la Cité

France Loisirs,
123, boulevard de Grenelle, Paris
www.franceloisirs.com

ISBN : 2-7441-3559-3

Ce livre est dédié à Bill Goldman.
À son crédit, il faut inscrire bien des choses,
mais deux particulièrement :
ce roman et une saison remarquable des Knicks.

Le passé n'est pas mort.
Il n'est même pas passé.

William Faulkner

Remerciements

Merci à John Alderman et à ses collègues de Merrill Lynch pour leurs conseils en matière financière ; à Elaine M. Pagliaro, du Laboratoire de police scientifique du Connecticut pour ses conseils en matière de démolition ; ainsi qu'à Jon Katz pour ses conseils sur Internet. Janice Herbert a réalisé un travail de recherche remarquable, et Marv Donnaud est un pilote et un moniteur de vol sur longue distance extraordinaire. Je tiens également à exprimer ma gratitude à Dominick Abel, Jack Dytman et Esther Newberg, qui ont cru en ce livre dès le début ; à Lorenzo Carcaterra, William Diehl et Stan Pottinger, qui ont été parmi les premiers à lire le manuscrit et à me prodiguer leurs conseils ; à Linda Grey et Leona Nevler, qui m'ont apporté confiance, soutien et assistance éditoriale. Je remercie aussi bien sûr Janis Donnaud, pour les week-ends et les soirées gâchés, et Diana Drake, qui ne demande que des sols fertiles et des fins heureuses.

Prologue

Washington, DC

8 juillet

Une fois de plus, il s'éveilla en criant.

C'était le rêve, bien sûr. Le même rêve. Accablant, obsédant. Auquel il ne pouvait échapper.

Il y avait cependant quelque chose de différent, cette fois. Pas de distance, pas de sentiment de sécurité. La réalité, palpable, écrasante. Couleurs vives, sons nets. Il voyait les visages, il entendait les voix. Il sentait la douleur.

Il était contraint d'écouter les cris.

Lorsqu'il se rendit compte qu'il était éveillé, que le bruit qu'il entendait était réel, qu'il émanait en fait de lui, il referma brusquement la bouche sur son cri et eut mal à la gorge, comme si on lui avait arraché la voix. Il dut se forcer à penser — où il était, qui il était — pour s'empêcher de recommencer à hurler ; il dut se mordre la lèvre au sang. Sinon, il aurait hurlé et pleuré pendant des minutes, des heures. Il ne se serait plus jamais arrêté.

Il était couvert de sueur ; les draps sous lui étaient trempés, comme s'il les avait souillés. Mais rien de nouveau dans tout cela, il avait l'habitude. Non, c'était la fin du rêve qui le laissait faible et tremblant. Là était la différence.

Cette fois, il avait rêvé qu'il parlait.

Il revivait cet instant, l'instant où elle était venue le trouver, bouleversée mais contenant son émotion, cette femme à qui il vouait un amour absolu, depuis qu'elle avait demandé à lui parler en privé. Le soleil brillait cette après-midi-là et il se rappelait l'impression qu'il avait de flotter sur un nuage : tout allait parfaitement, ses plans se réalisaient sans problème. Elle s'était penchée vers lui et lui avait murmuré quelques mots à l'oreille avec une expression qu'il ne lui avait jamais vue. Terrifiée. Pâle et tremblante. Il ne parvenait pas à imaginer ce qui avait pu la mettre dans cet état. Puis elle lui avait parlé du paquet qu'ils avaient reçu. De ce qu'il contenait. Et des instructions qui l'accompagnaient.

Ils étaient ensuite restés longtemps serrés l'un contre l'autre. Ne disant rien parce qu'il n'y avait rien à dire. Parce que tout ce pour quoi il avait lutté, tout ce pour quoi ils avaient lutté ensemble, était en train de s'écrouler. Non, pas de s'écrouler. D'exploser.

Ils annulèrent tous les rendez-vous, ne prirent plus de coups de téléphone. Ils s'enfermèrent dans un bureau d'où ils entendirent les secrétaires présenter des excuses, reporter les réunions. Puis elle se ressaisit, examina les choix possibles, s'arrêtant sur chacun d'eux. Les analysant calmement, rationnellement. Jusqu'à ce qu'enfin elle pose sa main fraîche et douce sur la sienne. Seule cette douceur l'empêchait, lui, de fondre en larmes.

— C'est la seule chose que tu puisses faire, conclut-elle.

— C'est la seule chose que je ne peux pas faire, avait-il répondu d'une voix triste.

— Tu n'as pas le choix. Toute autre décision serait trop risquée, trop terrible pour toi. Imagine ce qui arriverait s'ils venaient à l'apprendre.

Il n'eut pas besoin de lui demander de qui elle parlait. Il n'eut pas besoin non plus d'imaginer. Il savait ce qui arriverait. Il le savait exactement.

Il savait aussi qu'il ne pourrait jamais accepter le choix qu'elle le pressait de faire. Elle le lui proposait uniquement parce qu'elle ne comprenait pas le pouvoir qu'il détenait, qu'elle ne savait pas à quoi elle l'exhortait à renoncer.

C'était impossible, ce qu'elle lui demandait.

Alors il avait trouvé une autre solution. Bien meilleure.

Son dernier rêve lui confirma qu'elle était meilleure. Et juste. Il savait mieux que quiconque qu'elle était juste.

Il se redressa soudain sur son lit, comme si la vivacité du mouvement pouvait le libérer de sa peur comme d'une vieille peau encombrante. Il cligna furieusement des yeux pour chasser son cauchemar, et la solitude de la nuit.

Dehors, il commençait à faire jour. Si faiblement qu'on aurait pu croire que les premiers rayons du soleil n'avaient pas la force de passer par les fenêtres de la chambre. Mais ni les ombres de l'aube à l'extérieur ni la climatisation à l'intérieur — le meilleur système qu'on pût acheter — ne parvenaient à faire oublier l'humidité abrutissante de cet été à Washington. Sa respiration haletante se ralentit un peu et il desserra les poings. Il essaya de se calmer, de se détendre. De revenir à la vie. Il n'y arrivait pas.

Il jeta un coup d'œil à sa femme, qui dormait profondément à côté de lui. Il se demanda comment elle pouvait dormir et, en même temps, il s'en réjouit. Pour la première fois depuis qu'il la connaissait, il n'aurait pas eu le courage de lui parler, de lui révéler ses pensées. Malgré tout, il prenait plaisir à entendre sa respiration douce, régulière, si familière et rassurante pour lui. En vingt-sept ans de mariage, elle ne lui avait apporté que réconfort. Et soutien.

Il balança les jambes hors du lit. Des jambes flageolantes. Assis, les pieds nus sur le tapis d'Aubusson, il passa la main sur la colonne lisse du lit. Il l'aimait, ce lit à colonnes. Fabriqué en 1782, signé de Nathaniel Dolgers, le plus grand des ébénistes américains du dix-septième siècle. À vrai dire, il était trop court pour eux, et pas très confortable, mais il tenait absolument à ce qu'ils y dorment. Sa femme pensait que c'était parce qu'il avait toujours aimé travailler de ses mains et qu'il avait une passion pour la belle ouvrage. Mais pas du tout. La véritable raison, c'était qu'il était estimé à cent soixante-quinze mille dollars. Un lit ! Chaque soir avant de s'endormir — quand il dormait —, il repensait à la réaction de sa mère quand il lui avait annoncé qu'il couchait dans un lit de cent soixante-quinze mille dollars.

Elle avait ri. La tête renversée en arrière, elle avait ri jusqu'à ce que des larmes d'émerveillement coulent sur ses joues parcheminées.

Les jambes moins chancelantes, le cœur à peu près calmé, il se leva, alla lentement à la fenêtre. En bas, la place était déserte et silencieuse. À droite, à l'extrémité est du bâtiment, il apercevait le jardin, les silhouettes de ses roses. Il se tourna vers la femme endormie, secoua la tête. On disait toujours « ses » roses, et elle en parlait comme des enfants qu'ils n'avaient pas eus. Vous lui montriez une Grant Thomas ou une Abraham Darby et ses traits s'adoucissaient, ses yeux étincelaient, sa voix prenait des inflexions tendres et musicales. Et lorsqu'elle les touchait, quelles caresses, quel amour !

Il détourna les yeux du jardin, alla à la salle de bains, examina ses traits dans le miroir, au-dessus de la plaque de marbre du lavabo. Il avait l'air en forme pour cinquante-cinq ans. Son visage l'avait bien servi. La mâchoire était carrée, les yeux bleus et assurés. Évidemment, ses cheveux étaient devenus plus gris, en particulier ces trois dernières années, mais il avait gardé le même poids, quatre ou cinq kilos de plus que ce qu'il pesait à l'université, pas davantage. Il avait pris quelques rides aussi, notamment autour des yeux, mais, bon, il en avait bien le droit, et tout le monde trouvait que ça lui donnait un air distingué.

Un qualificatif qu'il n'aurait jamais songé à s'attribuer quand il était jeune.

Il était temps de raser son visage distingué, décida-t-il. Il prit son rasoir électrique en regrettant, comme tous les matins, de ne pas utiliser un coupe-chou désuet. Elle ne l'y autorisait pas. Trop risqué, prétendait-elle. Et s'il se coupait ? S'il se montrait à la première réunion de la journée avec un petit morceau de papier hygiénique ensanglanté sur le menton ?

Quand il eut terminé, mécontent, comme toujours, du résultat, il s'étendit sur les dalles froides et commença ses exercices pour le dos, ramenant lentement les genoux vers le haut, les serrant contre sa poitrine. Puis il se balança d'avant en arrière, s'étira, sentit ses muscles se relâcher.

Il y avait une salle de gymnastique dans la maison, bien sûr : sa parfaite épouse avait aménagé une des chambres du premier, l'avait équipée du matériel dernier cri. Il l'utilisait de temps en temps, marchait dix minutes sur le tapis roulant, faisait même parfois des exercices sur le banc. Mais, pour le stretching du matin, il préférait la salle de bains. Il s'y sentait bien. C'était tranquille.

Et surtout, il y était seul.

Le rêve s'estompait. Comme toujours, le matin lui apportait un soulagement. Et ce jour-là, une lucidité nouvelle. Il savait exactement ce qu'il devait faire.

Un téléphone était fixé au mur, à droite du miroir biseauté au cadre doré. Il décrocha, hésita, tambourina des doigts sur la plaque de marbre rose enserrant les deux vasques. Cet appel quotidien ne manquait jamais de le faire rire, ou rayonner d'une fierté depuis longtemps oubliée. Mais aujourd'hui...

Il finit par composer le numéro. La voix à l'autre bout du fil pétillait d'humour, chevrotait et caquetait, comme passée au crible de soixante-dix ans de gin, de cigarettes roulées à la main et d'histoires d'amour en lambeaux.

— Maman, dit-il, s'efforçant de garder un ton mesuré.

Avec un immense plaisir, la vieille femme répondit :

— Il est sacrément tôt, même pour toi. Me dis pas qu'on te fait travailler, là-bas...

— Pas plus que d'habitude.

— Parle-moi, mon chéri.

— Je te parle, Maman.

— Non, *parle*-moi. Je connais ce ton. Il est trop tôt pour les foutaises.

— Maman, tu as regardé dans ton coffre, dernièrement ?

— Dans mon coffre ? Pourquoi je reg...

Elle s'interrompit, il attendit qu'elle comprenne. Ce ne fut pas long.

— Trésor, je n'ai pas ouvert ce coffre depuis une éternité. Avec mon arthrite...

— Je voudrais que tu le fasses maintenant.

Sans lui demander pourquoi, elle posa le téléphone, revint en ligne au bout de cinq minutes et lui dit ce qu'elle avait vu.

Il était maintenant confronté à la vérité. Indéniable, incontournable, elle lui coupait le souffle, le transperçait de douleur.

Sa mère le connaissait assez pour savoir qu'elle n'avait pas besoin d'en dire beaucoup plus. Elle ajouta qu'elle l'aimait, qu'il ne devait pas trop s'inquiéter. Qu'elle ferait tout ce qu'il lui demanderait.

Il raccrocha, demeura appuyé à la plaque de marbre. Une minute s'écoula avant qu'il ait la force d'entrer dans la cabine de douche, où il laissa le jet d'eau très chaude piqueter sa poitrine, son dos. La vapeur tournoyant autour de lui le fit suffoquer. Un moment, il se crut replongé dans son cauchemar ; il ferma le robinet et s'affala contre la paroi de verre, haletant, jusqu'à ce que l'air redevienne frais autour de lui et que sa tête redevienne claire.

C'est alors que l'idée lui vint. La solution.

Il sortit de la douche, se sécha, s'aspergea d'eau de Cologne en songeant à la simplicité, à la facilité de ce plan.

Mais pourrait-il vraiment le mettre à exécution ?

Dans son dressing, on avait déjà préparé sa tenue du jour. Costume bleu sombre, chemise blanche, cravate à rayures rouges et bleues. Près des vêtements, le programme de la journée, nettement dactylographié. Quatre réunions dans la matinée, suivies d'un déjeuner avec des types de Wall Street. Les boursiers ne lui poseraient pas de problème : tout ce qu'ils voulaient, c'était de l'argent. Tout le monde voulait de l'argent, ces temps-ci. L'argent n'avait jamais été sa motivation, pas vraiment.

Ce qui l'avait toujours animé, c'était la peur.

Six heures et quart. Il lui restait du temps avant sa journée de travail mais il devait se presser.

Il appela son chauffeur, lui demanda de préparer la voiture. Il voulait sortir tout de suite.

Il descendit précipitamment. Soudain, chaque seconde comptait.

Six heures dix-sept.

Il savait maintenant ce qu'il allait faire. Il allait faire disparaître le rêve.

Pour toujours.

La sixième cathédrale au monde.

Chaque fois que le père Patrick Jennings montait en chaire, il ne parvenait pas à croire qu'il prêchait l'Évangile dans la sixième cathédrale au monde par la taille.

Il ne pouvait s'empêcher de penser : *Je ne le mérite pas. Quand ils l'apprendront, ils me reprendront tout.*

Le père Patrick mordilla la cuticule de son pouce droit. Autour de l'ongle, la chair était à vif et un filet de sang apparut. Il le regarda couler vers la jointure, secoua la tête tristement. La tristesse était devenue pour lui un mode de vie.

Patrick Jennings perdait la foi et ne savait qu'y faire.

Cette pensée le rongeait. Le déchirait.

Six ans au séminaire de Marquette. Dont il était sorti avec mention très bien. Pour se bâtir rapidement une réputation de théologien tourné vers l'avenir, capable d'argumenter logiquement et brillamment en faveur des doctrines les plus strictes transmises par Rome, sans jamais toutefois s'aliéner la grande majorité des croyants d'aujourd'hui, ceux qui recherchent le réconfort de l'Église sans ses inconvénients. Mais surtout, il passait pour un orateur charismatique, capable de retenir l'attention de ses ouailles, captivées, pendant ses sermons les plus longs et les plus complexes. Une voix de baryton qui résonnait avec force et ferveur, des manières apaisantes que lui aurait enviées le plus compatissant des médecins, un visage aussi séduisant que le plus beau des acteurs de télévision. Il ne fumait pas. Ne buvait pas. Il observait un célibat scrupuleux — du moins depuis qu'il avait décidé de devenir prêtre. Le cardinal n'avait pas tardé à avoir vent de ses qualités et, peu après, l'archevêque et l'évêque l'avaient littéralement kidnappé. Après un dîner bien arrosé, ils l'avaient transféré dans la capitale et rapidement nommé curé.

De l'une des six plus grandes cathédrales au monde.

Certains prêtres ne furent pas très satisfaits qu'on leur eût préféré le père Patrick. L'évêque prenait de l'âge et il faudrait lui choisir un successeur avant longtemps. Le jeune curé faisait désormais figure de favori, ce qui suscita des jalousies et des chamailleries, mais il les affronta énergiquement, et les récriminations mesquines cessèrent bientôt. Après tout, il excellait dans son travail. Et il l'adorait.

La Cathédrale américaine — même le père Patrick l'appelait ainsi, bien que son nom officiel fût l'église cathédrale Saint-Stephen-des-Apôtres de Washington — était un magnifique édifice gothique digne de ceux bâtis au quatorzième siècle en Italie, en Angleterre ou en France. Il suffisait de contempler sa nef, ses arcs-boutants, son transept et ses voûtes pour deviner la fierté qui avait présidé à sa construction, et la puissance qui émanait du bâtiment même.

À son arrivée, Patrick Jennings avait senti la présence de son Sauveur dans ces murs.

Mais, dernièrement, il ne sentait plus même Son existence.

Six mois plus tôt, sa jeune sœur avait été tuée par un chauffard ivre.

La gentille Eileen, vingt-quatre ans. De dix ans sa cadette. Belle, pleine de promesses et d'amour à donner.

Elle s'était moquée de sa vocation parce qu'elle l'avait connu à une période moins austère de sa vie. Refusant de se fixer des limites, elle n'avait pas compris pourquoi non seulement son frère les acceptait mais se les imposait lui-même. Elle reconnaissait cependant en lui un désir d'accéder à la pureté pour lequel elle avait une vive admiration. Il reconnaissait en elle un esprit déjà pur, état qu'il ne pourrait atteindre que par la prière. Sous leur différend, ils se portaient un soutien et un amour qu'aucun d'eux n'aurait trouvés ailleurs.

Il faisait un soleil éclatant le jour où elle était morte. Elle devait retrouver son frère pour déjeuner avec lui, mais une crevaison l'avait contrainte à s'arrêter devant le réservoir de Washington. Le père Patrick l'imaginait sur le bas-côté de la route, les mains sur les hanches, les lèvres pincées de contrariété. On lui raconta qu'elle avait passé le bras par la fenêtre ouverte, côté conducteur, pour prendre son téléphone portable. Il ne savait pas qui elle voulait appeler : le restaurant pour prévenir qu'elle serait en retard, un garagiste pour la dépanner. Elle n'eut pas le temps de téléphoner. Un break dérapa sur deux voies, la heurta de plein fouet, la précipitant par-dessus le toit de sa Honda. Elle retomba sur la chaussée dix mètres plus loin. Le choc n'aurait pas été plus violent s'il avait été délibéré. Ce n'était pas le cas. Mais le chauffeur du break, qui avait déjà été verbalisé treize fois et conduisait sans permis, était complètement soûl et ne maîtrisait plus sa voiture.

Au moins, elle n'avait pas souffert, se répétait le père Patrick. Mais lui était vivant et souffrait. Il était mis à l'épreuve. Et il devait reconnaître qu'il ne surmontait pas cette épreuve.

Peu après l'accident, il s'était mis à boire. Puis à boire beaucoup.

Il avait déjà avalé une vodka ce matin, quelques minutes après son réveil.

Avant l'accident, il aimait venir à la cathédrale de bonne heure, quand tout était silencieux et qu'il pouvait entendre ses pas résonner sur la pierre, contempler les gargouilles extravagantes, les plus fidèles de ses ouailles. Avant l'accident, il aimait s'asseoir et savourer ce moment de paix. À présent, il venait toujours de bonne heure mais il priait maintenant pour retrouver la foi.

Installé dans le confessionnal, il goûtait une solitude qui n'était que rarement interrompue par un pécheur matinal.

Ce matin-là, un pécheur se présenta.

Le père Patrick entendit ses pas avant de le voir, glissa une pastille de menthe dans sa bouche pour masquer l'odeur de l'alcool. Mais, lorsque l'homme prit place de l'autre côté de la grille, le prêtre eut un hoquet de stupeur qui lui fit avaler la pastille.

Oui, je suis mis à l'épreuve, pensa-t-il.

— Pardonnez-moi, mon père, car j'ai péché. Un péché terrible.

— Dieu en sera juge, mon fils.

Ce même Dieu qui a jugé qu'Eileen ne devait plus vivre, pensa-t-il.

— L'homme doit quelquefois se juger lui-même.

— Quelquefois, l'homme est un juge plus sévère que Dieu, dit le prêtre.

— Pas cette fois, mon père. Pas cette fois. J'ai fait des choses... Ce matin, j'en ai appris d'autres, et pour tout cela, pour nous tous, aucun jugement ne saurait être assez dur.

Le prêtre regarda la chevelure grise, la mâchoire volontaire, les yeux bleus perçants capables de charmer et, l'instant d'après, de devenir froids et inflexibles. L'homme hésita, comme s'il rassemblait son énergie.

— Quelqu'un a téléphoné ? Pour prévenir de ma venue ?

— Non. C'est vraiment une visite surprise.

— Bien, fit l'homme, avec du soulagement dans la voix. J'ai un secret, mon père. Un secret que j'ai caché, même à vous.

Le père Patrick se sentit soudain triste. *Qui d'entre nous n'a pas besoin d'aide ?* pensa-t-il. *Qui d'entre nous n'abrite pas un secret assez fort pour le détruire ?* Son propre secret, c'était qu'il savait désormais qu'il ne pouvait aider personne, encore moins lui-même. Et certainement pas cet homme agenouillé devant lui. Quelle sorte de péché avait-il commis ? Quel sentiment de culpabilité abritait-il ? Quelle pénitence exiger ? Questions de peu d'importance, car que pouvait-il, lui que sa faiblesse dévorait lentement, que pouvait-il pour cet homme ?

Le pécheur agenouillé se mit à parler à voix basse. Son accent du Sud donnait à ses phrases un rythme chantant, apaisant. Mais les mots eux-mêmes n'avaient rien d'apaisant.

— Mon péché remonte loin dans le temps. À l'époque où j'étais très jeune. J'aimerais pouvoir dire trop jeune pour distinguer le bien du mal, mais ce serait un autre péché car je mentirais...

L'homme n'hésita pas une seule fois, ne bredouilla pas une seule fois, comme s'il avait répété sa confession pendant des années. En l'écoutant, le père Patrick se mit à transpirer. Ses mains, puis son cou, son dos se couvrirent de sueur. À mesure que les mots tombaient, révélant les années de péché, la tristesse quittait l'esprit de Patrick Jennings pour faire place à un autre sentiment. Ni de la curiosité ni de l'apitoiement sur soi. De la terreur.

13 juillet

Depuis qu'il s'était confessé, une étrange sérénité s'était emparée de lui. Son environnement physique lui semblait vague et lointain. Il avait l'esprit clair mais ses pensées sautaient au hasard du présent au passé, d'une personne à une autre, d'une idée à une autre. Il se félicitait toujours de s'être confié au prêtre, cinq jours plus tôt. Cela faisait longtemps qu'il n'avait pas agi de manière aussi spontanée. Plus longtemps encore qu'il n'avait pris une décision cruciale sans consulter sa femme.

Pendant des années elle lui avait apporté la sécurité et, longtemps, il s'était demandé ce qu'il avait fait pour mériter une femme aussi merveilleuse. Elle l'avait protégé farouchement, de ses ennemis comme de lui-même. Mais personne n'était désormais assez fort pour le protéger. La sécurité était un fantasme, le pouvoir un hochet, l'avenir... le néant.

Les yeux clos, il entendait un grondement. Il s'interrogea sur sa provenance puis comprit qu'il venait de sa propre tête. Il y avait d'autres bruits aussi : des gens lui parlaient. Jacassant, chicanant, posant des questions, criant des réponses. Où était-il ? Il ouvrit les yeux, découvrit avec étonnement qu'il était en réunion. Comment s'était-il retrouvé dans cette pièce ? Et pourquoi tout le monde se chamaillait ?

Il se souvint : c'était une réunion sur le budget. Quand il avait quitté sa femme, une heure plus tôt, elle l'avait accablé de sa sollicitude. Est-ce qu'il allait bien ? Est-ce qu'il était sûr de ne pas vouloir qu'elle l'accompagne ? Est-ce qu'il réussirait à respecter son emploi du temps ? Il devait tenir bon. Faire comme si tout allait bien. Ils finiraient par trouver une solution, avait-elle assuré.

Il s'était presque senti coupable : une solution, il en avait déjà une.

Il regarda autour de la pièce les visages familiers. Pourquoi s'imaginaient-ils détenir la bonne réponse ? Des boutiquiers, tous. Petits. Insignifiants. Il se rendit compte, avec un étonnement sincère, qu'il les haïssait.

Assis dans son fauteuil, il voyait leurs lèvres bouger mais n'entendait que le grondement dans sa tête. Il tendit le bras vers le verre d'eau placé devant lui : sa main tremblait. Il se demanda si quelqu'un l'avait remarqué, mais non, bien sûr. Ils étaient trop petits pour ça.

Lui n'était pas un boutiquier. « Je me considère comme un homme d'idées », avait-il déclaré pendant l'entretien pour son premier emploi. Quand était-ce ? Il y avait un million d'années, lorsque tout semblait devoir bien aller.

Surprenant tout le monde, il se leva et quitta la salle sans dire un mot, se dirigea vers son bureau. Le sol du couloir parut se soulever et il rebondit d'un mur à l'autre. Il avait les jambes en coton ; pourtant, il ne s'était jamais senti aussi fort. Aussi grand. Aussi puissant.

Sa secrétaire lui adressa un sourire hésitant. Qu'est-ce qu'il faisait ici ? La réunion n'était pas terminée, il était trop tôt. Elle lui dit quelque chose mais il n'entendit pas : le grondement dans sa tête noyait tout.

Il passa dans son bureau, s'assit, regarda autour de lui, essaya d'établir un lien quelconque avec ce qui l'entourait, n'y parvint pas. Il détestait cette pièce et tout ce qu'elle contenait. Il avait toujours eu l'impression qu'elle appartenait à un autre. Quelqu'un de beaucoup mieux que lui.

Pour le moment, cependant, elle lui appartenait. Et curieusement, elle lui appartiendrait toujours, après. Il était seul mais cela ne durerait pas. Un des lilliputiens viendrait bientôt l'importuner. Avec des papiers à signer, des problèmes à régler, des déclarations à faire.

Il aimait être seul.

Le moment était venu pour lui d'être seul.

Le moment était venu d'appliquer sa solution.

Il ouvrit un tiroir et y prit le 45 qu'il y avait mis le jour où sa femme lui avait parlé du paquet. Le jour où il avait compris que tout était fini. C'était sa vieille arme de service. Il avait souvent failli s'en débarrasser, avait chaque fois changé d'avis, pour finalement la garder. Il y avait eu une raison à cela, c'était clair, maintenant.

Il glissa le canon du revolver dans sa bouche, l'enfonça jusqu'à ce qu'il touche le fond de sa gorge. Il devait bien faire les choses. Pas question de commettre une erreur, cette fois.

Il entendit des pas : ils arrivaient. Les boutiquiers. Les minables. Le grondement avait cessé dans sa tête et il sourit, satisfait. Il ne sentit pas l'arrière de son crâne exploser. Il ne vit pas le sang, les cheveux et les esquilles d'os projetés sur le mur de cette pièce qu'il détestait tant. Il n'entendit pas la porte s'ouvrir avec un craquement et quelqu'un murmurer « Seigneur Dieu ! ». Il n'entendit pas la voix qui essaya de dire « Prévenez sa femme » mais ne put prononcer les mots sans pleurer. Il n'entendit rien de l'hystérie déclenchée de l'autre côté de la porte, où les gens commençaient à accourir, à demander ce qui était arrivé. Il n'entendit pas les pleurs et les lamentations, il ne sentit pas l'onde de choc et la panique qui balayèrent le couloir quand ils eurent la réponse à leurs questions anxieuses.

Il ne sentait plus rien, ne se souciait plus de rien, ne pensait plus à rien. Après cette ultime pensée qui avait traversé son cerveau un instant avant que la balle le détruise, et qui lui avait apporté joie, puis tristesse puis regret.

C'est un acte terrible que je commets. Et personne ne sait pourquoi.

Dieu vienne en aide à celui qui en découvrirait un jour la raison.

LIVRE I

18 juin-9 juillet

1

Carl Granville avait connu de meilleures semaines.

Pour commencer, il s'était fait étriller dans sa partie hebdomadaire de basket de rue aux Chelsea Piers par un lycéen maigrichon. Ensuite, *New York Magazine* avait confié à un autre free-lance — la belle-sœur du rédacteur en chef — l'article qu'on lui avait promis sur Nathan Lane. Puis son père avait appelé de Pompano Beach pour lui assener qu'à son avis il gâchait ses précieux diplômes universitaires et sa vie, pas forcément dans cet ordre. Enfin, les Mets avaient perdu pour la troisième fois de suite, le *Nick at Night* avait enlevé *Drôle de couple* et *Taxi* de l'affiche pour faire de la place à *I Dream of Jeannie* et *Bewitched*, et, maintenant, il se trouvait seul dans une pièce avec les deux uniques personnes au monde qui avaient cru à son talent, à son avenir, en lui. Malheureusement, l'une était morte et l'autre le détestait.

Non, la semaine n'avait pas été terrible.

Il se trouvait au funérarium Frank-E.-Campbell, à l'angle de Madison Avenue et de la 81e Rue, devant un cercueil ouvert où gisait Betty Slater, agent littéraire légendaire et alcoolique notoire, qui semblait aussi rose et vivante qu'un panier de fruits en cire. Au moins elle ne le regardait pas avec une hostilité non déguisée comme Amanda Mays, qui se tenait de l'autre côté du cercueil. Amanda était encore fâchée pour un léger malentendu. Une histoire de boulot à Washington, de mariage et de vie commune dans le bonheur éternel. Carl devait admettre que le malentendu était en partie sa faute.

En fait, il devait admettre qu'il était *entièrement* sa faute.

Les gens étaient venus nombreux à l'enterrement si l'on considérait que, devenue grincheuse vers la fin de sa vie, Betty avait réussi à se brouiller avec quasiment tous les éditeurs, critiques et auteurs de la ville. Cela tenait essentiellement à sa franchise brutale. À des mots comme « à chier », « bidon » ou, pour citer une de ses expressions favorites, « fatras pseudo-intellectuel ». Sa mort était cependant un événement et les gens défilaient devant sa dépouille pour lui rendre un hommage solennel. Il y avait là Norman Mailer. Et John Irving. Maya Angalou. Sonny Mehta. Tina Brown. Et une kyrielle d'éditeurs et d'agents littéraires importants. Tous venus lui rendre hommage. Et « faire la salle », comme le constata Carl avec consternation. Car, au moment de mourir, Betty comptait encore quelques clients lucratifs dans son écurie, et ils se baladaient maintenant en liberté. Notamment Norm Pincus, petit con aux pieds plats et au crâne dégarni que le public connaissait sous le nom d'Esmeraldo Wilding, auteur de onze mauvais romans historiques à gros tirage. Les agents tournoyaient autour de la petite mine d'or rondouillarde tels des vautours, prêts à fondre sur lui. *Preuve d'un total manque de goût*, pensa Carl.

D'autant qu'aucun des vautours ne lui prêtait la moindre attention, à lui.

Il n'avait pas de talent, peut-être ? Il n'était pas capable de pondre des best-sellers ? Des best-sellers de *qualité* ?

Et n'était-ce pas Maggie Peterson qui l'observait de l'autre bout de la salle ?

Si.

Putain de merde. *La* Maggie Peterson. Qui l'observait. Et qui se dirigeait maintenant vers lui. Souriante, la main tendue. La plus célèbre, la plus flamboyante, et de loin la plus sexy des éditrices de New York lui parlait. Elle avait publié d'affilée trois numéros un au hit-parade des ventes. Elle avait sa propre maison au sein de l'Apex, le conglomérat international multimédia.

Une star. Et Carl Granville avait conscience qu'en ce moment un peu de poussière d'étoile ne lui ferait pas de mal. À vingt-huit ans, il brûlait d'écrire le prochain grand roman américain. Il en avait remis un premier brouillon à Betty Slater mais elle était morte avant d'avoir pu lui dire ce qu'elle en pensait. À présent, il n'avait plus d'agent, plus d'argent pour payer le loyer, et aucune raison de croire que le prochain chèque arriverait avant la saint-glinglin.

Maggie Peterson lui disait quelque chose :

— J'hésite : vous engager ou tirer un coup avec vous.

Carl dut le reconnaître : elle savait capter votre attention.

Tout en Maggie Peterson était calculé dans ce but. Ses cheveux d'un noir bleuté coiffés à la Jeanne d'Arc, coupés à la hache, semblait-il, au niveau du menton. Le pantalon et la veste en cuir noir moulant. C'était une femme à haute tension, mince, la quarantaine sans doute, rayonnante d'énergie et de provocation sexuelle. Une prédatrice. Une carnivore. Et elle le lorgnait des pieds à la tête comme s'il était un gros steak. Saignant.

Carl jeta un coup d'œil derrière lui pour être absolument sûr que c'était à lui qu'elle s'adressait. Personne. Il s'éclaircit donc la voix et repartit en souriant :

— Si j'ai le choix, j'aurais plutôt besoin de boulot.

Elle ne lui rendit pas son sourire. Il eut l'impression que sourire était rarement inscrit à son ordre du jour.

— J'ai lu les polars que vous avez écrits comme nègre de Kathie Lee. Ils m'ont plu, déclara-t-elle. Ils m'ont beaucoup plu.

Elle devait parler de Kathie Lee Gifford. Ça n'avait pas été un de ses moments les plus créatifs, mais, bon, un boulot, c'est un boulot.

Il haussa modestement ses larges épaules, sentit, comme toujours, un pincement dans la gauche. Un avant de l'équipe de Penn qui jouait maintenant en Grèce lui avait fait ce cadeau sous un panier en dernière année de fac. Carl avait fait partie de l'équipe de Cornell pendant trois ans. Meneur de jeu intelligent, bon passeur, tireur précis : le basketteur complet. Il avait tout, sauf la taille, le saut vertical et la vitesse de jambes. Il mesurait un mètre quatre-vingt-trois et son poids n'avait pas changé, toujours quatre-vingt-dix kilos. Même si quatre ou cinq de ces kilos avaient tendance à descendre vers sa taille et qu'il dût faire régulièrement de l'exercice pour les en dissuader.

— Betty m'avait envoyé votre roman, vous savez.

— Non, je l'ignorais, dit Carl.

Il n'y pouvait rien, son pouls s'accélérait.

— C'est la prose la plus étonnante que j'ai lue depuis deux, peut-être trois ans. Il y a des passages étincelants.

Les mots que tout écrivain mourait d'envie d'entendre. Et ils ne sortaient pas de la bouche de n'importe qui mais de celle de Maggie Peterson, qui pouvait vraiment faire quelque chose pour lui.

— Il faut qu'on parle, dit-elle.

Carl resta un moment sans réagir, un sourire béat aux lèvres. Il ne paraissait pas plus de dix-huit ans quand il souriait. Amanda lui avait un jour lancé d'un air dégoûté qu'il ressemblait au gamin des boîtes de soupe Campbell avec ses yeux bleus brillants, ses joues rebondies et ses cheveux blonds rebelles qui lui tombaient dans les yeux. Il avait l'air si sain, si innocent que les barmen lui demandaient encore sa carte d'identité.

— Bien sûr, acquiesça-t-il. Parlons.

Maggie jeta un coup d'œil à sa montre.

— Rendez-vous à trois heures, demain.

— À votre bureau ?

— J'ai un déjeuner dans l'East Side. Retrouvez-moi à mon appartement, ce sera plus facile. 425, 63e Rue Est. Nous serons tranquilles, nous pourrons discuter dans mon jardin.

— Il pleut à verse.

— Je vous attends à trois heures, monsieur Granville.

— Carl.

— On ne vous appelle pas Granny ?

— Certaines personnes, oui.

Et elles sont peu nombreuses, ajouta-t-il *in petto*, et il faut que la suggestion vienne de moi, et... Comment elle savait ça ?

— Je me suis renseignée, déclara-t-elle, comme si elle avait lu ses pensées. (Ses yeux, déjà ailleurs, parcouraient la salle bondée. Ils finirent par se poser sur le corps cireux étendu dans le cercueil.) C'est vraiment la fin d'une époque, n'est-ce pas ? reprit-elle, l'air ravie du constat. Ne me décevez pas, Carl. Je ne supporte pas d'être déçue.

Ce fut Amanda Mays qui proposa de le raccompagner pour lui éviter de se faire tremper.

Son vieux break Subaru cabossé et rouillé était garé en stationnement interdit sur l'emplacement réservé aux fourgons mortuaires. L'intérieur était, comme toujours, jonché de boîtes en carton, d'un assortiment de sweaters et de chaussures, de calepins, de dossiers. Elle n'avait jamais été une femme d'ordre. Il se tenait sur le trottoir, la pluie dégoulinant le long de sa nuque tandis qu'elle jetait le bordel de la banquette avant sur le bordel de la banquette arrière pour qu'il puisse monter.

Une fois à l'intérieur, il replia ses longues jambes, dont les genoux touchèrent presque son menton. Hormis pour lui proposer de le ramener chez lui, Amanda ne lui avait pas dit un mot. Il se rendit compte que c'était à lui de faire preuve de maturité et d'amabilité.

— Quand est-ce que tu retournes là-bas ?

— À Washington ? Tout de suite. Nous avons entamé une gigantesque investigation sur le comité de gestion des écoles du district. Je mène l'enquête et je ne veux laisser personne d'autre la bousiller. D'ailleurs, je n'ai aucune raison de rester, non ? fit-elle d'un ton appuyé.

— Amanda, nous pourrions au moins...

— Rester amis ? Bien sûr, Carl.

Elle ne le laissait jamais finir ses phrases. Leurs conversations étaient toujours rapides, parfois hargneuses, rarement mornes. C'était la façon dont fonctionnait l'esprit d'Amanda : en surmultipliée.

— Tu veux prendre...

— Un café ? Non, merci. J'ai eu ma dose d'amitié pour aujourd'hui.

La Subaru ne semblait pas impatiente de démarrer. Son moteur rechignait, se faisait prier. Et quand Amanda réussit enfin à décoller du trottoir, il se mit à claquer, régulièrement et fortement.

— Tu ne vas pas retourner à Washington comme ça ? s'alarma-t-il.

— Pas de problème, Carl. (Du jour où ils avaient rompu, elle avait cessé de l'appeler Granny.) Elle fait ce bruit depuis sept mille kilomètres.

— Mais...

— C'est rien du tout, assura-t-elle, accélérant à fond pour confirmer ses dires.

Il ferma les yeux, résolu à s'accrocher à la vie, et se souvint.

Il se souvint de tous les deux.

Ils avaient fait connaissance à une sauterie organisée dans un pub pour la sortie du livre d'un ami commun. Pendant dix-huit mois, deux semaines et quatre jours, ils avaient été inséparables. Elle aimait les Velvet Underground, les Knicks, la pizza froide au petit déjeuner. Elle avait d'agréables rondeurs là où il fallait, une masse de cheveux roux tombant en tous sens, des yeux verts espiègles, quelques taches de rousseur et la bouche la plus désirable qu'il eût jamais embrassée.

Il se souvint de leurs nuits. Faire l'amour, parler jusqu'à l'aube, faire l'amour. Et recommencer.

Auprès d'elle, il se sentait ardent et excité, euphorique et mal assuré, plein de vie. Amanda était passionnée dans l'amour et plus encore dans ses opinions. C'était aussi une emmerdeuse. Têtue, prompte à prendre la mouche. C'était la personne la plus intelligente qu'il eût jamais rencontrée, et Carl, assis à côté d'elle, s'aperçut avec une pointe de regret que son approbation et son estime passaient encore avant tout pour lui.

Il se rappela comment ça s'était terminé.

Mal.

Elle voulait qu'il commence à tenir compte de la réalité.

Comme elle. Après avoir végété des années en free-lance, vivant au jour le jour dans un studio minuscule, Amanda avait décidé que ce qu'elle désirait le plus au monde, c'était une vraie vie. Un bon boulot. Un appartement agréable. Et Carl. Elle avait déjà trouvé le bon boulot : rédac-chef adjoint pour les pages locales du *Washington Journal*. Et Washington était l'endroit idéal pour elle. Elle aimait la politique, c'était sa passion. C'était en cela qu'ils différaient. Lui, il adorait les chiffres. Comme 30,1 et 22,9, la moyenne de points et de rebonds par match pour Wilt Chamberlain dans toute sa carrière. Il y avait quand même un bon boulot qui l'attendait aussi à Washington. Un boulot formidable. Le *Journal* cherchait quelqu'un pour traiter le sport non comme un jeu mais comme une forme de culture populaire. Portraits de joueurs. Articles de réflexion. Cela pouvait même déboucher sur une chronique. Mais il avait refusé. Ce travail lui aurait pris trop de temps, il refusait d'abandonner son livre. Il refusait aussi d'abandonner New York et, furieuse, elle était partie sans lui. Elle n'avait pas compris. Comment l'aurait-elle pu ? Elle avait trente et un ans, lui vingt-huit, ce qui signifiait, tenant compte du rythme d'évolution différent par sexes, qu'elle avait entre neuf et douze ans d'avance sur lui en matière de maturité. Il savait qu'il renonçait à quelque chose d'exceptionnel, mais il ne pouvait pas changer ce qu'il ressentait.

Il n'était pas encore prêt à tenir compte de la réalité.

Cela faisait presque un an. Ils fonçaient maintenant sur l'asphalte mouillé de New York dans la vieille voiture d'Amanda et n'avaient pas grand-chose à se dire. Elle remonta Madison jusqu'à la 96ᵉ, traversa Central Park. Carl vivait dans la 103ᵉ, entre Broadway et Amsterdam, l'un des seuls pâtés de maisons de tout l'Upper West Side qui avait échappé pour une raison ou une autre à l'embourgeoisement. La 103ᵉ était une rue de vieux immeubles miteux et crasseux, où des Latinos au chômage passaient la journée assis sur les marches de leur perron à boire des canettes de Colt 45 achetées à la *bodega* du coin.

— Depuis quand vous êtes si liés, Maggie Peterson et toi ? demanda Amanda.

— Elle a lu mon bouquin. Il lui a plu.

Il attendit qu'elle se montre heureuse pour lui. Ou même impressionnée. Mais elle ne réagit pas.

— Je me demande si c'est vrai, ce qu'on raconte sur elle, dit-elle.

— J'en doute, répondit Carl, qui avait horreur qu'elle le taquine comme ça. Bon, d'accord, qu'est-ce qu'on raconte ?

— Quand elle était rédac-chef du *Daily Mirror*, à Chicago, elle a brisé le mariage de son principal chroniqueur...

— Elle avait une liaison avec lui ?

— Elle avait une liaison avec lui et avec sa femme.

— Impossible.

— Tout à fait possible, crois-moi.

— Elle voulait simplement me parler, expliqua-t-il en s'efforçant de prendre un ton désinvolte.

— Elle veut beaucoup de choses. Y compris sa propre émission-débat sur la chaîne d'Apex. Et elle l'obtiendra sûrement. Elle et Augman sont *très* liés.

Lord Lindsay Augman, le milliardaire d'origine britannique qui vivait en solitaire et avait bâti l'empire Apex, pierre à pierre. Une chaîne de télévision, un studio de cinéma, des journaux à Londres, New York et Sydney, des magazines dans le monde entier, des maisons d'édition aux États-Unis et en Angleterre, un réseau câblé, international. Lindsay Augman étendait sur le monde un vaste filet, et Maggie Peterson était son requin le plus vorace. Elle faisait des miracles. Le *Mirror* était au bord de la faillite quand elle en avait pris la direction, elle avait augmenté le tirage de vingt-cinq pour cent en six mois. Elle s'était ensuite occupée de deux de ses mensuels moribonds et les avait transformés en magazines donnant le ton. Puis elle avait propulsé sa maison d'édition de New York vers les sommets.

— Elle ne reste jamais longtemps quelque part, poursuivit Amanda. Elle vient, elle fait un coup, elle repart...

Carl opina du chef en se demandant quel genre de coup Maggie Peterson avait en tête pour lui.

— Tu as rencontré quelqu'un ? demanda-t-il par-dessus le claquement du moteur.

— Oui, Tom Cruise. Torride. Mais garde ça pour toi, hein ? Nous ne tenons pas à ce que Nicole l'apprenne. (Amanda alluma une cigarette, emplit la voiture de fumée.) En plus, j'ai juré de ne jamais avoir de liaison avec un homme marié.

Carl baissa sa vitre pour pouvoir respirer, sentit la pluie cribler son visage.

— Depuis quand tu as recommencé à fumer ?

— Devine, répliqua-t-elle d'un ton sec.

Trop sec, elle le savait. Elle se radoucit :

— Et toi ?

— Pas question. Sale habitude. Mauvais pour le souffle.

— Je voulais dire...

— Je sais ce que tu voulais dire. Et la réponse est non. Les artistes faméliques ne sont pas très prisés, ces temps-ci.

— Ils ne l'ont jamais été.

— À qui le dis-tu ! s'exclama-t-il avec un sourire.

— Nan, nan, fit-elle en secouant la tête. Ça ne marchera pas, inutile d'essayer.

— Qu'est-ce qui ne marchera pas ?

— Le sourire à la Granny. Je porte un gilet pare-balles, maintenant. Tes sourires ricochent sur moi.

— Amanda...

Il lui prit la main, elle se dégagea.

— Non, je t'en prie, fit-elle d'une voix calme. Ne me raconte pas que tu es perdu, que tu ne sais pas ce que tu ressens. Parce que je vais te dire ce que tu ressens, Carl. Tu te sens soulagé.

Ils gardèrent un moment le silence puis elle reprit :

— Je crois que c'est trop tôt. Cela fait encore trop mal. Peut-être... peut-être que nous pourrions essayer de nouveau l'année prochaine.

— Je suis partant, si tu l'es, déclara-t-il avec détermination.

— Tenu, dit-elle, écrasant sa cigarette.

La rue de Carl était quasiment déserte, la pluie avait chassé les chômeurs. Amanda s'arrêta dans un crissement de pneus devant la *brownstone*[1] délabrée où il habitait depuis son arrivée à New York. Il occupait l'appartement de devant au troisième étage, un studio étouffant en été, glacial en hiver, bruyant toute l'année. Les cafards et les souris s'en accommodaient, et lui aussi, mais Amanda en avait toujours eu horreur. Ils allaient invariablement dans son appartement à elle, qui avait le chauffage, l'eau chaude et tous les autres avantages.

Une blonde très séduisante tentait de faire passer un énorme vieux fauteuil par la porte d'entrée. Sans succès. Le siège prenait la pluie, elle aussi. Le T-shirt et le jean serré qu'elle portait étaient complètement trempés.

— Nouvelle voisine ? s'enquit Amanda, haussant un sourcil.

— À l'étage au-dessus. Elle a emménagé la semaine dernière.

— Elle n'en porte pas.

— Elle porte pas de quoi ?

— De soutien-gorge. C'est ce que tu étais en train de penser, non ?

Carl se tourna vers Amanda.

— Tu seras peut-être étonnée d'apprendre que je ne pense pas toujours ce que tu crois que je pense.

Elle examina attentivement son visage, comme si elle cherchait à mémoriser ses traits.

— Tu as parfaitement raison, dit-elle. Je serai étonnée.

— Attention au nid-de-poule, la prévint-il en descendant de la Subaru.

Il faisait référence à une énorme ornière située au milieu de la chaussée, un cratère, en fait. Naturellement, Amanda fonça droit dessus, et elle aurait perdu un enjoliveur si elle avait encore eu des enjoliveurs. Carl la regarda traverser Broadway et disparaître. Il se sentait triste, malheureux et seul. Secouant la tête pour se ressaisir, il se dirigea vers l'entrée de son immeuble.

1. Immeuble bourgeois en pierre brune construit à la fin du dix-neuvième siècle. *(N.d.T.)*

Mais le fauteuil et la blonde trempée jusqu'aux os lui barraient le chemin.

— Vous n'avez pas l'intention de porter ce truc là-haut toute seule, j'espère ? dit-il à sa nouvelle voisine.

— Bien sûr que si.

Elle avait une voix douce et sucrée, des yeux immenses, d'un bleu saisissant. Ses cheveux soyeux brillaient sous la pluie. Elle portait un rouge à lèvres rose, du vernis à ongles assorti. Elle était grande, près d'un mètre quatre-vingts dans ses Doc Martens à bouts renforcés.

— Je l'ai trouvé au coin de la rue. Incroyable que quelqu'un ait pu le jeter !

Le fauteuil était recouvert de vinyle vert. Massif. Hideux.

— Incroyable que quelqu'un ait pu l'acheter, pour commencer, dit Carl.

— Moi, je le trouve parfait. D'autant que je n'ai pas de fauteuil et qu'il serait très bien chez moi. Sauf qu'il ne passe pas par cette foutue porte.

Elle se mit à mordiller sa lèvre inférieure pulpeuse.

Carl songea qu'il n'était pas sorti depuis longtemps avec une femme portant du vernis à ongles rose. À la réflexion, il n'était jamais sorti avec une femme portant du vernis à ongles rose. Amanda ne vernissait pas ses ongles, elle les rongeait.

— Bien sûr qu'il passe, affirma-t-il courageusement. Il faut juste savoir le présenter.

Il se baissa, empoigna le bas du fauteuil en faisant des efforts inouïs pour ne pas lorgner les mamelons qui se dressaient à travers le T-shirt mouillé, larges et roses, quasiment sous son nez.

— C'est très gentil à vous.

— Pas de problème, grogna-t-il. On se rend ce genre de service entre voisins. C'est ce qui permet à cette ville sale et cruelle de tenir encore debout. En plus, si je vous aide pas, je peux pas rentrer chez moi.

Ensemble, ils parvinrent à faire entrer le fauteuil dans le

vestibule, à le porter au pied de l'escalier, où ils le posèrent. Il était lourd, horrible.

— Je suis le Granville dont la sonnette se trouve au-dessous de la vôtre, se présenta-t-il. Carl comme accompagnement. C'est quoi l'accompagnement pour Cloninger ?

— Toni, avec un *i*.

— Enchanté, Toni avec un *i*. Vous venez de débarquer à New York ?

— J'arrive de Pennsylvanie. Je suis actrice. Oh ! ça fait drôle de dire ça à voix haute. Je veux devenir actrice mais, pour le moment, j'ai simplement posé pour des photos de mode, des trucs comme ça. Et j'ai suivi des tonnes de cours. Et vous ? Vous êtes modèle, vous aussi ?

— Continuez à me parler comme ça, je me couche en rond sur votre paillasson et j'en bouge plus.

— C'est une des choses que je dois faire : m'acheter un paillasson, dit-elle en lui souriant.

Elle avait un merveilleux sourire, qui donna à Carl l'impression que la partie inférieure de son corps baignait dans de la gelée tiède. Il respira à fond, étudia le problème logistique fauteuil-escalier-rampe.

— OK, je pousse, vous tirez. À trois. Prêt ?

— Prêt. Je vous ai dit que c'est vraiment gentil à vous ?

— Oui, mais vous pouvez le répéter indéfiniment.

Il poussa, elle tira. Ensemble, ils réussirent à hisser l'affreux bazar énorme jusqu'au palier du premier, où ils reprirent leur souffle. Plus que trois étages.

— Je peux vous poser une question personnelle ? dit-elle, haletante. Tous les matins, j'entends une sorte de *ba-boum, ba-boum* dans votre appartement. Qu'est-ce que vous faites exactement ?

— Je me cogne la tête contre les murs. Je suis écrivain.

Elle partit d'un rire aussi merveilleux que son sourire.

— Je n'ai jamais vécu au-dessus d'un écrivain. Il faut que je m'habitue.

— Oh, vous finirez par adorer ça ! En fait, vous vous demanderez bientôt comment vous avez pu vous passer de moi.

Elle le considéra avec un sourire aguicheur.

— Sérieusement, qu'est-ce que vous faites ?

— Je martèle mon sac de sable. Un Everlast de trente kilos. Je m'entraîne tous les matins. On ne sait jamais ce qui peut arriver, dit-il en soulevant de nouveau le fauteuil.

Quand ils parvinrent au troisième, il avait des crampes dans le bas du dos.

— Je me sens en veine de générosité. Laissez ce machin chez moi, vous pourrez venir le voir quand vous voudrez.

— Plus qu'un étage, Charles.

— Carl.

Le studio de Toni était semblable au sien mais, plus bas de plafond, il paraissait encore plus exigu. Elle avait peu de meubles et d'affaires personnelles : un lit, une commode, un poste de télévision, un cactus qui semblait mort, mais Carl ne savait pas trop comment reconnaître un cactus mort d'un cactus vivant. Le fauteuil alla dans un coin, en face de la télé.

— Le moins que je puisse faire, c'est vous offrir une bière, estima-t-elle.

— Le moins que je puisse faire, c'est accepter.

Il attendit qu'elle se dirige vers le frigo mais elle ne bougea pas.

— À vrai dire, je n'ai pas de bière, avoua-t-elle.

— Vous faites toujours des offres en l'air, comme ça ?

— Ce n'est pas une offre en l'air. Vous connaissez le *Son House* ?

— Le bar à blues au bout de la 9e Avenue ?

Elle acquiesça de la tête.

— Je sers aux tables plusieurs soirs par semaine, de dix heures à quatre heures. Passez, je vous offrirai une mousse. D'accord ?

— Je sais pas. Il faut que je réfléchisse, répondit Carl.

Il considéra la somptueuse créature qui se tenait à moins de cinquante centimètres de lui, puis il revit Amanda, plus furieuse que jamais, fonçant vers le nid-de-poule.

— Bon, j'ai réfléchi. D'accord, Toni avec un *i*.

2

Le bimoteur Cessna se posa sur la piste 3 de l'aéroport international de Nashville exactement à l'heure prévue, à la minute près. Personne ne parut s'en apercevoir. Ni l'opérateur radio de la tour de contrôle, qui laissa l'avion sur place vingt-trois minutes, jusqu'à ce que le pilote rappelle : « Ici le Cessna Novembre 60 Golf Charlie. Combien de fois il faut vous répéter que je dois me rendre au Mercury Air Service ? — Désolé, Charlie, répondit l'opérateur. Journée chargée, aujourd'hui. Je vous avais oublié. » Ni l'assistant au sol de Mercury, qui, après que le Cessna eut enfin obtenu l'autorisation de s'y rendre, mit sept minutes et demie à se décider à sortir pour diriger l'appareil sur un emplacement. Ni l'homme d'une maigreur affligeante qui, derrière son comptoir du terminal FOB, fit lanterner le pilote quatre minutes de plus avant de prendre sa commande de cent litres de carburant dans chaque réservoir d'aile.

Tout le monde se fichait de tout, excepté le pilote du Cessna — et son unique passager, H. Harrison Wagner, qui voyageait aujourd'hui sous le nom de Laurence Engel.

Wagner croyait en la ponctualité. Il ne supportait pas que tout le monde se contrefiche que les avions ou les trains arrivent à l'heure ou partent en retard, que les choses soient authentiques ou fausses, bien ou mal faites, voire pas faites du tout. Pour Harry Wagner, c'était intolérable. Mais il y avait beaucoup de choses dans ce monde qu'il trouvait intolérables.

À commencer par la tâche qu'il s'apprêtait à exécuter.

Il n'était pas particulièrement fier de la vie qu'il avait menée jusque-là. Il aimait son travail, l'excitation qu'il lui fournissait, la liberté qu'il lui apportait, le respect qu'il suscitait parfois. Il était émoustillé par le monde érotique des bars et des boîtes qu'il fréquentait la nuit : les jeux qu'il jouait, les corps qu'il touchait, le désir qu'il provoquait et qu'il éprouvait. Mais toute son existence reposait sur le mensonge. Depuis trop d'années, chaque jour n'était qu'un mensonge de plus pour survivre. S'il y avait quelque chose dont il était satisfait, c'était sa force. Il avait appris à vivre avec ses mensonges, avec eux seuls, coupé du monde qui l'entourait.

Jusqu'à ce jour. Désormais, il n'était plus seul, il n'était plus fort. Il était vulnérable. C'était la raison pour laquelle il s'apprêtait à franchir la seule limite qu'il avait réussi à éviter jusque-là.

C'était la raison pour laquelle Harry Wagner s'apprêtait, pour la première fois de sa vie, à tuer un autre être humain.

Il aurait été plus facile pour lui d'atterrir à l'aéroport d'Oxford. Mais Harry ne recherchait pas la facilité. Même dans ces circonstances, il préférait *bien* faire les choses. C'était pour ça qu'il avait choisi Nashville. L'aéroport d'Oxford était plus près de sa véritable destination, mais il était plus petit. Au cas où quelque chose tournerait mal, il aurait besoin de rester dans l'anonymat. Et puis il y avait des choses qu'on faisait bien à Nashville. Le *Loveless Cafe* servait le meilleur petit déjeuner de tout le pays. La musique jouée tard le soir dans Printers Alley était toujours sincère et vraie. Il aimait la véritable country music, l'émotion que les paroles faisaient naître en lui.

Malheureusement, la ville n'était cette fois qu'une escale. Y atterrir. Changer de moyen de transport. Rejoindre sa destination. Trouver la cible. Pas même le temps d'une brève halte. Peut-être au retour. Il se rendrait dans ce petit bar qu'il avait découvert à son dernier voyage. L'endroit où il était tombé amoureux. Si l'on pouvait parler d'amour pour vingt-quatre heures de passion.

À l'agence de location de voitures, la grosse employée boutonneuse caqueta un moment au téléphone derrière son comptoir sans lui prêter attention, ce qui le mit encore plus en retard sur son programme. Lorsqu'elle daigna enfin raccrocher et faire son travail, il lui lança un regard mauvais dans l'espoir d'éveiller en elle un sentiment de honte. Peine perdue, bien sûr. Elle jeta un coup d'œil à son permis de conduire, le lui rendit avec un sourire. Un grand sourire cordial, et extraordinairement stupide.

Elle lui posa les questions habituelles : quand comptait-il rendre le véhicule, souhaitait-il une assurance supplémentaire, etc. D'un ton mécanique. Jusqu'à ce qu'il donne le nom et le numéro de téléphone de sa compagnie — faux, tous les deux — avec l'indicatif de Philadelphie.

— Moi aussi je suis de Philadelphie ! s'extasia-t-elle, le gratifiant de nouveau de son sourire idiot. Vous êtes dans quelle branche ?

— Immobilier commercial, répondit Harry, certain qu'elle en serait impressionnée.

Lui-même était impressionnant avec son mètre quatre-vingt-huit et ses cent dix kilos, ses mains épaisses, sa poitrine et ses épaules larges. Il savait qu'habillé il pouvait paraître un peu empâté, comme un ex-joueur de football américain qui se laisserait aller. Mais il savait aussi ce qui se passait quand il ôtait ses vêtements. Il avait entendu plus d'une exclamation admirative devant son corps ferme, son ventre plat, les muscles qui gonflaient ses bras et ses jambes. Il adorait provoquer ce genre de réaction. Dieu qu'il adorait ça !

Harry Wagner ne considérait pas la vanité comme un grave défaut, plutôt comme un penchant anodin. Ce jour-là, il avait cédé à son penchant en mettant un costume Armani gris sombre, parfaitement coupé. Chemise blanche. Cravate à pois, noir et blanc. Très élégant mais pas tout à fait son goût. Il préférait les tons vifs, les cravates colorées. Dans cette tenue stricte, il avait en tout cas l'air de ce qu'il prétendait être, un riche homme d'affaires blanc, un de ceux qui louent une voiture et hochent distraitement la tête quand la grosse employée boutonneuse leur dit : « Passez une bonne journée, monsieur Engel ! »

Le trajet dans sa Buick Skylark de location lui prendrait cinq heures et trente-cinq minutes, y compris une demi-heure d'arrêt au *Loveless Cafe* pour ces crêpes au beurre, dont il raffolait, avec du jambon de pays. Plutôt crever de faim que de manger en route dans un McDonald's. *Pas étonnant que rien ne marche en Amérique*, pensa Harry. *Tout le monde s'y nourrit de saletés graisseuses emballées dans du carton.* Il ferait une seconde halte sur une aire de repos juste après Corinth, à la frontière entre le Tennessee et le Mississippi. Il avait prévu une autre pause de dix minutes dans son programme, et il savait que l'endroit était d'une propreté irréprochable. Même simplement pour uriner, Harry Wagner ne fréquentait aucun lieu qui ne fût pas propre.

La sortie de Nashville ressemblait à celle de n'importe quelle ville américaine en pleine expansion, avec l'alignement habituel de Blockbuster Video, Planet Hollywood et Hard Rock Cafe. Une fois hors des limites de la ville, on retrouvait la nouvelle banlieue du Sud. Une succession de centres commerciaux, et des résidences protégées par des vigiles qui semblaient avoir poussé dans la nuit. Quelques minutes encore, puis la route traverserait la rase campagne : des kilomètres de ku-dzu, des stations-service et des fast-foods. Bienvenue dans le vrai Sud.

Il connaissait bien l'histoire de sa destination finale. Harry Wagner détestait les surprises et aimait savoir des choses. Cela faisait partie de sa théorie sur les menus détails : rien dans la vie n'était trop grand pour qu'on ne puisse le fractionner, l'analyser et le comprendre. Plus il engrangeait de détails dans son esprit, plus large était la base dont il se dotait. Son travail exigeait des qualités tant physiques que mentales, mais il se considérait avant tout comme un analyste. On le payait pour trouver une solution à tout problème qui pouvait se poser.

La solution à ce problème particulier se trouvait dans le bled du Mississippi vers lequel il roulait, une ville grise et sale située au bord du fleuve, née au début du vingtième siècle dans le sillage de la révolution industrielle, et qui mourait lentement depuis quarante ans. La partie blanche de la localité était propre et bien tenue. Les gens marchaient sur des trottoirs, faisaient leurs achats dans des magasins agréables et tranquilles, servis par des vendeurs courtois. Leurs jolies maisons étaient posées sur des pelouses soigneusement tondues, près d'un terrain de golf bien entretenu. La partie noire avait des caractéristiques tout aussi distinctives mais très différentes. Au lieu de trottoirs, des fossés boueux, assez profonds pour ensevelir une voiture. Au bord des chaussées, des matelas éventrés tenaient compagnie à des tas de vieux pneus. Une grande usine dominait les rangées de petits pavillons en parpaings, mais sa cheminée ne crachait plus de fumée depuis qu'elle avait été fermée, près de vingt-cinq ans plus tôt.

Wagner trouva immédiatement ce qu'il cherchait : dans une ville de deux mille habitants, ce n'est pas difficile de repérer la mairie. Elle était située à moins de cinquante mètres d'une gare de chemin de fer désaffectée, elle-même située à une cinquantaine de mètres de ce qui avait dû être une jolie grand-place mais qui n'était plus à présent qu'une plaque de béton fendillé envahie de mauvaises herbes. L'employée de la mairie lui rappela celle de l'agence de location de voitures. Même sourire crétin, même regard vide. Simplement vingt années de plus.

— Je peux vous aider ? s'enquit-elle derrière son guichet.

— Je l'espère, répondit aimablement Harry Wagner. Je représente un cabinet juridique de Hartford.

Les yeux de l'employée prenant une expression de vague incompréhension, il ajouta « Connecticut » puis ouvrit son portefeuille et en tira une carte *(Laurence Engel. Cabinet Broadhurst, Fairbum et March)* qu'il lui tendit en disant :

— Nous recherchons quelqu'un pour une affaire de succession. Cette personne a hérité d'une somme assez importante...

— La veinarde ! s'exclama l'employée. (Elle semblait sincèrement ravie de la chance de quelqu'un d'autre. Cela étonna Wagner, c'était contraire à l'idée qu'il se faisait de la nature humaine.) Donnez-moi son nom, je verrai ce que je peux faire.

— Voilà le problème, dit-il avec un haussement d'épaules embarrassé. Nous ne la connaissons que par son surnom.

— Mince, alors ! Y en a qui laissent de l'argent à quelqu'un sans connaître leur nom ?

Son nom, rectifia mentalement Wagner, qui détestait les incorrections grammaticales.

— Nous avons eu la même réaction en découvrant le texte du legs. Mais vous savez comment sont les riches...

La mimique de l'employée confirma qu'elle le savait. Elle le savait parfaitement.

— C'est une personne que notre client a connue dans son enfance et qui a été très bonne avec lui. Elle était sa nounou. Il est mort récemment et il explique dans son testament que si cette personne est encore en vie il veut lui témoigner sa gratitude. Mais il ne la connaissait que sous son surnom de Mama N'a-qu'un-œil.

La femme secoua la tête d'étonnement.

— Ça, c'est curieux comme surnom. Je crois pas l'avoir jamais entendu. (Elle hésita, baissa la voix.) Elle est noire ?

— Je pense que oui.

Elle eut un hochement de tête entendu, disparut sans dire un mot dans la petite pièce située derrière son bureau. Harry entendit des voix puis un Noir s'avança vers le guichet. Il était grand et maigre, avec des touches de blanc dans les cheveux : cinquante-cinq, soixante ans.

— Je suis Luther Heller, conseiller municipal. Que puis-je faire pour vous ?

Harry tira une autre carte de son portefeuille, répéta son histoire. Quand il prononça les mots « Mama N'a-qu'un-œil », Heller tressaillit. Presque imperceptiblement, mais Harry n'était pas du genre à manquer ce genre de réaction.

— Je la connais, dit le conseiller. Ou plutôt, je la connaissais. Elle est morte.

Il mentait. Son visage était facile à déchiffrer. Feignant de gober le mensonge, Harry assura d'un air affligé :

— Je suis désolé. Ça fait longtemps ?

— Trois semaines. Peut-être un peu plus.

— C'est récent, fit remarquer Harry, qui prit dans une de ses poches un calepin et un stylo. Quel était son vrai nom ? J'en aurai besoin pour régler la succession, au tribunal.

— Clarissa May Wynn. Elle devait bien avoir quatre-vingt-dix ans.

— Elle est enterrée dans le coin ?

— Non, répondit Heller d'une voix tendue. Elle a été incinérée.

— Ah ! Alors, je peux vous demander un certificat de décès ? Toujours pour le tribunal des successions et tutelles...

— Je ne pourrai pas vous donner ça avant quelques semaines, au mieux. Nous sommes en train d'informatiser nos registres. Notre petite communauté entre seulement dans le vingtième siècle au moment où le vingt et unième commence, j'en ai peur...

— Et l'avis de décès ?

Le conseiller municipal examina longuement « Laurence Engel » avant de répondre :

— Les bureaux de *La Gazette* se trouvent cinq cents mètres plus bas.

— Quel dommage, soupira Harry en se dirigeant vers la porte. Elle ne saura jamais que quelqu'un avait gardé d'elle un bon souvenir...

— Mama est dans un monde meilleur, dit Heller. Je suis sûr qu'on lui transmettra la nouvelle, là-haut.

Il ne fallut que cinq minutes à Harry pour se rendre au siège du journal local mais il était sûr, en y arrivant, que Luther Heller avait prévenu de sa visite. L'employé noir ne put mettre la main sur aucun numéro du mois précédent et déclara à Harry qu'il lui faudrait plusieurs jours pour retrouver ce qu'il cherchait. Il le laissa quand même utiliser son annuaire — ça, il réussit à le trouver —, mais il n'y avait pas d'abonné du nom de Wynn.

En revanche, il y avait un Luther Heller.

Harry remonta en voiture, alla dans la partie noire de la ville, passa devant les pneus et les matelas, les carrés de gazon mort jonchés de canettes de bière et de bouteilles de whisky. Il trouva la maison de Heller, un peu plus grande que les autres mais quand même fort modeste. Un jardinet sur le devant, un potager entouré d'une clôture à droite. Un drapeau américain pendant dans l'air immobile au-dessus de la porte d'entrée.

À quelques mètres de la porte, une jeune Noire assez jolie, assise dans un fauteuil de plage, lisait un livre de poche à l'ombre d'un grand érable. De temps à autre elle portait à ses lèvres un verre en plastique qui, lorsqu'elle ne buvait pas, était posé dans l'herbe roussie près de son bras droit. Elle devait avoir une trentaine d'années mais semblait fatiguée, usée. Une fillette de six ou sept ans jouait aux osselets en fredonnant sur la terre durcie par le soleil. La fille et la petite-fille de Luther, devina Harry.

Il se présenta, sourit poliment. Annonça qu'il cherchait Mama N'a-qu'un-œil. Qu'il avait de l'argent à lui remettre. Que Luther lui avait dit de passer. Il avait essayé de lui expliquer la route mais c'était trop compliqué, il valait mieux que sa fille lui montre, si elle était à la maison. La femme assise dans le fauteuil de plage le dévisagea sans dire un mot. Harry sentit sa colère monter : il était poli, amical ; cette femme pourrait au moins lui répondre.

De la véranda de la maison voisine, deux Noirs observaient la scène en silence. Ils avaient ôté leur chemise et le soleil faisait luire la sueur sur leurs muscles durs.

Harry Wagner fit une nouvelle tentative :

— Je cherche Mama N'a-qu'un-œil, elle a fait un héritage. Votre père m'a dit que vous auriez l'amabilité de m'indiquer le chemin de sa maison.

La femme ne répondait toujours pas. L'un des Noirs de la maison voisine s'approcha, vint se planter à trente centimètres de l'importun, se pencha vers lui.

— Je peux faire quelque chose pour vous ? lui demanda Wagner.

— Ouais. Tu peux dégager.

— Vous n'avez peut-être pas compris, dit-il, écartant les bras pour montrer qu'il n'avait aucune mauvaise intention.

— Oh ! j'ai compris. Maintenant, toi, tu devrais comprendre aussi et foutre le camp.

Harry hocha la tête, courtois et compréhensif, recula de deux pas. Expédia son pied droit dans le genou du Noir, lui brisant la rotule. L'homme poussa un cri, s'écroula comme un sac. Son copain accourut à la rescousse mais, avant qu'il ait le temps d'approcher, Harry avait un pistolet à la main et le braquait sur lui.

— J'espère que vous n'êtes pas aussi téméraire que votre ami. Mais si vous l'êtes, je vous donne trois secondes pour choisir la partie de votre corps dont vous pensez pouvoir vous passer. Un... deux...

L'homme se figea, estima qu'il valait mieux se tenir à l'écart de ce Blanc manifestement cinglé, recula. Harry se tourna vers la femme.

— Maintenant, j'aimerais que vous me conduisiez chez Mama N'a-qu'un-œil.

La voiture s'enfonçait dans les bois. La fille de Heller était assise à l'avant, à côté de Harry. À l'arrière, la gamine gardait le silence, osait à peine bouger.

— Votre enfant est bien élevée, fit-il observer. Vous devez être une bonne mère.

— Qu'est-ce que vous voulez ?

— J'ai essayé de vous l'expliquer, vous avez choisi de ne pas répondre. Maintenant, vous n'avez plus droit aux questions. C'est la règle.

— La règle ? fit-elle, incrédule. Quelle règle ?

— La mienne. La seule qui compte.

Il leur fallut vingt-deux minutes pour arriver à la petite cabane où vivait Mama, au bout d'un chemin de terre battue. Harry descendit de la Buick, en fit le tour, ouvrit la portière de la Noire. Elle regarda la banquette arrière sans rien dire mais il comprit qu'elle lui demandait de laisser la petite dans la voiture. Il secoua la tête avec un sourire d'excuse, ouvrit la portière arrière et, s'inclinant avec un geste théâtral, invita la fillette à descendre.

Il frappa à la porte de la cabane, n'obtint pas de réponse — il ne s'attendait pas à en avoir. Pas la peine de perdre son temps à crocheter la serrure : le bois était si mince qu'il céda au premier coup de pied. La fillette sursauta, se réfugia dans les bras de sa mère, qui la souleva, la serra contre elle et murmura :

— Ça va aller, chérie. Ça va aller...

Harry eut un sourire triste en l'entendant.

Il devait faire ce boulot, si exécrable soit-il, alors il les fit entrer dans la cabane. Elle se composait d'une pièce, avec une cheminée qui constituait sans doute le seul chauffage. Les meubles étaient peu nombreux et simples : un lit d'une personne, deux chaises en bois, une table ronde pour quatre, un petit réfrigérateur et un réchaud. Il demanda aimablement à la femme de s'asseoir dans le fauteuil à bascule occupant le centre de la cabane. Elle s'exécuta, sans lâcher son enfant, qui se blottit sur ses genoux. Harry Wagner ôta la veste de son costume, retroussa les manches de sa chemise et se mit à fouiller la pièce.

Les éléments de la partie cuisine contenaient quelques boîtes de haricots et autres légumes du Géant Vert. Il y avait un placard dans lequel pendaient quatre cintres sans vêtements. Sous le lit, rien que de la poussière. Harry fut méthodique, comme toujours, mais sa perquisition dura peu et ne donna rien d'intéressant. Rien qui pût satisfaire son employeur. Et il savait qu'il ne trouverait pas Mama non plus. Pas aujourd'hui. Mais on lui avait demandé de laisser au moins un avertissement.

Il prit un couteau de cuisine dans le tiroir de Mama, respira à fond.

Son travail était devenu doublement exécrable puisqu'il ne devait plus tuer une personne mais deux.

Sans dire un mot, il fit trois pas vers le milieu de la pièce et trancha la gorge de la femme. La mort fut instantanée. La fille du conseiller municipal n'émit pas un son, ne parut même pas surprise. Elle s'affala simplement dans le fauteuil et son sang aspergea le devant de la chemise et la cravate de Harry. Il baissa les yeux, ulcéré par les taches, s'efforça de ne pas laisser ce désagrément détourner son attention. Descendue des genoux de sa mère, la fillette glapissait. Elle courut vers la porte, rapide, mais pas autant que lui. Il la saisit par le bras, la fit tourner, si brutalement qu'il entendit quelque chose craquer, probablement son épaule. Elle ne résista plus, se mit à gémir. Elle était trop terrifiée pour crier, même quand il déchira ses vêtements. Elle gardait la tête baissée, plaquée contre sa poitrine plate. Elle se refusait à le regarder, comme si ne pas le voir pouvait le faire disparaître. L'empoignant par les cheveux, il la força à relever la tête. Lorsqu'il brandit le couteau, elle ferma les yeux hermétiquement avec une grimace qui aurait pu le faire rire. Il ne rit pas cependant, et des larmes coulèrent sur ses joues.

— Je suis désolé, murmura-t-il. Sincèrement désolé.

Il égorgea l'enfant d'une oreille à l'autre. Elle était si frêle qu'il lui coupa le cou presque jusqu'à l'os. Elle tomba par terre, la tête inclinée si fortement sur le côté qu'elle semblait sur le point de se détacher.

Harry mit quelques minutes à se ressaisir puis retourna à sa voiture de location, ouvrit le coffre et y prit un petit sac de voyage en cuir. Il en tira une chemise blanche amidonnée et une cravate identiques à celles qu'il portait. Il retourna à l'intérieur, ôta les vêtements maculés de sang, les jeta par terre. Il alla prendre la lampe à pétrole posée sur le dessus de la cheminée, la laissa tomber sur le plancher. Il pêcha ensuite dans sa poche un cigare dominicain, roulé avec des feuilles de tabac cubain — un des seuls vices qu'il s'autorisait —, défit l'emballage de Cellophane, étêta le bout d'un coup de dents avant de le glisser dans sa bouche. Il craqua une allumette, la tint près de l'extrémité du cigare et en tira de grosses bouffées satisfaisantes. Après un dernier regard aux deux corps, l'un oscillant encore légèrement dans le fauteuil à bascule, l'autre étendu par terre près de la porte, il lâcha l'allumette enflammée au-dessus de la flaque de pétrole et ressortit.

Au moment où il montait dans sa voiture, il entendit le bruit, le *woouf* plaisant à l'oreille du feu qui prend et se propage. Les flammes montèrent et rugirent ; le brasier craqua et crépita, impossible à maîtriser maintenant, dévorant la cabane de Mama N'a-qu'un-œil.

De retour sur la route nationale, où il roulait exactement à la vitesse maximale autorisée, H. Harrison Wagner songea que rien ne l'attendait à New York avant le lendemain après-midi. Une journée entière de temps libre. Et avec le jeunot dont il était censé s'occuper, l'écrivain, ce serait facile. Ce type n'avait aucune idée de ce qui se passait.

Harry pensa au piège dans lequel il s'était laissé enfermer. Il ne savait pas à qui il en voulait le plus : à la personne qui lui avait tendu ce piège, ou à lui-même, pour y être tombé. Mais, comme toujours, ses envies mirent rapidement fin à toute réflexion critique. Harry Wagner décida de passer la nuit à Nashville. Et de faire de son mieux pour tomber de nouveau amoureux pour vingt-quatre heures.

Il devait le reconnaître : sous sa carapace, il était terriblement faible.

Mais tant qu'à être faible, autant y prendre plaisir.

3

Carl appuya sur la sonnette de Maggie Peterson, attendit une minute avant d'appuyer de nouveau. N'ayant toujours pas de réponse au troisième essai, il s'adossa à l'élégante grille de fer forgé protégeant la porte et se demanda s'il n'avait pas imaginé leur conversation de la veille.

La pluie avait cessé, le ciel était dégagé et, devant la *brownstone* luxueuse de Maggie, le trottoir semblait lavé de frais. Des nurses et de jeunes mères poussaient des landaus dans la rue. Deux adolescents se renvoyaient une balle à coups de pied entre les voitures garées. Carl attendait depuis un quart d'heure quand l'un des jeunes expédia la balle de son côté, et il s'apprêtait à la lui rendre d'un joli petit drop quand une limousine noire s'arrêta devant lui. Un chauffeur descendit, fit le tour pour aller ouvrir la portière arrière gauche, lança à Carl un regard complice qui semblait demander pourquoi son passager n'était pas capable d'ouvrir sa portière, bon Dieu ! Réponse, parce que ce passager était Maggie, et qu'elle ne faisait manifestement pas elle-même ce dont elle pouvait charger quelqu'un d'autre. Sans s'excuser de son retard, elle passa devant Carl, ouvrit la grille puis la porte, se glissa à l'intérieur. Il suivit, se retrouva dans une salle de séjour chrome et cuir noir. Il devina un thème récurrent puisque Maggie était de nouveau habillée de cuir noir, bien que sa tenue fût différente de celle de la veille, au funérarium. Son ensemble se composait cette fois d'un gilet, sous lequel elle ne portait apparemment rien d'autre, et d'une jupe courte et collante. Tout à fait en harmonie avec le mobilier. Elle s'assit sur le canapé, se renversa en arrière et croisa les jambes.

Quand elle lui demanda « Ça vous plaît ? », il ne sut si elle parlait de l'appartement ou de sa mise. Les deux étaient à son goût, il devait l'admettre. Le living débouchait sur une cuisine de gastronome dont la cuisinière à six feux aurait occupé tout le studio de Carl. Le reste de l'appartement semblait aussi luxueux. Bien que le spectacle de Maggie sur le canapé eût quelque chose de fascinant, l'attention de Carl fut attirée par l'arrière-plan. Des portes-fenêtres donnaient sur un patio en brique et un ravissant jardin anglais éclatant de couleurs. Quelque part, au bout du couloir aux dalles noires et blanches, il devait y avoir au moins une chambre. Probablement deux ou trois, supposa-t-il. Il ne put s'empêcher de se demander si elle l'inviterait à compléter la visite en allant voir ce qu'il y avait au bout du couloir.

Carl finit par répondre à la question en déclarant qu'il trouvait l'appartement magnifique. Puis il fit le plongeon, déclara qu'il était très heureux qu'elle ait aimé son roman, que c'était très personnel et très important pour lui, cette histoire d'entraîneur de l'équipe de basket d'une petite ville qui tombe sur un joueur prodige. Il espérait qu'elle aimait le titre, *La Balle au bond*, parce qu'il y tenait beaucoup, enfin, pas au point de refuser de le changer si vraiment ça ne lui plaisait pas. Il lui disait combien il était heureux qu'elle pense que ce serait un succès, qu'il ferait tout pour ça, qu'il travaillerait dur, quand, d'une main impérieuse, elle l'interrompit et déclara froidement :

— Votre bouquin ne se vendra pas.

Devant son air médusé, elle ajouta :

— Il est trop bon pour se vendre sur le marché actuel. Mais je le publierai. Et je vous ferai le grand jeu : épreuves envoyées aux médias avant parution, lectures dans les bonnes librairies indépendantes, les trois ou quatre qui restent...

— Il y a quelque chose qui m'échappe, fit Carl, secouant la tête. Pourquoi vous voulez publier un livre qui ne se vendra pas ?

— Parce que je veux que vous en écriviez un autre qui se vendra. Quelque chose d'énorme. Vous m'écoutez ?

— Énormément, dit Carl.

Il remarqua qu'un des murs était couvert de photos, des originaux de Nan Golden, étalage troublant de camés, de travestis et de morceaux de corps asexués.

— Vous vous souvenez de *Couleurs primaires* ?

— Qui pourrait l'oublier ?

— Précisément. Ce livre s'est vendu à plus d'un million d'exemplaires avant que Joe Klein ne révèle qu'il était Anonyme, l'auteur. Eh bien, j'ai déniché une histoire à côté de laquelle *Couleurs primaires* fera figure de roman à l'eau de rose. Nous allons sortir une sorte de livre instantané. Écrit rapidement, publié encore plus vite. Le genre de truc qu'on réserve d'habitude pour les attentats à la bombe, les guerres ou les altesses royales décédées...

Tandis qu'elle parlait, son visage s'éclaira comme si c'était le matin de Noël et qu'elle venait de recevoir le plus beau des cadeaux. Carl eut la vision de la véritable nature de Maggie Peterson : une cupidité sans frein.

— J'ai une source à Washington qui a une histoire à raconter, poursuivit-elle. Et cette histoire, une fois publiée, changera le cours de l'Histoire, avec un grand H...

— Vous n'y allez pas de main morte, fit observer Carl, sceptique.

Après tout, le battage publicitaire était le terrain où Maggie Peterson excellait.

— Je n'exagère pas, dit-elle.

— Qui est cette source ?

— Quelqu'un qui, pour des raisons de sécurité, ne sera connu que sous son pseudonyme, Gideon.

— Gideon, répéta Carl. D'accord, mais qui est-ce ?

Maggie décroisa les jambes, se pencha vers lui en plissant les yeux.

— La première et la seule chose que vous avez besoin de savoir sur Gideon, c'est que vous n'obtiendrez aucune réponse à vos questions. Vous ne le rencontrerez jamais, vous ne lui parlerez jamais. Gideon occupe une position extrêmement délicate et l'idée d'être découvert le terrifie. Il n'aura de contact qu'avec moi. Personne d'autre. Compris ?

— Nooon, répondit Carl, fronçant les sourcils.

— Alors, taisez-vous et écoutez, répliqua Maggie sur le mode mitraillette, rapide, violent, dépassionné. J'ai besoin d'un nègre. Parce que Gideon ne sait pas écrire. Du moins, pas assez bien pour pondre un bouquin. En outre, j'ai besoin de quelqu'un qui puisse faire un ouvrage de fiction. Un roman commercial, bien ficelé. Parce que si Apex sort un docu nous serons poursuivis en justice.

— Par qui ?

— Je n'aime pas me répéter, repartit-elle, agacée. Vous n'obtiendrez de moi aucun renseignement sur Gideon.

— Je ne joue pas au type obtus, mais comment voulez-vous que j'accepte d'écrire un livre si j'ignore totalement de qui ou de quoi il s'agit ?

— C'est une urgence, lui renvoya-t-elle, comme si cela répondait à sa question. Je vous fournirai des informations, des informations hautement confidentielles qui vous seront transmises directement. Vous les assimilerez puis vous en ferez un roman en ajoutant de la couleur, de la substance, de l'atmosphère, mais en restant aussi près des faits que possible. Vous me livrerez votre travail, chapitre par chapitre ; je le reverrai pendant que vous écrirez le reste. Le facteur temps est essentiel. Ce livre doit sortir dans six semaines. Vous comprenez, maintenant ?

— Non. Je ne comprends rien.

— Qu'est-ce que vous voulez savoir d'autre ?

— Pourquoi moi, pour commencer ?

— Parce que j'ai besoin de quelqu'un qui n'est rien.

— Merci de cet éclaircissement.

— Désolée si ça vous paraît dur, mais je ne peux pas confier ce boulot à un journaliste connu : il essaiera de trouver qui est Gideon et flanquera tout par terre. Si je m'adresse à un écrivain célèbre, il y aura des problèmes d'ego. Ils veulent tous avoir leur nom sur la couverture.

— Et si je veux le mien, dessus ?

— Gideon sera le seul nom qui y figurera. Il me faut un vrai nègre, quelqu'un qui acceptera de faire ce travail dans l'anonymat total et qui n'en parlera jamais. À personne. Personne ne devra savoir que vous travaillez sur ce livre. Pas même votre copine.

— D'abord, je n'y travaille pas encore. Ensuite, ça ne pose pas de problème : je n'ai pas de copine.

— Je le sais. Amanda et vous, c'est fini depuis, quoi, un an ?

Carl pencha la tête sur le côté, la considéra avec curiosité.

— Vous êtes vraiment bien renseignée.

Les lèvres de Maggie s'étirèrent légèrement et il se demanda si c'était sa façon de sourire.

— Vous n'avez ni frère ni sœur, votre mère est morte il y a quatre ans et vous ne parlez quasiment plus à votre père, récita-t-elle.

— Qu'est-ce que vous savez d'autre ?

— Je sais *tout* de vous, Carl.

Il hésita, se passa l'ongle du pouce sur le menton.

— Je n'arrive pas à croire que c'est moi qui parle, mais je pense que je vais refuser.

Elle eut l'air stupéfaite et il se demanda si quelqu'un lui avait déjà dit non.

— Je n'aime pas qu'on me bouscule, argua-t-il. Surtout quand je suis complètement dans le noir. J'ai tendance à me cogner et à me faire mal.

Maggie poussa un soupir, roula des yeux comme devant un enfant récalcitrant. Puis elle se pencha et prit une mallette en cuir souple posée par terre. Elle la posa sur la table basse étincelante, l'ouvrit, en tira une brochure au papier glacé. Le catalogue d'été d'Apex. Sans dire un mot, elle l'ouvrit à la double page du milieu.

GIDEON

EN AOÛT... LE PLUS EXPLOSIF DES ROMANS POLITIQUES DE TOUS LES TEMPS ! UN SUJET SI SECRET QUE NOUS NE POUVONS RIEN VOUS EN DIRE... SI CE N'EST QU'IL N'Y A JAMAIS EU DE LIVRE COMME CELUI-LÀ !

Premier tirage : 1 000 000

— Un million d'exemplaires... lut Carl à mi-voix.

— Nous jouons dans la cour de John Grisham et Stephen King. Vous savez combien il vous faudrait écrire de romans pour vendre un million d'exemplaires ?

— Un demi-million, répondit-il, pitoyable.

— Au moins.

Maggie rangea le catalogue dans la mallette, y prit une enveloppe qu'elle posa devant Carl et lui fit signe de l'ouvrir.

Elle contenait un chèque de cinquante mille dollars au nom de Carl Granville, émis par Quadrangle Publications. Un nouveau label pour Apex qui serait lancé par *Gideon*, expliqua-t-elle.

— Quand vous m'aurez remis un manuscrit satisfaisant, vous recevrez un autre chèque, de cent cinquante mille. Comme je vous verserai par ailleurs cinquante mille pour votre roman, vous vous en sortirez plutôt bien. On est en train de rédiger les contrats mais avec les avocats ça traîne toujours, et je n'ai pas le temps. Vous devez commencer tout de suite. Il faudra aussi vous trouver un nouvel agent, je suppose.

Carl resta coi. Cette femme lui offrait les clefs du royaume enchanté. Viens, lui disait-elle, tu y as ta place.

— En résumé, voilà la question : voulez-vous gagner un quart de million de dollars, publier un best-seller et avoir le meilleur éditeur de New York pour vous appuyer ?

Carl n'eut pas besoin d'ouvrir la bouche. Elle connaissait la réponse.

Il s'approcha des étagères en verre noir couvrant un mur, y prit un objet qu'il avait remarqué à son entrée dans la pièce. C'était une statuette en or. Un oscar.

— C'est un vrai ?

— Je n'ai rien qui ne soit pas authentique, affirma-t-elle.

— Vous l'avez gagné ?

— Je l'ai acheté. À une vente aux enchères, chez Christie's.

Il leva les yeux du trophée magique et la regarda, déconcerté.

— Pourquoi ?

— Parce que j'en ai toujours voulu un. Au cas où vous ne l'auriez pas encore remarqué, j'obtiens toujours ce que je veux... (Elle prit dans la mallette une carte de visite.) Il y a un numéro en bas. C'est celui de mon portable. Si vous avez besoin de me parler, appelez-moi à ce numéro, ne passez en aucun cas par le standard d'Apex. Ne laissez votre nom sur aucun répondeur. Et ne songez même pas à revenir ici, à moins que je ne vous y invite. Si je le fais, ce ne sera pas pour une raison professionnelle. Officiellement, je ne vous connais pas. Vous n'existez pas.

Elle lui tendit la carte et, quand il la prit, elle effleura sa main de ses doigts et ajouta d'une voix basse, sensuelle :

— Mais, officieusement, je serai peut-être amenée à baiser avec vous, Carl.

Il remit l'oscar à sa place, glissa la carte dans la poche de sa chemise.

— Je vous en prie, dit-il. Appelez-moi Granny.

Quelques années plus tôt, quand il était monté à New York pour devenir écrivain, Carl avait imaginé ce qu'il ferait le jour où un éditeur accepterait enfin son premier roman, *La Balle au bond*.

D'abord, il téléphonerait à sa mère pour lui annoncer la nouvelle. C'était, depuis des années, sa plus fervente — et son unique — admiratrice. Son père ? Il pensait que Carl aurait dû s'inscrire dans une bonne école commerciale respectable et obtenir un bon emploi respectable.

Deuxièmement, il s'offrirait un repas en solitaire *Chez Tony*, un restaurant italien de quartier dans la 79e Rue Ouest. Il savait exactement ce qu'il commanderait : une salade verte, des raviolis, des *cannolis* au dessert, et une bouteille de chianti.

Troisièmement, il boirait une bouteille de Moët et Chandon avec sa chère et tendre. Ils porteraient un toast à *La Balle au bond* puis ils feraient l'amour jusqu'à l'aube.

Joli programme. Dommage que sa mère soit morte, que *Chez Tony* soit devenu un magasin de chaussures et qu'il n'ait plus ni chère ni tendre dans sa vie. Curieux comme le monde change autour de vous, pensa-t-il.

Il envisagea brièvement d'appeler quand même son père, se ravisa. Il songea à annoncer la nouvelle à Amanda, renonça aussi. Finalement, il n'y avait absolument personne à qui en parler.

Curieux, vraiment.

Il rentra quand même d'un pas allègre, avec cinquante mille dollars en poche. Il s'arrêta à une agence de la Citibank pour déposer l'argent sur son compte d'épargne puis acheta la bouteille de champagne dans un magasin de Broadway. Il la boirait seul. Ça au moins, c'était encore possible.

Quand il arriva à son étage, ses jambes continuèrent à grimper d'elles-mêmes et le conduisirent à l'étage au-dessus, devant la porte de Toni. Pourquoi pas ? Elle était superbe. Elle était sympa. Elle était là. Il s'apprêtait à frapper quand la porte s'ouvrit. Toni sortit précipitamment, glissa fébrilement sa clef dans la serrure. Elle semblait très pressée et le regarda, étonnée, se demandant sans doute ce qu'il faisait devant sa porte. Carl se posa soudain la même question.

— Vous vouliez me voir ? finit-elle par haleter.

— En quelque sorte. Je cherche quelqu'un avec qui fêter un événement. J'ai écrit un roman et...

— C'est formidable. J'aimerais beaucoup que vous me racontiez ça mais je passe une audition pour *All my Children* dans un quart d'heure et je n'ai même pas encore vu mon texte. C'est un grand rôle. Ils cherchent une nouvelle vamp et... De quoi j'ai l'air ?

Elle avait relevé ses cheveux et portait une minirobe noire moulante avec des hauts talons. L'effet était spectaculaire.

— S'ils ne vous engagent pas, ils sont fous, voilà de quoi vous avez l'air.

— Vous êtes un chou. Merci ! Au revoir ! Et félicitations !

Elle dévala l'escalier aussi vite que ses talons le lui permettaient. Carl soupira, demeura un moment immobile dans le couloir silencieux à se demander si être un chou était une bonne ou une mauvaise chose puis redescendit au troisième, ouvrit la porte. Il le sentit avant de le voir et, aussitôt entré, se tourna brusquement vers la gauche.

Il y avait un type sur son lit. Tirant sur un cigare long et mince.

— Vous avez apporté du champagne, Carl, quelle délicate attention ! Je n'ai pas trouvé de cendrier. Où vous les cachez ?

Carl déglutit, effrayé. L'homme était calme, il souriait de manière détendue, mais il y avait quelque chose en lui qui fit se hérisser les poils sur la nuque de l'écrivain.

— Je ne fume pas.

L'inconnu eut un grognement mécontent. Carl regretta de ne pas avoir sur lui d'arme plus redoutable que le couteau suisse miniature qu'il portait depuis le lycée. Il saisit la bouteille de Moët et Chandon par le goulot et demanda sèchement :

— Qu'est-ce que vous voulez ?

— Que vous fermiez la porte, répondit l'intrus, sans bouger du lit.

Carl remarqua que l'appartement était plongé dans la pénombre. Son visiteur avait pris la précaution de tirer les doubles rideaux.

— Écoutez, je n'ai pas d'argent et...

— Fermez la porte, Carl, répéta l'homme sans élever la voix, sans même montrer d'impatience.

Carl alla fermer, resta près de la porte.

— À la bonne heure. Maintenant, approchez-vous de ce bureau, allumez la lumière et asseyez-vous, face à moi.

Dès que l'écrivain fut dans le fauteuil pivotant, l'homme se leva. Il était plus grand que Carl, un mètre quatre-vingt-huit, quatre-vingt-dix, et puissamment bâti. Des mains monstrueuses. Des mouvements précis et souples, comme ceux d'un danseur. Trente-cinq ans environ, les cheveux coupés très court, une moustache bien taillée et de grosses lunettes à montures noires. Il était vêtu comme un dandy, avec une élégance presque excessive : costume en soie fauve, gilet en lin, chemise de drap lavande et nœud papillon à pois jaunes.

— Comment êtes-vous entré ?

Un mince sourire étira ses lèvres.

— Votre serrure m'a posé un problème, je le reconnais. Il m'a fallu près de six secondes pour la crocheter. Vous devriez investir dans une Medeco à pêne dormant, Carl. Elles me résistent parfois plus d'une minute.

Le studio de Carl avait été un salon quatre-vingt-dix ans plus tôt, avant que la vieille maison bourgeoise ne soit divisée en appartements. Il y avait une cheminée, qui ne marchait pas, une bibliothèque encastrée fermée par des portes en verre. En guise de lustre, le sac Everlast de trente kilos, qui pendait au milieu de la pièce. Carl l'avait acheté le lendemain du départ d'Amanda pour Washington et n'avait établi un rapport entre les deux choses que trois mois plus tard. Pour mobilier, il avait son lit, un grand machin en fer provenant d'un asile de fous, et un bureau à cylindre qui avait appartenu à un chef de gare. Ainsi qu'une petite table qui n'avait d'autre particularité que d'être bon marché. Il l'avait installée devant la fenêtre.

L'inconnu alla à cette fenêtre, ouvrit le rideau d'un centimètre et inspecta la rue. C'est à ce moment-là que Carl repéra la chose. Sous la veste luxueuse, sur le gilet blanc.

— Vous portez une arme, déclara-t-il lentement.

— Mmm, acquiesça l'homme. Vous n'aimez pas les armes ?

— Non.

— Vous feriez mieux de vous y habituer, conseilla-t-il, plein de sollicitude. Bon, au travail. Il s'agit d'une urgence. Je pensais que vous l'aviez compris.

Carl vida lentement ses poumons.

— Vous êtes Gideon.

— Je suis Harry Wagner. Harry pour Harrison, pas pour Harold. Non, je ne suis pas Gideon. Je suis ce qu'on appelle un messager. Un terme un peu Régence, vous ne trouvez pas ? Il dégage un parfum de tendre romance, d'intrigue pour cœur virginal. Tout à fait inadéquat, non ?

— Je n'en sais rien.

— Croyez-moi sur parole. Il n'y a pas d'amour dans cette histoire, Carl. Rien que des gens qui se baisent l'un l'autre.

Pour ponctuer sa remarque, Wagner décocha au sac une droite fulgurante.

— Quels gens ?

— Bien essayé, Carl. J'apprécie. Mais on vous a prévenu de cet aspect de notre collaboration : pas de questions.

Furieux, Carl lui lança un regard noir. Il décrocha le téléphone, tira de sa poche la carte que Maggie lui avait remise, composa le numéro de son portable. Elle répondit à la première sonnerie.

— Oui, Carl ?

Il se raidit.

— Comment savez-vous que c'est moi ?

— Je n'ai donné ce numéro à personne d'autre. Qu'est-ce que vous voulez ?

— Un grand type costaud avec une cravate affreuse a envahi mon ap...

Il sentit les doigts de Wagner se refermer sur son poignet. L'homme avait traversé la pièce sans que Carl l'entende, sans qu'il le voie bouger. Il pressa les os du poignet droit de Carl aussi facilement qu'il aurait écrasé un gobelet en carton.

— Dites : « Ne quittez pas », ordonna-t-il.

Comme Carl n'obtempérait pas immédiatement, il accentua sa pression. Les larmes aux yeux, l'écrivain réussit à articuler :

— Ne quittez pas.

— Qu'est-ce qui se passe, bon Dieu ? entendit-il Maggie maugréer.

— Maintenant, posez le téléphone, lui enjoignit Wagner.

Cette fois, Carl s'exécuta aussitôt.

— Laissez-moi vous expliquer une chose, poursuivit Harry d'une voix neutre de maître d'école s'adressant à un groupe d'écoliers pas très futés. Je suis extrêmement susceptible sur le chapitre vestimentaire. Je sais que vous avez voulu faire le malin et, généralement, cela ne me dérange pas. J'apprécie l'humour, quand il n'est pas déplacé.

— C'est bon à savoir, grommela Carl.

Il sentit de nouveau l'étau des doigts de Wagner et estima qu'il valait probablement mieux s'abstenir de tout commentaire.

— Je n'aime pas qu'on se moque de ce que je porte. Je suis fier de mes tenues. Elles sont coûteuses, souvent faites sur mesure. Je comprends que vous avez un tempérament d'artiste, c'est pour cette raison qu'on vous a engagé. J'en tiens compte, je vous laisse une certaine marge. Néanmoins, malgré tout le respect que j'ai pour votre talent, si vous vous moquez encore une fois de ce que je porte, je vous ferai mal. Pas comme en ce moment. *Vraiment* mal. Maintenant, reprenez le téléphone et finissez votre conversation, conclut-il en lâchant l'écrivain.

Carl n'éprouva pas le besoin de répondre quoi que ce soit. Wagner s'était fait clairement comprendre. Il se frotta le poignet, porta le combiné à son oreille.

— Qu'est-ce que vous fichez tous les deux, espèces d'abrutis ? éructa Maggie.

— Rien.

— Alors, où est le problème ? Je vous ai dit qu'on vous livrerait des informations.

— Le livreur est là.

— Alors, tout va bien.

— Tout va pour le mieux, renchérit Carl. Mes compliments pour votre service de messagerie.

— Ne me rappelez que si c'est important, l'avertit Maggie Peterson avant de raccrocher.

— Merci de votre petit mot gentil, fit Wagner, rejetant une bouffée de fumée de cigare. J'apprécie.

— Je peux dire quelque chose ?

— Vous avez le droit de tout dire. Enfin, presque.

— Vous avez prouvé que vous pouvez me faire mal. Et même me tirer dessus, si vous voulez, commença Carl, dont le ton et la colère montaient. Mais je suis quand même chez moi, et je n'aime pas qu'on y fume de gros cigares puants. Alors, éteignez ce machin. *Tout de suite.*

Wagner soupira, réfléchit, hocha la tête. Il fit rouler le cigare entre ses doigts, en tira une dernière bouffée avant de l'éteindre dans l'évier. Puis il alla au placard, l'ouvrit, fouilla à l'intérieur jusqu'à ce qu'il trouve un cintre en bois.

— Les cintres métalliques sont les pires ennemis de votre garde-robe, énonça-t-il, sentencieux.

Il ôta sa veste, l'accrocha au portemanteau de l'entrée. Il défit ensuite sa ceinture, baissa son pantalon.

Une enveloppe de papier bulle était fixée au renflement de sa cuisse gauche par du sparadrap.

Wagner se pencha, arracha d'un coup sec le tissu adhésif, grimaça quand les poils suivirent.

— Horreur de ça, bougonna-t-il.

Puis il se rhabilla, ouvrit l'enveloppe.

Elle contenait ce qui semblait être les pages photocopiées d'un vieux journal intime. Ainsi que des coupures de presse jaunies, et d'autres photocopies de documents officiels, certificats de naissance, de mariage. Il y avait aussi une demi-douzaine de lettres, également photocopiées.

— Je vous explique le système, Carl. Vous étudiez ce matériau jusqu'à ce que vous en ayez assimilé le moindre détail. Naturellement, les noms de lieux et de personnes ont été effacés. N'essayez pas de les retrouver. Ce serait bien plus grave que vous moquer de ma cravate. Ne vous demandez pas qui sont ces gens, où se sont passés ces événements...

— Si je ne connais ni les gens ni les lieux, comment je...

— Soyez créatif. Inventez-les. C'est pour ça qu'on vous paie, non ? Vous aurez plus d'éléments qu'il ne vous en faut, croyez-moi.

— Qu'est-ce qui m'empêche de montrer ces documents à quelqu'un d'autre ? Pour qu'il essaie de reconstituer la véritable histoire ?

— Moi, pour commencer. Et je crois que je vous ai déjà convaincu de mon efficacité. En second lieu, je ne suis pas autorisé à vous laisser ce matériau et vous n'êtes pas autorisé à le photocopier.

— Je peux au moins prendre des notes ?

— Vous pouvez.

— Tant mieux, parce que j'ai séché le cours « Comment acquérir une mémoire prodigieuse ». Question : qu'est-ce que vous allez faire, vous, pendant ce temps-là ?

— Réponse : vous regarder.

Carl jeta un coup d'œil à la pile de documents, fronça les sourcils.

— Ça risque de prendre des heures...

— Je suis très patient. Et je n'ai pas d'autre endroit où aller, dit Wagner.

Il retourna s'asseoir sur le lit, croisa les bras et observa Carl. Sans cligner des yeux. Sans desserrer sa cravate.

— Quand vous aurez terminé, je récupérerai les documents et je m'en irai.

— Vous me manquerez.

— Vous vous mettrez tout de suite à rédiger. Je reviendrai prendre ce que vous avez écrit et vous apporter de nouveaux documents.

— Quand ?

— Vous le saurez quand vous me trouverez ici.

Carl songea à tout laisser tomber mais il pensa aussi à son roman. Aux cinquante mille dollars qu'il venait de déposer à la banque. Il pensa à Maggie Peterson affirmant que le livre projeté changerait le cours de l'Histoire.

— Harry, vous me faites l'effet d'un type plutôt intelligent.

— Merci, Carl. C'est très aimable à vous.

— Vous vous rendez compte que cette histoire est drôlement bizarre ?

— Le monde est drôlement bizarre, Carl. Et il le devient de plus en plus pendant que nous parlons. Vous feriez mieux de vous mettre au travail.

Carl prit un bloc-notes vierge dans le tiroir du bas de son bureau et se mit au travail sur le journal intime. Ce n'était pas facile. L'écriture était torturée et pâle ; le style, erratique, dénotait une éducation très fruste. Il trouvait le contenu dur à suivre, plus encore à assimiler. Surtout avec ce grand type assis à moins de trois mètres de lui et qui le fixait comme un oiseau de proie aux plumes impeccablement lissées.

Carl Granville se concentra, lut, prit des notes. Bientôt, il fut à peine conscient de la présence de Harrison Wagner. Pour sa part, celui-ci demeurait immobile. Et silencieux. Il ne se racla même pas la gorge une seule fois, ne tenta pas de se rappeler au souvenir de Carl.

Au bout de deux heures, l'écrivain eut besoin de s'asperger le visage d'eau froide. Wagner l'y autorisa à la condition qu'il laisse la porte de la salle de bains entrouverte. Penché vers le lavabo, pris d'un léger vertige, Carl s'interrogea sur ce qu'il lisait. Il s'agissait à l'évidence du journal intime d'une femme. L'écriture, l'orthographe indiquaient son manque d'instruction ; le contenu laissait penser qu'elle était misérable et dépourvue de tout statut social. Mais qui était-elle réellement ? Qui étaient les gens dont elle parlait ? L'un d'eux était-il devenu célèbre ? Maggie avait fait référence à *Couleurs primaires*, ce qui signifiait que le journal avait des implications politiques. Lesquelles ? Rien de ce qu'il avait lu jusque-là ne semblait pouvoir nuire à qui que ce soit. Il s'agissait d'une vieille histoire. Des gens obscurs, dans un lieu obscur et lointain...

Qui au juste était Harry Wagner ? Un garde du corps ? Un détective ? Un espion ?

Après avoir fait du café, Wagner utilisa lui aussi la salle de bains mais laissa la porte ouverte et ordonna à Carl de rester dans la cuisine, loin des documents top secret étalés sur le bureau.

Pris d'une soudaine fringale, l'écrivain inventoria le contenu du réfrigérateur, ne trouva rien de mieux qu'un sandwich à la dinde de *Chez Mama Joy*, déjà entamé et vieux d'une semaine.

— Vous voulez un bout de sandwich ? proposa-t-il à Wagner quand il ressortit de la salle de bains.

Wagner examina la chose avec dégoût.

— Plutôt manger mes propres semelles.

— Tant mieux. Ça en fera plus pour moi.

Wagner servit le café, retourna sur le lit avec sa tasse et la but en silence en attendant que l'écrivain se remette au travail. Carl mastiqua son sandwich aussi lentement que possible, sirota son café, s'en versa une autre tasse. Finit par retourner s'asseoir à son bureau.

Il lut jusqu'à ne plus pouvoir rien absorber. Il avait les yeux vitreux, la tête agitée comme un billard électrique où se télescopaient descriptions de lieux et de personnes, fragments de dialogues, souvenirs et observations à la fois naïfs et durs d'une femme inconnue. Il poussa le journal sur le côté, gonfla les joues, épuisé. Cela faisait plus de six heures qu'il avait commencé.

— Assez ? lui demanda Wagner d'un ton enjoué.

Carl acquiesça d'un hochement de tête hébété.

Wagner rassembla promptement les documents, les remit dans la grande enveloppe, qu'il fixa de nouveau à sa jambe gauche avec un rouleau de sparadrap apporté à cette fin. Il enfila sa veste, alla au rideau et examina la rue. Satisfait, il retraversa la pièce, ouvrit la porte et la franchit sans même un au revoir. Carl le rappela :

— Harry ? Vous voulez me faire une faveur ?

— Laquelle ?

— Ça vous gênerait de frapper avant d'entrer, la prochaine fois ?

Wagner eut un rire bref, lança un « Je vais y réfléchir » et disparut.

Carl passa un short, mit ses gants de cuir et frappa des deux poings pendant une dizaine de minutes, grognant, dansant autour du sac, lui infligeant une correction jusqu'à ce qu'il soit épuisé, le torse ruisselant de sueur. Il prit une douche, très chaude puis froide. Il mit des glaçons dans un grand verre, y versa le reste du café, ajouta une cuillerée d'éclats de chocolat Häagen-Dazs. Il retourna à son bureau et relut ses notes en buvant. Il mit son ordinateur en marche, créa un dossier *Gideon*, le divisa en douze fichiers, un par chapitre, ouvrit le chapitre 1. Puis il ferma les yeux, respira plusieurs fois à fond.

Et Carl Granville commença à écrire.

4

Rayette s'enfuit de chez elle avec Billy Taylor parce que c'était le premier garçon qu'elle connaissait qui la faisait rire. Elle connaissait des garçons qui lui donnaient des picotements sur tout le corps quand ils l'embrassaient, étendus près de la Grinder, au clair de lune. Elle connaissait des garçons qui lui donnaient envie de leur taper dessus tellement ils lui mentaient, étendus au bord de la Grinder, au clair de lune. Mais elle n'avait jamais rencontré quelqu'un qui la fasse rire comme Billy Taylor.

Bien sûr, au cours de ses quatorze années de vie à Julienne, Alabama, Rayette n'avait pas eu beaucoup de raisons de rire.

Elle était née un an après le grand krach boursier de 1929. Son père, Enos Boudreau, était représentant. Et aussi incapable qu'on peut l'être. La crise ne changea pas vraiment sa vie, elle lui apporta seulement la preuve qu'il était en avance sur son temps : il avait fallu plusieurs années au reste du pays pour le rattraper dans son échec.

Enos parlait beaucoup du bon vieux temps, l'époque où, apparemment, il suffisait de cogner à une porte, d'ouvrir votre valise à échantillons et d'encaisser l'argent que les gens vous fourraient quasiment de force dans la poche. Rayette avait beaucoup entendu parler de cette époque mais n'en gardait aucun souvenir. Elle se souvenait en revanche que son père essayait de vendre des encyclopédies à des Blancs qui ne savaient pas lire, des aspirateurs à des nègres vivant dans des cabanes au sol de terre battue, et des assurances à tout le monde. Les habitants de Julienne ne s'intéressaient pas trop aux assurances. Ce qu'ils cassaient, ils pouvaient la plupart du temps le réparer et, quant à la mort, elle ne les tracassait pas beaucoup. La vie leur causait bien plus de soucis.

Enos continuait cependant à partir en tournée chaque matin pour tenter de gagner sa commission. Il rentrait chaque soir les chaussures couvertes de poussière et l'haleine chargée de whisky, mais les poches vides. Rayette ne prêtait guère attention à la routine paternelle. Son père n'avait jamais été très affectueux, ni particulièrement bavard. Il la saluait d'un hochement de tête au petit déjeuner, lui en adressait un autre le soir en rentrant. Affalé dans le gros fauteuil du séjour, les chaussures enlevées, les orteils dépassant des trous de chaussettes trop souvent reprisées, il lui disait : « Apporte-moi le cruchon. » Le cruchon occupait une place d'honneur dans la cuisine — sur la deuxième étagère, à droite de la glacière, près des confitures maison — et était rempli de whisky de fabrication illégale. Un soir — Rayette avait sept ans —, il avait glissé du fauteuil, ivre mort, les jambes allongées sur le sol, la tête soutenue par le coussin du siège. Le cruchon était tombé avec lui et la fillette était accourue voir ce qui se passait. Elle avait ramassé le récipient, en avait avalé une longue gorgée. La force de l'alcool l'avait frappée aussi violemment que si elle avait heurté un mur de brique. Elle s'était étranglée, avait eu un hoquet, et le bruit avait tiré Enos de sa stupeur. En ouvrant les yeux, il avait découvert la petite tenant son cher cruchon, répandant son contenu plus cher encore. Il réagit comme il le faisait le plus souvent lorsqu'il avait bu : violemment. Enos frappa Rayette au visage, assez fort pour lui projeter la tête en arrière. Assez fort pour que l'empreinte de sa main reste visible sur la joue de l'enfant pendant près d'une semaine. Assez fort pour qu'elle n'oublie jamais la douleur. Pour que Rayette ne cesse jamais d'avoir peur de lui. Ne cesse jamais de le haïr.

Ce n'était pas la première fois qu'il la frappait, ce ne serait pas la dernière. Quand Rayette eut quatorze ans et qu'elle prit l'habitude de rire tous les soirs avec Billy Taylor dans la cabane que son père à lui avait construite dans un arbre, complètement nue, sentant un picotement entre les jambes quand elle laissait Billy la caresser et l'embrasser partout, elle avait reçu plus de corrections qu'elle n'en pouvait compter. Enos lui avait fracturé deux fois le nez avec ses poings. Il lui avait brisé l'orbite.

En revanche, sa mère, Sulene Boudreau, née Jackson, était une sainte. Du moins, c'était ce que tout le monde disait en ville. Quand Rayette allait à l'épicerie-bazar de Julienne, Abigail Brock, la gérante, lui tapotait la tête en disant : « Ma chérie, t'es presque aussi jolie que ta maman. Et c'était la plus jolie fille que j'aie jamais vue. Une sainte, en plus. J'ai jamais connu quelqu'un comme ta maman. »

Personne n'avait jamais connu quelqu'un comme Sulene. Jolie. Douce. Calme et réservée. Et dégourdie. Même enfant, elle avait toujours un mot gentil pour chacun. Elle ne voyait le mal chez personne et, bien qu'ayant grandi en Alabama au début du siècle, elle ne faisait pas de différence entre Blancs et Noirs. Elle était aimable avec tous, serviable avec quiconque ayant besoin d'aide, et souriait tout le temps.

Évidemment, Sulene Jackson était aussi complètement folle.

Personne n'en parlait mais tout le monde le savait. Tous les habitants de Julienne l'aimaient, mais à tous elle inspirait une sacrée frousse.

Dès l'âge de dix ans, elle gagnait de l'argent pour la famille en aidant sa mère à faire des lessives. Elle parlait peu, restait parfois une semaine ou deux sans prononcer un mot, mais personne n'y prêtait attention. Elle est réfléchie, disait-on. Dommage qu'il n'y ait pas plus d'enfants comme elle. Gentille, réfléchie et silencieuse.

Silencieuse, elle le resta même quand survint le premier incident. Ce jour-là, elle était venue repasser chez miss Pritchard, l'institutrice, qui lui donnait des leçons particulières en échange. Miss Pritchard, qui lisait à sa fenêtre, avait senti une odeur étrange : on aurait dit que quelque chose brûlait. Elle leva les yeux, découvrit Sulene pressant le fer sur sa main. Depuis combien de temps ? Elle n'en savait rien. Assez longtemps en tout cas pour transformer la main gauche de la gamine en une boule informe.

Miss Pritchard ne donna plus de leçons particulières à Sulene. À cause du silence, expliqua-t-elle. Pendant que le fer brûlait sa chair, pendant qu'on la conduisait chez le médecin et qu'on la soignait, la petite fille n'avait pas proféré un son...

Deux ans s'étaient écoulés sans histoires puis Sulene avait sauté du toit de sa maison. Un miracle qu'elle ne se soit pas tuée. Elle était montée tout en haut de la bâtisse en bois de deux étages, y était restée assez longtemps pour que sa mère l'aperçoive et pousse un cri. Sulene avait alors tendu les bras et s'était jetée dans le vide. Un instant, on eût dit un gracieux oiseau en vol. Mais, en heurtant le sol, elle s'était fracturé une jambe et une clavicule.

Après quoi les gens avaient commencé à l'éviter.

Un an plus tard, elle avait sauté de nouveau. D'un bâtiment plus haut : l'église baptiste, en pleine ville. Cette fois, elle ne s'était rien cassé. Elle s'était relevée indemne. Et silencieuse.

Un jour qu'elle nageait seule dans la rivière, deux autres enfants, les jumeaux Chalmer, l'avaient vue disparaître sous l'eau. Ils avaient plongé plusieurs fois pour la secourir, avaient fini par la repérer et l'avaient ramenée sur la berge. Plus tard, ils jurèrent qu'elle était restée sous l'eau plus de cinq minutes. Mais, quand ils l'avaient étendue dans l'herbe, elle ne suffoquait pas, ne haletait pas. Elle avait simplement hoché la tête en les regardant et était rentrée chez elle.

Quand elle eut dix-sept ans, Enos Boudreau commença à lui faire la cour. Il était beau, il gagnait un peu d'argent ; cela ne le dérangeait pas qu'elle ait une main déformée et qu'elle parle peu. En fait, il aimait son silence. Il l'apprécia plus encore quand ils furent mariés car il pouvait la frapper aussi fort et aussi souvent qu'il le voulait, elle n'émettait jamais un cri ni une plainte. Elle se contentait de le regarder droit dans les yeux, ce qui ne le gênait pas particulièrement...

Quand Rayette naquit, deux ans après le mariage, Sulene garda le silence pendant l'accouchement. Et à dater de ce jour, elle se montra plus silencieuse que jamais avec les habitants de Julienne.

Mais pas avec Rayette.

Elle lui parlait. Avec douceur. Avec amour. Elle tenait son bébé dans ses bras à la peau rougie, elle lui parlait des fleurs, des animaux, qui savaient des choses que les gens ignoraient, de Dieu qui veillait sur elles à chaque instant, et qui leur réservait un sort merveilleux, comme à toutes les créatures vivantes. Elle expliquait à son bébé qu'il ne faut pas avoir peur de la mort. Qu'il ne faut pas la fuir. Il n'y a qu'une seule chose à craindre, disait Sulene à sa petite fille. Et c'est la vie.

Rayette avait cinq ans quand elle trouva le corps de sa mère dans la salle de bains. Il y avait du sang partout. Sulene avait enfin trouvé quelque chose auquel elle ne survivrait pas : une lame de rasoir. Tandis qu'Enos cuvait dans le séjour et que Rayette jouait avec sa poupée de chiffon préférée, elle avait calmement tailladé ses poignets. Elle avait mis vingt minutes à mourir et, pendant ces vingt minutes, Rayette avait entendu dans la salle de bains un son qu'elle ne connaissait pas.

Le rire de sa mère.

Après le drame, quelque chose en Rayette lui avait soufflé qu'elle ferait mieux de devenir différente de sa mère en grandissant. Et c'est exactement ce qu'elle avait fait.

Elle ne croyait pas que Dieu réservait un sort merveilleux à tous ceux qui vivaient sur terre. Elle ne s'intéressait ni à la beauté des fleurs ni à l'intelligence des animaux. Elle ne cherchait pas à être calme. Elle aimait parler, rire, gémir et crier.

À douze ans, elle était capable de boire une pinte de whisky sans tituber. Elle avait un visage d'ange sur un corps de femme mûre. Les garçons lui tournaient autour. Plus elle restait tard dehors, plus Enos la frappait. Rayette passait ses nuits dans le plaisir et ses journées dans la souffrance et croyait mener une vie plutôt normale.

Jusqu'à ce qu'elle rencontre Billy Taylor, qui non seulement lui donnait du plaisir, avec son gros machin dur et ses mains caressantes, mais savait aussi la faire rire. Jour et nuit.

Rayette avait ri la première fois qu'elle avait embrassé Billy, il était si drôle avec son visage tout plissé. Elle avait ri la première fois qu'il l'avait vue nue. Ébahi par la beauté de son corps, il était à peine capable de parler. Elle avait ri après avoir fait l'amour avec lui pour la première fois. Bien que de quatre ans plus âgé qu'elle, Billy n'avait encore jamais fait l'amour, et il était si content, si fier. Elle avait ri quand il avait fait sa demande et ils s'étaient enfuis pour se marier devant un prédicateur qui n'avait réclamé que deux dollars, payables d'avance, pour expédier la cérémonie. Elle avait ri quand ils avaient fait l'amour pour la première fois en tant que mari et femme, elle avait ri aux éclats quand ils avaient passé leur première nuit dans leur premier appartement à Chesterville, Arkansas. Elle avait ri plus fort ce soir-là parce qu'elle savait qu'elle ne reverrait plus jamais personne appartenant à son passé.

Rayette ne s'était arrêtée de rire que onze mois après leur mariage, le samedi où Billy était parti à la chasse et n'était pas revenu. Un accident, lui avait-on expliqué. Vous connaissez Billy. Toujours en train de plaisanter, de faire le clown. Cette fois, alors qu'il faisait le pitre, il avait trébuché, il était tombé, le coup était parti, lui perçant dans la poitrine un trou gros comme une canette de bière.

Deux semaines plus tard, Rayette riait de nouveau. Mais elle pleurait aussi. Jamais elle n'avait eu aussi mal, même sous les coups d'Enos. Jamais pourtant elle n'avait éprouvé autant de joie. De fierté. Et de peur.

C'était une année nouvelle. 1945. Un jour de janvier froid mais ensoleillé.

Le jour où le fils de Rayette Taylor était né.

5

Carl se réveilla assis à son bureau. Il s'était écroulé pendant que l'ordinateur imprimait son texte. L'œil vague, il consulta sa montre. Il était près de midi, cinq heures s'étaient écoulées depuis la dernière fois qu'il avait regardé l'heure. Il bâilla. Se frotta les yeux. Étira son cou raide...

Et cria.

Harry Wagner était dans la cuisine, où il préparait tranquillement le petit déjeuner.

— Je croyais que vous deviez frapper, sale con ! éructa Carl.

— J'ai dit que j'y songerais, répondit Wagner, cassant des œufs dans un bol d'une main experte.

Il avait ôté sa veste. Pantalon en lin crème, aujourd'hui. Chemise rose, nœud papillon marron. Il avait l'air frais et dispos, c'était énervant.

— Il vous faudrait une poêle correcte pour les omelettes, fit-il observer.

— Je vais me précipiter dehors pour en acheter une, repartit Carl, sarcastique.

Il se leva du fauteuil en marmonnant, alla se raser et faire sa toilette. En signe de rébellion, il ferma la porte de la salle de bains. Quand il tendit le bras pour prendre une serviette, il découvrit que Wagner avait accroché sa veste — à l'aide d'un cintre en bois, bien sûr — au crochet vissé dans la porte. Carl hésita, souleva doucement le vêtement pour révéler la doublure. Le nom du tailleur, Mario Buonamico, cousu à l'intérieur de la poche gauche, lui était inconnu. Il jeta un coup d'œil à la porte, fouilla les poches. Rien.

Rien qui pût lui apprendre qui était l'homme en train de préparer le petit déjeuner dans sa cuisine.

Quand il sortit de la salle de bains, Wagner faisait glisser une omelette dorée et odorante sur une assiette. Il y avait incorporé de la crème fraîche, de l'échalote hachée, des champignons. Pendant que Carl mangeait, Wagner, perché sur le lit, lut le travail de la veille. L'écrivain se surprit à guetter sa réaction. Il ne pouvait s'en empêcher. Et il ne pouvait croire qu'il mourait d'envie d'entendre un commentaire — critique, éloge, n'importe quoi — de ce grand singe. Mais l'expression de Wagner ne trahissait rien. Quand il eut terminé sa lecture, il reposa les feuillets et attendit, impassible, que Carl commence à travailler. Pour l'écrivain, c'était une vraie torture.

— Alors, qu'est-ce que vous en pensez ? finit-il par lâcher quand il ne put supporter plus longtemps le silence de Wagner.

— Ce n'est pas vraiment mon rayon.

— Vous devez bien avoir une opinion ?

— Vous me la demandez ?
— Je vous la demande.
— Ça aurait besoin d'être ajusté.
— On vous demande votre avis ? explosa Carl. (Furieux, il se servit une tasse de café.) Vous savez quoi, Harry ? Hier soir, quand je me suis entraîné sur le sac, c'était votre torse que je voyais. Vous pissiez le sang quand j'en ai eu terminé avec vous.
— Moi qui croyais qu'on s'entendait bien...
— Vous commencez à me prendre la tête. Quoique votre omelette soit délicieuse, je le reconnais.
— Ça y est, vous avez vidé votre sac ?
— Peut-être, grommela Carl, l'air renfrogné.
— Bien. Alors, au travail.

Cela devint une routine. Tout peut devenir une routine, constata Carl, si bizarre que les choses puissent paraître au départ.

Dans la journée, Carl étudiait le journal intime, les lettres et les coupures de journaux, prenait des notes sous l'œil inflexible de Wagner. Le soir, il transformait le matériau brut en roman, dormait quelques heures avant que Wagner ne revienne le lendemain matin prendre le travail de la nuit, livrer de nouveaux documents à étudier. Et préparer le petit déjeuner.

Le petit déjeuner devint pour Carl le grand moment de la journée. Wagner était un cuisinier étonnant. Un matin, il apporta un *challah* acheté dans une boulangerie juive avec lequel il prépara en un tournemain de succulents toasts. Un autre jour, il servit à Carl des crêpes au babeurre avec de petits morceaux de bacon. Il était doué. Et propre comme un chat. Dès que Carl avait fini de manger, il faisait la vaisselle. La cuisine n'avait jamais été aussi étincelante.

Chaque jour, il allait à la fenêtre et inspectait la rue avant de descendre.

Chaque jour, il semblait sûr que la voie était dégagée.

Le troisième jour, il rapporta les premières pages du manuscrit de Carl avec les commentaires de Maggie Peterson. Elle voulait un peu moins de dialogues. Un peu plus de notations sur le temps, la topographie des lieux. Le ton lui plaisait, le rythme était bon. Elle était satisfaite de ce qu'il faisait, et Carl en éprouva un vif plaisir.

Il continuait à ignorer sur qui il écrivait, et l'importance que cela pouvait avoir, mais il s'était piqué au jeu. Les personnages qu'il créait, le monde qu'il décrivait commençaient à prendre vie, et cela lui suffisait. Pour le moment.

Le quatrième jour, Carl Granville avait perdu toute notion de la réalité extérieure. Il ne savait plus quel jour de la semaine on était. Il lui fallait réfléchir pour se rappeler quel *mois* on était.

Le dixième jour, il eut l'impression que sa tête allait exploser.

Ce sentiment l'envahit à trois heures du matin, après qu'il eut fini d'écrire. Il était épuisé, vidé mais intoxiqué à la caféine. Incapable de dormir. Il lui fallait une pause. Pas une demi-heure d'entraînement au sac, non. Une vraie pause.

Une bière au *Son House.*

Il faisait chaud dehors. En juillet, la nuit n'apportait aucune fraîcheur, dans cette ville. La rue de Carl était encore animée malgré l'heure. Des couples rentraient bras dessus bras dessous, gris d'alcool et de rires. Une équipe d'ouvriers éventrait le trottoir. Pourtant, lorsque l'écrivain descendit en direction de Broadway, sillonnée toute la nuit par des taxis, un sentiment étrange s'empara de lui. Il se sentait mal à l'aise.

C'était idiot, mais il avait l'impression que quelqu'un le suivait.

Il chassa cette idée. L'excès de travail le rendait nerveux, voilà tout. Il était tendu, anxieux. Mais certainement pas suivi.

Au distributeur de billets de la Citibank, au coin de la 86e et de Broadway, il retira mille dollars. Jamais il n'avait eu en main autant d'argent, et il le fourra prestement dans la poche de son jean. Pourquoi avoir retiré une telle somme ? Qu'allait-il en faire ? Le dépenser ? Le perdre ? Il s'en fichait. Il se sentit soudain en pleine euphorie et ne put retenir un sourire.

À cet instant précis, il eut la certitude qu'on le filait.

Il se retourna brusquement, regarda dans toutes les directions, ne vit personne. Il courut au coin de la rue, n'entendit aucun bruit de pas précipités derrière lui. Bon Dieu ! Il secoua la tête, émit un rire nerveux. Il devenait dingue. Trop de Harry Wagner. Trop de temps cloîtré avec Rayette et son bébé.

Va te faire foutre, Maggie. Carre-le-toi là où le soleil ne pénètre pas, Harry. Sortez de ma vie, Sulene, Rayette, Billy Taylor et les autres. J'ai envie de me payer du bon temps, j'ai du fric à claquer !

Souriant de nouveau, Carl Granville agita la main ; aussitôt un taxi s'arrêta.

Le *Son House* était la version Chelsea du bar à péquenauds en bordure de route. Les murs imitation grange étaient décorés d'enjoliveurs et de pare-chocs cabossés, de vieilles plaques d'immatriculation de la Louisiane. Il y avait de la sciure sur le plancher et Steve Ray Vaughan qui beuglait dans le juke-box. Il y avait des rires rauques, des tas de gens qui s'amusaient.

Il y avait Toni avec un *i*.

Carl s'assit, lui fit signe. Bien qu'elle eût l'air un peu fatiguée, elle parut contente de le voir. Et elle était aussi magnifique que dans son souvenir. Peut-être plus.

— Vous avez décroché le rôle ? lui demanda-t-il quand elle lui apporta sa Corona, offerte par la maison. (La voyant plisser le front, il précisa :) *All my Children*.

— Oh ! fit-elle avec un haussement d'épaules. J'en ai raté trois autres depuis.

Il but tranquillement sa bière en la regardant travailler. Toni était à l'aise avec les clients, cordiale, engageante. À la façon dont elle se déplaçait, il devina qu'elle savait qu'il l'observait. Elle lui apporta une autre Corona quand il eut fini la première. Avec un sandwich au rôti de porc. Il la gratifia de son sourire Granny, qu'elle lui rendit en rougissant légèrement.

Quand il y eut moins de monde, vers quatre heures, Toni apporta deux autres bières et se laissa tomber à côté de Carl.

— On ne vole pas le fric qu'on gagne, ici, soupira-t-elle en relevant une mèche blonde tombée devant ses yeux. Il faut absolument que je me trouve un bon rôle.

— Vous réussirez.

— Peut-être. C'est dur de tenir, quelquefois. Parce que pour ces mecs vous n'êtes qu'un visage et un corps. Jouer, en principe, c'est exprimer ce qu'il y a en vous, mais ils ne s'intéressent pas à ce que vous êtes, à ce que vous pensez ou ressentez. Ils vous regardent fixement comme s'ils se demandaient de quoi vous avez l'air sans vêtements.

Après dix jours passés seul dans une pièce en compagnie de Harry Wagner, Carl se posait exactement la même question.

— Vous savez, j'ai parfois l'impression que le show-biz est dirigé par des gamins de quatorze ans, poursuivit-elle.

— Bah ! tout le pays est dirigé par des gamins de quatorze ans.

— Ce que vous êtes cynique ! s'esclaffa-t-elle.

Il réfléchit avant de répondre :

— Non, je ne crois pas. Du moins, je ne l'étais pas avant. C'est ce boulot, je suppose.

— Votre roman ?

— Un travail de nègre.

— Vraiment ? Pour quelqu'un de célèbre ?

Il eut envie de le lui dire, il avait besoin de le dire à quelqu'un. Il hésita, ferma les yeux, ouvrit la bouche. Mais les mots ne sortirent pas. Il avait donné sa parole. Il ne pourrait jamais parler à personne de Gideon.

— J'ai toujours eu beaucoup d'admiration pour les écrivains, déclara Toni. Sûrement parce que je voulais écrire moi-même.

— Pourquoi vous ne l'avez pas fait ?

— Je n'ai rien à dire.

— Je ne trouve pas.

— C'est plutôt... (Elle s'interrompit, baissa les yeux vers son giron.) C'est plutôt que je ne me sentais pas assez intelligente.

— Ça ne m'a pas arrêté.

— Vous avez toujours voulu écrire ?

— Oui, répondit-il, sérieux cette fois. Ce qui a provoqué pas mal de frictions entre mon père et moi, quand j'étais jeune. Encore maintenant, d'ailleurs. Sans ma mère, je n'aurais probablement pas...

Il se tut, déglutit. Peut-être était-ce à cause de l'heure tardive, peut-être à cause des Corona. Peut-être parce qu'il n'avait pas parlé à quelqu'un comme ça depuis longtemps, depuis la rupture avec Amanda. Il se sentit soudain très ému. Il prit une longue inspiration, se passa une main sur le visage.

— Vous l'avez perdue, n'est-ce pas ? demanda Toni, qui l'observait.

— Il y a quatre ans.

— Je l'ai vu dans vos yeux. J'ai perdu la mienne aussi. L'année dernière. Elle me manque, tous les jours. Et j'ai encore du chagrin, tous les jours.

— Tous les jours, fit Carl en écho.

— Il y a des choses que j'ai envie de lui raconter. Mes triomphes. Mes échecs. Surtout mes échecs, ces derniers temps. Mais elle n'est plus là...

— Elle ne sera plus jamais là. Je sais.

Ils restèrent un moment silencieux. Quelque chose avait changé entre eux. Ils éprouvaient un sentiment de proximité. D'intimité. Ce fut elle qui brisa le silence :

— Alors, l'autre jour, comment vous avez fêté ça ? Votre roman ?

— Il n'y a pas eu de fête.

— Ce n'est pas juste.

— Non, ce n'est pas juste.

Quelques minutes plus tard, ils prenaient un taxi qui les ramenait vers Broadway. Le temps d'arriver à la 42e Rue, ils étaient dans les bras l'un de l'autre et s'embrassaient avec passion.

— Mon Dieu ! fit-elle, haletante. Voilà que je recommence.

— Ce qui signifie ? demanda-t-il, le souffle court.

— Je n'ai pas la main heureuse, côté hommes.

— Ça fait toujours plaisir à entendre...

— Non, je veux dire... Ils finissent toujours par me faire souffrir.

— Je te propose un marché. Je ne te ferai pas souffrir si tu n'essaies pas de me changer.

— Pourquoi j'essaierais ?

— C'est déjà arrivé, tu sais. Alors, d'accord ?

— D'accord, Carl, dit-elle en se pressant contre lui.

— Je crois que tu devrais m'appeler Granny.

Quand ils arrivèrent à leur immeuble, elle monta directement à son appartement pour prendre une douche ; il passa chez lui prendre deux verres et la bouteille de champagne restée au réfrigérateur. En ouvrant sa porte, il prit soudain peur à l'idée de trouver Harry dans la cuisine, préparant un en-cas pour gourmet. Par bonheur, il ne vit pas trace du grand type et se rua au quatrième. Toni avait laissé sa porte ouverte pour lui. Il entra, entendit de l'eau couler dans la salle de bains. Le hideux fauteuil vert était resté à l'endroit où ils l'avaient posé. Carl alla dans la cuisine, déboucha le champagne, remplit deux verres, souleva le sien et porta un toast muet à Maggie Peterson.

— J'ai décidé de prendre plutôt un bain, annonça Toni à travers la porte. Je ne pourrais pas avoir mon champagne ici ?

— Je pense que c'est permis.

Il prit l'autre verre, s'approcha de la porte de la salle de bains, la poussa et dit sur un ton respectueux :

— Le champagne de Madame.

Toni était dans la baignoire, aussi nue et rose que possible. Elle ne semblait absolument pas gênée par sa nudité. Elle n'avait aucune raison de l'être. Les narines envahies par une odeur d'huile de bain exotique, Carl demeura un moment immobile, laissant ses yeux se repaître d'elle.

— Tu vas rester là bouche bée toute la nuit ou tu te décides à me rejoindre ?

Il ne s'écoula que quelques secondes avant qu'elle soit dans ses bras, gigotant et riant. Carl aussi riait, il ne se rappelait pas la dernière fois qu'il avait autant ri. Puis les rires firent place à de longs soupirs, à des gémissements plus longs encore. Toni le chevaucha, s'abaissa lentement jusqu'à ce qu'il s'enfonce en elle. Ils restèrent ainsi aussi longtemps qu'ils le purent, faisant durer leur plaisir. Jusqu'à ce qu'ils ne puissent plus attendre, ni l'un ni l'autre. L'eau avait refroidi mais ils ne le remarquèrent pas. Ils ne remarquaient plus rien, ils n'avaient plus conscience que d'eux seuls.

Ce n'était pas de l'amour, Carl le savait. Il connaissait à peine cette femme. Mais ce n'était pas non plus une partie de fesses désinvolte.

C'était quelque chose de spécial.

Après qu'ils se furent séchés l'un l'autre, Carl porta Toni sur le lit et ils refirent l'amour tandis que l'aube donnait au ciel des lueurs violettes.

Le journal intime parut incompréhensible à Carl le lendemain matin. Presque comme une langue étrangère. Il n'arrivait pas à se concentrer. Assis à son bureau, il fixait les gribouillis sans les voir. Il avait mal à la tête, il avait un goût de colle de poisson dans la bouche, et son esprit revenait sans cesse à Toni. Le grain, l'odeur, le goût de sa peau...

Elle avait quitté l'appartement avant qu'il ne s'éveille, laissant sur l'oreiller le double de sa clef et un mot : *Granny, j'ai un cours, je te laisse dormir. Je ne sais pas pourquoi, tu as l'air épuisé. Ferme à clef, s'il te plaît. Toni.*

Avec un sourire épanoui, Carl avait enfilé son T-shirt et son jean, il était descendu d'un pas chancelant pour découvrir Harry Wagner préparant des œufs pochés au caviar. Il les avait engloutis avec délice, mais, maintenant, il fixait d'un œil hébété le journal intime tandis que Harry, impeccable dans un costume de soie gris clair à chevrons, l'observait du lit, comme les autres jours.

— Vous faites du bon boulot, Carl. Ils sont satisfaits de vous.

— J'en suis ravi, même si je ne sais pas qui « ils » sont, marmonna l'écrivain en se renversant dans son fauteuil.

— Je vais vous dire, fit Wagner en se levant. Vous pourriez

prendre un jour de repos, aujourd'hui. Revoir simplement les corrections proposées par Maggie...

— Quel grand cœur vous avez, Harry...

— Oh ! je n'ai quasiment pas de cœur. Mais, pour une raison quelconque, je me suis pris de sympathie pour vous. Vous êtes un professionnel, j'admire le professionnalisme.

Toi aussi tu es un pro, pensa Carl. *Reste à savoir dans quelle profession.*

— Quelquefois, cependant, il y a plus que le professionnalisme dans la vie, Carl, vous ne pensez pas ? (L'écrivain ne répondit pas, et Wagner poursuivit comme s'il ne s'attendait pas à une réaction :) Quelquefois, il est plus important d'être simplement ce qu'on est.

— Très juste, approuva Carl. Alors, vous êtes quoi, Harry ?

— Je ne parle pas de moi. Je sais ce que je suis et il est trop tard pour changer. Je parle de vous.

— Sans vouloir vous offenser, je ne pense pas que vous ayez la moindre idée de ce que je suis ou de qui je suis.

— Je sais que vous avez besoin qu'on s'occupe de vous.

— Je me débrouille parfaitement tout seul.

— Ne soyez pas aussi dédaigneux. Il se trouve que je sais m'occuper des gens. Et je vous offre quelque chose qu'il m'est très difficile d'accorder.

— Quoi ?

— Mon amitié.

Carl hésita. L'homme qui se tenait devant lui l'avait menacé. Malmené. Il lui inspirait une trouille viscérale. Mais pour une raison obscure, et probablement insensée, Carl avait confiance en lui.

— Je sais pas si ça a commencé comme ça pour Damon et Pythias, mais j'accepte, dit-il en tendant le bras.

Ils se serrèrent la main puis, comme si ce contact physique les avait encore rapprochés, Harry demanda à voix basse :

— Tu sais au juste dans quoi tu t'es fourré ?

Le ton de Wagner effraya Carl, qui répondit :

— Une histoire de best-seller. Un sujet si délicat, si explosif qu'il faut en faire un roman pour éviter les poursuites. Apex en tirera des tonnes d'exemplaires.

— Tu n'en as aucune idée, hein ? dit Wagner, toujours à voix basse.

— Dis-le-moi, toi. Dans quoi je me suis fourré, Harry ?

Wagner ne répondit pas. Il rangea dans l'enveloppe le journal et les pages écrites par Carl, alla à la fenêtre, regarda la rue.

— Tu sais ce qui me ferait plaisir, Carl ? Que tu apprécies le plaisir d'un bon cigare. (Il en tira un de la poche de sa veste, le décapita avec un ustensile en argent, le glissa entre ses lèvres, sans l'allumer.) Tiens... (Il prit dans sa poche un autre havane, le posa sur le bureau, devant Carl.) Pour fêter la victoire. Quand nous aurons fini.

Carl secoua la tête.

— Je ne le fumerai pas. J'ai horreur de ça.

— Garde-le, j'insiste, dit Wagner en lui lançant une pochette d'allumettes. Tu changeras peut-être d'avis.

— Pourquoi je changerais d'avis ?

— On ne sait jamais, Carl, dit Wagner, qui alla à la porte et l'ouvrit. On ne sait jamais.

Avant qu'il disparaisse, l'écrivain lui lança :

— Une question ! Ne pense pas que je n'apprécie pas, mais pourquoi ce désir soudain de devenir mon ami ?

Le dandy malabar parut considérer sérieusement la question puis hocha la tête, certain d'avoir la réponse adéquate :

— Parce que je veux que quelqu'un comprenne pourquoi je fais ça. Et parce que tout dans la vie est réciproque. Tu comprends ?

— Tu veux dire que tu pourrais avoir besoin d'un ami un jour ?

Harry sourit, satisfait, et partit, laissant Carl s'interroger sur ce qu'il avait vraiment essayé de lui dire.

6

Assis dans la pièce obscure, le Liquidateur regardait une émission de variétés à la télévision. Quelque chose sur Bruce Willis et Demi Moore. Il n'aurait su en dire plus. Et il s'en fichait. Le son était coupé. Le bruit, de quelque nature qu'il soit, gênait sa capacité de concentration. La lumière aussi.

Assis dans le noir, il se concentrait.

Le téléphone sonna.

— Maintenant, ce serait parfait, fit la voix à l'autre bout du fil.

L'accent était très, très *british*. Distingué en surface, mais sous-tendu d'inflexions cockneys si l'on savait écouter. Le Liquidateur savait.

— Si tôt ? objecta-t-il.

— Nous avons fait ce que nous devions faire. Si nous attendons...

— Oui, je sais, dit le Liquidateur. (Ce n'était pas la première fois que la voix abordait le sujet.) Faire traîner les choses conduit souvent à l'échec.

— Il y a des complications, cette fois. Il vaut mieux les résoudre au plus vite. Est-ce possible ?

— Tout est possible.

Le Liquidateur raccrocha le téléphone et s'habilla. Costume en lin bleu marine. Chemise de soie blanche. Nœud papillon rouge. Boots noirs soigneusement astiqués. Il éteignit le poste, ferma la porte à clef et s'en alla.

Les rues étaient encore animées malgré l'heure tardive. Les gens rentraient après une soirée passée dehors. Les taxis étaient nombreux. Il en héla un, se fit conduire dans le centre, là où Greenwich croise Clinton Street. Le quartier était calme et sombre ; les entrepôts, les bureaux et les petites usines avaient été désertés.

— Vous êtes sûr, c'est ici que vous voulez descendre ? s'étonna le chauffeur, qui portait un turban.

Le Liquidateur lui tendit un billet de dix dollars, sortit de la voiture, fit quelques pas, s'arrêta devant une porte en fer sans inscription. Il appuya sur la sonnette, la porte s'ouvrit avec un bourdonnement.

Un escalier lugubre, jonché de flasques de gnôle brisées, de seringues jetables, de préservatifs usagés, menait à l'étage. Des coups sourds, réguliers, secouaient le bâtiment. En haut des marches, il y avait une autre porte en fer, une autre sonnette, sur laquelle il appuya.

L'homme qui lui ouvrit était aussi large que la porte et avait des muscles énormes. Il portait un débardeur et des tatouages sur ses biceps gonflés, presque aussi gros que son crâne rasé. Il sourit, s'écarta.

Le Liquidateur entra.

Les coups sourds se transformèrent en musique. De la techno. Dans un dédale de pièces sombres des gens dansaient, faisaient la fête. Une boîte clandestine : pas de nom, pas d'adresse, pas de licence et pas de limites. Fréquentée par des mannequins et des danseuses. Des artistes. Des photographes de mode, des musiciens, des sportifs. Des noctambules. Noirs et Blancs. Latinos et Asiatiques. Homos et hétéros. Tous jeunes, la peau luisante de sueur. Car il faisait très chaud ; l'air était lourd de musc et de fumée de marijuana.

Le Liquidateur s'avança, chercha quelqu'un en particulier. Trouva une arrière-salle avec canapés, fauteuils, bar de fortune. Trouva le quelqu'un : une blonde assise seule au bar, buvant un Martini. Grande, la peau crémeuse, un corps superbe. Vêtue d'une robe ultracourte en soie noire, rien d'autre. Pas plus de vingt-cinq ans. Le choix parfait. Il s'assit à côté d'elle, commanda un Martini à la barmaid, dont la lèvre inférieure était percée par un anneau.

Une fois servi, il but une longue gorgée puis se tourna vers la blonde et dit :

— Je peux vous tenir compagnie ? Je me fais toujours draguer quand je reste seul au bar.

Elle haussa un sourcil ; un sourire se forma sur ses lèvres charnues.

— Vous arrivez vraiment à quelque chose avec ce baratin ?

— Ça marche toujours. Dans quoi je vous ai vue ?

— Dans quoi ?

— Vous êtes actrice, non ? Vous l'êtes forcément.

— Si on veut. Enfin, j'essaie de le devenir. Je viens d'obtenir ma carte de la SAG[1] et j'ai tourné dans une vidéo.

— Alors, c'est ça. Un autre ? proposa-t-il, montrant le verre.

— Pourquoi pas ? fit-elle avec un haussement d'épaules.

Après une tournée de plus, ils partaient ensemble, la blonde gloussant et titubant, se raccrochant à lui.

— Ce que je suis bourrée, j'y crois pas, bafouilla-t-elle. J'ai rien mangé aujourd'hui. Je veux dire hier, parce que aujourd'hui c'est déjà demain. Merde, j'y crois paaas...

Elle gloussa de nouveau. Juste assez pour lui faire comprendre qu'en fait elle y croyait.

Elle gloussait encore quand ils s'effondrèrent sur la banquette du taxi.

Dans les bras l'un de l'autre.

Ils s'embrassaient déjà sauvagement quand le chauffeur redémarra. Une bretelle de soie noire glissa d'une épaule crémeuse, révélant à demi un sein parfait. Le Liquidateur dénuda le reste, taquina le mamelon de la pointe de la langue, l'aspira. La blonde émit un gémissement, se tourna pour passer ses longues jambes satinées par-dessus les épaules de l'homme, dont les lèvres descendirent, descendirent, là où la chair devenait moite et palpitante. Elle frissonna.

Arrivés à l'appartement, ils sortirent du taxi, pantelants, hilares. Il n'y avait pas d'ascenseur. Très peu de meubles. Un lit, sur lequel ils tombèrent aussitôt. Elle avait enlevé sa robe, et sa peau sans défaut brillait comme de la nacre à la lumière des

1. Screen Actors Guild, syndicat des acteurs de cinéma. *(N.d.T.)*

réverbères passant par la fenêtre. Les bouts de ses seins étaient dressés, longs et durs.

— J'ai un mec, avoua-t-elle.

— Moi aussi.

— T'es drôle, pouffa-t-elle. On te l'a déjà dit ?

— Pas récemment.

— Y en a un des deux qui est encore habillé, chantonna-t-elle d'un ton espiègle.

— Exact. Tout à fait exact.

Tomba la veste, que le Liquidateur alla pendre dans le placard. Parce que le lin se froisse très facilement. Puis ce fut le tour des boots, parce que c'était dans le droit qu'était caché le cadeau.

— J'ai une surprise, dit-il. Quelque chose que je gardais en réserve.

— Pour moi ?

— Oui. Rien que pour toi.

La blonde poussa un petit cri ravi.

— Qu'est-ce que c'est ?

— Un cadeau. Tu dois fermer les yeux.

Elle fit la moue mais il agita le doigt : il savait être strict.

— Promets-moi de fermer les yeux.

Elle promit. C'était une fille obéissante.

Il apporta le cadeau, qu'il tenait fermement dans une de ses mains, l'appuya entre les sourcils de la jeune femme. Dans le taxi, quand il les avait caressés, il avait eu l'impression de toucher deux bandes de velours.

— Ooh, c'est froid ! murmura-t-elle. Qu'est-ce que c'est ? Attends, me dis pas. Une bouteille de champagne, c'est ça ?

— Pas exactement.

C'était un 357 Magnum Smith & Wesson, équipé d'un silencieux.

— Je peux ouvrir les yeux, maintenant ?

— Ma biche, tu peux faire ce que tu veux, répondit le Liquidateur.

Et, souriant, il pressa la détente.

7

Quand son fils naquit, Rayette se promit de ne jamais le frapper. Déterminée à lui épargner les tourments de sa propre enfance, elle le couvrit d'amour et de tendresse. Le peu d'argent qu'elle avait, elle le dépensait pour Daniel Taylor.

Le petit Danny fut un enfant précoce. À deux ans, il savait faire des phrases complètes ; à quatre ans, il lisait la page des sports des journaux de l'Arkansas. À cinq ans, il était assez avancé pour se rendre compte qu'il avait une mère très différente des autres.

Danny ne se faisait pas beaucoup d'amis à l'école. Les autres mères ne tenaient pas à ce que leurs enfants jouent avec lui. Elles répugnaient particulièrement à les laisser aller chez Danny, et il ne comprenait pas pourquoi. La maison était pourtant agréable. Pas aussi grande que celles des voisins, peut-être, mais on s'y sentait bien, et Danny avait plein de jeux et de jouets. Et sa mère était toujours près de lui. Elle travaillait surtout la nuit, quelquefois dans les bars et les restaurants, mais, pendant la journée, elle restait à la maison. Ses amis venaient la voir. Des hommes. Elle lui disait qu'ils étaient ses oncles mais il ne les voyait jamais plus de quelques fois. Aucun d'eux ne restait assez longtemps pour jouer avec lui ou l'emmener pêcher. Les amis de sa mère ne venaient que pour une heure ou deux. Ils buvaient, riaient puis ils allaient dans la chambre pour continuer à parler et à rire, et ils en ressortaient presque toujours contents. Parfois, sa mère pleurait et il était bouleversé. Mais elle le prenait dans ses bras, elle l'embrassait dans le cou, elle lui chatouillait le ventre et il se mettait à rire.

Quand Danny eut cinq ans et demi, Rayette se remaria. Il n'avait vu son nouveau papa que quelques fois et il ne l'aimait pas beaucoup. Il s'appelait Marcus, il ne souriait presque jamais, sauf quand il ressortait de la chambre après avoir parlé à Rayette. À Danny, il ne parlait pas souvent, il se contentait généralement de le saluer nerveusement de la tête. Danny trouvait son nouveau papa très nerveux. Après le mariage, ils quittèrent Chesterville pour Huntington, Mississippi.

Six mois plus tard, Rayette divorça de son deuxième mari. Danny en fut contrarié parce qu'il sentit que, d'une certaine façon, c'était sa faute.

Marcus était devenu très gentil avec lui après le mariage. Quand Rayette partait travailler — elle avait trouvé un boulot de serveuse dans un bar, à quelques kilomètres de Huntington —, Marcus prenait son beau-fils sur ses genoux, il lui racontait des histoires, le chatouillait, l'embrassait même. Quelquefois, il l'embrassait sur la bouche. Danny se reculait mais Marcus lui expliquait que c'était normal, c'est ce que font les papas qui aiment beaucoup leurs petits garçons, disait-il.

Un jour, Rayette rentra plus tôt en disant qu'elle avait la migraine. Mais Marcus se mit en colère, il cria qu'elle n'était pas vraiment malade, qu'elle était rentrée pour l'espionner. « Exactement ! rétorqua-t-elle. Qu'est-ce que tu fabriques tout nu avec mon garçon sur tes genoux ? » Marcus protesta qu'il n'avait rien fait avec Danny. Il alla chercher l'enfant, qui les écoutait dans la pièce voisine, lui demanda de dire à sa mère qu'il ne lui avait fait aucun mal. Mais Danny se réfugia dans les bras de Rayette et, bientôt, Marcus n'habita plus avec eux. Ils retournèrent en Alabama. Pas à Julienne, dans une autre ville, un autre comté. Dans cette ville, sa mère se faisait appeler Louisa. Quand Danny voulut savoir pourquoi elle avait changé de nom, elle répondit : « Parce que je suis une autre femme, mon trésor. Je suis pas une pute, je suis pas mariée à un malade. »

Ils restèrent neuf mois dans cette ville puis ils déménagèrent de nouveau. Rayette pensait qu'elle allait encore se marier, cette fois avec un type vraiment bien. Sauf que le type vraiment bien était déjà marié. Alors, ils allèrent dans une autre ville. Puis dans une autre et une autre encore.

Pour finir à Simms, Mississippi. Une petite ville pas très prospère mais qui réussissait à survivre dans un Sud en mutation. Les habitants qui n'étaient pas employés dans l'un des magasins de la rue principale faisaient les trois-huit à l'usine de batteries construite au bord du fleuve. C'est à Simms que Rayette — qui se faisait appeler Leslie Marie — tomba de nouveau enceinte.

Elle expliqua à Danny qu'elle ne savait pas au juste qui était le père, mais c'était sûrement un type bien. Il fallait qu'il le comprenne : elle sortait uniquement avec des types bien.

Danny menait une vie solitaire à Simms. Ayant depuis longtemps renoncé à se faire des amis, il se réfugia dans un monde où il n'avait besoin de personne. Il lisait toute la journée, des magazines sur les vedettes de cinéma, les moteurs de voiture, les Noires d'Amérique du Sud qui portent des poulets vivants dans des paniers, sur leur tête. Il lisait tous les livres qu'il trouvait, même ceux qu'il ne comprenait pas tout à fait. Autant en emporte le vent. Le Tour du monde en quatre-vingts jours. *Il y avait un motel à une dizaine de kilomètres de chez lui, et il s'y rendait quelquefois à pied pour chercher dans les poubelles les livres que les clients avaient jetés. Il repêcha comme ça* La Machine à explorer le temps, *et une biographie de Robert E. Lee. Il faisait aussi de longues promenades, apprenait à reconnaître les fleurs et les plantes. Il sculptait. Un jour, il offrit à sa mère une jolie canne dans laquelle il avait sculpté une tête de coq. Rayette le couvrit de baisers quand il la lui donna, lui répéta cent fois qu'il était le plus habile et le plus intelligent des garçons. Elle l'emportait partout, cette canne. Mais, deux semaines après qu'il lui en eut fait cadeau, elle rentra tard un soir sans la canne, et il ne la revit plus jamais.*

Danny avait deux endroits préférés. D'abord la grand-place. Ce n'était à vrai dire qu'un rectangle de pavés, mais au-dessus de ces pavés se dressait un chêne magique. Magique parce qu'il était énorme, avec des branches épaisses, et plein de feuilles. Quelqu'un — un petit garçon, supposait-il — y avait accroché une balançoire, bien avant que Danny soit né. Elle était juste à sa hauteur et il aimait s'asseoir sur la planchette en bois suspendue aux grosses cordes. Il lançait ses jambes en avant et montait, montait, toujours plus haut.

Son autre endroit préféré, c'était le terrain de football. Situé à quinze cents mètres de chez lui, près du lycée, il était délimité par des lignes tracées à la chaux, blanches et nettes, que la boue et l'herbe ne semblaient jamais estomper. Presque chaque jour, après l'école, il se postait dans l'une des zones de ballon mort, prenait sa respiration puis courait jusqu'à l'autre bout, revenait, recommençait, jusqu'à être totalement hors d'haleine. Il s'accrochait alors à l'un des poteaux, attendait de recouvrer son souffle pour rentrer à la maison. Sur le poteau nord, quelqu'un avait gravé un cœur et, à l'intérieur, JD+SE = AMOUR.

Plus son ventre s'arrondissait, plus Rayette devenait irritable. C'était une grossesse difficile. Elle avait des nausées chaque matin et souvent aussi la nuit. L'odeur des fumées rejetées par l'usine toute proche la rendait folle. Elle se plaignait qu'elle s'accrochait à son corps, qu'elle s'infiltrait en elle par les pores de sa peau. Parfois, elle éprouvait de si fortes douleurs au ventre qu'elle ne pouvait se lever. Un soir, elle s'emporta parce que Danny n'avait pas fini son dîner ; elle cria, leva la main pour le frapper. Il ne broncha pas, attendit la gifle mais, au lieu de le frapper, Rayette baissa lentement le bras et se mit à pleurer. Puis elle le prit dans ses bras, le serra longuement contre elle en l'appelant « mon bébé, mon chéri ». Elle lui dit qu'elle l'aimait et qu'elle l'aimerait toujours, quoi qu'il fasse.

Danny savait que sa mère l'aimait. Et il l'aimait tout aussi fort. C'était la seule chose dont il fût absolument sûr.

Quand il eut neuf ans, son petit frère naquit.

Rayette avait dressé une liste de prénoms dont Danny et elle avaient souvent discuté. Mais on ne peut pas vraiment choisir avant de voir le bébé, disait-elle. Pour choisir le prénom qui convient, il faut prendre l'enfant dans ses bras, sentir qui il est, comprendre quelle sorte d'être humain vient de naître.

Trop pauvre pour accoucher en maternité, Rayette eut le bébé chez elle. Le travail fut long et douloureux mais Danny resta constamment auprès d'elle, aidant la sage-femme noire, qui lui confiait certaines tâches : mettre une serviette mouillée sur le front de sa mère, faire bouillir de l'eau. Cette sage-femme plaisait beaucoup à Danny. Il aimait sa voix, douce et apaisante, bien que rocailleuse. Il aimait la façon dont elle déplaçait souplement son corps osseux, si mince qu'il semblait pouvoir se briser à chaque instant. Il aimait cette chose étrange sur son visage.

Elle avait un grand cercle autour de l'œil gauche, parfaitement rond, comme si on l'avait peint, et noir, plus noir que sa peau. Il partait de la racine du nez, entourait l'œil et revenait au nez. Cette marque fascinait Danny. Quand il avait couru chez elle la prévenir que le bébé arrivait, elle avait remarqué qu'il la fixait et avait dit : « C'est rien, ça me dérange pas. Juste une tache de naissance. Sa façon à Lui de me dire qu'Il m'a choisie pour quelque chose de spécial. » *Mais Danny ne pouvait s'empêcher de regarder. Même quand sa mère cria de douleur, il continua à fixer le visage de la Noire, cet œil qui, selon elle, était un don de Dieu.*

Le bébé naquit à minuit dix.

Tout de suite, ils sentirent que quelque chose n'allait pas.

Lorsqu'elle tira l'enfant d'entre les cuisses de Rayette, la sage-femme ne dit rien mais Danny la vit frissonner. Le nouveau-né hurlait ; il avait la peau rouge et plissée, comme tous les bébés, mais il y avait quelque chose dans son regard. Dans sa façon de pleurer. Danny eut l'impression d'entendre un appel à l'aide.

Quelques jours suffirent pour qu'ils comprennent que l'enfant n'était pas normal. Il ne cessait jamais de brailler. Personne n'arrivait à le calmer, ni Danny, qui le berçait et lui parlait, ni la sage-femme noire, qui venait chaque jour le nourrir, et encore moins Rayette, qui l'avait pris dans ses bras juste après sa naissance, l'avait aussitôt reposé et refusait depuis de poser les yeux sur lui. Quand Danny lui demanda comment ils allaient l'appeler, elle répondit qu'il ne méritait pas de nom. Il n'était pas normal. Il ne pouvait avoir un nom comme n'importe quel autre petit garçon.

C'est le diable, dit la sage-femme. C'est le diable qui a fait ça à l'enfant. Non, dit Rayette, c'est l'odeur. Les fumées de l'usine. Elles sont passées de la cheminée dans l'air, puis dans ses os à elle, et dans le sang du bébé.

Quelle que soit la raison, le bébé lui causait beaucoup de chagrin. Et elle savait que ce n'était pas fini.

Lorsque l'enfant atteignit l'âge de six mois, Danny le haïssait.

Dès qu'elle l'avait pu, Rayette avait repris son travail au bar.

Elle restait absente de la maison le plus longtemps possible pour ne pas avoir à s'occuper de son deuxième fils. Ce fut Danny qui dut le changer, le nourrir. L'écouter pleurer.

À un an, il n'avait toujours pas de nom. Il n'entendait apparemment rien, ne montrait aucun signe d'intelligence, ne faisait aucune tentative pour gazouiller. Il ne savait que manger et pleurer.

Pour le monde extérieur, il n'existait pas. En 1955, dans le Sud profond, les enfants gravement handicapés inspiraient de la peur et du dégoût. Rayette avait honte d'avoir donné le jour à cette créature. Elle n'avait pas les moyens de le mettre dans un établissement adapté, elle ne pouvait se permettre de susciter l'ostracisme de la communauté. Alors l'enfant restait à la maison. Dans la journée, la sage-femme noire s'occupait de lui. Après l'école, Danny rentrait, s'asseyait près de son frère et écoutait ses cris.

Quand le bébé eut dix-huit mois, Danny le rendit responsable de la perte de sa mère. Oh ! elle habitait encore à la maison, mais elle y passait de moins en moins de temps. Elle ne serrait plus Danny dans ses bras, elle ne l'embrassait plus, elle ne lui disait plus qu'elle l'aimait. Elle buvait plus que jamais, avait plus d'« amis » que jamais, bien qu'elle n'en ramenât jamais aucun à la maison.

Danny avait onze ans quand une fille de sa classe organisa une sortie. Pour son anniversaire, et pour fêter la nouvelle année, ses parents lui offraient d'emmener des camarades de classe dans la ville voisine écouter une nouvelle idole, un nommé Elvis Presley. Elle avait déjà choisi quatre garçons et quatre filles, il lui restait une place. Nul ne fut plus stupéfait que Danny quand elle lui tapota l'épaule après les cours et lui demanda s'il avait envie de venir voir Elvis. « O-o-oui, bégaya-t-il. B-bien sûr. »

Il rentra en courant, trouva sa mère affalée sur le canapé devant une bouteille de bourbon à moitié vide. Jamais il n'avait été aussi heureux, et il criait tellement qu'elle dut lui demander de se calmer et de parler lentement. Tout excité, il lui annonça qu'il allait voir Elvis ce soir, attendit qu'elle lui demande qui c'était. Elle ne lui demanda rien, lui dit tristement qu'il ne pouvait aller nulle part ce soir : elle avait rendez-vous, avec un type vraiment bien. Il devait rester à la maison pour garder le bébé.

Rayette quitta la maison à cinq heures. Les enfants assistant au spectacle devaient se retrouver à six heures devant le collège. À cinq heures et demie, le bébé criait. Il hurlait à pleins poumons. Danny savait qu'il avait faim, que Rayette ne s'était pas souciée de lui donner à manger avant de partir, mais il s'en fichait. Il ne voulait pas que le bébé mange. Il ne voulait pas que le bébé vive.

À six heures moins le quart, le bébé pleurait plus fort que jamais. Danny alla dans la pièce aux murs d'argile où Rayette l'avait installé. Rouge de colère, il agitait les bras et les jambes de manière spasmodique, entrecoupait ses vagissements d'horribles bruits de râpe. Danny baissa les yeux vers son petit frère, qui n'avait pas encore deux ans, et sut qu'il devait mettre fin à ses cris. À ce vacarme.

Il alla dans la salle de séjour, prit un coussin sur le canapé. De retour dans la chambre du bébé, il resta immobile quelques instants puis se pencha. Posa le coussin sur le visage du bébé, sur tout son corps, en fait, et pressa. Bien qu'étouffés, les cris demeurèrent un moment aussi violents puis commencèrent à faiblir. Danny pressa plus fort, plus fort encore. Les cris cessèrent. Le silence se fit dans la maison.

Danny alla remettre le coussin sur le canapé puis se précipita dehors et courut jusqu'au collège, arriva quelques secondes avant le départ sous les moqueries des neuf autres enfants, qui lui criaient de se presser. Il sauta dans le break, qui démarra aussitôt.

À sept heures et demie, Danny gesticulait et braillait comme les quinze cents autres fans qui avaient la chance d'assister à l'un des premiers grands concerts du King.

Il était enfin heureux.

Sa mère serait heureuse aussi, quand elle saurait. Et elle lui redonnerait son amour.

Elle l'aimerait toujours, toujours.

Il était trois heures du matin. Près d'une heure s'était écoulée depuis que Carl avait éteint son ordinateur et regardé l'écran s'assombrir.

Wham !

Il hocha la tête, content de lui. Une belle gauche, puissante, droit au cœur du sac. Un coup qui n'aurait peut-être pas fait tomber Holyfield mais qui l'aurait ébranlé. Qui aurait effacé son sourire, en tout cas.

Carl boxait le sac depuis qu'il avait cessé de travailler. Il ne portait pas de gants. Il voulait sentir le contact de sa chair contre le cuir, la douleur étrangement agréable qui monterait bientôt dans ses bras, jusqu'aux épaules. Un crochet du droit suivi d'un direct du gauche, un pas de danse, rapide, à la Mohamed Ali, et *pam, pam*, deux uppercuts et une droite foudroyante. Il avait les mains douloureuses, les jointures écorchées. La gorge sèche, les poumons en feu. Il était épuisé. Le livre qu'il écrivait le vidait de ses forces. Il voulait arrêter de penser à Gideon, et le seul moyen qu'il connaissait c'était de cogner dans ce sac, jusqu'à s'effondrer.

Sa fatigue n'était pas due à l'urgence dans laquelle il devait écrire. Bien sûr, c'était éprouvant mais il y avait quelque chose dans cette affaire qui le préoccupait. Qui le rongeait, même.

Commencée de manière anodine, l'histoire qu'il écrivait avait soudain viré au tragique. Selon les documents qu'on lui avait fournis, quelqu'un avait dans son enfance tué un bébé. Sans être inquiété par la justice. Mais la nature même de l'opération lancée par Maggie Peterson le rendait aujourd'hui vulnérable. Restait à savoir qui. Qui était le jeune garçon, qui était l'homme qu'il était devenu en grandissant ?

Qui était Gideon ?

Blam !

Il grimaça quand l'impact du coup remonta jusqu'à son coude. Il secoua le bras, sautilla, dodelina de la tête. *Continue à danser et personne ne pourra t'atteindre*, se dit-il.

D'après Maggie, la source se trouvait à Washington. Cela signifiait-il que Danny était devenu un homme politique ? Un parlementaire ou un membre du gouvernement ? Jusqu'à quel niveau fallait-il monter ?

Bam !

Ou alors une éminence grise. Un ponte des médias. Un patron de presse, un présentateur vedette... Impossible à savoir. Ce que Carl savait, c'était que ce bouquin n'était pas une simple opération commerciale, un livre à clefs dont les ragots titilleraient le lecteur. *Gideon* n'était pas uniquement un best-seller potentiel, il servirait à détruire la carrière d'un homme. Voire sa vie.

Tap. Tap. Tap. Bam !

Pour le livre, Carl avait inventé des noms aux personnes impliquées. Leurs véritables identités avaient été soigneusement caviardées de tous les documents qu'il avait reçus, et Harry Wagner ne lui laissait jamais assez de temps pour essayer de découvrir la vérité. Faute de connaître leurs vrais noms, Carl pensait à ces gens à l'aide des pseudonymes qu'il leur avait donnés. Lentement, à mesure qu'il étoffait leur personnalité en les dotant de sentiments, d'émotions, ils étaient devenus vivants pour lui. Des êtres de chair et de sang. Plus il écrivait, plus il était taraudé par l'envie de découvrir ce qui leur était vraiment arrivé. De savoir ce que les personnages qu'il animait sur le papier étaient devenus dans la vie réelle.

Cette histoire tournait à l'obsession, Carl le savait. Mais comment ne pas être obsédé après ce qu'il avait lu aujourd'hui ? La femme qu'il connaissait sous le nom de Rayette était rentrée tard le soir du meurtre. En pensant à elle, Carl revoyait son écriture. À la fois torturée, brouillonne et étrangement élégante. Comme la femme elle-même, se dit-il. Il se la représenta montant les marches du perron. Danny était déjà revenu de son concert. Elle le trouva assis dans le séjour, et le silence de la maison lui fit aussitôt comprendre qu'il s'était passé quelque chose. Après avoir échangé un long regard avec son fils, elle alla voir le bébé. D'habitude, elle ne lui jetait qu'un coup d'œil, elle ne supportait pas de le regarder. Mais cette fois elle le contempla longuement. Puis elle retourna dans la salle de séjour, auprès de son fils vivant.

Et elle sourit.

Ils enterrèrent le bébé à la faveur de la nuit. Danny creusa un trou à droite de la grange branlante située derrière la maison, Rayette y déposa l'enfant, enveloppé dans une couverture. Puis Danny reboucha le trou, tassa la terre du mieux qu'il put. Il n'y eut ni adieux ni prières ; tout fut expédié en moins d'un quart d'heure. Quinze minutes suffirent à faire disparaître toute trace de l'autre fils de Rayette, du frère de Danny.

Le lendemain, ils quittèrent la ville.

Pendant les années qui suivirent, ils restèrent rarement longtemps au même endroit et parcoururent tout le Sud. Rayette travaillait comme serveuse et tapinait à l'occasion ; Danny faisait de bonnes études. D'excellentes études, en fait : Carl avait lu ses carnets de notes et les appréciations élogieuses de ses professeurs.

Rayette se remaria trois fois et, la troisième fois, elle décrocha le gros lot. Ou tout au moins un lot appréciable. Non seulement son dernier mari traitait bien sa nouvelle famille mais, à sa mort, il leur laissa de l'argent. Pas une fortune, mais assez pour que Rayette puisse s'acheter un meilleur bourbon et passer ses journées aux courses. Assez pour que Danny puisse entrer dans une bonne université du nord du pays, quitter le Sud et puis...

Et puis quoi ?

C'est la question que se posait Carl en frappant le sac une dernière fois. Le coup manquait de force. Carl avait les jambes flageolantes. Sans même ôter son short et son T-shirt trempés de sueur, il se laissa tomber sur son lit, bras et jambes écartés, et s'endormit quelques secondes après que sa tête eut touché l'oreiller. Il sombra dans un sommeil profond, peuplé d'images et de rêves angoissants. Images d'un pauvre bébé mort. Images de gens misérables et d'actes révoltants dans un passé auquel lui seul avait accès.

Rêves d'un avenir inquiétant.

Un avenir inconnu mais qu'il fallait certainement craindre.

8

Le Liquidateur attendait.

La Cible était en retard, c'était contrariant. Le temps pressait, il n'avait aucune marge d'erreur. Mais il demeurait concentré et patient, comme toujours.

Il faisait les cent pas dans la rue, lentement, sans jamais perdre l'immeuble de vue. C'était une nuit chaude ; l'air était lourd, immobile. Une de ces nuits de juillet où la ville s'accroche à la chaleur et ne la laisse pas partir. Il aimait la chaleur, cette impression qu'elle pouvait, finalement, consumer tout aux alentours. Il aimait se déguiser.

Il n'y avait presque personne dans la rue. C'était un quartier où les gens se couchaient tôt parce qu'ils travaillaient dur ou parce qu'ils étaient vieux. Il entendait bourdonner les climatiseurs installés aux fenêtres des chambres, il voyait les gouttes formées par la condensation tomber en bas sur le trottoir. Au bout de la rue, le portier d'un immeuble lui adressa un signe de tête et le Liquidateur répondit de même. Malgré l'heure tardive et l'urgence du plan, il sourit, à l'aise dans son uniforme léger, silencieux dans ses gros godillots à semelle de caoutchouc.

Une Range Rover dans laquelle se trouvait un couple d'âge mûr s'arrêta à sa hauteur. Le chauffeur baissa sa vitre, demanda s'il savait où se trouvait le parking le plus proche. Le Liquidateur le renseigna aimablement.

Il était toujours poli et serviable.

La limousine noire apparut enfin au bout de la rue, roula lentement jusqu'à l'immeuble de la Cible, s'arrêta. Le Liquidateur attendit dans l'ombre, sur le trottoir d'en face, repéra deux personnes sur la banquette arrière. L'une était le Client, l'autre la Cible. Elles parlèrent un moment puis le chauffeur descendit, fit le tour de la limousine pour ouvrir la portière arrière droite. La Cible sortit de la voiture, s'attarda un moment encore. Le

Liquidateur les entendit s'esclaffer, le genre de rire qui vous échappe quand vous dites du mal de quelqu'un dont vous êtes censé être l'ami. Puis la Cible s'écarta, le chauffeur referma la portière, remonta dans la longue voiture noire, et le Liquidateur la regarda s'éloigner.

La Cible se dirigea vers l'immeuble en faisant tinter son trousseau de clefs.

C'était encore jouable, question temps.

Le Liquidateur traversa la rue.

— 'scusez-moi, madame, désolé de vous embêter à cette heure-ci, mais je suis passé plus tôt, et vous étiez pas chez vous...

La Cible l'examina des pieds à la tête, de ses grosses chaussures à sa casquette de policier.

— Qu'est-ce qui se passe ?

— Y a eu un cambriolage ce soir dans votre immeuble, madame. Au dernier étage.

— Encore ! s'exclama-t-elle. Cette ville me sort par les yeux !

— Je vous donne pas tort.

— Qu'est-ce qu'ils ont piqué, ces salauds ?

— Pas grand-chose. Quelques bijoux, de l'argenterie. Un ordinateur portable. Des pros : ils entrent, ils ressortent sans faire de bruit, sans laisser de trace. Ils ont même refermé à clef derrière eux.

— Qu'est-ce que vous voulez ?

— On veut juste s'assurer qu'on a touché à rien chez vous. Vous avez bien l'appartement sur jardin ?

— Oui. Quelquefois, ça me flanque la trouille.

— Je comprends ça.

La Cible secoua la tête, jura à mi-voix puis se décida :

— Bon, venez jeter un coup d'œil.

Elle se dirigea vers une grille en fer forgé située au niveau du sol, sous le perron surélevé. Ce devait être l'entrée de service à l'époque où une seule famille occupait l'hôtel particulier. Elle ouvrit la grille puis la porte de son appartement, se retourna sur le seuil et dit avec un sourire tendu :

— Vous m'impressionnez, vous savez. Vous faites votre boulot sérieusement.

— On fait au mieux, madame.

Elle entra, alluma la lumière.

Il la suivit à l'intérieur, referma la porte, porta aussitôt la main à la matraque réglementaire accrochée à son ceinturon.

— Apparemment, ils ne sont pas passés ici, constata la Cible. On dirait que je m'en tire bien.

Elle se trompait. Parce que le Liquidateur se porta derrière elle et la frappa violemment derrière l'oreille gauche. Il entendit avec satisfaction le bruit du crâne explosant sous le bois poli. Le bruit de la tâche accomplie. Il ne laissa cependant aucune place au doute. Tandis que la Cible gisait dans le hall d'entrée, une chaussure à moitié défaite, du sang coulant de l'arrière de la tête, la matraque s'éleva et s'abattit trois fois de plus. Chaque fois, le bois fracassa l'os avec le bruit d'une batte de base-ball frappant une balle lancée à cent cinquante à l'heure. Au troisième coup, la Cible avait le crâne défoncé. Son visage ressemblait à un melon éclaté, abandonné par terre pour y pourrir.

Il se redressa, tendit l'oreille. Plus un bruit, maintenant.

Il laissa la porte de l'appartement entrebâillée et la grille grande ouverte. Dehors, le trottoir était désert.

Le Liquidateur hâta le pas.

Il restait encore beaucoup à faire.

9

La sonnerie du téléphone s'enfonça comme une lame dans le cerveau de Carl Granville, qui se réveilla en sursaut. Un instant, il ne sut pas où il était. Toute la nuit, ses rêves l'avaient retenu dans le monde de Rayette et de Danny, et, quand il se força à ouvrir les yeux, il constata avec étonnement qu'il se trouvait dans son propre lit. Lorsque le téléphone avait sonné, il rêvait qu'il était enfoui dans la terre à côté du bébé de Rayette.

À demi suffocant, il secoua la tête, grogna, jeta un coup d'œil au réveil de sa table de nuit. Près de dix heures. Il parcourut l'appartement des yeux, surpris de ne pas y découvrir Harry Wagner. Il commençait à s'habituer à sa présence. Aux petits déjeuners succulents.

Étrange. Cela ne ressemblait pas à Harry d'être en retard. D'autant que la date limite se rapprochait.

Carl décrocha à la cinquième sonnerie, s'éclaircit la voix et réussit à articuler un « Allô » rocailleux.

— Salut, entendit-il.

Tiens, tiens. La seconde surprise de la matinée.

— Amanda, dit-il.

— J'appelle pour savoir comment tu vas. Parce que, tous les deux, vous aviez l'air partis pour... pour je sais pas quoi, mais ça doit être dur pour toi...

Carl passa la langue sur ses dents, contrarié que Harry ne soit pas là pour lui apporter une tasse de café fumant.

— Qu'est-ce qui doit être dur pour moi ?

Après un silence, Amanda s'étonna :

— Tu n'es pas au courant ?

— Au courant de quoi ?

— Maggie Peterson a été assassinée la nuit dernière. C'était sur le télex quand je suis arrivée. Je suis sûre que tous les tabloïds de New York l'annoncent en première page.

Non, impossible, Maggie est indestructible, pensa d'abord Carl. Puis il perçut l'inquiétude de la voix d'Amanda. D'autres pensées se bousculèrent dans sa tête : *Pourquoi ? Qui ?* Et égoïstement : *En quoi ça me concerne ?* Interrogation qu'il chassa aussitôt pour la remplacer par : *Il ne s'agit pas de moi. Ni d'un boulot ni d'un livre. Quelqu'un est mort. Il y a eu meurtre.* Lorsqu'il finit par parler, il eut l'impression que les mots lui déchiraient la gorge :

— Où... ? Comment... ?

— On l'a retrouvée ce matin dans son appartement. La tête fracassée.

— Mon Dieu !

— Elle a été sauvagement frappée, pour reprendre les termes de la police. Je suis navrée. J'étais sûre qu'on t'aurait prévenu.

— Quelqu'un a pénétré chez elle par effraction et l'a tuée ?

— Les flics n'ont pas relevé de trace d'effraction. Ils pensent que c'était quelqu'un qu'elle connaissait. Un ancien amant, peut-être. Apparemment, il y en a une tripotée.

Les mots flottèrent un instant dans l'air, le silence étant la façon d'Amanda de lui demander s'il en faisait partie. Au bout d'un moment, elle décida que la réponse n'avait pas d'importance ou estima qu'elle l'avait obtenue.

— Elle envisageait d'acheter ton roman ?

— Elle l'avait acheté, dit Carl. En plus, elle m'avait confié un boulot de nègre, un...

Il s'interrompit.

— Un quoi, Carl ?

— Un... bouquin politique.

Le choc avait momentanément éclipsé l'engagement qu'il avait pris de garder le silence, mais il se rendit compte qu'il n'avait toujours pas le droit de parler de Gideon. Il avait fait une promesse à Maggie, sa mort ne l'en libérait pas.

— Politique ? Elle voulait que tu écrives un livre politique ? Pour qui ?

— Personne. Désolé, je n'aurais rien dû dire. C'est un secret, mais je suis un peu secoué. Rien d'important.

— Tu vas bien ?

— Très bien.

— Je... je continue à me faire du souci pour toi, tu sais. C'est plus fort que moi, apparemment.

— Je sais. Et j'en suis content.

Ils continuèrent à bavarder quelques minutes mais il n'y avait rien d'autre à dire, finalement, et leur conversation s'effilocha jusqu'à ce qu'Amanda déclare :

— Il faut que je retourne au boulot.

À peine avait-il raccroché que Carl s'habilla en vitesse et courut à la *bodega* du coin acheter les journaux. Le *Daily News* publiait une photo de l'immeuble de Maggie, une *brownstone* de la 63e Rue Est. Maggie occupait le rez-de-jardin, auquel on accédait par une entrée particulière, sous le perron. Les voisins n'avaient rien vu, rien entendu. Selon le *Times*, Maggie avait participé ce soir-là à un dîner en l'honneur du Premier ministre indien réunissant d'autres sommités de la presse. Elle avait paru d'excellente humeur mais était partie tôt en prétextant du travail à faire. On ignorait ce qu'elle avait fait entre son départ et l'heure approximative du meurtre. Le *Herald*, appartenant au groupe Apex, reproduisait une déclaration de Nathan Bartholomew, directeur d'Apex Editions : « Maggie Peterson était une éditrice de talent, avec un flair infaillible non seulement pour le commercial mais aussi pour la qualité. Elle était encore jeune. Nul ne peut dire ce qu'elle aurait accompli. Elle nous manquera, elle manquera à tout le monde de l'édition. Non seulement parce que c'était un atout précieux pour notre maison mais parce qu'elle était notre amie. » Lord Lindsay Augman, l'homme qui possédait et dirigeait l'empire Apex, était, selon un de ses porte-parole, « effondré ».

Le mot convenait assez bien pour décrire aussi ce que Carl Granville éprouvait.

D'autres termes auraient également pu lui être appliqués. Angoissé. En pleine confusion. Et impatient. Ce fut l'impatience qui prévalut : après s'être rapidement douché, il décrocha le téléphone.

Le siège mondial d'Apex Communications, tour en chrome et en verre de cinquante-sept étages, s'élevait au coin de la Cinquième Avenue et de la 48e Rue. Il abritait les bureaux du *New York Herald*, plusieurs étages de personnes qui faisaient la mode et dirigeaient les magazines féminins du groupe, la direction des programmes de TAN, The Apex Network, et les bureaux de ses diverses maisons d'édition.

Le bureau de Nathan Bartholomew se trouvait au trente-cinquième étage, l'étage « directorial » d'Apex Editions. Vaste, meublé avec goût, il convenait parfaitement au patron de la première maison d'édition du monde anglophone. Presque tout y était blanc. Moquette blanche. Rayonnages blanc cassé couverts d'une impressionnante série de best-sellers récents. Rideaux blancs couvrant partiellement d'immenses baies vitrées qui offraient une vue à couper le souffle sur la cathédrale Saint-Patrick. Le bureau d'acajou sombre — l'unique chose qui ne fût pas blanche dans la pièce — était couvert de paperasse : notes, rapports financiers, chiffres de vente.

En temps ordinaire, Nathan Bartholomew adorait trôner dans cette pièce. Il avait mis vingt-deux ans pour se hisser à son poste, passant de représentant à directeur des ventes puis à éditeur de la branche juniors, fort rentable, et enfin à patron de toute la boîte, position qu'il occupait maintenant depuis neuf ans. Ce bureau d'angle spacieux et ordonné lui procurait d'habitude un sentiment de puissance dans lequel il se complaisait, mais, aujourd'hui, il était impatient d'en sortir. Il avait un déjeuner à midi et demi au *Four Seasons* avec Elliott Allen, le plus gros agent de la profession, peut-être. En tout cas, le plus con. Bartholomew passerait une bonne heure à l'écouter se vanter des impressionnistes français accrochés dans son bureau et des plaques de marbre qu'il avait spécialement fait faire à Milan. Puis il se mettrait à pérorer sur les photos dédicacées par les divers hommes politiques et vedettes de cinéma qu'il représentait. Suivrait le récit de ses prétendues prouesses sexuelles, dont Nathan savait pourtant — il le tenait d'une excellente source : la maîtresse d'Elliott, l'un des auteurs à gros tirage d'Apex — qu'elles auraient gagné à être tenues sous silence. Et, naturellement, il l'écouterait discourir sur le dalaï-lama, parce qu'à la stupéfaction de toute la profession l'homme de paix avait décidé d'écrire ses Mémoires et avait choisi nul autre qu'Elliott Allen pour les publier. Bartholomew imaginait déjà ses exclamations :

« Tu te rends compte ? Un petit juif des rues de Brooklyn qui représente l'homme le plus saint de cette putain de planète ? » Bien sûr que Bartholomew se rendait compte. Si Jésus-Christ lui-même revenait sur terre, Elliott réussirait à placer son autobiographie en cinq minutes...

Pourtant il était impatient de quitter son luxueux bureau pour se réfugier au restaurant. Aujourd'hui, il se fichait des poses avantageuses d'Elliott, des baisers et des saluts hypocrites provenant des autres tables : éditeurs en quête d'emploi, auteurs en quête d'un plus gros chèque. Il s'en fichait complètement, en ce jour où sa vie était devenue le merdier absolu.

Toute l'édition était dans la merde, songea-t-il. Le public ne voulait plus lire que des best-sellers. Écrits par des célébrités. Des grands noms. Des héros, des comédiens de la télé, des homosexuels avoués et des tueurs de la Mafia. Des auteurs qui n'acceptaient rien au-dessous d'un million de dollars. Un million ? *Cinq* millions ! *Dix* millions ! Il fallait en vendre, des livres, pour payer de telles sommes ! Et comment faire pour vendre autant de bouquins ? En imprimer des tonnes, en envoyer des tonnes aux libraires, ce qui signifiait aussi des tonnes de retours puisque les libraires avaient le droit de renvoyer les invendus. Bon Dieu, ce métier devenait impossible. Pas de cash-flow, une marge de cinq pour cent les bonnes années. Des auteurs casse-couilles. Des agents plus casse-couilles encore.

Bartholomew secoua la tête. Il avait cinquante-huit ans, de la tension, et le peu de cheveux qui lui restaient étaient complètement blancs. Quoi d'étonnant ? Le pire, c'est qu'il ne voyait s'amorcer aucun redressement. Et malheureusement, lord Augman aimait avant tout les courbes ascendantes.

La seule qui avait fait gagner de l'argent à la boîte, c'était Maggie Peterson. Une belle garce, c'était entendu, mais elle savait dénicher les bons bouquins. Très peu de gens — dans la maison ou à l'extérieur — savaient que le tiers des bénéfices de la boîte, cette année, provenait d'elle. Une femme arrogante, sans humour et, du fait de son accès direct à Augman, dangereuse et incontrôlable. Mais elle avait aussi été une machine à fric. Impossible à remplacer.

C'était bien d'elle : elle n'aurait pas pu donner sa démission, ou prendre sa retraite. Non. Il avait fallu qu'elle se fasse tuer, cette emmerdeuse !

Bon Dieu ! Son meurtrier n'avait pas seulement supprimé la plus intelligente, la plus ambitieuse, la plus ordurière des femmes que Bartholomew connaissait. Il avait aussi assassiné trente-quatre pour cent de ses bénéfices ! Pas étonnant qu'il ait mal à la tête.

Dès son arrivée au bureau, il avait eu les médias sur le dos. Combien de fois fallait-il répéter la même chose ? Une femme délicieuse. Une amie. Une intelligence sans limites. Il ne pouvait quand même pas parler de la fois où il l'avait surprise en train de faire une pipe au directeur des ventes, dans son bureau.

Maggie Peterson assassinée. Merde.

Enfin, Dieu ait sa putain d'âme ; lui, il avait du travail.

Il appuya sur l'Interphone pour appeler sa secrétaire. Il avait des tas de lettres à lui dicter, et elle portait aujourd'hui son tailleur à rayures ajusté avec, autant qu'il put en juger, rien d'autre en dessous. Il pressa de nouveau le bouton. Qu'est-ce qu'elle faisait ?

Qu'est-ce qui se passait aujourd'hui ? Maggie morte et sa secrétaire qui ne répondait pas. Le monde devenait dingue ?

— Le bureau de Mr. Bartholomew...

— Carl Granville. Je voudrais parler à Mr. Bartholomew, s'il vous plaît.

— Il est très occupé en ce moment. Les gens n'arrêtent pas d'appeler...

— J'imagine. Mais c'est important. Je travaillais pour Maggie Peterson.

— Alors, je peux vous passer son assistante. Ellen est...

— Non, il faut que je parle à Mr. Bartholomew, *personnellement*.

— Écoutez, je...

— Donnez-lui simplement ce message. Il acceptera de me parler.

— Je suis sûre qu'Ellen...

— Dites-lui simplement que Carl Granville désire lui parler. D'accord ?

— Oui. Certainement.

— Merci.

Clic.

— Allô ?

— Monsieur Granville ?

— Lui-même...

— Ellen Ackerman, d'Apex. Je suis... j'étais l'assistante de Maggie Peterson. J'appelle pour vous informer qu'une autre personne de la maison s'occupera de vous dès que ce sera un peu plus calme. Mr. Bartholomew est très attaché à la continuité des...

— Pardon, rappelez-moi votre nom.

— Ellen. Ellen Ackerman.

— Ellen, sans vouloir être grossier, je ne crois pas que vous puissiez m'aider. Il faut que je parle à Nathan Bartholomew.

— Oui, je sais. Son assistante m'a demandé...

— Je n'en doute pas. Mais je travaille sur un livre très important et je ne peux en discuter qu'avec Mr. Bartholomew.

— D'accord, je transmettrai. Sur... sur quoi vous travaillez ?

— J'en discuterai avec Mr. Bartholomew quand il me rappellera.

— Oui, bien sûr. Le problème, c'est que je n'ai pas de dossier sur vous, alors, quand on m'a demandé ce que vous écriviez, j'ai répondu que je n'en savais rien. C'est probablement pour cette raison qu'il ne vous a pas rappelé lui-même. Si vous pouviez me dire...

— *Gideon.*

— Pardon ?

— Dites à Bartholomew que je suis l'auteur chargé de *Gideon*.

— *Gideon ?*
— Il comprendra.
— Bon. Si vous le dites.
— Vous pouvez me croire.
Clic.

Nathan Bartholomew détaillait la jeune femme qui se trouvait devant lui. Elle était nerveuse, elle n'avait pas l'habitude de se trouver dans son bureau. Et elle semblait essoufflée, comme si elle avait remonté tout le couloir au sprint après qu'il l'eut convoquée. Il se demanda s'il était aussi nerveux autrefois devant ses supérieurs mais ne s'en souvint pas. C'était trop loin.

— Ellen, attaqua-t-il, prenant une longue inspiration comme s'il lui était déjà pénible de discuter du sujet, rappelez-moi de quoi il s'agit, je vous prie. Ce, comment déjà, Granbull ?

— Granville. Carl Granville.

— Il dit qu'il était l'un des auteurs de Maggie ?

— Oui, mais c'est faux. Il prétend qu'il écrit un bouquin appelé *Gideon*, et que vous êtes au courant.

— Il a précisé pourquoi moi je devrais être au courant ?

— Non, monsieur. J'ai vérifié dans les dossiers auteurs, je n'ai trouvé aucun contrat le concernant. Ni même une demande de contrat. Et rien non plus sur un livre portant ce titre.

— Rien sur *Gideon* ?

— Rien. À tout hasard, j'ai appelé la comptabilité. Aucun contrat en cours de rédaction, aucun chèque à son nom.

— Seigneur ! se lamenta l'éditeur. (Il croyait la conversation terminée mais la jeune femme ne quittait pas son bureau.) Il y a autre chose ?

Elle acquiesça d'un hochement de tête nerveux, continua à branler du chef comme ces poupées Garfield collées à la vitre arrière des voitures.

— J'ai aussi consulté le fichier correspondance et j'ai trouvé quelque chose le concernant, répondit-elle. Son agent nous a proposé un roman il y a quelques semaines et Maggie l'a refusé.

L'assistante tira du classeur qu'elle tenait sous le bras plusieurs feuilles de papier et les tendit devant elle. Bartholomew les prit, les posa sur son bureau, attendit qu'elle cesse de hocher la tête pour la congédier.

— Merci, Ellen.

Comme elle arrivait à la porte, il marmonna, à demi pour lui-même :

— Il y en a des malades, dans ce métier...

Puis il appuya sur le bouton blanc de son Interphone pour faire venir sa secrétaire.

— Bureau de Mr. Bartholomew.

— C'est encore Carl Granville.

— Monsieur Granville, je vous prie de ne plus appeler...

— Écoutez, j'ai un problème grave...

— Il ne nous concerne en rien, j'en ai peur.

— Il vous concerne tout à fait, j'en ai peur. Je dois savoir qui est mon contact, maintenant.

— Pourquoi n'essayez-vous pas un autre éditeur ?

— Parce que vous êtes mon éditeur ! Je sais que la situation est difficile pour tout le monde mais...

— Je vous suggère de soumettre votre manuscrit ailleurs.

— *Bon Dieu !* Désolé. Laissez-moi simplement parler à Bartholomew. Deux minutes, et tout ira bien, j'en suis sûr.

— Je crains que ce ne soit pas possible.

— Il sait que c'est moi qui écris *Gideon* ? On le lui a dit, au moins ?

— Au revoir, monsieur Granville.

Clic.

La femme en tailleur à rayures expliquait à la réceptionniste du trente-cinquième étage qu'elle était débordée, que sa propre assistante était souffrante, qu'elle avait besoin d'un coup de main.

— D'abord, tu appelles le bureau d'Elliott Allen, tu confirmes que Mr. Bartholomew le retrouvera à midi trente au

Four Seasons. Ensuite, si tu pouvais taper ces lettres pour qu'elles partent cette après-midi. Mr. Bartholomew...

— Excusez-moi.

Elle leva les yeux, considéra l'homme jeune qui s'était approché d'elle. Il n'avait pas l'air d'un coursier. Trop mignon. Trop bien habillé. Le regard un peu tourmenté, mais ça lui allait bien. Il était peut-être nouveau dans la boîte. Ça tomberait bien. Tout le monde avait un peu peur d'elle parce qu'elle était le cerbère du patron. Un nouveau n'aurait pas peur. Un nouveau n'hésiterait pas à...

— Excusez-moi. Vous travaillez pour Mr. Bartholomew ?

— Je suis son assistante.

— Je crois que nous nous sommes parlé au téléphone. Je m'appelle...

— Carl Granville ?

Elle se figea quand il acquiesça. Mon Dieu ! le fou. C'était ce qui l'effrayait le plus : qu'un cinglé comme lui débarque au bureau. Mon Dieu, il tirait quelque chose de la poche de sa veste...

— J'ai une lettre pour Mr. Bartholomew. Si vous pouviez la lui remettre...

— Une lettre ?

— À moins que vous n'ayez une meilleure idée. Moi, je n'ai rien trouvé de mieux. Il se passe quelque chose de bizarre, il faut qu'il soit informé. J'allais poster cette lettre mais je préfère m'assurer qu'elle lui parviendra. Voulez-vous la lui remettre personnellement ?

— Il ne pourra pas vous recevoir.

— Si vous lui remettez cette lettre, il me recevra.

— Sinon, vous refusez de partir, c'est ça ?

— Je ne cherche pas à créer de problèmes. Sincèrement. Je veux simplement m'assurer que cette lettre lui parviendra.

La femme en tailleur se tourna vers la réceptionniste.

— Marcy, appelle le service de sécurité.

— Quoi ? fit Carl. Pas besoin d'appeler les vigiles, voyons. Je suis simplement venu déposer une lettre !

— Vous feriez mieux de partir.

— Mais qu'est-ce qu'il se passe ? De quoi tout le monde a peur ?

— Ça ne vous avancera à rien d'insister. Partez, maintenant.

— Je veux simplement m'assurer...

Carl entendit la porte de l'ascenseur s'ouvrir derrière lui. Il vit le regard de la jeune femme obliquer, très légèrement, pour regarder par-dessus son épaule. Lorsqu'il se retourna, il ne fut pas étonné de découvrir des gardes en uniforme se dirigeant vers lui.

— Y a un problème ? demanda le premier.

Carl songea un instant à s'élancer vers la porte conduisant au bureau de Bartholomew. Il songea à se libérer de sa frustration en expédiant son poing dans la figure du garde, en secouant la secrétaire jusqu'à ce qu'elle le laisse rencontrer son patron. Aucune de ces deux possibilités n'avait de sens.

— Je ne sais pas quel est le problème, finit-il par marmonner. C'est ça, le problème.

Nathan Bartholomew entrouvrit prudemment la porte de son bureau et inspecta le couloir. Comme s'il n'avait pas déjà assez de soucis sans ce dément qui voulait à tout prix le voir. Un des auteurs de Maggie, vraiment. Dès que les journaux parlaient de quelqu'un, les fêlés sortaient du bois, et cette lettre méritait la palme. Complètement délirante. Un projet secret, des honoraires s'élevant à cinquante mille dollars. Un meurtre vieux de cinquante ans. Seigneur, il pensait avoir vu le pire l'année dernière quand Apex avait publié une biographie de Janis Joplin ! Une semaine après la parution d'une critique du livre dans le *Times*, une femme s'était présentée au siège en menaçant de les poursuivre. Elle prétendait être Janis, elle n'était pas morte, elle se cachait depuis des années, et toutes les informations contenues dans le bouquin étaient erronées. Comme elle aurait pu faire traîner l'affaire pendant des mois devant les tribunaux, ils lui avaient versé deux mille cinq cents dollars pour se débarrasser d'elle.

Mais utiliser la mort de Maggie pour essayer de les escroquer ! Pas étonnant que l'édition soit dans la merde.

— Vous pouvez sortir, monsieur Bartholomew, lui dit sa secrétaire avec un sourire poli, qu'il ne prit pas la peine de lui rendre.

— Où est le timbré ?

— Les gardes l'ont mis à la porte. Il ne reviendra pas.

— Quel métier ! Dans le temps, personne n'avait besoin de gardes. Enfin, vous avez préparé les documents ?

— Ils sont dans votre mallette, répondit-elle. Le nouveau catalogue, la note sur le contrat avec Clancy, et un exemplaire de la biographie de Disney.

Il se dirigea vers l'ascenseur, salua de la tête trois ou quatre personnes passant dans le couloir. Il ne savait absolument pas qui elles étaient mais il devinait, à la façon dont elles le regardaient, qu'elles travaillaient pour lui. Cette maison était devenue gigantesque. Quand il avait débuté, il connaissait chacun de ceux qu'elle employait.

C'est le progrès, soupira-t-il intérieurement. On ne connaît plus personne et on doit faire appel aux services de sécurité pour régler les problèmes.

L'ascenseur était un express. Il s'arrêta une fois au vingt et unième étage puis descendit directement au rez-de-chaussée. En sortant dans le hall, Bartholomew aperçut sa limousine garée en double file devant l'immeuble.

Au moins une chose qui marchait aujourd'hui.

Avec les embouteillages, il fallut un quart d'heure à la voiture pour parcourir les six cents mètres séparant le siège d'Apex du *Four Seasons*, situé dans la 52ᵉ Rue, entre Lex et Park. Quand elle s'arrêta devant le bâtiment cossu, Bartholomew descendit sans attendre que le chauffeur lui ouvre la portière et, mallette à la main, s'approcha de ce qu'il considérait comme le cœur même du monde de l'édition : la terrasse d'un des plus célèbres restaurants au monde. En son temps, il y avait englouti des kyrielles de plats raffinés, et liquidé pas mal de bouteilles. Il y avait longuement discuté avec des auteurs et des agents, il y avait conclu quelques-uns des plus gros contrats de l'histoire de l'édition.

Nathan Bartholomew prit conscience — avec étonnement — qu'il ne s'intéressait plus beaucoup aux écrivains. Ni aux livres, ni aux contrats, ni à la considération du monde de l'édition, ni à quoi que ce soit excepté boucler son budget. Mais le *Four Seasons* comptait encore beaucoup pour lui. Y venir, être accueilli par le maître d'hôtel, avoir sa table : c'était pour ça qu'il avait travaillé pendant toutes ces années. Pour qu'un petit homme en smoking mal coupé rampe devant lui et le conduise, trois fois par semaine, à la même petite table, au fond à gauche.

— Votre invité est arrivé, monsieur Bartholomew.

Martin, le maître d'hôtel, le mena à la table, où quelqu'un était déjà assis.

Ce n'était pas Elliott Allen.

C'était un homme d'une vingtaine d'années, avec des cheveux blonds qui auraient eu besoin d'un coup de peigne. Mal rasé, il portait un jean et un veston sport, une cravate maladroitement nouée. Quand il vit l'éditeur approcher, il se leva à demi.

Bartholomew remarqua qu'il avait l'air nerveux, et qu'il gardait les poings serrés. Il comprit aussitôt qui était la personne qui usurpait sa table et qui, semblait-il, menaçait d'envahir sa vie. C'était le dingue qui avait essayé de forcer sa porte toute la journée. Et il y avait de fortes chances pour qu'il soit dangereux.

La plupart des malades mentaux le sont.

— Désolé de m'imposer de cette façon, s'excusa Carl, mais vous êtes un homme extrêmement difficile à rencontrer.

Il se rendit compte qu'il avait la respiration courte. Pourquoi était-il aussi nerveux ? Il n'avait aucune raison de l'être. Cet homme était son éditeur, il savait sûrement ce qu'il se passait.

— Mon invité... mon véritable invité sera ici dans une minute, dit Bartholomew.

Il avait une voix profonde et cultivée, mais qui semblait artificielle, comme si elle était en fait aiguë, vulgaire, et qu'il l'avait travaillée pendant des années pour lui donner le vernis adéquat.

— Pas vraiment, dit Carl. J'ai réussi à savoir avec qui vous déjeuniez, j'ai appelé la secrétaire d'Elliott Allen pour annuler.

— Ah !...

— J'ai expliqué que c'était un cas de force majeure et elle s'est montrée très compréhensive. Je ne voulais pas donner l'impression que vous vous fichiez de lui. Croyez-moi, je sais ce que vous pensez, mais il fallait absolument que je vous voie...

— Vous tombez mal. J'ai eu une matinée non seulement chargée mais traumatisante. Maggie Peterson était l'une de mes plus proches collaboratrices.

— Oui, je sais, mais comme je l'ai dit à votre assistante, comme je l'ai dit *plusieurs fois*, je suis justement ici à cause de Maggie. Vous avez lu ma lettre ?

— Bien sûr.

L'écrivain eut un soupir de soulagement.

— Alors, vous comprenez ce qui se passe.

— La seule chose que je comprends, c'est que vous jouez un jeu très compliqué.

Carl fronça un instant les sourcils puis se détendit : il saisissait la raison de cette réaction.

— Je sais que ça doit rester secret. Je n'aurais pas dû mettre cette histoire par écrit mais je n'avais pas d'autre moyen de parvenir jusqu'à vous. J'ai des problèmes — avec le livre, je veux dire. Je me pose certaines questions, je voulais en parler à Maggie mais... (L'éditeur le regardait fixement, sans rien dire.) Monsieur Bartholomew, ne vous en faites pas, vous pouvez me parler. Croyez-moi, je sais tout du projet Gideon. Enfin, pas tout, mais suffisamment pour...

— Qu'est-ce que vous savez ?

— Que c'est important. Que c'est pressé. J'en sais suffisamment pour me rendre compte que nous allons tous avoir besoin d'aide maintenant que Maggie est morte... (Avant que Bartholomew détourne les yeux, Carl y décela une lueur de frayeur.) N'ayez pas peur, je ne ferai rien d'irréfléchi. Mais il faut bien que je sache qui est mon contact, maintenant. Et j'ai des questions à poser. J'ai besoin de savoir certaines choses pour continuer à écrire. Je vous assure, vous pouvez me faire confiance...

Le serveur vint prendre la commande de l'invité. Pour Bartholomew, c'était inutile, il mangeait la même chose chaque fois qu'il venait : une pomme de terre en robe des champs, sans sauce, une petite salade au citron, sans huile, et un verre de vin rouge.

— Monsieur ne déjeune pas, dit vivement l'éditeur.

Après que le serveur se fut éclipsé, il reprit, d'un ton plus lent :

— Monsieur Granville... Vous avez besoin d'argent ? C'est pour ça que vous êtes ici ?

Carl sourit, soulagé. Pendant quelques minutes, il avait presque cru que Bartholomew ignorait tout de lui. Qu'il n'avait jamais entendu parler de Gideon.

— Non, non. J'ai encaissé le chèque de cinquante mille, et je suis censé toucher le reste à la remise du manuscrit, ce qui ne saurait tarder. Je dois également être payé pour mon roman.

— Nous vous avons engagé comme nègre et comme romancier ?

Carl se pencha par-dessus la table, pressa le bras du patron d'Apex Editions.

— Monsieur Bartholomew, je vous jure que vous pouvez me faire confiance. Mais j'ai besoin de savoir ce qui se passe. Il y a quelque chose qui ne va pas.

— Monsieur Granville, il y a effectivement quelque chose qui ne va pas du tout... (L'écrivain hocha la tête, lâcha le bras de Bartholomew.) Jamais, depuis que je suis dans l'édition, je n'ai entendu une histoire aussi extravagante que celle que vous essayez de me faire avaler, poursuivit Bartholomew. Un chèque de cinquante mille dollars sans contrat ? Impossible. Le service comptabilité ne ferait jamais ça. Deux livres dont je n'aurais pas entendu parler ? Impossible. Il faut ma signature pour tous les livres que nous achetons. C'est l'arnaque la plus fumeuse, la plus maladroite que j'aie jamais vue. Et la plus répugnante. Maggie Peterson n'est pas encore enterrée que...

— Non, vous ne comprenez pas...

— Je comprends très bien.

Carl serra le poing droit, sentit la sueur qui se formait au creux de sa paume.

— Pourquoi faites-vous ça ? Je suis en train d'écrire *Gideon.*

— Jeune homme, écoutez-moi, dit Bartholomew d'un ton calme. Nous n'avons retrouvé aucune trace de ce prétendu livre. Pas de dossier, pas de notes, pas de correspondance.

— Évidemment. Maggie n'aurait pas couru le risque de garder ça au bureau, vous le savez bien.

— Il n'y a aucun livre de ce nom dans notre programme pour les deux années à venir. Il n'y a aucun contrat, j'ai vérifié auprès de nos avocats. Rien. Aucun accord n'a été conclu pour aucun des livres dont vous parlez. Et selon la comptabilité aucun chèque n'a été établi à un nommé Granville, ni de cinquante mille ni de cinquante dollars. Vous croyez peut-être à ce que vous dites, vous n'êtes peut-être pas un escroc. Je suis prêt à l'accepter, mais cela ne change rien à la réalité. Vous vivez dans un monde de fantasmes, mon garçon, et je ne veux pas y être entraîné.

Médusé, Carl écarquillait les yeux. Se rendant compte qu'il tremblait, il inspira profondément pour se calmer.

— Je ne sais même pas quoi répondre, dit-il. Tout ce que j'ai écrit dans ma lettre est vrai. Maggie Peterson m'a engagé comme nègre pour un bouquin appelé *Gideon.* Votre plus gros coup de l'année. Premier tirage, un million d'exemplaires. Attendez, attendez : elle m'a dit que vous créeriez spécialement une nouvelle maison pour l'occasion... Quadrangle ! Oui, c'est ça, Quadrangle. Comment le saurais-je si elle ne m'en avait pas parlé ?

— Bonne question, convint Bartholomew. Mais nous n'avons pas de maison qui porte le nom de Quadrangle, et nous n'avons pas l'intention d'en lancer une.

Carl transpirait abondamment. Le dos de sa chemise était mouillé et il sentait qu'il avait une mèche collée au front.

— C'est dans votre catalogue, dit-il d'une voix incertaine. Je l'ai vu dans votre catalogue.

— Vraiment ?

Bartholomew passa une main sous la table pour prendre sa mallette, l'ouvrit, en tira le catalogue d'été d'Apex. Carl s'en saisit avec une telle vivacité qu'il faillit faire tomber l'éditeur à la renverse.

— C'est ça. Elle me l'a montré. Dans son appartement. Vous ne croyez pas à l'existence de *Gideon* ? Alors, qu'est-ce que fait cette double page dans votre catalogue ?

Carl ouvrit la brochure en son milieu, la tint de manière à ce que Bartholomew puisse la voir. Devant le silence de l'éditeur, il retourna le catalogue, regarda la double page du milieu. Elle annonçait la publication d'un nouveau thriller d'une célèbre romancière britannique.

Bouche bée, il fixa un moment la page.

— Pas de *Gideon*, fit observer Bartholomew.

Carl se leva brusquement, renversant sa chaise.

— Bon Dieu, qu'est-ce que vous êtes en train de me faire ? explosa-t-il. Dites-moi la vérité ! Dites-moi la vérité, sinon je...

Il était trop furieux, trop sidéré pour finir sa phrase. Saisissant Bartholomew par les épaules, il le secoua comme pour lui arracher la vérité. Effrayé, l'éditeur recula et les ongles de Carl lui griffèrent la gorge. Un filet de sang coula sur le col de sa chemise.

Carl entendit son cœur marteler sa poitrine.

— Elle a acheté mon roman, murmura-t-il. Elle m'a engagé pour écrire *Gideon*...

— Un roman vendu par un agent littéraire mort à une éditrice morte, comme c'est commode ! Un livre secret, dont personne à part vous n'a entendu parler. Si vous vous obstinez, vous vous retrouverez inculpé d'escroquerie, menaça Bartholomew. Avec des individus comme vous, nos avocats ne concluent pas d'arrangement. Ils se battent.

Carl ferma les yeux. Il avait l'impression que le monde fuyait devant lui.

Il parcourut des yeux la salle silencieuse puis revint à l'éditeur, respira à fond. Bartholomew se rassura en voyant le visage de l'écrivain se détendre. Carl se pencha, légèrement, juste assez pour glisser ses doigts sous le bord de la table et, d'un geste vif, la retourna. Les assiettes et les couverts volèrent, les verres se répandirent sur le sol moquetté. Tout le monde demeura figé dans le restaurant. Jusqu'à ce que le maître d'hôtel décroche le téléphone près de la porte d'entrée.

— La police, s'il vous plaît, vite, entendit Carl. Huitième district.

Dans les yeux de Bartholomew, il lut avec étonnement une expression de pitié.

— Betty était votre agent, n'est-ce pas ? dit l'éditeur, changeant totalement de ton. Je la connaissais bien. Elle m'avait parlé de vous, je m'en souviens, maintenant. Elle se passionnait encore pour les nouveaux talents, même après des années dans ce métier et, d'après elle, vous en faisiez partie. Je n'aime pas voir le talent gâché, il est trop rare. Vous vous droguez ? Si c'est votre problème, nous pouvons vous mettre en contact avec des gens qui vous aideront. Vous vous remettez à votre roman, et s'il en vaut la peine nous pouvons même envisager de vous accorder une avance...

— Je ne veux pas d'argent ! Je veux simplement savoir ce que je dois faire.

— Ça, je peux vous le dire, répondit Bartholomew. (Il se tourna vers l'entrée, où le maître d'hôtel, qui avait raccroché, lui adressa un signe de tête.) Vous pouvez partir.

Deux serveurs s'approchaient de leur table : un jeune, un autre plus âgé, avec une moustache. Carl se jeta sur la gauche pour échapper au plus jeune, qui tentait de l'empoigner. Le moustachu lui semblant plus costaud que lui, il recula pour pouvoir prendre son élan et se rua vers lui.

Carl s'attendait à ce qu'il s'écarte, mais non, l'homme se campa sur ses jambes, attendit le choc. Carl sentit son crâne heurter la mâchoire du serveur, eut l'impression qu'il s'écroulait, sonné, ne se retourna pas pour vérifier. Il fonça vers la porte. Le maître d'hôtel tenta timidement de le retenir — il n'était pas assez téméraire pour affronter un fou furieux en pleine charge —, mais Carl l'écarta facilement de son chemin. L'employée du vestiaire, dernier obstacle, le laissa passer sans même esquisser un mouvement. Il s'engouffra dans la porte à tourniquet, se retrouva sur le trottoir, sur la chaussée. Un taxi freina, klaxonna. Carl entendit vaguement quelqu'un l'insulter. Puis une autre voix qui lui criait d'arrêter. Un flic.

Il traversa Park Avenue en se faufilant dans la circulation, courut à toutes jambes sur l'autre trottoir. D'autres cris s'élevèrent, finirent par s'arrêter.

Et Carl aussi, au bout d'un moment.

Loin du *Four Seasons*, au coin de la 54e Rue et de la 9e Avenue, il y avait un petit bistrot à la française. Carl s'installa au comptoir, commanda un calvados, un double, d'une voix qui lui parut creuse. Puis il but en s'efforçant de comprendre ce qui lui arrivait. Harry Wagner lui avait demandé s'il savait dans quoi il s'était fourré.

Manifestement, il n'en avait aucune idée.

Maggie l'avait engagé, elle l'avait payé. Pourquoi n'y avait-il aucune trace de leur accord ? Qui était l'étrange femme à demi illettrée dont il avait étudié le journal intime ces dernières semaines ? Qui lui avait fourni ce document et les autres ? Qui était le jeune garçon qui avait froidement étouffé son petit frère ? Qui était la source, Gideon ? Pourquoi avait-il remis ces documents à Maggie ? Qu'espérait-il en retirer ? Qui était Harry Wagner ?

Ce fut avec le troisième calvados que l'idée lui traversa l'esprit pour la première fois : et si le meurtre de Maggie était lié au livre ? Harry ne s'était pas montré ce matin. Était-ce lui qui avait assassiné Maggie ? Ou n'y avait-il aucun rapport entre les deux choses ? Devenait-il paranoïaque ? Était-il aussi fou que Bartholomew le pensait manifestement ?

Des questions, il en avait des tonnes. Mais pas la moindre réponse.

Il régla ses consommations, sortit et remonta vers Central Park. En passant devant une cabine, il décida de téléphoner à Toni. De lui proposer de se soûler avec lui. Puis de rentrer et de passer trois jours au lit. Trois jours ? Trois mois. Mais il avait toujours autant de chance : le répondeur lui annonça que Toni avait une audition, qu'il pouvait laisser un message après le bip.

Carl dit qu'il était désolé de l'avoir manquée, plus désolé encore de voir sa vie tomber en morceaux. Il lui demanda, au cas où elle rentrerait avant lui, de l'attendre pour qu'ils aillent dîner quelque part. Ou qu'ils passent simplement un moment à bavarder. Ou... Il raccrocha au milieu de la phrase quand il se rendit compte qu'il commençait à parler comme un cinglé.

Finalement, il se retrouva dans l'Upper East Side, devant l'immeuble de Maggie, à l'endroit où il l'avait attendue deux semaines plus tôt. Cela avait été un des plus beaux jours de sa vie.

Un jour qu'il regrettait maintenant d'avoir vécu.

Il était près de cinq heures quand il rentra chez lui. En grimpant l'escalier, il sortit sa clef et se prépara à ouvrir la porte.

C'était inutile, elle était déjà ouverte. On avait fait éclater l'encadrement avec un pied-de-biche.

Carl poussa la porte, se précipita dans le studio.

L'appartement avait été saccagé. Tout ce qu'il possédait était cassé ou déchiré.

Ses vêtements. Ses livres. Le contenu des tiroirs du bureau. Le lit. Et même le sac de sable. On aurait dit qu'un ouragan avait déferlé sur la pièce. Pendant un tremblement de terre.

Lentement, il se fraya un passage parmi les ruines de ce qui avait été sa vie. S'approcha du bureau.

Ses calepins avaient disparu. Ses disquettes aussi. Son ordinateur n'était plus qu'un tas de pièces détachées. Celui qui s'était introduit chez lui l'avait démonté pour prendre le disque dur.

Emportant du même coup tout ce que Carl avait écrit.

Effaçant toute trace de *Gideon*.

Il demeura un moment à fixer le bureau. Le cigare que

Wagner lui avait stupidement offert était resté dessus, intact dans son emballage de Cellophane. C'était l'unique chose qu'on n'avait pas détruite. Ça et la pochette d'allumettes. Il glissa l'une et l'autre dans la poche intérieure de sa veste, tentative maladroite, instinctive, pour sauver quelque chose du désastre.

« Tu sais dans quoi tu t'es fourré ? » lui avait demandé Harry.

Il n'en savait rien.

Il savait seulement qu'ils avaient réussi à lui flanquer la trouille et qu'il était temps d'appeler la police.

Il composa le 911, qui le renvoya au poste de police le plus proche de son domicile. Le sergent de service à l'accueil, brusque et impersonnel, lui passa un autre sergent, Judy O'Roarke, un monstre de patience et de professionnalisme.

— En quoi puis-je vous aider ? s'enquit-elle.

— Je ne sais pas exactement, répondit-il d'une voix lente. Je crois détenir des informations sur un meurtre.

— Votre nom, s'il vous plaît ?

— Granville, dit Carl, dont le débit s'accéléra. Il se passe des choses très étranges. D'abord, mon éditrice a été assassinée — je suis écrivain. Puis le directeur de la maison d'édition, il prétend ne pas même savoir qui je suis. Et maintenant, mon appartement a été mis à sac. Mes disquettes volées, mon ordinateur en morceaux, mes...

— Doucement, monsieur Granville, fit Judy O'Roarke d'un ton apaisant. Essayez de vous calmer. Une chose à la fois, d'accord ?

Il respira à fond.

— D'accord.

— Bien. Vous dites... que votre éditrice a été assassinée ?

— La nuit dernière. Dans son appartement. Elle s'appelait Maggie Peterson.

Après un silence, le sergent demanda :

— Et vous savez quelque chose à ce sujet ?

— Non. Si. Je ne sais pas. Je travaillais pour elle. Un bouquin. En rentrant, je m'aperçois qu'on a cambriolé mon appartement. Mais pas un cambriolage ordinaire. On n'a emporté ni ma télé ni ma chaîne stéréo. Uniquement ce qui avait un rapport avec le livre.

— Où habitez-vous, monsieur Granville ?

Carl communiqua son adresse.

— Bien, voilà ce que vous allez faire. Vous fermez votre porte à clef...

— Je peux pas, la serrure est pétée.

— Alors, ne bougez pas. J'arrive dans un quart d'heure.

— OK, merci.

Payton fut sur place en cinq minutes, grimaçant à cause des rots amers dus au sandwich corned-beef pain de seigle qu'il était en train de mastiquer quand la radio avait émis l'appel. Une erreur, aucun doute. Il aurait dû prendre un sandwich au thon. Sauf que Payton détestait le thon. Alors, il l'avait pris au corned-beef, et ce machin lui pesait maintenant sur l'estomac comme du ciment humide.

En approchant de la *brownstone* de la 103e Rue, il jeta son clope dans le caniveau, avala deux tablettes antiacides censées faire effet immédiatement. Elles faisaient rien du tout, oui. Il avait probablement un ulcère, mais il n'avait pas consulté de médecin. Il ne voulait pas savoir. Il ne voulait pas savoir non plus s'il avait de la tension ou un taux de cholestérol élevé, s'il avait des chances de se payer une crise cardiaque en pleine nuit. Il n'avait pas besoin qu'on lui serine qu'il avait le souffle court, qu'il était gros et ramolli, plus du tout en forme. Que les femmes regardaient ailleurs quand il se pointait. Tout ça, Payton le savait. Il n'avait jamais été un de ces tombeurs grands et minces. Petit, trapu, il avait la peau du visage grêlée et grasse. L'arthrite de son genou gauche le torturait souvent, comme ses reins, et ses pieds plats le faisaient souffrir *constamment.*

Pas si mal pour un homme de soixante ans.

Sauf qu'il en aurait quarante dans deux mois.

Il alluma une autre cigarette, la vingtième de la journée, écrasa le paquet vide dans son poing massif, le jeta sur le trottoir. Une paire de loubards passèrent près de lui dans une Jeep

Cherokee noire ornée de chromes, comme si la rue leur appartenait. La musique de rap beuglée par les deux énormes enceintes stéréo faisait quasiment trembler les bâtiments. Les deux voyous le toisèrent, le menton relevé d'un air arrogant, leurs chaînes en or brillant au soleil. Payton soutint leur regard, les mâchoires serrées, démangé par l'envie de les faire descendre de leur caisse et de leur apprendre le respect, de leur montrer à qui était vraiment la rue.

Le taré qui faisait équipe avec lui attendait déjà devant l'immeuble. Payton le salua d'un vague borborygme, appuya sur la sonnette de l'Interphone.

— Police, dit-il quand on lui répondit, la porte s'ouvrant en bourdonnant.

Le taré resta sur le trottoir.

Payton commença à monter, alourdi par sa graisse et son amertume. Encore trois étages à se farcir. Encore une corvée. Il n'y avait pas si longtemps, on lui confiait les affaires de haute volée. Il avait son nom dans le *Daily News*. Il était bien parti pour un transfert à la Criminelle avec le grade de lieutenant, suivi d'un boulot peinard comme chef du service de sécurité d'une résidence sous surveillance privée.

Jusqu'à ce que tout pète. À cause d'un dégénéré de dix-neuf ans nommé Youssef Gilliam, un menteur, un fumier, un tueur de bébé qui avait trouvé le moyen de lui claquer dans les pattes alors qu'il l'embarquait. Étranglement, ils avaient dit. Recours justifié à la force, estimait Payton. Le jeune lui avait cassé les couilles. Il était défoncé au crack, il parlait pas une langue connue. Il venait de braquer une épicerie coréenne, il avait frappé avec son flingue le commerçant et sa femme, enceinte de sept mois. Elle avait fait une fausse couche sur le carrelage sale du magasin, pissant le sang comme une fontaine. Qu'est-ce que Payton aurait dû faire en voyant un bordel pareil ? Regarder ailleurs ? Embrasser le mec ? Et comment il aurait pu savoir que ce trouduc avait des crises d'asthme violentes ? Et surtout, qu'est-ce que ça pouvait lui foutre ? C'était la guerre. Nous contre eux. Le maire l'avait déclaré quand il s'était présenté aux élections sur un programme sécuritaire. « Rendons les rues sûres », il disait. « Nous voulons nous sentir en sécurité », disaient les gens. Qu'est-ce qu'ils pensaient que ça signifiait ? Et « eux », c'était qui ? Ces putains de négros, voilà qui c'était. Ceux qui le savaient pas étaient des tarés. Ou des hypocrites.

Comme les libéraux au grand cœur du *New York Times*. Journal de merde. « Brutalités policières », ils avaient dit. « Racisme institutionnalisé. Exigeons une enquête. » Les bons révérends Al et Jesse s'y étaient mis aussi, et avant que vous ayez eu le temps de prononcer les mots « Rodney King de merde » Payton faisait le plongeon, lui et tous ceux qui étaient au poste ce soir-là, même s'ils avaient rien fait d'autre qu'aller pisser dans les chiottes, au bout du couloir.

Et voilà ce qu'il était devenu, un gros mec en costard minable qui devait sauter dans le cerceau quand le dompteur lui disait de sauter.

Quand il arriva enfin au troisième, pantelant, Payton découvrit un grand blond plutôt beau mec qui l'attendait sur le palier. Jeune, mince et costaud, pur produit de l'université. Le genre d'étudiant qui finit vedette de foot, politicien ou présentateur télé. Payton le détesta tout de suite.

— C'est vous, Granville ? grogna-t-il en le jaugeant, en se demandant s'il lui poserait des problèmes.

— Oui. Merci d'être venu.

Il avait l'air effrayé mais maître de ses émotions. Tant mieux. Payton le savait : c'est toujours plus dur d'arriver à quelque chose quand les gens se laissent dominer par leurs émotions.

— J'm'appelle Payton. Comment ils ont... ? commença-t-il. (Par-dessus l'épaule de Granville, son regard se porta sur le montant de la porte.) Je vois, le boulot classique au pied-de-biche. Vous me faites faire la visite ?

Granville le conduisit à l'intérieur. Après avoir promené les yeux sur les dégâts, Payton émit un sifflement bas et secoua la tête.

— Putain, ils rigolaient pas, les mecs.

— Vous pensez qu'ils étaient plusieurs ?

— Y a de fortes chances, répondit-il en grattant ses cheveux gras. On en avait deux qui opéraient dans le quartier y a quelques semaines. Ils se faisaient passer pour des déménageurs. Ils avaient un vieux camion et tout. Ces derniers temps, ils se tenaient tranquilles, mais ils ont dû se retrouver à sec et ils ont remis ça... (Il parcourut la pièce du regard, examinant les débris.) Curieux qu'ils aient pas piqué votre télé ou votre chaîne. Ils vous ont pris quoi ? Du liquide ? Des bijoux ?

— C'est ce que j'ai expliqué au téléphone : ils ont emporté uniquement ce qui concernait le livre sur lequel je travaillais. Le sergent O'Roarke ne vous a pas mis au courant ?

— Nan. Racontez-moi ça vous-même.

— Le sergent n'a pas pu venir ?

— On a eu un autre appel. Ça vous étonnera peut-être mais on a plus d'un cambriolage par jour. Il m'a demandé de le remplacer puisque j'étais déjà sur pl...

Payton se tut, se traita de tous les noms. Merde ! quelle bourde. Mais le mec était peut-être trop con pour s'en rendre compte...

Il se retourna.

Un coup d'œil à l'expression de Granville suffit à lui faire comprendre que le mec n'était pas con.

Dommage.

« Il »...

« "Il" m'a demandé de venir », avait dit Payton.

Parlant d'O'Roarke.

« Il ». Pas « elle ».

Ce qui arriva ensuite se passa si vite que Carl n'eut pas le temps de réfléchir.

Payton se tourna de nouveau vers lui mais cette fois il avait dégainé son arme.

Carl s'avança au milieu de la pièce, où pendait encore le sac. Un bref instant, le sac se trouva entre eux, bouclier de trente kilos oscillant doucement. Carl comprit qu'il avait une chance et la saisit.

De toutes ses forces, il lança le sac sur la main tenant le revolver. Il entendit la détonation, le bruit de la balle s'enfonçant dans le mur quelque part sur sa droite. Puis il fonça, la tête la première, dans le type trapu aux cheveux gras. Le revolver tomba, Payton s'élança pour le rattraper, Carl aussi ; ils s'empoignèrent parmi les vêtements et les draps déchirés, grognant, haletant. Payton était puissant. Mais Carl aussi. Et il se battait pour sa vie.

Payton avança une jambe pour faucher Carl mais son pied d'appui glissa sur une socquette. Déséquilibré, il écarta les bras, et Carl sut exactement ce qu'il devait faire. Cogner aussi fort que possible sur la pomme d'Adam. Un coup de bagarre de rue que lui avait appris un de ses condisciples de Cornell né dans le quartier le plus dur de Newark. Ce fut une droite fulgurante, qui provoqua instantanément des spasmes de la trachée. Payton suffoqua, vira au violet. Lorsqu'il se plia en deux, Carl lui expédia son pied droit dans la figure, et la pointe de sa chaussure percuta avec précision le menton de Payton. Il s'effondra avec un gémissement. Carl n'eut aucun doute non plus sur ce qu'il convenait de faire maintenant.

Il se précipita hors de l'appartement, claqua la porte derrière lui.

Courut vers l'escalier mais ne descendit pas : c'était ce à quoi Payton s'attendait, et il se ruerait derrière lui dès qu'il aurait recouvré son souffle. En outre, il y avait sûrement quelqu'un d'autre posté en bas. Carl *monta* donc. Il avait encore sur lui la clef de Toni, il pouvait gagner du temps en se cachant chez elle.

Les mains tremblantes, il ouvrit la porte du studio, se glissa à l'intérieur.

L'appartement était silencieux et sombre, les rideaux fermés. Toni n'était pas chez elle. Tant mieux.

Carl poussa le verrou derrière lui, s'appuya un moment à la porte, pantelant. Puis il alluma la lumière, se retourna.

Toni était rentrée, finalement.

Elle était au lit. Il fit un pas vers elle. Comment pouvait-elle dormir avec tout ce...

Les mains de Carl se portèrent à sa bouche pour étouffer le cri qui tentait de s'en échapper. Pris de nausée, il gagna la cuisine en titubant, se pencha au-dessus de l'évier.

Quand il eut fini de vomir, l'appartement redevint silencieux. Carl resta un moment immobile puis se força à se retourner. À regarder.

Toni était étendue sur le lit. Nue. La tête en bouillie.

Des morceaux de cervelle avaient été projetés sur le mur, sur les draps. C'était horrible. Carl ne pouvait pas regarder. Il ne pouvait pas ne *pas* regarder.

Effondré, il regarda cette chose qui avait été Toni avec un *i*, qui avait ri de ses plaisanteries, qui l'avait serré contre elle, qui avait enfoncé les ongles dans son dos et gémi à son oreille. Pourquoi ? Pourquoi la tuer, elle ? Elle ne savait rien. Elle ne savait même pas sur quoi il travaillait. Comment avait-on pu s'en prendre à elle uniquement parce qu'ils sortaient ensemble ? Que se passait-il ?

Un cauchemar. Il était dans un cauchemar. Voilà ce qui se passait.

Il entendit des pas lourds dans l'escalier. Payton. Qui descendait. Un étage. Un autre. Puis le silence. Ouf ! il était parti.

Non.

Carl entendit de nouveau des pas. Payton remontait. La ruse de Carl ne l'avait pas trompé, il savait qu'il était encore dans l'immeuble. Est-ce qu'il savait aussi que Carl était enfermé avec une morte ? C'était lui qui avait tué Toni ?

Carl vit le bouton de la porte tourner. Il retint sa respiration. Il avait mis le verrou mais combien de temps cela arrêterait-il Payton ? Il alla à la fenêtre, regarda dans la rue. Une voiture banalisée était garée en double file devant l'immeuble. Un autre flic en uniforme levait les yeux vers les étages, un flingue à la main. Si Carl essayait de descendre, il se ferait canarder comme au stand de tir. La seule issue, c'était le toit. Rien qu'un étage à monter, un tout petit étage sans recevoir une balle.

Carl entendit un craquement. Payton essayait d'enfoncer la

porte à coups de pied. Le chambranle se fendit. Un deuxième coup de pied... un troisième...

Il n'avait plus le choix.

Il enjamba la fenêtre, posa le pied sur l'escalier d'incendie. Le flic d'en bas le repéra immédiatement, leva son arme et tira au moment où Carl commençait à monter. La balle fit tinter la rampe métallique juste à côté de sa tête.

Ne regarde pas en bas. Ne t'arrête pas. Continue à monter.

La deuxième balle balafra la façade en brique, mais Carl était déjà sur la dernière marche. Au moment où il se jetait sur le toit, il entendit la porte céder dans un craquement, il entendit une troisième balle siffler près de sa tête. Mais il avait réussi.

Il se mit à courir, passant d'un toit à l'autre, sautant pardessus les lucarnes, contournant les cheminées. Non loin de la fin du pâté de maisons, il trouva un autre escalier d'incendie, descendit, tourna le coin de la rue et reprit sa course.

Quelques minutes plus tard, il atteignit Broadway. C'était le début de l'heure de pointe. Des milliers de gens marchaient dans la rue. Se dirigeaient vers le métro ou en sortaient. Faisaient des courses. Rentraient du travail. Des milliers de gens menant des vies normales.

Carl courait dans la foule. Il courait dans la rue la plus célèbre de New York pour échapper à la violence et à la folie qu'il avait laissées derrière lui, pour se perdre dans un anonymat auquel il aspirait tout à coup désespérément.

Pour fuir le cauchemar qu'était devenue sa vie.

LIVRE II

10-13 juillet

10

Marcel Rousseau n'aimait pas ce coin de pays qu'on appelait la Guyane française. Il n'aimait pas non plus cette ville, ni cette « auberge » pouilleuse où il avait juste assez de place pour accrocher son hamac dans une grande salle, avec vingt-cinq Amérindiens ou Noirs de la brousse, et plusieurs milliers de moustiques, pour trente francs par jour. Bientôt il pourrait aller vivre chez son cousin Simon, mais il fallait d'abord que la belle-mère de Simon, une femme braillarde et malodorante, retourne auprès de son mari. Comme elle l'avait surpris en train de forniquer avec une putain, elle était retournée chez sa fille, mariée à Simon, pour y attendre que son mari vienne implorer son pardon à genoux. Sauf que Marcel se demandait comment on pouvait demander pardon à quelqu'un qui sentait aussi mauvais.

Merde alors.

Dès qu'il avait débarqué du ferry à Cayenne, il avait compris qu'il avait abandonné le paradis pour un bled pourri.

Le problème, c'était qu'il ne pouvait plus gagner sa vie à Haïti sans faire des courbettes aux touristes allemands, sans s'échiner seize heures par jour dans un hôtel pour six francs l'heure. Plus les pourboires. À la façon dont le patron disait « plus les pourboires », on aurait cru que c'était un honneur. Comme si la pièce donnée par un Allemand mou et blanc était un cadeau digne d'un roi.

Marcel crachait sur leurs pourboires.

C'était Simon qui l'avait persuadé de venir en Guyane.

« Y a de l'argent à gagner, ici, Marcel. On construit beaucoup, à Kourou. Et c'est payé cash ! »

Marcel avait trouvé du travail sur un bateau reliant Haïti au Surinam puis il était passé en Guyane et avait pris le ferry de Saint-Laurent-du-Maroni à Cayenne. Simon l'avait aussitôt mis dans un autre bateau pour franchir les dix-huit milles infestés de requins séparant le continent de l'île du Diable. L'île avait été autrefois la plus terrible des prisons, avait expliqué le cousin, tout excité. Marcel était un tantinet moins excité que lui. Des prisons, il en avait trop vu.

Simon l'avait ensuite conduit en voiture à Kourou, où Marcel avait accroché son hamac parmi les moustiques et trouvé du travail dans la construction.

Un bon travail. Agrandir un bâtiment. Marcel s'était demandé pourquoi, il était déjà immense. Juste au bord de l'eau. Mais il avait fait ce qu'on lui demandait. Simon avait raison : c'était payé cash. Et bien payé. Ce qui voulait dire que ce boulot n'était pas légal, pas tout à fait, mais cela ne dérangeait pas Marcel. Il avait toujours du mal à trouver du travail, légal ou pas.

Il ne savait pas lire.

Pas un mot. Pas une lettre. Pas même son propre nom.

Mais il était grand et fort et travaillait d'arrache-pied. Il acceptait de marcher sur des poutres à dix mètres de hauteur.

Il faut bien, quand on ne sait pas même lire son nom.

Le chantier était situé à une dizaine de kilomètres du hamac où il dormait. Parfois il s'y rendait à pied, parfois Simon le conduisait en voiture. Aujourd'hui, il marchait. Cela faisait cinq jours qu'on n'avait pas eu besoin de lui. Pendant trois semaines, il avait travaillé sans interruption, même le dimanche, souvent tard le soir. Puis on lui avait dit de ne pas venir. Pas définitivement, juste pour quelques jours. Mais Marcel était impatient : c'est long, cinq jours sans paie. S'il allait là-bas aujourd'hui, ils auraient peut-être besoin de quelqu'un acceptant de grimper là où tout le monde refusait de monter.

Les moustiques l'avaient réveillé avant l'aube. Bien que le travail ne commençât jamais avant huit heures, il avait décidé de partir tout de suite. Il aurait moins chaud qu'en marchant sous le soleil du matin. Et il connaissait un petit coin tranquille, sous les tuyaux et les planches, où il pourrait piquer un roupillon. Il l'avait déjà fait, personne ne l'avait remarqué. Même les moustiques ne connaissaient pas cette cachette.

Quand il arriva au chantier, tout était silencieux. Rien n'avait changé, semblait-il. Les mêmes outils étaient restés dehors, sur les mêmes briques. Les brouettes étaient couchées sur le flanc, au même endroit.

Il y avait cependant un changement.

Quelque chose de nouveau, que Marcel n'avait vu que dans les films. Il ne savait pas que de telles choses existaient vraiment. Ce qu'il voyait était magnifique, et il était heureux de travailler pour des hommes capables de fabriquer une aussi belle chose.

Fatigué par la marche et le manque de sommeil, il se glissa dans sa cachette pour se reposer en attendant l'arrivée des autres ouvriers.

Ce fut le bruit qui l'éveilla.

Il crut d'abord à un rugissement, mais aucun animal n'était assez terrible pour rugir comme ça.

Puis il pensa : *Un tremblement de terre*, puis : *Un volcan*, puis : *C'est Dieu. Il revient détruire cet enfer et tous les moustiques qui y vivent.*

Le bruit était si fort qu'il ne pouvait le supporter. Il cria pour que quelqu'un vienne à son aide mais n'entendit même pas sa propre voix.

Il n'entendait que le bruit.

Puis il vit les flammes et comprit ce qui se passait. Ce n'était pas Dieu qui détruisait le monde.

C'était l'homme.

Marcel se mit à courir mais, au moment où il s'élançait, il sentit la chaleur qui l'enveloppait déjà, qui l'aspirait.

Il cessa de fuir.

Il cessa de crier.

Immobile, il regarda, et la beauté de ce qu'il vit le fit pleurer.

La chose s'élevait dans le ciel, et c'était peut-être Dieu, finalement, parce que Marcel pleurait comme il avait toujours su qu'il pleurerait quand il serait face à son Créateur.

Ce fut la dernière chose que Marcel Rousseau pensa tandis que les flammes l'entouraient, l'incinéraient presque instantanément, fondant son corps comme un morceau de plastique jeté dans un brasier.

En quelques secondes il n'y eut plus ni cheveux, ni peau, ni os. Lorsque le bruit s'arrêta, il ne restait du travailleur itinérant qu'un petit tas de cendres que le vent fétide soufflant de l'eau commençait déjà à disperser.

11

Du *New York Mirror* en-ligne :

UN ÉCRIVAIN RECHERCHÉ
POUR LE MEURTRE D'UNE ÉDITRICE CÉLÈBRE

New York, 10 juillet (Agence Apex). La police vient d'identifier son premier suspect dans l'affaire Margaret Peterson, l'éditrice sauvagement assassinée dans la nuit de lundi à mardi. Il s'agit de Carl Amos Granville, un écrivain dont un roman avait été récemment refusé par la victime.

La police ignore où se trouve en ce moment Mr. Granville et le recherche activement.

Elle souhaite également l'interroger au sujet d'un autre meurtre commis hier dans son immeuble de la 10e Rue Ouest. Le corps d'Antoinette Cloninger, actrice en herbe de vingt-trois ans, originaire de Harrisburg, Pennsylvanie, a été découvert la nuit dernière par le gardien. La jeune femme est morte de deux balles tirées à bout portant dans la tête.

On ne sait pas encore si les deux affaires sont liées, mais, selon des sources policières, on a retrouvé dans le studio de miss Cloninger les mêmes empreintes — celles d'un homme — que dans l'appartement de Mr. Granville. Et la police a relevé des empreintes identiques sur une statuette décorant le living de Margaret Peterson. Il est impossible pour le moment d'établir qu'elles appartiennent à Mr. Granville, qui n'a jamais eu de démêlés avec la justice.

Toujours selon la police, l'écrivain s'est présenté hier après-midi au siège d'Apex Editions, dans la Cinquième Avenue, et a exigé d'être payé pour un travail éditorial que lui aurait confié Mrs. Peterson. Nathan Bartholomew, directeur de la maison d'édition, a refusé de le recevoir.

« Ce n'était pas la première fois que nous avions affaire à lui, déclare-t-il. Maggie avait refusé son roman en mai. J'ai là sa lettre, que nous avons retrouvée dans le dossier. Elle qualifie le roman de "fragmentaire, mal construit" et ajoute que l'auteur "n'a pas le talent nécessaire pour mettre à exécution un projet ambitieux". Autrement dit, c'était non, mais Granville fait partie de ces gens qui n'acceptent pas qu'on leur dise non. »

D'après Mr. Bartholomew, peu après avoir essuyé ce refus, Carl Granville aurait abordé Mrs. Peterson à l'enterrement de son agent, Betty Slater, l'aurait insultée et menacée. « Maggie était préoccupée quand elle est revenue au bureau, ce jour-là, dit Mr. Bartholomew. Granville lui avait paru "très agité". Et je peux le confirmer après ce qui m'est arrivé hier. »

Après que Mr. Bartholomew eut refusé de le recevoir, Granville a en effet perturbé le déjeuner de l'éditeur au fameux restaurant *Four Seasons*. Mis devant le fait qu'Apex Editions n'avait jamais signé aucun contrat avec lui, l'écrivain est devenu violent, il a saisi l'éditeur à la gorge. Le personnel est intervenu mais impossible de calmer l'auteur en colère, qui s'est enfui avant l'arrivée de la police.

Mr. Bartholomew a été placé sous protection policière et les services de sécurité ont été renforcés dans tous les bureaux du siège d'Apex.

« Une expérience effrayante, a ajouté l'éditeur, visiblement ébranlé. Granville est fort, physiquement imposant, convaincu que le monde entier s'acharne contre lui. J'espère qu'on ne tardera pas à le retrouver parce qu'il est dangereux. De toute évidence, cet homme est profondément perturbé. »

La police a également interrogé un témoin, Mr. Seamus Dillon, chauffeur de limousine qui travaille pour l'agence de louage à laquelle Mrs. Peterson faisait souvent appel. Mr. Dillon a reconnu en Carl Granville l'homme qui attendait devant l'immeuble de l'éditrice lorsqu'il l'y a déposée le soir du meurtre.

Miss Cloninger, voisine du dessus de Mr. Granville, était employée comme serveuse au *Son House*, un bar à blues de Chelsea. D'après une collègue, elle connaissait l'écrivain, qui était récemment venu la voir sur son lieu de travail. Ils semblaient avoir des rapports « très amicaux » et sont partis ensemble à la fin du service de miss Cloninger.

Mr. Granville a fait ses études à Cornell, où il a brillé dans l'équipe de basket et dont il a dirigé le magazine littéraire. Rain Finkelstein, rédactrice en chef du *New York Magazine*, qui l'a connu à l'université et lui a demandé plusieurs fois des articles au cours des deux dernières années, le décrit comme le « jeune Américain idéal, le genre de garçon qu'on présente à sa mère », ajoutant : « J'ai du mal à croire à cette histoire. » Elle reconnaît cependant : « Il est l'homme d'une passion. Il est clair qu'il désirait plus que tout au monde devenir romancier. C'était comme une sainte mission pour lui. Peut-être a-t-il craqué quand il a compris qu'il avait échoué dans cette mission. »

Amanda Mays n'arrivait pas à y croire.

Carl Granville dangereux ? Carl Granville un *meurtrier* ? L'homme qui lui brossait les cheveux après la douche puis lui embrassait tendrement les épaules ? Qui lui préparait un jus d'orange frais le matin ? D'accord, il manquait de maturité. Il était têtu. Irréaliste. Agaçant. Carl était tout cela. Mais un assassin ? Impossible. D'ailleurs, elle l'avait vu parler à Maggie Peterson à l'enterrement de Betty, elle l'avait même raccompagné chez lui. Il n'était ni agité ni furieux.

C'était impossible. Impossible.

Pourtant, c'était là. Sur l'écran de l'ordinateur de son bureau.

Amanda avait appris la nouvelle par la télévision quelques heures plus tôt. Comme d'habitude, elle s'était levée à cinq heures, elle ne dormait jamais au-delà. Trop d'articles en cours. Trop de choses à faire. Elle avait mis en marche la machine à café et la télé puis entamé sa série journalière d'abdos et de ciseaux en regardant la chaîne d'informations d'Apex, allongée sur le tapis de la salle de séjour.

Elle louait une ancienne remise à voitures à chevaux située derrière une immense bâtisse géorgienne de Klingle Street, dans Kalorama, qui appartenait à un ex-ambassadeur des États-Unis au Brésil. Amanda avait deux grandes chambres, une cuisine spacieuse, son propre patio et un jardin. Elle adorait ce jardin.

Des herbes potagères ! Elle n'arrivait pas à croire qu'elle faisait pousser des herbes potagères. Elle adorait Washington. Cette ville avait l'énergie et la puissance de New York, mais au moins Amanda pouvait y vivre et y respirer. Elle habitait à une rue du Parc zoologique national, à deux rues de la cathédrale. Son bureau se trouvait à moins d'une vingtaine de minutes à pied. Et elle adorait aussi son boulot. Oui, elle était heureuse à Washington. Totalement heureuse.

C'était ce à quoi elle songeait en se contorsionnant sur le sol, grognant et soufflant, quand était apparu sur l'écran un visage qui lui sembla étrangement familier. Elle avait mis une seconde à comprendre pourquoi.

C'était une photo de Carl. Une vieille photo du temps où il jouait à Cornell. Et le présentateur annonçait qu'il était le principal suspect dans l'affaire du meurtre de Maggie Peterson. Paralysée de stupeur, Amanda vit apparaître en gros plan une lettre que Maggie avait écrite pour refuser le roman de Carl. Suivit une interview du directeur d'Apex Editions, qui racontait comment Carl l'avait agressé au *Four Seasons*.

Abasourdie, Amanda avait allumé son ordinateur, surfé sur toutes les agences de presse qu'elle avait pu trouver. Rien, pas d'autres détails. Le cœur battant, elle avait enfilé un sweater et un pantalon de toile, elle avait passé les mains dans sa crinière rousse en regrettant plus que jamais de ne pas avoir eu le courage de la couper. Elle avait sauté dans sa vieille Subaru, qui, Dieu merci, avait démarré presque tout de suite. Elle avait dévalé Connecticut Avenue, tourné dans Massachusetts au Dupont Circle et pris la 14e Rue sur les chapeaux de roue. Le siège du journal se trouvait en face de Commerce Avenue. En y arrivant, elle avait trouvé sur le télex la dernière dépêche d'Apex, confirmant la nouvelle.

Carl Granville était recherché pour meurtre.

Elle but une gorgée de son sixième café du matin, regarda, à travers la cloison de verre de son bureau, la salle de presse, qui commençait à s'animer. Il n'était pas encore huit heures. Rédactrice en chef adjointe pour les pages locales, Amanda était

« contre le mur », ce qui signifiait officiellement qu'elle avait droit à un bureau délimité par des panneaux de verre, à côté de celui, plus grand, du rédac-chef des pages locales. Officieusement, cela signifiait qu'elle était sur les bons rails pour les pages nationales, à condition de ne pas commettre une bourde et de ne pas se faire des ennemis puissants à la direction. Pour le moment, elle avait un bureau sans fenêtre, la moitié d'une secrétaire, et ses « petites ».

L'une d'elles était endormie sur le canapé, ses longues jambes dépassant de l'accoudoir rembourré. Une chaussure à un pied, l'autre par terre, comme si, épuisée, elle en avait fait tomber une d'une ruade puis n'avait pas eu l'énergie d'envoyer l'autre la rejoindre. Un pull rouge cerise faisait office de couverture. Shaneesa Perryman, la préférée d'Amanda. Venue de la Jamaïque treize ans plus tôt, quand elle n'en avait que dix, elle avait gardé dans la voix une trace de la cadence mélodieuse des îles. Sa famille n'ayant pas un sou, elle avait passé un long moment dans les cités, utilisant son intelligence et sa personnalité pour s'en échapper. Shaneesa mesurait près d'un mètre quatre-vingt-dix. Elle était drôle, intrépide, et savait faire avec un ordinateur des choses que Bill Gates lui-même n'aurait pas imaginées. Elle remua, ouvrit les yeux, parut un moment ne pas savoir où elle se trouvait puis sourit en découvrant Amanda.

— Tu es là depuis longtemps ?

— C'est moi qui devrais te poser la question, non ?

Amanda n'avait pas besoin de lui demander pourquoi elle avait passé la nuit au bureau. Shaneesa avait un mec qui constituait la pire combinaison possible d'éléments négatifs : il était au chômage, il aimait brailler, et il était incapable de saisir une allusion, même exprimée sous une forme aussi claire que « Sors de ma vie ».

— Mmm, il sent bon, ce café.

— Il est bon. Tu devrais en prendre une tasse. Quelque part ailleurs.

Shaneesa savait, elle, saisir une allusion. En deux secondes, elle avait ses deux chaussures aux pieds, le sweater noué autour du cou et elle se dirigeait vers la machine à expresso, à l'autre bout de la salle de presse. Mais avant qu'Amanda puisse revenir au problème de Carl, une autre de ses « petites », Cindy, Asiatique coriace de San Francisco, entra dans le bureau et s'assit. Elle voulait lui parler. Amanda encourageait ses reporters à venir discuter avec elle chaque fois qu'ils en éprouvaient le besoin. Cindy était sur la disparition d'un prêtre de Washington, le curé de la Cathédrale américaine. On n'avait aucune raison de soupçonner une sale affaire mais toutes sortes de rumeurs circulaient : des violences sexuelles, une femme secrète cachée quelque part en Virginie, une dépression causée par la mort d'une sœur, ou même un suicide. Cindy pensait qu'il y avait autre chose. Ce jeune prêtre beau et charismatique l'intriguait. Bien sûr, au journal, tout le monde la voulait, cette affaire — l'ecclésiastique était une étoile montante —, mais Amanda s'était battue pour que Cindy la conserve. Cette histoire était à elle. Il y avait un hic, cependant : Cindy pensait savoir ce qui ne s'était pas passé, mais elle n'avait aucune piste solide concernant ce qui s'était vraiment passé.

Si seulement Amanda pouvait se concentrer. Elle n'y arrivait pas, elle n'entendait quasiment pas ce que Cindy lui disait.

Sa secrétaire l'appela par l'Interphone.

— Je ne peux parler à personne maintenant, répondit-elle. Prends un message.

— OK.

Amanda reporta son attention récalcitrante sur son reporter. Ou du moins essaya : l'Interphone bourdonna de nouveau.

— Oui ? fit-elle, agacée.

— Désolée, mais ce type dit que c'est urgent. Ça concerne ta grand-mère.

Sa grand-mère ? C'était une blague ? L'une de ses grand-mères était morte depuis plusieurs années ; l'autre, elle ne l'avait jamais rencontrée... Amanda se raidit d'un coup, avala sa salive, s'efforça de se calmer.

— Il a dit qu'il appelait au sujet de Granny[1] ?

1. Diminutif de *grandmother*, « grand-mère ». *(N.d.T.)*

— Exactement. C'est important, d'après lui.

Amanda pria Cindy de l'excuser, se leva et ferma la porte derrière la journaliste. Puis elle décrocha et approcha lentement le combiné de son oreille.

— Carl ? murmura-t-elle.

— Écoute, dit-il avec un calme exaspérant, je sais qu'on était convenu d'attendre l'année prochaine mais il y a du nouveau, en quelque sorte.

Amanda fit savoir qu'on pouvait la joindre chez elle en cas de besoin et traversa en trombe la salle de presse. Elle avait expliqué à sa secrétaire qu'elle avait attrapé un virus, ce qui n'était pas totalement faux. On pouvait comparer l'effet qu'avait Carl Granville sur sa santé physique et mentale à celui d'un virus. Un de ces sales machins de Hong Kong, qui remet ça quand vous pensez en être débarrassé et vous fout de nouveau à plat.

Au téléphone, elle lui avait dit où elle cachait son autre clef : sous le pot de capucines. Il n'avait qu'à entrer, elle arrivait tout de suite. Mais, tandis qu'elle faufilait impatiemment sa Subaru entre les véhicules officiels paresseux et les voitures des touristes de Connecticut Avenue, elle se tenait un discours différent : *Je déconne complètement. Je compromets tout ce pour quoi j'ai trimé : ma carrière, ma réputation, voire ma liberté.* Si invraisemblable que cela pût paraître, Carl était recherché par la police. En le cachant, elle aidait un homme soupçonné de deux meurtres. Alors, pourquoi ne l'avait-elle pas envoyé balader ? Pourquoi n'avait-elle pas raccroché ?

Parce qu'elle était stupide, voilà pourquoi. Parce qu'elle faisait partie de ces paillassons sans amour-propre qui finissent chez Jenny Jones quand l'émission a pour sujet « Ces femmes bien qui aiment de sales types ».

À ceci près que Carl n'était pas un sale type. C'était Granny ! L'homme avec qui elle avait pensé finir ses jours. Elle le cacherait, elle l'aiderait, elle serait là pour lui. Du moins, jusqu'à ce qu'il réponde à quelques questions.

Par exemple, est-ce qu'il avait vraiment zigouillé ces deux femmes ? Et si ce n'était pas lui, pourquoi la police le considérait-elle comme le principal suspect ? Pourquoi avait-il agressé le directeur d'Apex Editions ? Pourquoi s'était-il enfui au lieu de faire face aux accusations ? Et tant qu'on y était, qui était au juste la superbe blonde du quatrième, l'actrice ? Il sortait avec elle ? Il couchait avec elle ? Il était amoureux d'elle ?

Elle s'arrêta en chemin au supermarché — il n'y avait rien à manger chez elle, pas une miette —, puis elle repartit à toute vitesse.

Klingle était une rue tranquille dans la journée. Amanda passa lentement devant la grande maison en tentant de déceler une surveillance. Mais non, tout semblait comme d'habitude.

Les volets de l'ancienne remise étaient fermés. Le climatiseur de la salle de séjour ne bourdonnait pas, bien que la journée fût déjà chaude. Carl était prudent. Elle tourna, rangea la Subaru au garage, descendit de voiture, ouvrit la porte donnant directement sur la cuisine, y entra avec des sacs à provisions et des sentiments mêlés.

La télévision marchait, diffusant en sourdine les commentaires d'un journaliste d'ANN, Augman News Network, la chaîne d'informations appartenant à lord Augman. Carl avait le regard rivé à l'écran, comme si c'était son dernier lien avec le monde extérieur.

Elle le reconnut à peine quand il s'approcha d'elle. L'homme qui traversait son living étouffant n'était pas le Carl Granville qu'elle connaissait. Elle ne reconnut ni son sourire ni sa démarche calme et confiante. L'homme avait les yeux enfoncés, les joues cendreuses, mal rasées, les cheveux emmêlés et gras. Le col de sa chemise blanche était crasseux et chiffonné. Il émanait de sa personne une odeur de toilettes publiques. Ce Carl Granville était épuisé, brisé, désespéré.

Amanda dut faire appel à toute sa maîtrise de soi pour ne pas se précipiter vers lui et le prendre dans ses bras. Elle resta immobile, le considéra d'un œil méfiant.

— Tu as eu un problème pour entrer ? finit-elle par lui demander d'une voix rauque.

— Pas vraiment, répondit-il. (Sa voix à lui était claire et ferme, presque désinvolte. Comment était-ce possible ?) Une fois que j'ai su quel était le pot de capucines. J'ai dû tous les retourner. Depuis quand tu es...

— Dans l'horticulture ? Depuis toujours.

Elle posa les sacs sur le comptoir de la cuisine, mit en route la climatisation.

— Tu as faim ?

— Je meurs de faim. Je n'ai rien mangé depuis hier.

Elle lui avait acheté du beurre de cacahuète, de la gelée de raisin et du pain de mie. Une de ses façons favorites de se sustenter. Il s'assit aussitôt à la table, se prépara un sandwich, mordit dedans comme un animal perdu affamé. Elle avait aussi acheté une bouteille de lait, dont il se servit un verre.

Après avoir englouti le sandwich, il en fit un autre et le dévora aussi. Il soupira, se renversa en arrière sur sa chaise et regarda Amanda avec gratitude.

— Tu viens de rentrer de voyage ?

Elle secoua la tête.

— Pourquoi tu demandes ça ?

— Il n'y a pas de nourriture dans la maison.

— Quand il y en a, je la mange.

— Tu es maigre.

Elle remarqua l'expression préoccupée de son visage et laissa un sourire malicieux monter à ses lèvres.

— On n'est jamais trop grand ni trop maigre, déclara-t-elle. (Avant qu'il ait pu répondre quoi que ce soit, elle ajouta :) Tu ne crois pas que tu as autre chose à faire que de te soucier de mon régime ?

Il sourit à son tour quand elle tira d'un des sacs une boîte de corned-beef, un chou, des carottes et des pommes de terre.

— C'est la seule recette que je connais, grogna-t-elle. Tu te rappelles ?

— Je me rappelle.

Les yeux de Carl avaient cette expression qu'ils prenaient quand il l'observait sans qu'elle le sache, croyait-il. Un regard étonné et tendre, un peu perdu aussi. Elle l'avait interrogé à ce sujet, et il avait répondu que ce qu'elle voyait dans ses yeux c'était son amour pour elle. Un amour mêlé de crainte : il n'arrivait pas à croire qu'elle aussi était amoureuse de lui.

Elle détourna la tête.

— J'ai pensé que tu pourrais aussi avoir besoin de ça, dit-elle en plongeant une main dans l'autre sac.

Elle en tira des sous-vêtements et des socquettes, une brosse à dents, des rasoirs jetables... À l'expression énamourée succéda une mine consternée.

— Quoi ? Qu'est-ce que j'ai fait ?

— Mandy, pourquoi tu n'as pas carrément passé une annonce pour faire savoir que tu caches un homme en fuite, taille 54 ?

— J'ai simplement...

— Tu ne comprends pas ? Ils me cherchent. Ce qui veut dire qu'ils vont surveiller tous ceux qui pourraient me venir en aide. Tôt ou tard, ils vont débarquer ici.

— Excuse-moi, fit-elle d'un ton pincé. Je n'ai pas beaucoup d'expérience en ce domaine. Et ça fait un moment que je n'ai pas revu *Bonnie and Clyde*.

Il prit une longue inspiration.

— T'as raison, t'as raison, convint-il. Je suis devenu parano. Je te demande pardon.

Elle ne l'avait jamais vu aussi vulnérable et elle sentit son cœur se serrer.

— Crois-moi, poursuivit-il, j'ai conscience des risques que tu prends en me laissant venir ici. Je n'avais pas le droit de faire irruption comme ça dans ta vie. J'aurais compris si tu avais refusé. Je le comprendrais encore si tu refuses maintenant.

— Je ne refuse pas, dit-elle avec douceur. (Elle se raidit : pas le temps de faire du sentiment.) Seulement, j'aimerais que tu m'expliques ce qui se passe.

Carl passa une main dans ses cheveux, ferma les yeux. Lorsqu'il les rouvrit, elle y lut de la colère et de l'impuissance.

— J'en sais foutre rien !

Elle mit en marche la machine à café, regarda l'eau s'écouler. Elle n'osait pas se tourner de nouveau vers Carl, il avait trop l'air d'un animal sauvage pris dans un piège mortel.

— Carl, si tu as vraiment fait ces choses...

— Si ? *Si*, Amanda ?

— Alors, pourquoi ne pas te livrer ?

D'abord il ne dit rien. Une ombre de sourire étira ses lèvres, s'y attarda un moment. Puis il se mit à rire. Il se leva, commença à aller et venir, à parler. Les mots se déversaient trop rapidement et elle devait souvent l'interrompre, lui demander de répéter, d'aller moins vite. Il lui raconta tout, de la discussion avec Maggie Peterson à la découverte du cadavre de Toni. Cela ne faisait que vingt-quatre heures que son monde s'était écroulé mais il avait l'impression d'avoir passé sa vie à fuir et à se cacher. Quand il se tut, Amanda alluma une cigarette, s'attendit à une remarque narquoise mais il était trop tendu pour la taquiner.

— Qu'est-ce que tu as fait ensuite ?

— Je suis remonté jusqu'à Harlem. En me disant qu'on ne me chercherait pas là-bas. Quel Blanc irait se planquer dans un quartier noir ? De là, j'ai pris un taxi pour la gare Amtrak de Newark. Un clandestin. Pas de licence, pas de questions. Je suis resté caché dans les toilettes jusqu'à l'arrivée du Night Owl...

Ça explique l'odeur, pensa-t-elle.

— Il passe à Newark à quatre heures neuf, au cas où ça t'intéresserait, continua Carl. J'ai payé dans le train, je n'ai pas osé faire la queue au guichet. En liquide. Je ne peux pas utiliser ma carte de crédit, je me ferais tout de suite repérer. Par chance, j'ai retiré une somme importante il y a quelques jours. Une lubie, dit-il avec un sourire penaud. Comme ça, au moins, j'aurai pas à te taper. (Il respira à fond, il avait presque terminé.) Le train est arrivé à Union Station un peu après huit heures. Je t'ai appelée de là-bas.

— Personne ne t'a reconnu ?

— Je ne crois pas. J'avais mis ça... (Il indiqua la casquette criarde des New Jersey Nets et les grosses lunettes noires posées sur la table de la salle de séjour.) Je les ai piquées dans une boutique. Ensuite j'ai pris le métro pour venir ici. Un taxi, c'était trop risqué. Je ne voulais pas que quelqu'un puisse se souvenir de m'avoir amené ici.

Le café était prêt. Carl but le sien en serrant son bol des deux mains. Il semblait un peu plus calme, il reprenait des couleurs. Manger lui avait fait du bien. Parler aussi.

— Le plus dingue, c'est cette façon qu'ils ont de me transformer en version psychotique de moi-même. Mes rapports merdiques avec mon père. Mon désir obsessionnel de devenir romancier. C'est insensé, c'est complètement faux, mais comme c'est dans les journaux...

— ... c'est vrai.

Il hocha la tête d'un air pitoyable.

— Quand j'entends ce qu'on raconte à la télé, j'ai parfois l'impression de ne pas savoir moi-même où est la vérité. Alors, comment quelqu'un d'autre pourrait y voir clair ? (Il releva soudain la tête.) Ils ont déjà pris contact avec toi ?

— De qui tu parles ?

— De la police. Du FBI.

— Non, répondit Amanda, aussitôt envahie par la peur.

— Ça ne va pas tarder. Des tas de gens savent, pour toi et moi. Je ne pourrai pas rester longtemps ici. (Il la regarda, secoua la tête d'un air mécontent.) D'ailleurs, je n'aurais pas dû venir, pour commencer. Mais j'avais besoin de... (Il passa une main sur ses joues ombrées de barbe, se frotta les yeux.) J'étais si fatigué...

— Tu es en sécurité, ici, assura-t-elle. Tu es en sécurité avec moi. Prends une douche, repose-toi. Je prépare ton lit dans la chambre d'amis. Il y a des serviettes propres dans la commode. Et je crois même que j'ai des vêtements pour toi.

Amanda recommença à s'activer. Un vieux pantalon de survêtement de Carl était enfoui au fond du tiroir à chiffons de la cuisine. L'une de ses chemises en flanelle des New York Giants pendait dans le placard de la chambre. Il jeta un coup d'œil soupçonneux au vêtement quand elle le lui apporta.

— Je croyais qu'ils l'avaient perdue à la blanchisserie, cette chemise. Qu'est-ce qu'elle fait ici ?

— Je te l'ai volée, avoua-t-elle. Elle me va mieux qu'à toi.

Elle n'ajouta cependant pas qu'elle l'avait mise pour dormir pendant les trois semaines qui avaient suivi leur rupture.

Ils se regardèrent un moment, et soudain... la gêne. La tension. Le silence. Le passé. Carl détourna les yeux, déglutit.

— Pour Toni...

— Je ne t'ai rien demandé, fit-elle remarquer avec froideur.

— Je sais. Jamais tu ne poserais ce genre de question. Tu as trop de classe pour ça. Mais je vais te le dire quand même... (Amanda se rendit compte qu'elle retenait sa respiration.) Je me sentais seul, elle était là, poursuivit-il. Je la connaissais à peine. Non, ce n'est pas vrai, je la connaissais. Pas assez pour être amoureux d'elle. Mais je l'aimais bien. Et... et quand je l'ai trouvée morte... je n'avais jamais rien vu d'aussi horrible...

Il se tut, frissonna, parcourut des yeux la pièce confortable. La cheminée, les étagères de livres, les deux fauteuils en cuir patiné. Le chariot à alcools avec ses carafes en cristal, malt et calvados. Les murs décorés des caricatures et des dessins humoristiques politiques originaux dont elle faisait collection. Le bureau en noyer massif qui lui venait de son père, qui avait été le président d'une petite banque à Port Chester avant de mourir d'une crise cardiaque à cinquante-six ans.

— J'aime bien, chez toi. C'est très...

— Très quoi ?

— Adulte. Mûr.

— Je suis adulte, tu sais, dit Amanda. (*Du moins, je l'étais il y a une heure*, pensa-t-elle.) Allez, va prendre ta douche.

Elle lui mit dans les mains les vêtements et les choses qu'elle avait achetés pour lui, le poussa doucement vers la salle de bains. Dès qu'il eut refermé la porte derrière lui, elle prit son téléphone portable, sortit sur le patio et appela le journal.

— Raconte-moi, ordonna-t-elle quand elle eut sa secrétaire en ligne.

— Cindy a appelé. On a commencé à drainer le Potomac pour retrouver le prêtre disparu. Il paraît qu'on l'aurait vu dans le coin il y a deux jours. D'après Cindy, un suicide n'est pas exclu.

— Quoi d'autre ?

— Un type du FBI a appelé, il dit que c'est important. J'ai répondu que tu étais chez toi, malade. J'espère que je n'ai pas gaffé.

— Pas de problème.

Amanda remercia sa secrétaire, coupa la communication, sursauta en découvrant un homme devant elle dans le patio. La trentaine, grand, bronzé, cheveux blonds et sourcils paille, il portait un costume jaune clair impeccablement repassé.

— Miss Mays ? Désolé si je vous ai fait peur. On m'a dit à votre bureau que je vous trouverais ici. Agent spécial Shanahoff, FBI.

L'air calme, le ton impassible. Amanda aurait été étonnée si le cœur de ce type battait à plus de quarante-sept pulsations par minute au repos.

— Est-ce que vous pourriez me parler de Carl Granville ?

Son cœur à elle battait à tout rompre.

— Oui, répondit-elle. Je m'y attendais un peu.

Il avait un regard froid, sans expression.

— Je peux entrer ?

Amanda se figea. Si elle refusait, il se douterait qu'elle cachait quelque chose. Quelqu'un, plus exactement. Si elle acceptait... Jamais le sens de l'expression « entre le marteau et l'enclume » ne lui était apparu aussi clairement.

— Miss Mays ? insista-t-il.

— Oui. Oui, bien sûr. Je suis désolée, monsieur Shanahoff, c'est ça ? Je ne me sens pas très bien. Quand j'ai appris la nouvelle, ce matin...

— Je crois savoir que vous êtes très proches, tous les deux.

— Nous l'*étions*.

— Et puis ?

— Et puis nous ne l'avons plus été. C'est à ce moment-là que je suis partie pour Washington.

— L'année dernière ?

— L'été dernier.

— Le 24 août.

Elle confirma d'un signe de tête en pensant : *OK, un point pour toi. Le FBI connaît son boulot...*

— Entrez, je vous en prie.

Ils pénétrèrent à l'intérieur. Amanda faisait de son mieux pour arborer un sourire aimable mais elle ne pensait qu'à une chose : *Carl, je t'en prie, pas de bruit.*

— Ah ! il fait plus frais ici, dit Shanahoff, s'arrêtant pour examiner la pièce. Ces vieilles bâtisses ont beaucoup de caractère. Vous devriez voir mon appartement. On dirait l'intérieur d'une boîte à chaussures.

— Asseyez-vous.

Il resta où il était, plissa légèrement les yeux.

— J'entends de l'eau couler, non ?

— Oh ! fit Amanda, levant les yeux au plafond devant sa propre étourderie. Je me faisais couler un bain, merci de me le rappeler.

Elle traversa la salle de séjour, prit l'étroit couloir menant à la salle de bains, regarda par-dessus son épaule quand elle arriva devant la porte. Il ne l'avait pas suivie. Elle tourna le bouton. *Je t'en supplie, Carl, ne fais pas de bruit, ne dis pas un mot.* Elle ouvrit, se glissa à l'intérieur.

À travers la vapeur, elle vit des vêtements et des serviettes partout. Pour mettre le désordre dans une salle de bains, il n'y avait pas plus rapide que Carl Granville, elle en avait fait l'expérience. Elle écarta le rideau transparent de la douche, toucha le corps savonneux de Carl. Il eut une expression de surprise mais, avant qu'il ait eu le temps de respirer, elle lui plaqua une main sur la bouche, ferma le robinet de la douche et murmura à son oreille :

— Il y a un agent du FBI dans le séjour. Ne bouge pas, ne fais pas un bruit. Compris ?

Il acquiesça, les yeux agrandis par la peur.

Elle ôta sa main et ils se regardèrent, unis de nouveau par une intimité non exprimée. Un lien. Quelque chose qui subsistait entre eux, qu'elle le veuille ou non.

Amanda ressortit, ferma la porte derrière elle, respira à fond pour se calmer, n'y parvint pas et retourna dans le séjour.

Au lieu de s'asseoir, l'agent Shanahoff était allé jeter un coup d'œil dans la cuisine pour relever d'éventuels détails incongrus. Comme les deux bols de café sur le comptoir. Les traces de beurre de cacahuète et de gelée. Pour une malade...

La casquette et les lunettes noires, sur la table.

— Je me gave toujours de tartines au beurre de cacahuète quand je suis contrariée, expliqua Amanda du seuil de la pièce.

— Je connais ça, dit-il avec un sourire factice. Moi, je compense au pain de viande-purée.

— Je vous sers un café, monsieur Shanahoff ? Ou quelque chose de frais ?

— Je vous en prie, appelez-moi Bruce. Non, merci, je ne serai pas long. (Son regard retourna à la casquette posée sur la table.) Je vois que vous êtes une fan des New Jersey Nets...

Elle se força à rire.

— Pas moi. Mon neveu. Il me l'a envoyée. Je ne pourrais pas vous donner le nom d'un seul joueur de l'équipe.

— C'est le cas de presque tous les New-Yorkais, je pense. J'ai été en poste là-bas, je ne suis ici que depuis quelques mois. Je ne connais encore personne.

Il s'interrompit, se gratta pensivement le menton de l'ongle du pouce et ajouta :

— Nous sommes un peu dans la même situation, tous les deux, non ?

— Un peu.

Incroyable, voilà qu'il se mettait à la draguer. Les choses allaient peut-être s'arranger. Elle s'approcha de lui en balançant les hanches, mit les bols dans le lave-vaisselle pour le laisser admirer son postérieur.

— Qu'est-ce que vous voulez savoir sur Carl ? lui demanda-t-elle par-dessus son épaule.

— Tout ce que vous pourrez me dire, miss Mays.

— Il était infernal, répondit-elle, étonnée de l'amertume de son ton.

— Violent ?

— Oh non !

— Il vous trompait ?

Non, fit-elle de la tête.

— Il vous volait ?

— Carl Granville est sans doute la personne la plus honnête que je connaisse.

— Vraiment ?

— Un jour, il a trouvé dans un taxi une enveloppe contenant deux mille cinq cents dollars. Il était fauché, il avait besoin d'argent, mais vous savez ce qu'il a fait ?

— Il en a fait don à un orphelinat ?

— Il l'a portée à la police. Et pas la peine de ricaner.

— Excusez-moi. Je suis un peu perdu : j'avais l'impression que vous n'appréciiez pas tellement Granny...

Pour une raison ou pour une autre, elle fut agacée qu'il utilise son surnom pour parler de Carl. Comme s'il lui faisait passer un test psychologique.

— Écoutez, monsieur Shanahoff...

— Bruce.

— J'étais amoureuse de Carl, mais il n'est pas capable d'avoir une relation adulte. C'est pour cette raison que j'ai dû le quitter. Voyez-y un acte d'autoprotection. Ça n'a pas été facile et je ne prétends pas ne plus rien éprouver pour lui, mais je suis partie.

— Quand l'avez-vous vu pour la dernière fois ?

— À l'enterrement de Betty Slater, il y a quelques semaines, à New York. C'était quelqu'un dont nous étions proches, tous les deux. Je n'avais pas revu Carl depuis des mois. Je l'ai ramené chez lui.

L'image de Carl couvert de savon dans la salle de bains surgit dans son esprit et Amanda s'efforça aussitôt de la chasser. Elle ne croyait pas à la transmission de pensée mais pas la peine de tenter le sort avec un agent fédéral.

— Retrouvailles amicales ?

— En fait, nous nous sommes disputés dans la voiture.

— Je peux vous demander à quel propos ?

— À propos de rien. De tout. Vous savez ce que c'est, j'en suis sûre, Bruce.

— Il vous a frappée ? Menacée de violence physique ? Quelque chose de ce genre ?

Elle se retourna pour lui faire face.

— Pour moi, il est inconcevable que Carl soit capable de violence.

— Pour vous peut-être. Pas pour les personnes qu'il a tuées.

Les mots lui firent l'effet d'un coup. *Non, ce n'est pas vrai*, pensa-t-elle. *Ça ne peut pas être vrai.*

— Miss Mays...

— Je vous en prie, appelez-moi Amanda... Bruce, fit-elle d'une voix rauque.

Elle passa les doigts sur la peau blanche de sa gorge et sentit qu'elle transpirait. Femme fatale n'était pas son rôle favori.

— D'accord, dit-il, avec un sourire moins toc cette fois. Je vous pose carrément la question, Amanda : avez-vous eu des nouvelles de Carl Granville depuis qu'il a pris la fuite ?

— Non.

Cher journal, Aujourd'hui, j'ai menti à un agent fédéral.

— Pas de lettre, pas de coup de fil ? insista-t-il d'un ton dubitatif. Il n'a pas essayé de vous joindre d'une manière ou d'une autre ?

— Absolument pas.

Il se rapprocha d'Amanda, qu'il dominait d'une tête. En apparence, ses manières n'avaient pas changé mais il émanait soudain de lui une menace.

— J'espère que vous ne me mentez pas, dit-il d'un ton égal mais remarquablement dur et inflexible.

Elle se raidit. *Du calme, ma fille.*

— Vous ne m'écoutez pas, monsieur Shanahoff, répondit-elle d'un ton qu'elle espérait aussi égal que le sien. Je viens de vous le dire : je n'ai pas eu de nouvelles de lui et je ne m'attends pas à en recevoir.

Il se recula, satisfait. Du moins, pour le moment. Le sourire difficile à déchiffrer flottait de nouveau sur ses lèvres.

— Navré, mais il se pourrait bien que vous en receviez. Un contrôleur de l'Amtrak a identifié sa photo ce matin. Nous pensons que Granville est à Washington. Je n'ai probablement pas besoin de vous mettre en garde, mais s'il prend contact avec vous rappelez-vous que c'est un individu dangereux. Nous avons des indices qui laissent croire qu'il a assassiné deux personnes, malgré ce que vous pensez de lui. Compris ? (Elle hocha la tête.) Avez-vous une idée de l'endroit où il aurait pu aller ?

Elle passa lentement la langue sur le bord de sa lèvre inférieure, remarqua que les yeux de Shanahoff n'en quittaient pas la pointe rose. Dieu que les hommes étaient faciles !

— Il parlait beaucoup de l'époque où il jouait au basket à Cornell. Il s'est peut-être réfugié chez un de ses anciens coéquipiers, comme O. J. Ils se serrent les coudes, ces sportifs. (Elle détailla l'agent spécial des pieds à la tête.) Je parie que vous avez fait du sport, vous aussi...

— Capitaine de l'équipe de golf de Creighton, fit-il, légèrement narquois.

Elle se creusa l'esprit pour trouver une remarque affriolante, pour un résultat plutôt médiocre, lui sembla-t-il :

— Les golfeurs sont si mignons dans leur drôle de pantalon...

Mignons ? Doucement quand même, Amanda, tu vas tout gâcher.

— Vous connaissez un de ses anciens coéquipiers ? Vous savez si l'un d'eux habite dans la région ?

— Mmm...

Seigneur ! Il venait de la salle de bains, le bruit qu'elle venait d'entendre ? Qu'est-ce que Carl fabriquait ? Shanahoff l'avait entendu, lui aussi ? Elle lui jeta un coup d'œil. Non. Il n'avait pas réagi. *Carl, tu me feras mourir d'une attaque.*

— Mmm, non. Ils sont dispersés un peu partout, je suppose. Mais le département sports de Cornell devrait pouvoir vous aider...

— Bonne idée. Merci.

— Ce n'est pas gratuit. J'attends quelque chose en échange.

Il haussa un sourcil.

— Qu'est-ce que vous attendez ?

Amanda tira une carte de visite de son sac, la lui tendit.

— Une interview exclusive. Si vous l'arrêtez.

— Oh ! nous l'arrêterons, assura-t-il avant de lire la carte. Rédactrice en chef adjointe des pages locales, hein ?

— J'essaie de me faire un nom.

— Et peut-être aussi de vous venger ?

— Peut-être, admit-elle. C'est humain, non ? Alors, d'accord ?

— J'y réfléchirai, soyez-en sûre.

Il glissa la carte dans la poche de poitrine de sa chemise, se caressa de nouveau le menton. Quelqu'un avait dû lui dire que ça lui donnait l'air intelligent.

— On pourrait peut-être en discuter un soir en dînant ? proposa-t-il.

— Pain de viande-purée ?

— Il m'arrive de manger autre chose.

Elle lui adressa son plus beau sourire.

— Avec plaisir... Bruce.

— Formidable. Merci de votre aide, Amanda, dit-il en se dirigeant vers la porte.

Dieu merci, il partait. Il avait tout avalé : son attitude aguicheuse, son ressentiment, son désir de se venger. Elle s'en tirerait. Ils s'en tireraient. Shanahoff tendit la main vers le bouton de la porte... mais laissa son bras retomber, se retourna.

— Je cours depuis ce matin... Je pourrais utiliser vos toilettes ?

Le cœur d'Amanda cessa de battre. Sans exagérer.

— Euh, la salle de bains est dans un désordre...

Elle entendit sa voix chevroter, mais c'était déjà un miracle qu'elle réussisse à parler.

— J'ai grandi entouré de sœurs, je promets de ne rien remarquer.

Il retraversait déjà le séjour avec l'assurance d'un mâle de la race des seigneurs.

Que pouvait-elle faire ? S'évanouir ? Ça ne marchait plus depuis des siècles. En outre, elle ne savait pas s'évanouir. Tout ce qu'elle savait, c'était que cet homme, agent du FBI, allait ouvrir la porte de sa salle de bains et découvrir Carl Granville. Elle était foutue. *Chère tante Liz, Je pars pour cinq ou sept ans faire des recherches approfondies sur la vie dans les QHS des prisons de femmes...*

— D'accord, finit-elle par dire, résignée. Seulement...

Bruce Shanahoff fronça les sourcils.

— Seulement quoi, Amanda ?

Bon, il verrait bien lui-même.

— Seulement, vous serez peut-être obligé de déplacer un ou deux bas.

— J'en ai pour une seconde, déclara-t-il avec un sourire.

C'est ce que tu crois, pensa-t-elle. Elle songea à crier pour prévenir Carl mais à quoi bon ? Il n'avait aucun moyen de s'enfuir, la fenêtre de la salle de bains était trop étroite. Amanda envisagea un instant de sortir en courant et de ne jamais revenir. Non, fuir n'était pas son style. Alors, elle resta là à attendre son sort. À attendre que ce salopard propre sur lui revienne avec la prise du jour. Secondes interminables, silence assourdissant.

Pourquoi n'entendait-elle rien ?

Que se passait-il ?

Elle entendit enfin la chasse d'eau puis le grincement de la porte, et des pas assurés dans le couloir. Les pas d'une seule personne.

Il apparut, vessie vidée, mains lavées, cheveux recoiffés. Un mince sourire aux lèvres, la même lueur impassible dans le regard. Et seul, surtout.

Où était Carl ?

— Cette maison est vraiment agréable, déclara-t-il d'un ton admiratif.

Où était Carl ?

— A-alors j'espère que vous aurez l'occasion d'y revenir, bafouilla-t-elle, stupéfaite, incrédule.

Où était Carl ?

— Je l'espère aussi, dit Shanahoff en passant le seuil.

Amanda courut à la fenêtre. À travers les volets, elle le vit descendre l'allée de pierre conduisant à la rue. Elle attendit trois secondes puis se rua dans la salle de bains.

La pièce était impeccable. Pas de serviettes par terre. Pas de vêtements, propres ou sales. Pas de rasoir, pas de brosse à dents, pas de peigne. Et surtout, pas de Carl.

Où es-tu ?

12

Dès qu'Amanda était ressortie de la salle de bains, Carl avait commencé à s'activer. Il s'était séché, il avait fourré ses vêtements sales, les serviettes mouillées et tout le reste dans le panier à linge sale. Rapidement et en silence, il avait effacé toute trace de sa présence tandis que son esprit cherchait désespérément une issue.

Il savait qu'il n'avait pas beaucoup de temps.

Amanda était venue dans la salle de bains ; le type du FBI veillerait à y venir aussi.

Carl était en fuite depuis vingt-quatre heures et son instinct de survie le faisait réagir comme un animal traqué. Il *était* un animal traqué. Le cœur battant, la bouche sèche, il examina ses options. Merdiques.

La fenêtre était exclue : trop petite. La porte aussi : les gonds grinçaient. Et le plancher du couloir craquait. Ce salaud l'entendrait ou même le verrait aussitôt. Se cacher dans la douche ? Impossible. Le rideau était translucide. Pourquoi Amanda avait-elle acheté ce truc translucide au lieu d'un joli modèle à fleurs, par exemple ? C'était sa faute, il le savait. C'était lui qui l'avait emmenée voir *Psychose* au Film Forum. Donc, pas dans la douche. Ce qui lui laissait... quoi ? Réfléchis, bon sang. Quelles étaient les autres possibilités ? Par le bas ? C'est ça, il allait creuser le carrelage avec le coupe-ongles d'Amanda. Il aurait terminé son tunnel dans quoi ? six, sept mois ? Il ne restait que...

Le haut.

Comme il examinait le plafond, il crut avoir une hallucination. Mais non. Il y avait bien une petite trappe en bois. En montant sur le lavabo, il réussit à l'atteindre. Il éprouva sa résistance, poussa un peu plus fort et la plaque de bois se décolla avec un léger grincement. S'attendant à voir surgir l'agent du FBI, flingue à la main, Carl se figea. Non, rien. Il souleva la plaque, la fit glisser sur la droite aussi silencieusement que possible. Normalement, on devait se servir d'une échelle pour accéder là-haut. Il n'avait pas d'échelle ; il n'avait que ses bras, ses jambes et l'énergie du désespoir. Il se hissa à la force des poignets, agitant les pieds, cherchant un appui sur le mur...

Jetant ce qui lui restait d'énergie dans un dernier effort, il parvint à grimper et roula sur le côté. Il demeura un moment immobile, pantelant, puis regarda autour de lui. L'espace était exigu, pas plus d'une soixantaine de centimètres de haut. Au-dessus de lui, le toit s'abaissait en pente, les pointes des clous maintenant les bardeaux luisaient dans la pénombre. Il y avait des conduits, des tuyaux rouillés, de la poussière, des toiles d'araignée. Entre les solives du plafond, distantes d'environ trente centimètres, on avait agrafé des bandes de laine de verre isolante. Allongé sous le toit, Carl remit la trappe en place, ce qui le plongea aussitôt dans le noir.

Il se tourna sur le flanc pour se glisser entre deux solives. La laine de verre lui picotait la peau, lui donnait des démangeaisons partout. Il entendait sa propre respiration, et quelque chose d'autre aussi : leurs voix, dans la cuisine. Le son portait. Il entendit le type le traiter d'individu dangereux. De meurtrier. Il entendit Amanda assurer, avec un calme admirable, qu'il n'avait pas pris contact avec elle.

Il entendit l'agent demander s'il pouvait utiliser ses toilettes.

Carl demeura sans bouger, sans même respirer tandis que les pas lourds se rapprochaient sous lui. La porte de la salle de bains se ferma. Le type sifflotait. Une des chansons insipides des Spice Girls. Carl songea que ce serait vraiment finir en apothéose : arrêté par un crétin sifflant une abomination quelconque des Spice Girls. Le flanc nu chatouillé par la laine de verre, il fit une promesse au ciel : si jamais il s'en sortait...

Non, impossible. Ce n'était pas une répétition, c'était la vraie vie. Sa vie. Il ne pouvait pas arrêter l'enregistrement, revenir soixante-douze heures en arrière et recommencer.

Le type pissait maintenant. Le plus lent, le plus long pipi de l'Histoire. Comment il faisait ? Il stockait ? Il urinait une fois par semaine ? Bon Dieu, cette laine de verre le chatouillait. Carl mourait d'envie de se gratter mais il n'osait pas bouger. Et puis, horrifié, il s'aperçut que ce n'était pas la laine de verre qui le chatouillait.

Une souris.

Non. Deux souris.

Non, trois !

Il était tombé sur un nid de ces sales petites bêtes.

Il détestait les rongeurs. Souris, rats, hamsters, il les mettait tous dans le même sac. Y compris les gentils écureuils tout mignons. Les rongeurs lui donnaient la chair de poule.

Et il y en avait trois qui couraient le long de sa jambe nue.

Carl eut envie de crier. De se secouer, de hurler de toutes ses forces. Mais il ne pouvait pas. Pas avec un agent du FBI juste au-dessous de lui. Il devait rester immobile dans le noir tandis que les répugnantes créatures trottinaient sur son cou, sur son visage. L'une d'elles se percha sur ses lèvres, une autre descendit sur sa poitrine, se nicha sous son aisselle, une troisième lui mordilla l'oreille. Inondé d'une sueur froide, il sentit son estomac se révulser mais il ne bougea pas, il n'émit pas un son.

En bas, l'agent tira la chasse d'eau. Se lava les mains. Inspecta probablement les lieux. Carl avait-il oublié quelque chose ? La trappe avait-elle laissé de la sciure par terre ? Restait-il une trace de son passage ? Quoi que ce soit qui pût éveiller la curiosité de ce connard ?

Enfin, il entendit la porte s'ouvrir et des pas s'éloigner. Résistant à une envie de bouger tout de suite, Carl attendit, se força au calme malgré les petites bêtes qui couraient sur son corps nu. Il entendit des voix dans le salon. La porte d'entrée s'ouvrir et se fermer. Puis le silence. Il roula sur le dos, se gratta frénétiquement, s'assena de grandes gifles dans le dos. Une souris sauta sur le plancher, disparut sous une latte. Carl lança son poing, se meurtrit les phalanges contre le bois. Il crut un moment qu'il allait vomir puis la nausée s'estompa.

Amanda l'appelait en bas. À tâtons, il trouva les bords de la trappe dans le noir, la souleva et se laissa glisser, quasiment sur Amanda.

Elle le regarda, sidérée. C'était la première fois de sa vie que sa vue la laissait sans voix. Dès qu'il eut repris son souffle, il explosa :

— Tu sais que tu as des souris, là-haut ?

— Je ne savais même pas que j'avais un là-haut, bredouilla-t-elle, encore abasourdie. Tu n'as rien ?

Avant qu'il ait pu répondre, elle ajouta :

— Comment tu savais qu'il viendrait ici ?

— Si c'était un agent, un vrai, il ne pouvait pas faire autrement.

— Oh ! son insigne était vrai. Et c'était un vrai con.

— Il ne pouvait pas perquisitionner chez toi sans mandat. Le fait qu'il n'ait pas fouillé partout signifie probablement qu'on a eu droit à un article authentique.

— Tu penses qu'il m'a crue ?

— Moi, je t'aurais crue.

— Dois-je interpréter ça comme un « non » ?

— J'en ai bien peur.

— À partir de maintenant, ils vont surveiller la maison ?

Il acquiesça d'un air sombre.

— Et mettre ton téléphone sur écoutes. Amanda, je suis vraiment désolé de t'avoir entraînée dans cette histoire.

Elle ouvrit la bouche pour lui dire que ça allait, qu'il ne devait pas s'inquiéter, mais la referma. Parce que ça n'allait pas. Et qu'il y avait toutes les raisons de s'inquiéter. Sa vie était déjà assez dingue comme ça avant que Carl y fasse irruption. Non seulement elle cachait un « criminel » en fuite, mais elle avait envie de le prendre dans ses bras et de lui faire l'amour. Elle avait envie de retrouver leur passé, de marcher de nouveau vers l'avenir qu'ils s'étaient imaginé.

Non, non, non, il lui avait déjà brisé le cœur une fois. Elle était prête à se battre pour lui, à l'aider à prouver son innocence. Pas à prendre le risque de tomber amoureuse de lui une deuxième fois. Non, merci.

Carl la regardait et devinait ce qu'elle pensait, elle en était sûre. Debout l'un près de l'autre dans la salle de bains exiguë, ils prirent soudain conscience de la nudité de Carl. Amanda marmonna une vague excuse et sortit pour le laisser s'habiller.

Resté seul, Carl enfila sa vieille chemise et son pantalon de survêtement. S'examina dans le miroir rectangulaire. L'homme qui lui renvoyait son regard avait l'air beaucoup plus vieux que lui. Plus triste aussi.

Ce qu'il voyait dans le miroir lui faisait peur. Il leva lentement la main droite, ferma le poing et l'expédia violemment dans la glace, fracassant son image.

Un filet de sang coula entre ses doigts. Il ouvrit le robinet, mit ses phalanges à vif sous l'eau froide.

Fixant son reflet déformé par les fêlures, il resta dans la salle de bains jusqu'à ce que sa main cesse de saigner. Puis il ouvrit la porte et alla rejoindre Amanda. Pour réfléchir avec elle au moyen de rester vivant.

13

Le Liquidateur prit un taxi devant un hôtel du centre de Manhattan pour l'aéroport La Guardia. Le chauffeur portait un turban, il sentait le curry et le safran, combinaison légèrement écœurante. La circulation était lente, les conducteurs sur les nerfs. Si leurs véhicules avaient été équipés de mitrailleuses montées sur tourelle, ils auraient fait un massacre, il en était sûr. La chaleur — conjuguée à des emplois misérables, à des vies conjugales plus misérables encore — faisait cet effet aux citoyens ordinaires.

Le Liquidateur n'était pas marié, son travail offrait une grande variété, des défis permanents. Cela lui permettait de rester calme et concentré.

L'avion de quatorze heures pour l'aéroport national de Washington était aux trois quarts plein. L'homme assis à côté de lui serrait dans ses mains un classeur à anneaux portant l'inscription *Agence pour la Protection de l'Environnement.* Il semblait nerveux, peut-être parce qu'il n'aimait pas prendre l'avion. Il n'essaya pas d'entamer la conversation avec le Liquidateur, qui, de toute façon, n'avait aucune envie de lui parler.

La voiture, une Chevrolet Suburban huit places, bleu nuit, immatriculée dans le Vermont, attendait au parking longue durée. Elle était au nom d'un centre aéré de Putney, Vermont, dont le slogan — *Centre aéré de Putney, tout pour s'amuser* — était peint sur les portières avant, sous une frise de jeunes visages heureux et souriants. La Suburban avait un réservoir de cent cinquante litres pour les longs parcours et il était plein. Les clefs se trouvaient dans sa poche. La boîte à gants contenait une paire de jumelles très puissantes, un pistolet-mitrailleur SIG-Sauer 9 mm de fabrication allemande. Sous le siège du conducteur, on avait glissé un 357 Magnum. Et une quantité de munitions amplement suffisante. Le Liquidateur avait rarement besoin de recharger une arme.

Sous la banquette arrière rabattue, il y avait deux grands sacs à congélation contenant chacun six bâtons de dynamite. Dans le logement de la roue de secours, on avait fixé à la tôle avec du sparadrap, enveloppés dans un épais papier d'aluminium, six détonateurs.

Il était satisfait. On avait suivi ses instructions à la lettre. Y compris la requête musicale.

Dans le lecteur de CD, il trouva une compilation d'airs des années 1960 joués à la guitare par Dick Dale.

Il se glissa au volant, amena le lourd véhicule près de la guérite et régla le stationnement — quarante-deux dollars et cinquante cents — puis sortit de l'aéroport et prit la route du George Washington Memorial. Respectant la limite de vitesse. Admirant le vert superbe des arbres et des pelouses bordant le Potomac. Étonné, comme toujours, que Washington reste aussi belle et sereine quand tant de gens moches et dangereux y vivaient.

Il traversa le fleuve au pont du Frances Scott Key Memorial, s'engagea dans Wisconsin Avenue. Vingt minutes de voiture pour Klingle Street. Parvenu à destination, il se gara à l'ombre, quatre maisons plus bas, coupa le contact et inspecta le trottoir, les jardins prétentieux.

« Observez et rendez-moi compte », avait dit au téléphone la voix très *british*.

En raccrochant, le Liquidateur avait souri. Ils vivaient dans des mondes différents. L'un où l'information était une denrée précieuse, une forme de puissance et d'argent. L'autre dans lequel la seule information valable était celle qui vous conduisait à votre proie. Ou vous gardait en vie.

Après une demi-heure de Dick Dale, une Ford Taurus stoppa devant la maison qu'il surveillait. Un grand blond en descendit, monta d'un pas vif l'allée de pierre menant à l'ancienne remise. Il y resta trois quarts d'heure. Lorsqu'il ressortit, il se retourna vers la maison de la femme avec une expression indécise. Il remonta dans la Taurus et démarra. Le Liquidateur patienta. Comme il s'y attendait, la voiture revint quelques minutes plus tard. Se gara à un autre endroit, de l'autre côté de la rue. Le grand blond arrêta le moteur mais resta dans la voiture à surveiller l'ancienne remise.

Le Liquidateur regarda l'heure au tableau de bord de la Suburban, décrocha le téléphone. L'Anglais répondit à la troisième sonnerie, écouta le rapport puis annonça :

— Il y a du nouveau. J'ai un autre travail pour vous.

— Et celui-ci ?

— Un léger changement de plan, là aussi, dit la voix, déformée par le téléphone cellulaire. Ou plutôt d'estimation.

— Ce qui veut dire ?

— Ce qui veut dire qu'il serait dans mon intérêt de rendre cette affaire plus palpitante, d'un point de vue journalistique...

— Comment ?

— Comme vous voudrez. Connaître les détails d'avance gâcherait mon plaisir. Je travaille dur, j'ai droit à un peu de distraction...

— Nous avons tous droit à un peu de distraction, répondit le Liquidateur, que ses paumes démangeaient à cette perspective. Mais rares sont ceux qui ont la chance d'en profiter.

Lindsay Augman raccrocha, mettant fin à cette conversation avec son employé le plus dangereux. Il ne pensait ni à l'imagination ni aux capacités particulières du Liquidateur. Ni à leurs conséquences.

Il pensait à l'argent.

Lord Lindsay Edward Augman avait gagné son premier million de dollars à vingt-deux ans.

Son père, sir James, professeur à Oxford, était un homme distingué, vertueux et vieux jeu. Il révérait la reine, soutenait le Labour Party et estimait qu'il n'y avait pas plus noble idéal qu'enseigner la poésie à des jeunes gens assoiffés de savoir et de beauté. Tous les sept ans environ, Faber publiait un recueil de ses poèmes, rituellement encensés par la critique ; tous les quatre ou cinq ans, la même maison réunissait en un volume les critiques de sir James, qui démontraient clairement qu'aucun autre poète contemporain ne présentait le moindre intérêt.

Le jeune Lindsay fréquenta lui aussi Oxford, comme il fallait s'y attendre, mais en fut exclu en deuxième année pour avoir engrossé la fille de seize ans d'un des directeurs. Lindsay quitta sans regret la prestigieuse université anglaise. Il n'avait guère d'estime pour son père, son obsession de la discipline, son flegme britannique et son progressisme hypocrite qui, aux yeux du jeune Lindsay, servait surtout à se faire des relations utiles et permettait à sir James de vénérer les masses laborieuses de loin et de traiter son propre fils, qui vivait près de lui, comme un tas d'ordures. Il détestait aussi cette façon qu'avait son père de fuir la réalité en s'enfermant dans sa tour d'ivoire universitaire et n'avait aucunement l'intention de suivre les pas sacro-saints du vieil homme. Lindsay voulait devenir un homme de presse. Un homme de la rue. Il aimait la vulgarité des classes inférieures. Les odeurs, la langue, l'excitation de ce monde. C'était là qu'il avait sa place.

Quelques jours après son arrivée à Londres, en 1953, Lindsay Augman trouva un emploi à Fleet Street[1]. Son instinct infaillible de reporter et son intrépidité furent si appréciés que, moins de six mois plus tard, on l'envoyait dans la petite ville côtière de Falmouth pour prendre la direction d'un journal local, le *Sandpiper*. C'était une publication saisonnière, avec un taux de petites annonces élevé mais pendant trois mois seulement, quatre au maximum. Lindsay changea rapidement son contenu. Au lieu de couvrir les régates locales et d'avoir une rubrique météorologique d'une page entière, le *Sandpiper* devint un journal politique. Ceux qui connaissaient le jeune Augman ne furent pas étonnés de le voir prendre pour cibles le Labour Party et la reine elle-même. Le titre accrocheur devint bientôt la spécialité du *Sandpiper*. Après que le Labour eut remporté une nouvelle victoire aux élections, le journal d'Augman annonça : *Tout le monde au labeur*

1. La rue des journaux londoniens. *(N.d.T.)*

avec le Labour. À un article sur une affaire de mœurs impliquant un ministre nommé Izzy Conklin, Augman donna comme titre : *Le zizi d'Izzy sème la zizanie.* Mais celui qui causa la consternation la plus vive — et la plus forte vente de toute l'histoire du *Sandpiper* — ce fut : *La reine mange du rat.* Ce titre devait devenir le symbole de la presse d'Augman et de ses méthodes. La reine n'avait bien sûr pas mangé de rat mais le journal publiait un article sur un restaurant de Londres qui, avait-on découvert, servait du rat en ragoût en le faisant passer pour du poulet. Interrogé, le patron de l'établissement de Soho avait déclaré que ce rongeur avait une chair excellente. « Si la reine elle-même venait manger chez moi, je lui servirais du rat. » Le fait que la reine n'eût jamais mis les pieds dans ce restaurant n'arrêta pas Augman. Le titre était assez proche de la vérité pour lui. Et apparemment aussi pour ses lecteurs, puisque le tirage quadrupla en une année.

Un an après sa prise en main du *Sandpiper*, Augman mit sur pied un consortium d'achat de papier, révélant bientôt sa passion de propriétaire. De propriétaire *exclusif.* Un par un, ses associés disparurent : ils quittaient le navire, écœurés par la brutalité de ses méthodes, ou chassés par les pressions d'Augman. À la fin des années 1950, il possédait sept journaux en Angleterre et quatre autres en Australie. Tous des tabloïds, dont le ton devint de plus en plus réactionnaire, sous prétexte de donner aux travailleurs ce qu'ils voulaient. Au début des années 1960, il poursuivit son expansion en étendant son empire au livre et à la télévision. Dix ans plus tard, il comprit que l'Angleterre était une impasse, qu'elle ne redeviendrait jamais une puissance mondiale, et il transporta en Amérique son appétit vorace et son penchant à trafiquer la réalité. Dans les années 1970, il acquit la double nationalité, devenant américain afin de tourner la loi restreignant le droit de propriété des étrangers, et acheta une série de chaînes de télévision, de journaux et de magazines jetés en pâture au plus offrant. Il suivait la même formule pour chacune de ses acquisitions : dégraisser par tous les moyens, engager des jeunes gens ambitieux et sans scrupule, prêts à tout pour grimper les échelons, chercher à gagner le public populaire, et ne jamais se soucier de la vérité si le mensonge se vendait mieux. L'Amérique de Reagan et l'Angleterre de Thatcher constituaient le terreau idéal pour ses plans et ses ambitions.

Lorsqu'il célébra son cinquantième anniversaire, il s'était marié trois fois. Sa deuxième épouse lui avait donné un fils, Walker, avec qui Augman n'eut pas de bons rapports. Walker mourut à seize ans dans un accident horrible. Pendant ses vacances d'été en Jordanie, il parcourait à pied un étroit ravin menant aux ruines de Pétra quand il y eut une soudaine inondation. La plupart des touristes parvinrent à se réfugier en lieu sûr. Walker et trois autres se noyèrent. Son corps fut rapporté par avion à New York, où vivaient ses parents, mais Lindsay Augman n'assista pas à l'enterrement. Ce jour-là, il achetait des studios cinématographiques et les funérailles de son fils n'entraient pas dans son programme très chargé.

Il fut fait chevalier en 1984 lorsqu'il tira financièrement d'affaire la principale compagnie aérienne britannique, au bord de la faillite. Pendant cette décennie, sa formule ne varia jamais. Ce qui changea, ce fut le niveau de ses bénéfices nets, qui grimpèrent encore quand il se lança dans la télévision par satellite, les communications et les films à grand succès. En 1988, l'année où il devint citoyen américain, *Forbes* le plaça en septième position sur sa liste des hommes les plus riches du monde, avec une fortune s'élevant à près de sept milliards de dollars.

En 1990, lord Augman eut une autre révélation, peut-être la plus importante de son existence : ce n'était pas seulement la Grande-Bretagne qui ne redeviendrait jamais une puissance mondiale, *aucun* pays ne dominerait plus jamais réellement le monde. Les moyens de communication modernes avaient dépossédé les gouvernements de leur principal instrument de pouvoir : la mainmise sur l'information. On ne dirigeait plus avec des armes mais avec de la technologie.

Ce fut aussi simple que ça. Lindsay Augman alla se coucher un soir avec cette révélation sur l'avenir du monde. Le lendemain, il se réveilla déterminé à devenir l'homme le plus puissant de la planète.

14

— Réfléchis, concentre-toi.

— Si je me concentre un peu plus, j'ai le cerveau qui va fondre, prédit Carl.

— D'accord, on fait une pause, capitula Amanda. (Elle alla prendre une Bud sans alcool dans le réfrigérateur.) Je t'ai acheté de la bière.

— C'est pas de la bière, c'est de la pisse d'âne ! protesta-t-il.

— Excuse-moi, répliqua-t-elle. La prochaine fois que je te cacherai chez moi, je veillerai à t'offrir une sélection de bières de luxe.

Ils étaient en train de manger le corned-beef au chou qu'elle avait préparé. Et d'arracher à la mémoire de Carl le plus de détails possible sur le matériau qu'on lui avait fourni pour écrire le livre. Sur les conversations qu'il avait eues avec Maggie, avec Harry Wagner.

Entre deux bouchées, Amanda prenait des notes, triait les informations qui semblaient intéressantes, dressait des listes, essayait de rétablir des dates et des lieux. Elle n'avait pas grand-chose comme point de départ.

Carl n'avait pas de vrais noms à lui donner, ni pour les personnes — c'était lui qui avait baptisé Danny et Rayette — ni pour les lieux. Dans les documents, les villes du Sud où la mère et l'enfant avaient vécu étaient assez bien décrites, mais tous les noms avaient été effacés. Elles pouvaient se trouver n'importe où, Louisiane, Tennessee, Arkansas, Alabama. L'image qu'il en gardait était devenue confuse — il avait absorbé trop d'informations en un temps très bref —, mais Amanda était une journaliste remarquable. Trois fois déjà elle lui avait fait raconter la même histoire, posant des questions, obligeant Carl à plonger plus profondément dans les replis de son cerveau. Chaque fois, un nouveau détail lui était revenu. Chaque fois, ils avaient eu l'impression de faire un petit pas en avant. Mais un pas vers quoi ?

— Bon, parle-moi de Rayette.

— Pauvre, sans instruction. Michetonne à l'occasion. Boit sec. Mariée plusieurs fois.

— Combien de fois ?

— Je sais plus. Trois, quatre... Trois. Elle a eu trois maris. Non, quatre.

— Quel genre de types ?

Il décrivit ceux dont il se souvenait. Et plusieurs des misérables bleds du Sud où Rayette avait vécu. Il se souvint que Danny était né en 1945, et qu'ils avaient commencé à déménager peu après sa naissance. Il avait le sentiment qu'ils étaient plutôt passés d'un État à un autre que d'une ville à une autre dans le même État. Le bébé — Carl n'avait même pas pensé à lui donner un nom — était né en 1954. En 1955, Danny avait assassiné son petit frère. La ville dans laquelle ils vivaient alors sentait mauvais. Quelque chose — une usine ? un abattoir ? — empuantissait l'air. Une usine, oui. C'était une usine. Et il y avait cette sage-femme avec une tache de naissance qui lui couvrait la moitié du visa...

— Quel genre d'usine ?

— Je sais pas.

— Réfléchis.

— Ce n'était pas dans les documents, j'ai inventé. J'ai dit qu'on y fabriquait des batteries, je crois. Ouais, des batteries. J'ai fait quelques recherches et ça m'a paru un bon choix. À l'époque, on balançait toutes sortes de saloperies dans l'eau. Cobalt, cadmium...

— Le bon vieux temps où l'industrie américaine pouvait saccager l'environnement à sa guise... Je ne serais pas étonnée que ce soit la cause de l'anormalité du bébé de Rayette...

— Tu crois à un scénario écolo ? Je veux dire, du point de vue de Gideon ?

— Je ne sais pas, c'est possible. Mais nous ne disposons pas d'éléments suffisants. Essaie de te rappeler...

— Je ne me rappelle même plus mon propre nom, grommela Carl.

— Allons, il doit y avoir autre chose...

— J'ai le cerveau vide.

— Une école, une église, insista Amanda. Un magasin...

— Elvis !

— Pardon ?

— Elvis ! s'exclama-t-il, les yeux brillants. Elvis Presley y a chanté ! Dans une petite salle de quinze cents personnes, l'auditorium du lycée ou quelque chose comme ça...

— Quand ?

— Le soir du meurtre. 1955.

— C'est bon, ça, fit Amanda, ravie. Très bon.

Carl s'autorisa un sourire triomphant puis secoua la tête et se laissa retomber sur le dossier de sa chaise.

— Ce n'est pas grand-chose, hein ?

— Non, convint-elle. Mais c'est un début.

Deux heures et demie plus tard, ils n'avaient guère avancé. Carl luttait pour rester éveillé, Amanda ne trouvait pas de nouvel angle d'exploration. Ils avaient passé l'histoire en revue trois fois de plus sans faire surgir d'autres détails. Ils étaient revenus au point de départ : « Danny » était devenu en grandissant quelqu'un de très important, et quelqu'un d'autre, Gideon, tentait d'utiliser Carl et le livre qu'il écrivait pour l'abattre. Danny avait eu vent du complot d'une manière ou d'une autre. Conséquence, deux femmes y avaient perdu la vie, et Carl était en fuite.

— Nous avons quelques données, maintenant, conclut Amanda. Il faut trouver un moyen de les utiliser pour découvrir qui est Danny.

— Et qui est Gideon.

— Et pourquoi Gideon essaie de détruire Danny.

— Danny est manifestement quelqu'un qui a beaucoup à perdre, murmura Carl.

— Et pas seulement de l'argent. Sinon, il s'agirait d'un

simple chantage. Danny est forcément un homme influent. Ou célèbre...

— Pourquoi pas le type qui vient de prendre la tête de ce mouvement chrétien de droite...

— La coalition « Unis en Jésus » ?

— Il y a eu une belle empoignade pour le pouvoir, non ?

— Ce type n'assassine pas les petits garçons, il les tripote, précisa Amanda.

— Vraiment ?

— Tout le monde le sait. Si quelqu'un voulait vraiment l'éliminer, ce serait facile. Pas besoin de s'emmerder avec un livre. Tu as d'autres candidats ?

Carl vida sa bière, contempla le plafond.

— Le gouverneur de l'Alabama, la grosse tête qui a fait Princeton...

— Al Brady.

— Il a une politique très progressiste, il accorde des crédits à l'enseignement public, à la formation pour l'emploi. Le *Times* lui prédit un destin natio...

Amanda écarta cette seconde possibilité d'un geste de la main.

— Il a été hospitalisé deux fois pour dépression. Sa première femme a divorcé parce qu'il fait pipi au lit. Et pendant ses études de droit, il vivait avec un dealer.

Carl la dévisagea.

— Tu fréquentes du beau monde...

— Tu peux parler, tiens ! Les gens veulent savoir ce qu'ils achètent, et c'est aux journalistes de regarder sous le capot. Qui d'autre ?

Il prononça le nom du présentateur vedette du journal télévisé le plus regardé.

— Il a l'âge qu'aurait Danny, il a grandi dans l'Arkansas...

— Et après ? coupa Amanda. Il perdrait son boulot, il déballerait son histoire dans un bouquin qui battrait les records de vente. Il irait pleurer à l'émission *60 Minutes*. Et il se ferait probablement engager par une autre chaîne. Le faire dégringoler ne changerait pas le cours de l'Histoire. Ça n'amènerait peut-être même personne à changer de chaîne.

— Alors, où on en est ? demanda Carl. (Comme Amanda gardait le silence, il répondit pour elle :) Nulle part. Voilà.

Il n'était plus capable de penser. La tension mentale et les épreuves physiques de ces derniers jours l'avaient épuisé. Il n'eut même pas la force d'aller dans la chambre d'amis et s'affala sur le canapé du séjour. Pendant qu'il dormait, Amanda resta dans la cuisine à fumer, à boire du Coca Light, à tenter désespérément d'y voir clair. Au bout d'une heure, le tabac lui brûlait la gorge, le Coca était éventé et son cerveau plus embourbé encore qu'avant. Elle retourna dans le living, s'approcha de Carl. Même endormi, il ne trouvait pas la paix. Il s'agitait, respirait bruyamment, gémissait. La terreur qu'il avait éprouvée imprégnait jusqu'à ses rêves. Elle lui caressa les cheveux et son visage se détendit, redevint un court instant celui de l'ancien Granny. Il ouvrit les yeux, la regarda sans comprendre, comme s'il ne savait pas où il était. Quand le brouillard se dissipa, Carl se redressa, respira à fond et se frotta les yeux. Il était temps de se remettre au travail.

Amanda affirmant qu'après un somme le cerveau faisait parfois des merveilles, ils dévidèrent l'écheveau deux fois de plus. La première fois, elle lui fit dire tout ce qu'il se rappelait de Harry Wagner. Quand il avait fait son apparition. Ce qu'il avait dit exactement. La seconde fois, ils prirent Maggie Peterson comme point central. Carl rapporta le plus exactement possible leur conversation chez l'éditrice. Il mentionna Quadrangle, le nom de la filiale d'Apex qui, selon elle, publierait le livre.

— Qui a signé le chèque ? voulut savoir Amanda. Le chèque que Maggie t'a donné.

— Aucune idée.

— C'était un chèque émis par une société ?

— Bien sûr.

— Quelle société ?

— Apex, je suppose.

— Bartholomew soutient le contraire, non ?

— C'est ce qu'il dit.
— Quadrangle, alors ?
Carl haussa les épaules.
— Peut-être.
— Ta banque pourrait nous le dire.
— Si je la contacte, elle pourrait aussi me faire arrêter.
— Bon, nous verrons plus tard. Quoi d'autre ?
— Rien. Vraiment. Elle m'a expliqué pourquoi elle m'avait choisi : parce que je sais garder un secret, parce que je travaille vite...
— C'était important ?
— Très important. J'avais trois semaines environ pour tout écrire. Maggie voulait sortir le bouquin en un mois et demi.
— Les délais sont aussi courts, normalement ?
— Pas du tout. Trois mois entre la commande et la publication, c'est déjà extrêmement rapide...
— Tu as commencé quand ?
— Tu le sais. Le lendemain de l'enterrement de Betty.
Amanda alla consulter son calendrier.
— C'était le 12 juin. L'enterrement.
— Alors, j'ai commencé le 13.
— Trois semaines, ça nous amène à... maintenant. Début juillet.
— OK, mais qu'est-ce que ça prouve ?
— Je ne sais pas. En tout cas, si elle voulait publier le bouquin trois semaines après la remise de ton manuscrit, il devait sortir à la fin du mois. Pourquoi ?
— Ça pourrait être pour n'importe quelle raison. L'anniversaire de quelqu'un, par exemple...
— Ou quelque chose qui se passe en juillet. Qu'est-ce qu'on a comme date importante en juillet ?
— Le 4 [1].
— Patriotique, mais plutôt vague, comme rapport. Quoi d'autre ?

1. Fête nationale des États-Unis. *(N.d.T.)*

— La finale de basket. Je sais pas pourquoi mais je ne pense pas non plus qu'il y ait un rapport.

Elle n'honora pas la suggestion d'un commentaire. Ils demeurèrent tous deux silencieux, jusqu'à ce qu'Amanda ouvre légèrement la bouche et se tourne vers Carl. Leurs regards se croisèrent et il hocha la tête.

— Je crois qu'on pense à la même chose, dit-il. Mais quel rapport avec Gideon ?

— La convention pour l'élection présidentielle, murmura-t-elle.

— À La Nouvelle-Orléans. Dans trois semaines.

— Ça, c'est un événement important.

Carl secoua lentement la tête.

— Couru d'avance. Adamson est le président le plus populaire depuis Reagan. Même toi, tu le trouves bien, et tu détestes tous les hommes politiques.

— Oui, je le trouve bien, acquiesça la journaliste. Il est capable de se rappeler son nom sans consulter ses notes, il s'exprime par phrases entières et correctes sans le secours d'un nègre, et il a réussi à être président pendant près de quatre ans sans se faire poursuivre en justice par une adhérente du Club de la Pouffe du mois. Cela lui confère une nette supériorité sur ses prédécesseurs. Le fait qu'il ait réussi à empêcher le pays de s'écrouler est tout à fait secondaire.

— En plus, il est marié à sainte Lizzie.

— Je déteste ce surnom. Il est misogyne. En fait, on attaque cette femme parce qu'elle est intelligente et forte.

— On ne peut pas parler d'attaques. La presse la traite comme une altesse royale...

— Elle le mérite. Elle fait beaucoup de choses. Elle est en train de mettre en place tout un réseau de cliniques dans le centre des villes. Elle fait plus pour l'éducation que n'importe qui depuis Dieu sait quand. Même chose pour les droits des femmes enceintes...

— Je ne le conteste pas. J'ai voté pour lui et j'admire beaucoup sa femme. Pourquoi on parle d'eux, d'abord ?

Amanda haussa les épaules.

— On examine toutes les possibilités. Tu vois autre chose qui pourrait avoir un lien avec la sortie d'un livre en juillet ?

— Tu sais, si on veut vraiment ne rien négliger... dit Carl lentement. Adamson représente une possibilité pour une raison au moins. Il a beaucoup à perdre. Sa réélection en novembre, c'est du tout cuit, quel que soit son adversaire.

— À plus forte raison si c'est Walter Chalmers. Le sénateur du grand État du Wyoming est devancé de vingt points par le président dans tous les sondages.

— Parce que Chalmers est un raciste, un dingue des armes qui vit encore au dix-neuvième siècle et qui terrifie tout le monde dès qu'il ouvre la bouche. Il est fou.

Le dernier mot flotta entre eux jusqu'à ce que Carl reprenne :

— Reste à savoir s'il l'est assez pour...

— Pour assassiner un bébé de deux ans ?

Il vida bruyamment ses poumons avant de répondre :

— Ouais, je crois bien que c'est la question que je me pose.

— Mais pourquoi Adamson essaierait de le mettre hors circuit ? On n'a pas vu une telle avance dans les sondages depuis...

Amanda s'arrêta net ; Carl continua pour elle :

— Depuis Nixon et McGovern ? Nixon avait une avance de vingt points et il a quand même envoyé ses plombiers cambrioler un bureau du Watergate.

— D'accord, mais le sénateur Chalmers en Danny et le président Adamson en Gideon ? Ça paraît trop délirant.

— Adamson n'est peut-être pas au courant. L'opération est peut-être dirigée par un de ses collaborateurs. Ou alors, le contraire : Chalmers est Gideon.

— Et le président Danny ? fit Amanda, regardant Carl comme s'il avait perdu l'esprit.

— Hé, on a dit qu'on examinait toutes les possibilités ! Et certains détails collent. Adamson est du Sud, son âge correspond...

Amanda eut un rire incrédule.

— Tu te souviens de la campagne ? Jamais candidat n'avait

été passé au crible avec une telle minutie. Pas un détail de la vie de Tom Adamson qui n'ait été examiné et réexaminé. Si cet homme avait un frère — un demi-frère, un frère adoptif, légitime, illégitime, noir, jaune, brun, normal, anormal —, tu ne crois pas qu'on l'aurait déjà découvert ?

— Et Bickford ?

— Quoi, Bickford ?

— Il est vice-président. Plus qu'une marche à grimper. Il a peut-être envie de devenir le boss...

— Primo, si Jerry Bickford avait voulu être président, il se serait présenté. C'est un faiseur de roi, pas un roi. Secundo, c'est l'homme politique le plus honnête que nous ayons eu depuis... probablement depuis George Washington.

Carl pesa cette affirmation en avançant la lèvre inférieure.

— M'ouais, c'est juste.

— De plus, le bruit court qu'il est malade. Il aurait eu un léger infarctus, quelque chose comme ça. Il a disparu de la scène politique depuis quelques jours et personne ne sait au juste où il est. Non, tu peux me croire, Bickford n'a rien à voir là-dedans. C'est dément, cette histoire. Dément.

— Tu as raison, dit Carl. Dément.

Sans prévenir, il s'approcha d'elle, déposa un baiser sur le dessus de sa tête puis se dirigea vers la porte d'un pas décidé.

— Attends un peu. Qu'est-ce que tu fais ?

— Je vais faire ce que j'aurais dû faire tout de suite : me livrer. Avant que ça ne devienne encore plus dingue. Et plus grave.

— Qu'est-ce qui peut arriver de pire ? fit Amanda, souriant à demi.

— Ils pourraient s'en prendre à toi, répondit-il avec douceur. C'est le pire que je puisse imaginer.

Elle le rejoignit, lui caressa la joue tendrement, si proche de lui que leurs corps se touchaient.

— Nous sommes embarqués ensemble, dit-elle d'une voix basse, pressante. Et je veux que tu restes.

La main de Carl monta vers la sienne, leurs doigts s'entrelacèrent.

— Amanda...

Doucement mais fermement, elle se libéra.

— Ne deviens pas sentimental. Ça n'a rien à voir avec toi et moi, le prévint-elle. (Elle tenait sa main hors de portée de celle de Carl, mais continuait à s'appuyer contre lui.) Strictement professionnel.

Il fronça les sourcils.

— Professionnel ?

— Tout à fait. Tu ne crois quand même pas que je laisserais passer une histoire pareille ?

Avant qu'il ait pu répondre, elle poursuivit :

— Je suis journaliste. Je suis censée savoir trouver les gens. (Elle s'écarta de lui, eut un hochement de tête résolu.) Alors, on arrête le pipeau et on cherche Harry Wagner.

15

En enfonçant les touches de son portable, en s'apprêtant à donner ce coup de fil qui changerait sa vie, irrévocablement, H. Harrison Wagner avait peur.

Quand il s'annonça, il y eut un instant de silence à l'autre bout du fil, et Harry sut que la surprise jouait pour lui. La surprise donnait la maîtrise de la situation, et généralement la victoire. Même sur un homme comme Lindsay Augman. Mais, en attendant la réaction d'Augman, Harry n'éprouvait aucun sentiment de triomphe. Un frisson glacé parcourut son corps et il pensa : *Raccroche. Oublie tes plans soigneusement conçus. Et enfuis-toi en courant. Le plus vite que tu peux. Le plus loin possible.*

À l'autre bout du fil, l'homme à l'accent anglais s'était ressaisi et il ne restait plus une trace de surprise dans sa voix quand il demanda calmement :

— Comment avez-vous eu ce numéro ?

— Vous avez oublié pour qui je travaille ?

— Non, soupira Augman.

— Alors, ne posez pas de questions stupides, dit Harry, dont la voix ne trahissait aucune nervosité non plus. Vous avez eu mes messages ?

Augman hésita puis eut un « oui » résigné, comme si cette conversation était inévitable. Comme si le comportement de Harry Wagner était écrit. Le magnat semblait las, un peu agacé.

— Je sais tout, dit Harry.

— Vous savez beaucoup de choses, reconnut la voix. Mais pas tout.

— Assez pour te baiser, mon pote, répliqua-t-il, changeant totalement de ton. Te baiser grave.

— Vos menaces ont déjà été formulées et prises en considération. Inutile de broder là-dessus. Des experts plus talentueux que vous ont déjà tenté de m'intimider et, croyez-moi, c'est une perte d'énergie pour vous et de temps pour moi.

— Très bien, on ne brode plus. Venons-en aux faits. Notez ce numéro.

Harry énonça clairement et distinctement un nombre à neuf chiffres.

— Votre compte en banque ?

— Hé, vous m'impressionnez !

— Aux îles Caïmans ?

— De mieux en mieux.

— Combien souhaitez-vous que j'y verse ?

— Pour vous, de la menue monnaie. Pour moi, mon fonds de retraite personnel. Cinq millions de dollars.

— Puis-je vous demander comment vous êtes arrivé à cette somme ?

— Je ne suis pas cupide. Je pense que ce sera assez pour m'assurer une vie heureuse, pas assez pour que vous preniez la peine de me faire rechercher...

— Je suis navré que vous ayez décidé de changer de camp. Vous auriez pu être fort utile.

— Je ne change pas de camp, rétorqua Harry. Il n'y a jamais eu qu'un seul camp. Le mien. Il me faut l'argent demain.

— Vous pouvez l'avoir dans une demi-heure. Une heure, pour être sûr. Donnez-moi un numéro, je vous appellerai quand ce sera réglé.

— C'est moi qui appellerai. Dans une heure, dit Harry avant de couper la communication.

Sa peur ne disparut pas. Elle était en lui. Elle lui étreignait l'estomac, les reins, la gorge. Elle ne le lâchait pas et il en fut étonné. Il ne vivait généralement pas dans la peur. En fait, il ne se souvenait que de trois occasions dans sa vie où il avait eu peur.

La première, quand il avait neuf ans. Il habitait Buffalo, État de New York, et son meilleur copain, Timmy McGirk, partait vivre à Hawaii. Le père de Timmy, officier de carrière, était muté là-bas. Tous les enfants de l'école furent terriblement jaloux quand Timmy leur annonça la nouvelle, mais pas Harry. Harry fut désespéré. Pour le consoler, Timmy lui promit qu'il pourrait venir le voir quand il voudrait, qu'ils apprendraient le surf. « Hé, tu pourras peut-être même apprendre le *hula-hoop* ! »

Le petit Harry n'alla jamais à Hawaii. Timmy McGirk non plus. L'avion qui transportait Tim, sa petite sœur et ses parents s'écrasa dans le Pacifique. Un court-circuit provoqua un incendie à l'arrière, transformant l'avion en brasier. Selon les journaux, lorsque l'appareil en flammes s'abîma dans l'océan, les passagers étaient probablement déjà morts. Asphyxiés, calcinés.

À partir de ce jour, Harry eut peur de prendre l'avion. Peur de tomber. Quand il regardait par la fenêtre d'un immeuble élevé, il était inondé d'une sueur froide, ses jambes flageolaient. Lorsqu'il traversait un pont, il fermait les yeux et se recroquevillait parfois même sur le plancher de la voiture. À l'école, il lui arrivait de ne plus entendre le maître parce que son esprit se représentait un énorme avion en train de tomber, de plus en plus vite, et...

Et puis rien.

Avec le temps, il parvint à dominer sa peur mais elle était toujours là. À dix-huit ans, Harry se força à prendre des leçons de pilotage. Étudiant à l'université d'État de Binghamton, il travaillait dans un petit restaurant ouvert la nuit pour payer ses études. Bien que ses performances en vol fussent irréprochables, il était terrifié chaque fois qu'il prenait les commandes du bimoteur Cessna. Rigney, son instructeur, était un type d'une trentaine d'années singulièrement beau. La peau toujours d'un bronze parfait, même en hiver, les dents étincelantes de blancheur, le sourire aussi assuré qu'éblouissant. Harry était bouche bée devant Rigney qui, dans les airs, régalait son jeune élève d'histoires croustillantes. Chaque hiver, Rigney partait pour les Caraïbes où il louait ses services, transportant n'importe qui et n'importe quoi d'île en île avec son avion. Quatre mois de vol, de soleil et de cul, les trois choses les plus importantes dans la vie, d'après lui. Les mains moites, Harry écoutait, souhaitant désespérément que Rigney lui prête attention, lui dise qu'il se débrouillait bien. Souhaitant désespérément lui *plaire*. Il voulait tout aussi désespérément quitter les nuages, retrouver la sécurité de la terre ferme. Rigney avait senti la peur de son élève et refusait de le laisser voler en solo, même avec le nombre d'heures requises.

Harry pensait que Rigney avait senti autre chose que sa peur, que derrière son sourire suffisant il savait tout de lui. Que ses yeux cyniques plongeaient en lui et voyaient le vrai Harry. Qu'ils voyaient ce que Harry Wagner voulait vraiment. Ce qu'il était vraiment.

Harry se mit à le suivre. À l'observer de loin. Certain que l'instructeur ne se doutait de rien, il s'enhardit, le suivit jusque chez lui. Parfois, il restait caché dans les buissons, contemplait ses fenêtres allumées. Il y avait toujours des femmes, jeunes et jolies, qui riaient de ce que Rigney disait, qui se collaient contre lui quand il les embrassait. Un soir, l'instructeur s'approcha de la fenêtre, son corps nu se découpant dans la lumière de la lampe de la chambre, et resta un long moment immobile. Accroupi dans un buisson, Harry aurait voulu disparaître. Puis Rigney se retourna en riant et rejoignit sa partenaire boudeuse.

La veille du premier vol en solo de Harry, Rigney insista pour l'accompagner une dernière fois. Harry n'avait quasiment pas dormi depuis une semaine. Lorsqu'ils décollèrent pour la dernière leçon, l'instructeur garda un silence inhabituel. Pas d'histoires de filles en Bikini dans l'avion, de pipes sur le siège de pilotage. Il annonça à Harry qu'ils allaient faire une simulation de vol en solo, qu'il devait se comporter comme s'il n'était pas là. Ils prirent rapidement de l'altitude, silencieux l'un et l'autre. Comme à chaque vol, Harry ne put empêcher l'image de l'avion en flammes de resurgir en lui. Au-dessus des nuages cotonneux, d'un paysage en miniature, il gardait les mains crispées sur les commandes et attendait la fin de l'épreuve.

Sauf que cette fois ce ne fut pas si simple.

À trois mille mètres d'altitude, après les trente premières minutes des deux heures de leçon, Rigney tendit le bras, réduisit la puissance du moteur droit.

— Qu'est-ce que vous faites ? demanda Harry entre ses dents serrées.

— Je veux que tu me fasses une démonstration de la procédure d'urgence avec un seul moteur.

— On l'a déjà fait.

— Exact. Et on va le refaire.

L'appareil perdit soudain de l'altitude et Harry crut que son cœur allait exploser dans la poitrine. La bouche ouverte, le visage couvert de sueur, il tourna vers son instructeur un regard incrédule, affolé, mais celui-ci répondit calmement :

— Faut bien que je voie comment tu réagis quand ça merde.

Harry lutta contre sa panique, força son esprit à se concentrer. Ce n'était qu'un test. Rigney réduisait la puissance du moteur, il ne le coupait pas. *Redresse l'avion, stabilise-le, montre à Rigney que tu sais ce que tu fais et il remettra les gaz...*

Il se tourna vers la droite. Rigney ne bougeait pas.

— Là, vous allez trop loin.

— Peut-être. Ça arrive, les pépins.

Harry entendit le moteur tousser. S'arrêter.

— Redonnez de la puissance. Redonnez de la puissance, bon Dieu !

— Je voudrais bien, fils, répondit Rigney avec un calme exaspérant. Mais si t'as pas oublié toutes les conneries que je t'ai fourrées dans le crâne, tu te souviendras que la chaleur du carburateur provient de l'échappement. Et une fois que le moteur s'arrête, qu'est-ce qui se passe ?

— Plus d'échappement, fit Harry, le souffle court. Espèce de salaud, vous avez gelé le carburateur. Sale con !

— Tu peux m'injurier autant que tu veux, c'est pas ça qui nous ramènera à la maison.

— Fumier ! On va crever !

— Pas si tu fais ce que je t'ai appris.

Réfléchis, s'exhorta Harry. *Ce dingue est prêt à mourir avec toi, alors, réfléchis, réfléchis.* Mais il n'y arrivait pas. Incapable de réagir, il se voyait tomber vers la terre, tomber telle une boule de feu...

— On perd de la vitesse, geignit-il. Si on descend au-dessous de soixante-cinq nœuds, on calera. On perdra l'autre moteur. (Rigney ne répondit pas.) Aidez-moi, supplia Harry. Je vous en prie, aidez-moi...

L'instructeur croisa les bras, l'air serein.

— Je suis même pas là.

Harry demeura paralysé. Et pendant les quelques instants où il resta sans bouger, l'avion tomba en vrille.

Harry se chia dessus.

Une odeur fétide envahit l'habitacle et Harry crut voir Rigney ricaner. Il se sentit humilié. C'est l'humiliation qui vint finalement à bout de sa terreur, car à cet instant il commença à penser. Et à agir.

OK, procédure d'urgence avec un seul moteur, sembla lui souffler une voix intérieure. *Fais piquer l'appareil pour lui redonner de la vitesse. Tu ne peux pas descendre au-dessous de soixante-cinq.*

Ils en étaient à quatre-vingts nœuds. Soixante-quinze...

Harry agrippa les commandes, inclina le nez du Cessna. Ils avaient dû dégringoler de cinq ou six mille pieds. Leur vitesse était descendue à soixante-quinze nœuds...

Vérifie la pression d'huile, pour pouvoir mettre en drapeau.

La pression d'huile tenait. Il modifia l'angle de l'hélice qui tournait encore pour que le bord d'attaque soit face à l'avant, dans le vent. La résistance exercée sur l'avion diminua aussitôt. La vitesse, tombée à soixante-dix nœuds, commença à remonter. Soixante-quinze. Quatre-vingts...

L'avion sortit de sa vrille. Et cessa de tomber. Ils allaient s'en tirer.

Ils allaient s'en tirer !

Harry renversa la tête en arrière, partit d'un rire tonitruant. Il regarda Rigney, dont l'expression n'avait pas changé. Les bras toujours croisés sur la poitrine, il considérait son élève avec curiosité.

Harry se rendit soudain compte que le devant de son pantalon était taché, humide. Il s'était aussi pissé dessus. Il avait les mains tremblantes, l'estomac noué de crampes. Mais l'avion, à nouveau stable, se dirigeait vers l'aérodrome. Ils avaient réussi, bon Dieu !

Après que Harry se fut posé habilement sur la piste et que l'avion se fut arrêté dans un crissement de freins, Rigney se tourna vers lui, le regarda dans les yeux.

— Tu t'es mieux démerdé que je pensais, dit-il. T'as passé l'examen. Comme un homme.

— Merci, marmonna Harry.

— Me remercie pas. Je veux plus te voir. Ne remets plus les pieds ici. Et ne traîne plus autour de chez moi.

— Mais...

Harry ne put prononcer un mot de plus parce que l'instructeur l'avait giflé durement sur la bouche. Il sentit un filet de sang couler entre ses incisives supérieures.

— Je sais que tu m'as suivi.

— Je vous en prie, je peux tout expliquer...

La main de Rigney se leva de nouveau et la gifle, plus violente encore, expédia la tête de Harry en arrière.

— Passe l'examen. Fais ce que je t'ai appris. Mais si je te reprends à me lorgner, je te tue.

Harry déboucla sa ceinture en silence, descendit maladroitement de l'avion et s'éloigna sans un regard en arrière. Le lendemain, il se présenta à l'examen. Tout se passa bien.

Harry Wagner sut qu'il n'aurait plus jamais peur en avion.

La troisième fois qu'il eut peur, ce fut deux ans plus tard. Pour sa première expérience sexuelle.

La femme avait vingt-sept ans, quelques années de plus que lui. Divorcée, elle avait un fils de quatre ans. Elle s'appelait Helen, avait des jambes ravissantes, longues et musclées, de tout petits seins, presque inexistants. Ils firent connaissance dans une soirée. Harry ne sortait pas souvent, c'était déjà un solitaire, à l'époque. Pourtant, il était allé à cette soirée, il ignorait pourquoi, peut-être parce qu'il se sentait seul, peut-être parce qu'il cherchait quelqu'un comme Helen. Elle lui expliqua qu'elle était venue avec quelqu'un mais que ce garçon s'était soûlé et avait disparu avec ses copains. Harry pensa qu'elle mentait, qu'elle disait ça pour se débarrasser de lui, et répondit qu'il n'essayait pas de la piquer à quelqu'un d'autre, qu'il voulait juste bavarder. Elle sourit, et ils bavardèrent tranquillement dans un coin. Ils burent, aussi. Au bout d'un moment, il remarqua qu'elle regardait avidement ses bras musclés, son torse en V. Il pensa, pris de panique, que cette femme avait envie de lui. Il avait envie d'elle également mais il ne savait pas s'il serait à la hauteur. Il n'avait jamais fait l'amour. Pour la première fois de sa vie, il se soûla ; il but jusqu'à avoir le courage de lui demander s'il pouvait la ramener chez elle. Il imaginait la scène : elle hocherait la tête, lui prendrait la main et le conduirait à son appartement. Mais quand il lui posa la question, quand il força les mots à sortir de sa bouche, elle le regarda curieusement et répondit non. Mortifié, il s'excusa. Dans un éclat de rire, elle expliqua qu'elle n'était pas offensée, plutôt flattée, mais qu'il ne pouvait quand même pas venir chez elle : elle avait un fils, elle ne ramenait aucun homme à la maison. De plus, ils venaient de faire connaissance. Ils pouvaient peut-être dîner ensemble un soir, apprendre à mieux se connaître... Harry pensa qu'elle n'avait pas envie de mieux le connaître. Elle ne voulait qu'une chose : qu'il parte.

Il partit.

Une heure plus tard, Helen quitta la soirée elle aussi. En arrivant chez elle, elle tenta de glisser sa clef dans la serrure, n'y parvint pas tant elle était ivre, gloussa, dut s'y prendre à deux mains. Elle était dans l'appartement depuis quelques secondes quand on sonna. Sans réfléchir, elle ouvrit.

Le poing de Harry fila si rapidement vers sa tête qu'elle n'eut pas le temps de l'esquiver. Elle fut projetée en arrière, violemment. Il la fit tomber, lui cogna la tête contre le parquet. Pas trop fort. Il voulait qu'elle reste consciente.

Il arracha la jupe, déchira le chemisier. Saisit la culotte et tira. Helen ouvrit la bouche pour le convaincre d'arrêter mais, quand elle vit l'expression de ses yeux, elle garda le silence et hocha la tête. Il monta sur elle, plaqua ses lèvres sur les siennes, l'embrassa durement, força sa bouche, mordit son cou, son épaule. Lorsqu'il fut prêt, il n'eut rien à demander : elle prit d'elle-même son pénis et le glissa en elle.

Harry fut à la hauteur. Il se débrouilla même très bien, à en juger par les plaintes passionnées de Helen pendant l'acte, la façon dont elle demeura étendue après, sans chercher à couvrir son corps nu.

Il resta allongé près d'elle sur le sol pendant plusieurs heures. Quand l'aube se leva et qu'il vit Helen regarder en direction d'une chambre qui devait être celle de son fils, il se pencha pour lui chuchoter quelque chose à l'oreille. Comme elle ne répondait pas, il l'empoigna par les cheveux et tira. Il lut de l'incompréhension dans ses yeux, de la peur aussi. Il tira plus fort.

— Je viens de te dire quelque chose. Tu n'as rien à me répondre ?

Elle hocha la tête, elle avait compris. Il se sentit soulagé. Et heureux.

— Alors, dis-le.

— Je t'aime aussi, murmura-t-elle.

Cette nuit avec Helen lui apprit quelque chose sur lui-même. Quelque chose d'irrévocable et d'étrangement satisfaisant. Il n'eut plus peur.

Dans les années qui suivirent, Harry se hissa au sommet de sa profession. Il connut des souffrances physiques et mentales, il risqua souvent la mort. Il affronta la solitude, l'humiliation, mais, au fond de lui, il n'avait plus jamais connu la peur.

Jusqu'à aujourd'hui, dans le living de son confortable « ranch » de banlieue. Et la peur était là, de nouveau, plus forte que jamais.

Harry craignait surtout de perdre la maîtrise de soi. Le jour où elle l'avait quitté, Allison, son ex-femme, lui avait lancé : « Bon Dieu, Harry, tu veux contrôler ce que je fais, ce que je pense ! Mais tu n'es qu'une brute ! Tu ne sais même pas te contrôler ! Tu n'es pas maître de ta... »

Devinant la suite, il l'avait frappée. Assez fort pour la mettre K.O. Étonnant, le plaisir qu'il y avait pris. Il n'avait jamais pris plaisir à frapper une femme.

Il lui avait fallu plusieurs jours pour se rendre compte qu'elle avait raison, qu'il avait en effet perdu tout empire sur sa propre vie. Ils l'en avaient privé, ils avaient utilisé sa faiblesse pour l'exploiter et le manipuler. Le faire chanter.

La première chose à faire, c'était reconnaître la situation. Il ne lui servirait à rien de se cacher la réalité. Il devait analyser logiquement les faits s'il voulait survivre. Ils avaient les moyens de détruire la vie qu'il s'était si soigneusement bâtie, et il savait qu'ils n'auraient aucun scrupule à le faire. Ils le tenaient par les couilles.

Ils ne lui laissaient que deux possibilités.

Continuer à faire ce qu'ils voulaient quand ils voulaient. Se taper le sale boulot. Harry examina cette option aussi impartialement que possible, ne parvint pas à une conclusion satisfaisante.

Une fois prise la décision d'utiliser Gideon, les enjeux avaient grimpé de manière vertigineuse. Au point que les gagnants ne pouvaient se permettre de laisser les autres joueurs en vie à la fin de la partie. Ils ne pouvaient courir le risque que quelqu'un parle. Ou réfléchisse. Harry savait qu'il durerait peut-être un peu plus longtemps que les autres, tant qu'il serait utile. Mais il finirait par cesser de l'être, et alors... ils n'auraient sans doute aucune considération pour sa loyauté. Maggie Peterson, l'éditrice, avait été loyale, aussi loyale que lui. Elle avait eu la tête écrasée pour sa peine. L'ignorance ne valait pas mieux que la loyauté. Les deux femmes qu'il avait tuées dans le Sud ne savaient rien — des innocentes abattues uniquement pour transmettre un message. La blonde retrouvée dans l'appartement au-dessus de chez Carl était innocente, elle aussi. Une fille quelconque qui ne savait même pas qu'elle était entrée dans la partie. Harry, lui, ne pouvait alléguer l'ignorance. Il savait ce qui se passait. Pas tous les détails, peut-être, mais il pouvait relier des points entre eux. Il comprenait le niveau de puissance auquel le jeu se jouait. Il comprenait qu'à ce niveau toute vie humaine était sans importance. Même la sienne.

Combien d'autres avaient été tués depuis le début ? Plusieurs, présumait-il. Carl Granville avait réussi à survivre, du moins jusqu'ici, mais il n'avait pas une chance. Ce jeune homme était déjà de la viande froide. C'était un miracle qu'il ait duré aussi longtemps. Dommage, il l'aimait bien, ce petit. Il avait fait ce qu'il pouvait pour lui.

Harry, lui, savait comment leur échapper.

Dans vingt-quatre heures, il disparaîtrait.

C'était l'option numéro deux, la seule qui eût un sens. S'il restait, ils le liquideraient. À long terme, c'était une certitude. Et dans l'immédiat, les perspectives n'étaient pas très plaisantes non plus. Servitude. Obéissance. Non, merci, il avait déjà donné.

Harry avait un avantage décisif, bien sûr. Il avait été invisible à leurs yeux pendant si longtemps qu'ils avaient tendance à le sous-estimer. Il s'était tenu à proximité, aussi insignifiant pour eux qu'un chien de garde. Mais il avait écouté. Il avait appris. Il comprenait leur façon de penser, leurs machinations tortueuses. Il était prêt.

Depuis des semaines, il se préparait.

La facilité avec laquelle il effaçait sa vie l'étonnait et le déprimait un peu.

Il avait vendu les meubles de la maison à une société louant du mobilier pour les soirées. Afin d'être payé en liquide, il avait accepté une réduction de dix pour cent. Il avait réglé les factures et demandé à ce que tout s'arrête dès le lendemain : téléphone, gaz, électricité, ramassage de ses poubelles, journal. La maison elle-même, il la louait par une agence spécialisée dans le logement de fonctionnaires. Il ne chercherait pas à récupérer les trois mois de loyer versés en caution. Trop risqué. D'ailleurs, c'était des clopinettes, pour lui. Maintenant, du moins.

En revanche, il était propriétaire d'un petit trois-pièces à une centaine de mètres du bord de l'eau. Il l'avait acheté des années plus tôt et avait fini de le payer. Il l'avait mis en vente à bas prix et avait tout de suite trouvé un acheteur. Cent cinquante mille dollars, en liquide. Il avait songé à transférer l'argent de son plan d'épargne sur un autre compte exonéré d'impôts mais, après plusieurs jours d'atermoiements, il avait estimé qu'il ne pouvait courir le risque de leur donner des soupçons sur ses intentions. Il regrettait de perdre cet argent, mais il ne devait pas être trop cupide. La cupidité provoquait souvent la perte de ceux qui cherchaient à changer de vie. Après la vente de ses actions, titres et autres valeurs, il avait fait virer cent quarante sept mille dollars à la Waverly Bank, aux îles Caïmans. Tous les comptes bancaires à son vrai nom avaient été fermés. Ainsi que les comptes ouverts dans divers magasins. Parce qu'on ne vérifiait que les certificats de naissance, pas les certificats de décès, il s'était rendu dans un cimetière proche et s'était approprié le nom d'un bébé mort gravé sur une tombe. Il avait maintenant un nouveau numéro de sécurité sociale et un nouveau passeport. Il avait aussi de nouvelles cartes American Express, Visa et MasterCard, chacune sous un nom différent. À chacun de ses noms, il avait maintenant un compte bancaire aux îles Caïmans accessible par un programme installé dans son ordinateur portable. Dernier détail : plus de chèques pour la pension alimentaire. Puisqu'il disparaissait, il pouvait se permettre ce dernier pied de nez à Allison.

Il avait un fax mobile incorporé à son ordinateur et un téléphone cellulaire sans zone spécifique. Lorsqu'il aurait besoin de communiquer leurs numéros, il ne fournirait aucune piste permettant d'établir où il se trouvait. Ses moyens de communication voyageaient avec lui.

Tout était réglé, il ne restait qu'un dernier coup de téléphone à donner. Il prit son portable, composa le numéro qu'il avait mémorisé. Soixante minutes exactement s'étaient écoulées depuis le précédent appel.

— Vous êtes ponctuel, dit l'homme à l'autre bout du fil.

— Épargnez-moi les flatteries. Le virement a été fait ?

— Vous pouvez vérifier.

— C'est bien mon intention.

Après une pause, la voix reprit :

— Eh bien, je vous souhaite bonne chance.

— Pas besoin de chance, répliqua Harry. Tout ce qu'il me faut, c'est vingt-quatre heures.

Il coupa la communication, mit son ordinateur en marche, sélectionna son service financier, composa son numéro de compte. Oui, ça y était : *Dépôt : cinq millions de dollars.* Demain matin, il partirait. Il monterait dans son petit Cessna à huit heures. Quatre merveilleux jours de vol en solitaire, avec escale dans de petits aéroports, l'amèneraient à La Jolla, Californie. Là-bas, il vendrait l'appareil à un marchand de réputation douteuse avec qui il s'était mis d'accord sur Internet. Il cédait l'avion pour la moitié de sa valeur mais la transaction se ferait en liquide, et son numéro d'immatriculation, récemment falsifié, ne serait pas vérifié attentivement, voire pas vérifié du tout.

Ensuite, une nuit à San Diego. Un vol commercial de quatre heures.

Puis il arriverait à Honolulu.

Enfin, il ferait du surf. *Hé*, pensa-t-il, *j'apprendrai peut-être même le hula-hoop.*

Harry Wagner décida de s'accorder une dernière petite fête. Pourquoi pas ? Il avait pensé à tout. Il avait fait tout ce qu'il devait faire. Il était presque déjà parti.

Soudain il se rendit compte de quelque chose que, un quart d'heure plus tôt, il n'aurait jamais cru possible.

Il n'avait plus peur.

16

Elles étaient encore là.

Les allumettes que Harry avait laissées sur le bureau, un million d'années plus tôt. Carl les avait empochées machinalement alors qu'il contemplait, hébété, les ruines de ce qui avait été son appartement. Il les repêcha dans la poche de son blazer chiffonné et sale, avec le cigare miraculeusement resté intact dans son emballage de Cellophane. Il les posa sur la table du séjour pour qu'Amanda et lui les examinent ensemble.

La pochette était luisante et noire ; le grattoir n'avait pas été utilisé. Trois initiales dorées se détachaient sur le devant : P.O.E. Dessous, en lettres d'or également, les mots *Port of Entry*[1].

— Cela signifie quelque chose pour toi ? demanda-t-il à Amanda.

1. « Port d'arrivée ». *(N.d.T.)*

— Rien du tout, si ce n'est la référence maritime évidente. Et toi ?

— Peut-être l'endroit où il achète ses cigares, suggéra Carl. Un magasin. Un fournisseur direct. Peut-être même une maison de vente en gros...

— Ton hypothèse me plaît. Elle serait installée où, cette maison ? À New York ?

— Peut-être. J'en ai jamais entendu parler, mais je ne suis pas connaisseur en cigares.

— Mmm, fit Amanda.

Ne connaissant que trop bien ce grognement dubitatif, Carl la regarda avec curiosité :

— Quoi ?

— Rien. Je me demandais... Pourquoi il n'y a ni adresse ni numéro de téléphone, si c'est une entreprise commerciale ?

— Oui, c'est bizarre, admit-il, glissant les allumettes dans sa poche.

Ils reportèrent leur attention sur le cigare. Il était long. Mince. Dominicain. Et sans intérêt.

— Il doit bien y avoir quelque chose d'autre, s'obstina Amanda. Quelque chose de particulier à ce type...

— Je me souviens surtout qu'il est drôlement baraqué et qu'il fait des omelettes délicieuses.

— Il a un accent ? Une façon de parler qui révélerait ses origines sociales ?

— Ni l'un ni l'autre.

— Réfléchis, Carl, lui enjoignit-elle. Concentre-toi. Trouve quelque chose qu'il a dit, qu'il a fait...

Il secoua lentement la tête, s'arrêta tout à coup, claqua des doigts.

— Quelque chose qu'il *portait*, tu t'en contenterais ?

— Explique-toi, fit-elle, intriguée.

— Le nom de son tailleur. Je l'ai vu sur la doublure d'une de ses vestes. Un nom italien...

Il ferma les yeux, s'efforça de revoir en imagination le

coûteux vêtement accroché derrière la porte de la salle de bains. Quel nom c'était ? Quel n...

— Marco ! s'exclama-t-il. Marco Buonamico !

— Bravo, Carl !

— Tu connais ?

— Non mais je connais quelqu'un qui connaîtra sûrement : la fille qui tient la rubrique mode au journal.

Amanda tendit le bras vers le téléphone mais Carl fut plus rapide. Il lui saisit la main, l'éloigna de l'appareil.

— Attends ! Ils ont sûrement mis ta ligne sur écoutes.

— Tu crois vraiment ?

— J'en suis sûr.

Elle pesa un moment la réponse puis secoua de nouveau la tête.

— Ils n'ont pas eu le temps d'obtenir une autorisation du tribunal. En outre, je ne suis même pas certaine qu'un juge leur aurait...

— Tu parles des fédéraux, là ?

— Ouais. Pas toi ?

— Non, pas moi, répondit Carl avec gravité.

Amanda leva vers lui un regard inquiet, avala sa salive.

— Je vois. Tu parles d'*eux*.

— Eux. Quels qu'ils puissent être.

Elle prit son paquet de cigarettes sur le comptoir de la cuisine, en alluma une, aspira une longue bouffée.

— Il y a mon portable... Non, j'ai rien dit. Ils sont encore plus faciles à mettre sur écoutes. (Elle consulta sa montre.) Je pourrais passer par le Net. La collègue dont je te parle doit encore être au bureau.

— Ils peuvent aussi intercepter le courrier électronique, tu sais.

— C'est peu probable. En tout cas, je formulerai ma question de manière si innocente que, même s'ils l'interceptent, ils ne soupçonneront rien. Ça n'aura aucun rapport avec toi. Juste un article sur lequel je travaille à la maison. D'accord ?

— D'accord, vas-y.

Amanda s'assit à son bureau, mit l'ordinateur en marche, tapa sur le clavier, attendit, sans quitter l'écran des yeux. Au bout d'un moment, elle appela Carl avec une trace d'excitation dans la voix :

— Viens voir.

Il lut la réponse par-dessus son épaule :

Marco Buonamico est une boutique de vêtements pour hommes très chic de Miami. La clientèle comprend des célébrités comme Pat Riley, Sly Stallone et autres spécimens reptiliens. Elle importe sa propre ligne de Milan, et pourrait ouvrir bientôt un magasin à Beverly Hills. Elle travaille aussi pas mal sur catalogue. Pourquoi ça t'intéresse ? Les esprits curieux aimeraient le savoir.

— Et merde, fulmina Carl. Comment je fais pour aller à Miami ? Elle pourrait aussi bien être sur Mars, cette boutique ! Aucun intérêt.

— Oh ! si, repartit Amanda. Attention au départ, on va décoller. Vroum !

Les joues colorées, les narines palpitantes, les yeux brillants, elle crépitait littéralement d'énergie. Ses mains se remirent à voleter sur le clavier.

— Le temps de trouver Shaneesa...

— On peut savoir qui est exactement Shaneesa ?

— Une de mes petites. Sortie tout droit d'une cité. Un mètre quatre-vingt-sept, des jambes jusqu'au cou. Le maire devient gâteux chaque fois qu'il la voit. Sa série d'articles sur le foutoir dans l'administration locale lui vaudra d'être en course pour le Pulitzer si j'ai mon mot à dire.

— D'accord mais qu'est-ce...

— Tu te rappelles, l'année dernière, ce jeune de seize ans arrêté parce qu'il s'était introduit dans l'ordinateur central de la CIA ?

— Bien sûr.

— C'est son petit frère. Et tu sais quoi ? Ils ont tous le don, dans la famille.

— Piratage informatique ?

Amanda acquiesça de la tête.

— Pas un grand quotidien qui puisse s'en passer, de nos jours. On ne peut pas rivaliser avec les tabloïds sans pirate. Il devrait y avoir un cours de piratage à l'école de journalisme de Columbia. En attendant, c'est un sale petit secret. *Mon* sale petit secret : c'est moi qui l'ai trouvée, cette fille. Ah ! je l'ai...

Carl lut de nouveau par-dessus l'épaule d'Amanda pendant que les deux journalistes conversaient en-ligne :

Quoi de neuf, ma poule ?
Je te renvoie la question.
Tu pourrais piquer le fichier du catalogue d'une boutique de vêtements pour hommes nommée Marco Buonamico et me l'envoyer ?
Mmm... Ça pourrait prendre un moment, ma biche.
C'est-à-dire ?
Trois minutes ?
Dieu, que tu es bonne !
Si tu pouvais passer le mot à Mr. Grant Hill. À pluss.

Amanda se leva, étira ses épaules, alla refaire du café. Carl allait et venait comme un animal en cage.

Shaneesa s'était légèrement trompée dans son estimation. Il ne lui fallut pas trois minutes pour pirater l'ordinateur de la boutique mais deux.

— Elle a réussi, lança-t-il à Amanda en s'installant devant l'écran. Voyons... (Il fit défiler les noms.) U... V... Tiens, Jim Varney achète ses fringues chez eux... Wachtel... Waggoner... *Wagner*. H. Harrison. Amanda, tu ne vas pas me croire...

Elle sortit de la cuisine :

— Il fait du 58 long ?

— Il vit à Bethesda.

— Dans le Maryland ? C'est à moins de quinze kilomètres d'ici.

— Tu as un annuaire ?

Elle prit dans le dernier tiroir du bureau une pile d'annuaires de la région de Washington : Arlington, Alexandria, Annapolis, Silver Springs et, oui, Bethesda. Seul problème, le numéro de Harry était sur liste rouge.

— Il va falloir que je lui rende une petite visite, on dirait, conclut Carl.

— Toi ?
— Oui.
— Sans moi ?
— Exactement.
— Je ne crois pas, dit Amanda, qui avait déjà son sac à l'épaule et ses clefs de voiture en main.
— Amanda...
— Je t'accompagne, Carl.
— Donne-moi tes clefs.
— Pas question.
— Tu ne vas quand même pas...
— Et toi ? Tu vas traverser tranquillement la ville en t'arrêtant à tous les feux rouges pour montrer une tête que tout le monde a vue à la télé ? (Elle pivota sur les talons, se dirigea vers la porte menant au garage.) En plus, c'est ma voiture, c'est moi qui la conduis. Allons-y.
— Ce que tu peux être têtue, maugréa-t-il.
Elle s'arrêta, lui fit face et sourit.
— Je t'ai manqué, tu disais ?
— Allons-y !
Il s'installa tant bien que mal à la place du passager. Amanda attendit qu'il ait logé l'intégralité de sa carcasse dans l'espace ménagé pour les jambes, sous la boîte à gants de la Subaru, avant d'appuyer sur le bouton commandant l'ouverture de la porte du garage.
— Ça ira ? s'enquit-elle, préoccupée par la façon curieuse dont le corps de Carl était recroquevillé.
— Très bien, grogna-t-il.
— Je ne savais pas qu'un cou pouvait se plier comme ça...
— Il peut pas, gémit-il. On y va, s'il te plaît.
Le moteur ne démarra pas au premier coup. Ni au second.
— Je vois que tu l'as fait réviser depuis la dernière fois.
Sans daigner lui répondre, elle se concentra sur la clef de contact. Au quatrième essai, le tas de ferraille s'ébranla, Amanda fit marche arrière, tous feux éteints. Elle appuya sur le bouton du boîtier de télécommande pour refermer la porte du garage.

Derrière chez elle s'étendait un lacis de ruelles desservant non seulement les grandes maisons de Klingle Street mais aussi celles de Cleveland Avenue, de Cathedral Avenue et de la 32e Rue. Ces ruelles convergeaient, se fondaient l'une dans l'autre puis se séparaient de nouveau dans toutes les directions. Elles ne figuraient sur aucun plan mais Amanda avait appris à s'y retrouver. Même dans le noir. Carl avait l'impression de sentir toutes les bosses de la chaussée tandis qu'elle lançait la petite Subaru à toute vitesse entre les poubelles et les voitures garées, le long des clôtures de jardin. Elle vira sur deux roues dans la ruelle située derrière Cleveland, freina, écrasa de nouveau l'accélérateur et déboula dans Cathedral Avenue où ils rejoignirent le flot lent des véhicules respectueux de la loi.

Personne ne les suivait.

— J'ai manqué ma vocation, gloussa-t-elle en allumant ses feux. J'aurais dû être taxi.

Carl s'assit normalement sur le siège, essaya d'étirer les parties nouées de son corps. Ils roulèrent un moment en silence puis elle lui demanda :

— Ce Harry Wagner, s'il travaille pour *eux*...

— C'est le cas.

— Alors, pourquoi tu crois pouvoir lui faire confiance ?

— Je n'en sais rien. Ce n'est qu'une intuition. J'ai passé beaucoup de temps seul avec lui dans mon appartement, et jamais je n'ai eu le sentiment que je devais avoir peur de lui.

— La situation a changé, depuis, fit-elle observer. C'est peut-être même lui l'auteur des meurtres...

— Exact, reconnut-il.

— Alors, comment sais-tu qu'il n'essaiera pas de te tuer au moment où tu franchiras sa porte ?

— Je n'en sais rien, dit-il. (Quand elle tourna légèrement la tête vers lui, les yeux écarquillés, il ajouta :) Bienvenue dans le monde de Carl Granville...

17

Cela faisait une heure et quart que Harry Wagner était assis au long comptoir de teck et il avait déjà été dragué trois fois. Bien qu'il eût aimé avoir un peu de tranquillité pour boire son verre, ces intrusions ne lui déplaisaient pas. Au contraire. Il était désirable, il le savait. Il était venu au *Port of Entry* pour se faire draguer. Pour se sentir désirable. Il fréquentait ce bar précisément pour cette raison.

La brune, il avait repoussé ses avances sans hésiter. *Nerveuse et en sueur, la bonne femme. Et trop maigre. Décharnée,* avait-il pensé.

« Vous avez l'air solitaire », avait-elle fait remarquer avec un sourire plein d'espoir.

Harry avait secoué la tête comme s'il ne voulait pas être dérangé et la brune s'était aussitôt éloignée comme si elle s'attendait à ce rejet.

Celle aux cheveux veinés de gris était limite. Un joli corps, peut-être un rien trop trapue. L'air sûre d'elle. Pas du tout désespérée. Mais conversation ennuyeuse. Aucune étincelle. Aucune lueur d'intelligence.

« Moi, j'aime pas la politique, avait-elle déclaré. Je crois aux relations interpersonnelles, vous voyez ce que je veux dire ? » Harry voyait. Il avait passé son tour.

La rousse avait failli réussir. Grande, musclée, assez intéressante.

« Qu'est-ce que vous faites ? lui avait-il demandé.

— Je dessine des bijoux. Vous voyez cette boucle d'oreille ? C'est moi qui l'ai faite. Je tords les anneaux moi-même. C'est pour ça que j'ai des mains aussi fortes.

— Les bras aussi, on dirait, avait remarqué Harry.

— Les cuisses encore plus, avait-elle ajouté en jouant des prunelles. Je joue beaucoup au tennis.

— Vous devez être rapide.

— Sur le court et *en dehors.* »

Elle aimait même le football, c'était une fan des Redskins. Oui, la rousse avait failli enlever le morceau. Un soir normal, Harry aurait été partant, mais ce n'était absolument pas un soir normal. C'était une occasion tout à fait spéciale — sa soirée d'adieu — et Harry décida de boire lentement son deuxième Maker's Mark *on the rocks* en attendant la perfection.

La perfection franchit la porte quelques minutes plus tard.

Presque tous les clients du bar se tournèrent vers l'homme en jean noir qui s'avançait. Non, qui *ondulait.* Et ce n'était pas un homme, c'était un garçon. Un garçon superbe qui ne pouvait avoir plus de dix-neuf ans.

Harry sentit son cœur s'accélérer et sa queue durcir ; il sut que, pour cette soirée spéciale, il lui fallait cette créature.

Cela faisait longtemps qu'il avait pris conscience de son homosexualité. Il l'avait soupçonnée quand, le soir dans son lit, il pensait à son copain Timmy ; elle l'avait rongé quand, l'estomac noué de jalousie, il avait regardé Rigney, son instructeur, faire l'amour à une kyrielle de femmes. Il en avait eu la certitude la nuit où il avait fait l'amour pour la première fois, avec Helen. D'abord, il n'avait pas accepté sa réalité sexuelle. Il avait essayé de l'ignorer puis de la combattre, mais il s'était progressivement rendu compte qu'il ne pouvait pas changer cet aspect de lui-même. Cela lui avait coûté sa femme, cela lui avait coûté son emploi, et cela finirait par lui coûter son identité même, mais, en regardant cet homme-enfant, Harry s'en foutait. Magnifique, rien à changer.

Le garçon mesurait près d'un mètre quatre-vingts. Il avait un corps svelte et musclé de danseur, une peau très blanche, de grands yeux d'un bleu perçant. Harry eut l'impression de fixer le bleu de l'océan par une chaude journée d'été, quand le soleil se reflète sur une eau calme. Le jeune homme portait une chemise blanche flottante sous un blouson de suède noire. Il ôta son feutre blanc, découvrant des cheveux noirs et raides, coupés court sur les côtés, juste assez longs dessus pour qu'une mèche tombe sur son front lisse. Dès qu'il fut assis à une table, il fut assailli par une nuée d'hommes mûrs. Avec un sourire poli, il déclina les verres qu'on lui proposait et passa l'heure qui suivit à repousser les avances. Élégamment mais fermement. Harry, qui l'observait, sut que ce garçon cherchait lui aussi quelque chose de spécial.

Au bout d'un moment, il réussit à établir le contact avec lui. Rien d'appuyé, juste un signe de tête, un bref sourire. Le garçon répondit en hochant lui aussi la tête et eut une moue dédaigneuse pour la clientèle du bar. Harry sut alors qu'il l'avait ferré.

Une demi-heure plus tard, il s'approcha et s'assit à sa table. Sans le saluer, sans se présenter, il fit signe au serveur, commanda un Maker's Mark et un rhum brun-tonic, la boisson du jeune homme. Puis il tira un cigare dominicain de la poche de sa veste et le tendit par-dessus la table. Ils fumaient la même marque, et cette constatation fit briller les yeux du garçon.

Fasciné par tant de beauté, Harry avait la gorge nouée. Il finit par faire une remarque sur la chaleur ambiante, l'humidité étouffante.

— Je n'ai pas vraiment envie de parler du temps, dit le garçon. Et toi ?

— Moi non plus.

— Alors, de quoi tu aimerais parler ?

— De toi.

Ravi, le garçon s'esclaffa :

— Quel sujet captivant !

— Pour moi, oui, déclara Harry.

Le jeune homme parla donc un peu de lui d'une voix de fumeur un peu rauque. Il s'appelait Chris, il n'était pas aussi jeune que Harry l'avait cru, mais jeune quand même : vingt-deux ans. Il venait de la partie nord de l'État, pas très loin de l'endroit où Harry avait grandi. Il avait fait ses études à Boston. Pas à Harvard.

— Non, je n'étais pas assez intelligent pour Harvard, dit-il avec un rire voilé.

Assez intelligent cependant pour décrocher un diplôme de sciences économiques. Il n'était pas pressé de trouver un emploi. Il avait gagné un peu d'argent en jouant à la Bourse, il avait envie de voyager un peu, ce qu'il faisait en ce moment avec des amis du Vermont. Il avait envie de s'amuser avant de devenir adulte.

— J'aime jouer. À condition que je connaisse les règles, précisa-t-il.

Harry ne s'intéressait pas aux règles. Ce soir, il voulait baiser. Il voulait de la passion, un peu de brutalité, même. Quelque chose dont il se souviendrait.

Au bout d'un moment, Chris se pencha, posa une main sur le bras de Harry, fit aller ses doigts en souriant. Tout le monde dans le bar les regardait. Harry aimait être au centre de l'attention. Toutes ces vieilles folles envieuses, pensa-t-il. Ce fut lui qui proposa d'aller ailleurs. Le garçon parut non pas effrayé mais réticent, comme s'il se rendait compte qu'il avait joué à un jeu qui l'entraînait trop loin. Mais Harry sut le tranquilliser, le faire rire, et bientôt ce fut le garçon lui-même qui proposa :

— On va chez toi ?

Harry expliqua qu'il était en train de déménager.

— Je n'ai aucun meuble.

— Il reste le sol, fit Chris avec un sourire.

Il fallait normalement vingt minutes pour aller de Georgetown et du *Port of Entry* à la maison de Harry mais il roula très lentement. Le garçon suivit dans sa propre voiture, une Suburban bleue qui, avait-il dit, appartenait à ses amis du Vermont. « C'est amusant à conduire. Ça fait tellement hommasse. »

Quand Harry l'avait interrogé sur le dessin et le slogan peint sur la portière, Chris avait incliné la tête d'un air moqueur en répondant : « Andy tient un centre aéré à Putney. »

Lorsqu'ils furent chez lui, Harry servit à boire. Assis sur l'appui de fenêtre, le garçon regardait par la fenêtre, se retournait pour examiner son hôte. Harry avait peine à se contenir. Cela faisait longtemps qu'il n'avait éprouvé une telle envie de plaire. Lorsque Chris lui fit signe d'approcher, il sut que la nuit d'extase allait commencer. Le garçon ne fit pas un mouvement. Il présumait que Harry se pencherait vers lui, et c'est ce qu'il fit.

Leurs lèvres se joignirent. Ce fut un baiser lent, raffiné, extraordinairement érotique. Harry était excité. Ce garçon était incroyable. Incroyable !

Ils étaient debout, maintenant, enlacés au centre du living-room. Harry avait ôté sa chemise, mais le garçon demeurait tout habillé. Il ne facilitait pas les choses. OK, Harry était prêt à le supplier, s'il le fallait.

Quand il sentit le moment venu, il ouvrit la fermeture Éclair du jean moulant, plongea la main pour saisir la queue du garçon, chercha à tâtons, impatient, prêt à exploser, si près du plaisir, oui, si près...

Cela avait presque été trop facile pour le Liquidateur.

Le bar grouillait de pédés friqués. Des cadres supérieurs en rut, pas assez de goût et trop d'argent. La Cible avait été facile à localiser, plus encore à séduire. Le désir la rendait accessible, vulnérable et faible. C'est l'effet que le désir fait généralement aux hommes, il le savait.

Le Liquidateur avait été bien préparé pour l'opération. Dans le bar, il avait posé les bonnes questions, obtenu les bonnes réponses. Dans la maison de la Cible, il s'attendait à ce vide mais pas à ce sentiment de tristesse. De banalité. La Cible avait été un homme exceptionnel. Tout sauf banal. La maison nue semblait l'avoir réduit à une simple carapace. Une structure sans rien dedans. Rien que désir et passion. Pas assez pour maintenir un homme en vie.

Quand la Cible ouvrit la fermeture du jean, le Liquidateur sut qu'il était temps. Le jeu avait duré assez longtemps.

Harry Wagner entendit le *clic*. Pendant une fraction de seconde, il ne comprit pas ce que c'était puis un frisson parcourut son échine. Il était dans la partie depuis assez longtemps pour savoir qu'il venait de se faire piéger.

Ils avaient utilisé la dernière chose qui restait de lui pour le détruire. Il avait fait l'imbécile, il devait payer.

Il regarda la ravissante créature qu'il avait lui-même introduite chez lui.

Les salauds, pensa-t-il. *Ils sont trop forts.*

L'image de Carl, le jeunot, lui apparut. Suivie de celle d'Allison, lui crachant à la figure qu'il n'était même pas maître de sa queue.

Les salauds. J'étais si près...

18

La rue bordée d'arbres dans laquelle vivait Harry Wagner était tranquille à une heure du matin. C'était un jour de semaine. Dans un quartier de petits fonctionnaires, pour la plupart déjà sagement au lit pour la nuit, rêvant d'une retraite précoce aux frais du contribuable à Hilton Head ou à Fort Lauderdale. La seule voiture qu'ils croisèrent fut une Suburban bleu foncé roulant lentement.

Les maisons étaient petites, trapues, avec une façade de brique rouge. Logements pour jeunes couples démarrant dans la vie au moment du boom économique d'après-guerre. Celle de Harry ne se distinguait pas des autres. À un détail près, remarqua Carl avec satisfaction tandis qu'Amanda garait la Subaru le long du trottoir.

Les lumières étaient allumées, et il y avait une Jeep Wrangler dans l'allée. Harry était chez lui.

Amanda coupa le moteur de sa voiture. Un chien aboya quelque part au bout de la rue.

— Je suis sûr que tu essaieras de discuter mais j'y vais seul, la prévint Carl, le ton calme malgré les battements de son cœur.

On ne peut pas savoir comment il réagira et, s'il devient violent, il vaut mieux que l'un de nous reste dehors.

Elle ne discuta pas. Les yeux agrandis par la peur, elle murmura :

— Tu crois qu'il aura une réaction violente ?

— Nan, fit Carl, sûrement pas. Mais si je ne suis pas revenu au bout d'un moment...

— Oui ?

— Je serai un revenant.

— Très drôle.

Ils se regardèrent dans le véhicule obscur et éprouvèrent de nouveau ce sentiment de proximité. Brièvement, Carl fut submergé par le regret de ce qui leur était arrivé. Il eut envie de prendre Amanda dans ses bras, de l'embrasser. Mais il se contenta de lui adresser un sourire un peu crispé en tendant la main vers la poignée de la porte.

— Carl... Pas de bêtises, hein ?

— T'inquiète pas. Ça ne fait pas partie de mon plan.

— Tu as un plan ?

— Non. Mais j'ai le temps d'en élaborer un entre ici et la porte d'entrée.

Il sortit, remonta l'allée de pierre, absorbé non par l'élaboration d'un plan mais par une réflexion désolée : *Je n'ai rien à faire ici. Je devrais être confortablement installé dans une cabane au fond des bois, écrivant le prochain grand roman américain, un feu ronflant dans la cheminée, un fidèle mastiff à mes pieds.*

Il sonna. Personne ne vint ouvrir.

Il sonna de nouveau. Toujours pas de réponse. Il tendit la main vers la clenche, l'abaissa. Pas de chance, la porte était fermée à clef. Carl se tourna vers Amanda. La voiture était éclairée par la lune et la faible lueur d'un réverbère, mais l'ombre des arbres cachait les yeux de la jeune femme. Il fit de nouveau face à la maison. Les stores étant baissés, il distinguait mal à l'intérieur où, apparemment, rien ne bougeait. Il n'entendait aucun bruit non plus. Pourtant, l'endroit donnait l'impression curieuse, difficile à cerner, de n'être pas vide. Harry était peut-être dans le jardin, étendu dans une chaise longue, sirotant un thé glacé. De là-bas, on n'entendait pas forcément la sonnette.

Il y avait une allée bordée, sur la gauche, d'une haie qui masquait la vue du jardin voisin et, sur la droite, d'une rangée indisciplinée de buissons d'hortensias. Carl la longea prudemment jusqu'au jardin, découvrit un petit patio mais ni chaise longue ni thé glacé. Ni Harry. Il s'approcha de la porte de derrière, se tint un moment devant, tenta de se dissuader d'essayer d'entrer, n'y parvint pas.

Il empoigna le bouton, tourna lentement. La porte n'était pas fermée à clef.

Carl respira à fond...

Sentant une main sur son épaule, il fit un bond, se retourna, les poings serrés...

C'était Amanda.

Il ne l'avait pas entendue descendre de voiture.

— Merde, ronchonna-t-il. Tu cherches à me faire avoir une crise cardiaque ?

— Qu'est-ce que tu fabriques, Carl ?

— J'entre. Je trouverai peut-être quelque chose d'important à l'intérieur.

— On appelle ça une effraction.

— Si je me fais prendre, mes avocats ne seront que trop heureux de se mettre d'accord avec le procureur sur une inculpation d'effraction, tu peux me croire.

— Et s'il y a un système d'alarme ?

— Je ressortirai en laissant un mot aimable.

— Carl...

— J'entre.

— Bon. Mais moi, j'ai décidé que ça ne me plaît pas d'attendre dehors. Je viens avec toi.

Ce fut son tour de ne pas discuter. Il hocha la tête, ouvrit la porte et fit entrer Amanda dans la maison de Harry Wagner.

Ils passèrent lentement d'une pièce à l'autre. Il y avait deux chambres. Une cuisine. Une demi-salle à manger et un petit bureau. De nombreux placards, un sous-sol. Et absolument rien nulle part. Pas un morceau de papier. Pas une photo sur un mur. Pas un meuble. Pas un chiffon. Pas un seul numéro griffonné au crayon au-dessus du téléphone. Pas de téléphone, d'ailleurs. Pas de lamelles de savon sur le bord de l'évier. On eût dit que la maison avait été nettoyée, bouillie, stérilisée.

Carl et Amanda n'échangèrent pas un mot avant de pénétrer dans la cuisine, la dernière pièce de leur visite. Comme dans les autres, ils y procédèrent à une inspection minutieuse. Dans le placard sous l'évier : pas de poubelle, pas de produits ménagers. Dans les éléments : pas de vaisselle, pas de casseroles. Dans les tiroirs : pas de couverts, pas d'ustensiles. Dans le cellier : pas une miette de nourriture. La seule trace qui indiquât que quelqu'un ait habité cette maison, c'était la bouteille de Maker's Mark aux trois quarts vide sur le comptoir de la cuisine, et les deux verres propres sur l'égouttoir de l'évier. Amanda ouvrit même le four étincelant, regarda à l'intérieur, y trouva ce qu'elle s'attendait à y trouver : rien. Elle adressa à Carl un haussement d'épaules découragé. Il se laissa aller contre le réfrigérateur massif, secoua la tête, se redressa avec un soupir et sortit de la cuisine.

— Je suis pas un expert, mais je dirais que mon bon ami Harry a foutu le camp.

Amanda le suivit. En passant devant le réfrigérateur, elle remarqua les quatre grilles posées sur le dessus de l'appareil. Par acquit de conscience, elle ouvrit la lourde porte du congélateur, regarda à l'intérieur. Rien. Elle fit de même avec la partie réfrigérateur, se figea, la main sur la poignée, demeura un moment silencieuse avant de murmurer :

— Non, il a pas foutu le camp.

Elle avait parlé avec un calme admirable mais quelque chose dans sa voix fit se retourner Carl.

— Harry ? demanda-t-elle.

— Harry, confirma-t-il.

Harrison Wagner, dernier espoir de Carl, était tassé à l'intérieur, tout habillé, l'air étonnamment paisible et normal si l'on faisait abstraction du couteau à cran d'arrêt planté dans son œil gauche.

Amanda recula lentement, les jambes molles. Son visage avait perdu toute couleur ; ses mains tremblaient et elle clignait rapidement des yeux.

Carl la saisit par les épaules. Elle secoua la tête, presque imperceptiblement, et il comprit ce que cela signifiait : c'était sa façon de dire qu'elle était incapable de supporter ça. Il hocha la tête, sa façon de répondre : « *Si, tu peux. Si tu ne sais pas combien tu es forte, moi, je le sais.* » Elle se mordit les lèvres pour s'empêcher de pleurer, puis elle jeta les bras autour de Carl et le serra contre elle comme s'ils étaient les deux derniers êtres vivants au monde. En lui tapotant le dos, Carl regardait Harry. L'œil mort qui le fixait du fond du réfrigérateur. Le sang qui coulait encore de la lame enfoncée dans l'autre œil.

Il regardait l'homme dont il avait espéré qu'il le sortirait de ce cauchemar. L'homme dont il n'entendrait plus jamais la voix.

L'agent spécial Bruce Shanahoff, du bureau de Washington du FBI, savait que quelque chose n'allait pas, mais il ne savait pas quoi. Et ça l'énervait.

On lui avait ordonné de laisser Amanda Mays tranquille : le Bureau ne s'en tirait jamais bien quand il se frottait aux journalistes. Il ne faisait pas bon s'en prendre au *Washington Post*, et le *Journal* était presque aussi redoutable. En fait, dans le climat politique du moment, le second faisait presque jeu égal avec le premier. Certes, le *Journal* cherchait un peu plus le sensationnel, s'embarrassait peut-être moins des faits, mais ses dirigeants avaient de l'influence dans les milieux politiques. Si miss Mays ne faisait pas encore partie de sa direction, elle était en phase ascendante. Il valait mieux la laisser tranquille.

Sauf que...

Sauf que l'agent Shanahoff n'était pas doué pour laisser les gens tranquilles. Surtout quand il les croyait coupables.

Une voiture passa près de sa Taurus. Lentement. Le chauffeur était manifestement perdu. Shanahoff crut un moment qu'il allait s'arrêter pour lui demander son chemin. Non, la voiture continua, le laissant se concentrer de nouveau sur le problème qui le tracassait : Amanda Mays.

Il ne la considérait pas comme une grande criminelle, mais il était sûr qu'elle avait été en contact avec Carl Granville. Sûr qu'il était passé chez elle. Shanahoff ne se faisait aucune illusion sur son charme, en particulier avec des femmes comme Amanda Mays. Pourtant, elle s'était montrée extrêmement aguicheuse, elle avait tout fait pour le séduire. Ce n'était pas naturel.

Cela signifiait qu'elle avait vu Granville.

La voiture revenait, elle avait fait le tour du pâté de maisons. C'était une Suburban, une bonne machine, solide. Shanahoff avait failli en acheter une quand il avait été muté à Washington. Ou le chauffeur était égaré, ou il se passait quelque chose d'étrange. Shanahoff glissa une main sous sa veste, la posa sur la crosse de l'arme maintenue par un holster.

Cette fois, la voiture s'arrêta le long de la Taurus. Les vitres se baissèrent, le chauffeur se pencha vers Shanahoff.

— Vous pouvez m'aider ? Je suis perdu, dit l'homme, l'air à la fois exaspéré et désemparé.

Rassuré, l'agent spécial laissa retomber sa main, sourit.

Un 357 Magnum Smith & Wesson apparut à la fenêtre de la Suburban. Le silencieux vissé au canon étouffa deux brefs *pop*. Shanahoff n'émit pas un son quand l'arrière de sa tête explosa. Son regard perdit toute vie et son corps s'affala sur la banquette avant.

Ils sortirent par la porte de derrière de la maison, Carl soutenant Amanda. Il l'aida à monter dans la Subaru. La rue était toujours tranquille : pas de lumière aux fenêtres des voisins. Elle ne protesta pas quand il déclara qu'il conduirait mais ne réussit même pas à lui donner les clefs. Lorsqu'elle tira le trousseau de son sac, ses mains tremblaient tellement qu'elle le laissa tomber par terre.

Elle n'avait toujours pas prononcé un mot et Carl le comprenait parfaitement. Qu'aurait-elle pu dire ? *Ce que j'ai vu était horrible. Je ne serai plus jamais la même. Je te hais pour ce que tu as fait de ma vie.* Il ne pouvait lui donner tort et gardait le silence, lui aussi.

Il démarra en pensant à Harry.

Pourquoi l'avait-on tué ? Parce qu'il savait des choses. Mais quoi exactement ? C'est ce que Carl devait découvrir, tout en se débrouillant pour rester en vie. Les chances d'y parvenir ne lui semblaient pas particulièrement fortes. Une sur un million, estima-t-il : s'ils étaient capables de liquider Harry, ils pouvaient liquider n'importe qui. Comment l'assassin avait-il réussi à l'approcher, à lui faire baisser sa garde ? Harry était un homme très prudent, quasi parano. Il ne sortait jamais de chez Carl sans avoir d'abord vérifié qu'il n'y avait personne dans la rue. Il ne portait même pas de mallette, il fixait les documents...

Ils étaient à deux rues de la maison du mort quand Carl enfonça la pédale de frein. Il jeta un coup d'œil derrière lui, fit demi-tour, repartit dans l'autre sens.

— Qu'est-ce que tu fais ? dit Amanda, ses premiers mots depuis qu'elle avait découvert le cadavre.

— On a oublié quelque chose...

— Carl, on a fouillé partout. Qu'est-ce qu'on aurait pu oublier ?

Tâchant de contenir l'excitation qu'il éprouvait, il répondit :

— On a oublié de le déshabiller.

La nuit était calme et tranquille quand le Liquidateur arrêta la Suburban devant l'ancienne remise. Il descendit de voiture, prit un jerrycan d'essence sur la banquette arrière.

Il ne lui fallut pas longtemps pour pénétrer dans la maison, trois, quatre minutes pour crocheter la serrure ; il ne lui en faudrait pas beaucoup plus pour faire ce qu'il avait à faire.

Il dévissa le bouchon du jerrycan puis, lentement, comme s'il laissait à quelqu'un une piste à suivre, il parcourut la maison en aspergeant d'essence le sol et les meubles. Entre le moment où il avait garé sa voiture et celui où il craqua une allumette et la laissa tomber sur le seuil de la porte, il s'était écoulé douze minutes exactement.

Pour une raison quelconque, Carl s'attendait à ce que la vue du cadavre soit moins pénible la seconde fois. Il n'en fut rien. Le corps de Harry coincé dans la même position contorsionnée leur parut encore plus grotesque et macabre. Ils se tenaient tous deux devant la porte ouverte du réfrigérateur, enveloppés par l'air froid, ne se décidant pas à faire ce pour quoi ils étaient revenus.

Finalement, Carl respira profondément et prit une des mains du mort. Il n'avait jamais touché de cadavre et, malgré sa détermination, il tressaillit au contact de la chair glacée. Se raidissant, il saisit fermement un poignet, se baissa, referma son autre main sur une cheville. Du regard, il demanda à Amanda de l'imiter.

— Vas-y, c'est pas si terrible...

Il devina qu'elle comptait dans sa tête : un... deux... trois... Elle prit une longue inspiration, empoigna elle aussi le cadavre, hocha la tête pour indiquer que ça allait.

Vivant, Harry Wagner s'était déplacé avec la grâce et la vivacité d'un danseur. Mort, il était une masse encombrante et lourde qui n'avait plus rien de gracieux.

Ils réussirent sans trop de difficulté à sortir la partie supérieure du corps. Harry penchait en avant selon un angle de quarante-cinq degrés, les fesses encore collées au fond du réfrigérateur. Carl manœuvra pour décoincer la jambe droite, qui tomba et se balança, la chaussure crissant sur le sol carrelé. L'image d'une marionnette de cent vingt kilos envahit soudain l'esprit de l'écrivain. Une autre traction libéra la jambe gauche et Harry se retrouva en position assise, la tête inclinée sur la gauche.

— OK, dit Carl, je le prends sous les bras pour le lever. Quand il est debout, tu le maintiens simplement en équilibre, le temps que je lui enlève son pantalon...

Amanda opina du chef d'un air lugubre, Carl tira. Bon Dieu, qu'il était lourd ! Carl écarta un peu plus les jambes, comme pour s'accroupir, tira encore, et Harry fut debout.

— Il va s'incliner vers toi. Tout ce que tu as à faire, c'est le maintenir droit. D'accord ?

— D'accord, fit Amanda.

Ce n'était pas une réponse très enthousiaste, mais Carl devait s'en contenter. Il lâcha lentement prise, sentit Harry basculer vers l'avant. Amanda grogna sous le poids, tendit la jambe gauche derrière elle.

Carl défit la ceinture du pantalon, baissa la fermeture de la braguette. Le cadavre oscilla et Amanda recula d'un pas en titubant. Carl saisit le tissu à deux mains, tira.

Le pantalon s'abaissa jusqu'à mi-cuisse mais la partie supérieure du corps s'inclina et Amanda glissa. Les jambes de Harry se relevèrent, déséquilibrant Carl. Les bras autour du torse puissant, Amanda faiblissait. Carl lâcha le pantalon, tenta de rattraper Harry par sa veste, par son bras, mais n'y parvint pas et tomba en arrière. Sa hanche heurta le comptoir de la cuisine et, quand il se retourna en jurant, il entendit comme une litanie murmurée par Amanda d'une voix creuse : « Enlève-le de moi », puis plus fort : « Enlève-le de moi », plus fort encore et plus vite : « Enlève-le de moi, enlève-le de moi... »

Le corps sans vie, étendu en travers de la jeune femme, la maintenait clouée au sol. Carl fit rouler Harry sur le côté, Amanda se dégagea, se précipita à l'évier, hoqueta, respira profondément. Carl s'approcha d'elle, lui posa une main sur l'épaule pour la réconforter mais elle sursauta et s'écarta, pas encore prête à ce que quiconque la touche, mort ou vivant.

Carl conclut qu'il pouvait faire une croix sur l'aide d'Amanda mais, apparemment, le choc n'avait fait que renforcer sa détermination. Sidéré, il la vit se tourner de nouveau vers le corps étendu par terre.

— Bon, allons-y, dit-elle, à moitié pour Carl, à moitié pour elle-même.

Ils décidèrent de le laisser par terre. Chacun délaça une chaussure, et il y avait quelque chose d'étrange et de sinistre dans le fait de les poser soigneusement l'une près de l'autre sur le comptoir. Carl commença à défaire une socquette, lentement d'abord, comme s'il craignait de chatouiller Harry ou de lui faire mal, puis il se rendit compte de l'absurdité de ses précautions et finit de l'ôter le plus rapidement possible.

Il se plaça au-dessus de Harry, jambes écartées, le souleva par la taille. Amanda tira sur le pantalon déjà à demi baissé, le fit descendre jusqu'aux chevilles. Elle fouilla les poches, n'y trouva rien d'intéressant.

La chemise de Harry était relevée sur son torse glacé et dur. Carl l'enleva aussi, considéra le cadavre, qui n'était plus vêtu que d'un slip taille basse, hocha la tête en faisant la grimace et abaissa le sous-vêtement.

Harry Wagner gisait nu sur le sol froid de la cuisine.

Aucun paquet, aucun papier n'était collé à sa peau.

— On peut partir maintenant ? murmura Amanda.

Comme Carl ne répondait pas et continuait à fixer le cadavre, elle ajouta :

— Viens, c'est fini. Allons-y.

— Je peux pas le laisser comme ça.

— Carl...

— Je le connaissais. Amanda, on le rhabille, on le remet où on l'a trouvé. Je t'en prie.

Ils remirent d'abord le slip et le pantalon, puis la chemise, les socquettes et les chaussures. Que Carl relaça, avec un nœud impeccable. Ils traînèrent le corps jusqu'au réfrigérateur, parvinrent à le fourrer de nouveau à l'intérieur.

Carl se tint devant le cadavre. Un moment, il eut le sentiment de devoir dire quelque chose, rendre un dernier hommage, présenter des excuses, quelque chose, puis il ferma la porte du frigo, se retourna et sortit.

Dehors, dans l'allée, ils aspirèrent de grandes goulées d'air comme si, dans la maison, ils avaient retenu leur respiration de peur d'inhaler l'odeur de mort qui commençait à imprégner leur vie.

— Désolée de ne pas avoir mieux tenu le coup.

— Tu as été très bien, assura Carl. C'est moi qui ai déconné. J'étais sûr qu'on trouverait quelque chose. Ça paraissait logique.

— On trouvera, je te le promets.

Il lui adressa un bref sourire reconnaissant avant de regagner la voiture. Il mit le contact mais se rendit compte qu'il n'était pas en état de conduire. Il n'avait pas les nerfs aussi solides qu'il le pensait. Les mains crispées sur le volant, il s'accorda un moment pour se ressaisir.

— Tu sais ce qui est le plus horrible ? dit Amanda dans la voiture obscure. C'est qu'au bout de quelques minutes ça ne me semblait plus si horrible. Le fait qu'il soit mort. Je me sentais presque dans la peau d'un médecin, analysant froidement les choses. Je ne pensais plus à lui comme à un être humain, je me disais : « Tiens, il porte un pantalon Armani, c'est intéressant », je me concentrais sur le mot *Bienvenue*, je m'interrogeais sur son sens...

— De quoi tu parles ?

— De son tatouage.

— Harry avait un tatouage ?

— Sur l'avant-bras. Le droit. Attends, il était à ma droite, donc, c'était son bras gauche... (Elle se tapota la peau à une dizaine de centimètres au-dessus du poignet.) Juste là... (Carl lâcha le volant.) Oh ! non, gémit Amanda. Ne me dis pas...

Il n'entendit pas le reste, il était déjà hors de la voiture et marchait d'un pas vif vers la maison.

Cette fois, ils ne restèrent pas longtemps à l'intérieur.

Carl extirpa partiellement le corps du réfrigérateur. Cette fois, il n'hésita pas à le toucher. Boulot, boulot.

Amanda remonta la manche de la chemise assez haut pour révéler le petit tatouage à l'intérieur de l'avant-bras gauche. Le mot français *Bienvenue* en petites lettres nettes.

— Chez moi, quand il faisait la cuisine ou qu'il nettoyait, il avait toujours les manches retroussées, dit Carl. Je peux t'assurer qu'il n'avait pas ce tatouage il y a une semaine.

— Il se l'est peut-être fait faire depuis...

— Manifestement. La question, c'est pourquoi.

— Ça veut dire...

— Oui, je sais ce que le mot veut dire, mais qu'est-ce que le tatouage lui-même signifie ? Aucune idée. (Carl adressa un petit salut au corps à moitié sorti du réfrigérateur.) En tout cas, Harry, désolé d'avoir douté de toi.

Les flammes traversèrent le sol de la chambre en ondulant, glissèrent de la porte au lit, enveloppèrent la couverture bleu et blanc puis bondirent jusqu'aux rideaux. Elles dévorèrent la dentelle blanche, montèrent le long des murs vers les poutres du plafond, firent éclater le bois, brûlèrent la peinture.

La salle de bains fut transformée en sauna de fumée noire pestilentielle. La baignoire émaillée ne tarda pas à noircir. Les tuyaux se rompirent, aspergeant les flammes rouge et bleu avec un sifflement de vapeur.

Dans la salle de séjour, le canapé s'embrasa avec une déflagration sourde. Des meubles anciens qui avaient traversé deux siècles furent carbonisés comme le plus vulgaire contreplaqué. L'ordinateur ne résista que quelques secondes à la fureur du brasier. Les touches du clavier fondirent, l'écran se fracassa.

Après avoir traversé la cuisine, le feu s'échappa, se communiqua aux ruelles. Des multitudes d'étincelles criblèrent la nuit, de grandes gerbes de couleurs montèrent vers le ciel. Un rire craquetant se fit entendre.

Les flammes quittèrent leur berceau, se répandirent par le monde, terrifiantes de beauté. Incontrôlables...

Ils gardèrent le silence pendant tout le retour. Chacun d'eux se torturait l'esprit pour trouver le sens du tatouage, s'il en avait un. Ce dont Carl était convaincu. Harry n'était pas du genre à se marquer le corps sans raison. Mais pourquoi en français ? Était-ce le nom de quelqu'un ? Une femme ? Un bateau ? Un acronyme ? Les possibilités étaient infinies.

Lorsqu'ils furent à trois rues de chez elle, Amanda se redressa soudain sur son siège.

— Qu'est-ce que c'est que cette odeur ?

— Quelque chose qui brûle. Écoute.

Ils entendirent des sirènes, le ululement de camions de

pompiers. Le bruit leur parut d'abord lointain mais, en quelques secondes, il fut sur eux.

— Oh ! mon Dieu, murmura Amanda. Mon Dieuuuu ! gémit-elle en une longue plainte.

Carl suivit son regard, découvrit ce qui la bouleversait. Des flammes, s'élevant au-dessus des maisons.

Elle ouvrit la portière, se rua hors de la voiture, se mit à courir dans la rue. Ses cris étaient à peine audibles dans le tintamarre des camions et des ambulances.

Carl se précipita derrière elle en l'appelant, ne la rattrapa qu'à une centaine de mètres de l'incendie.

— C'est ma maison ! hurla-t-elle. C'est ma maison !

Elle essaya de se dégager mais il la tira en arrière, la tint contre lui.

— Amanda... Non !

— Ma maison...

Ce n'était plus un cri mais une sorte de prière. Elle se balançait d'avant en arrière et jamais il n'avait vu une telle détresse sur son visage.

Même à cette distance, la chaleur était insupportable. Policiers et pompiers s'affairaient, déroulaient des tuyaux, interrogeaient les curieux.

Carl se sentit soudain à bout de forces. L'idée de recommencer à fuir lui semblait presque aberrante. Il était peut-être temps de se livrer. Marre de se cacher. D'avoir peur. Finis les cadavres...

Il remarqua un homme courtaud et massif qui se frayait un chemin dans la foule. De son visage, il n'entrevit que le profil un bref instant mais il sut aussitôt qui c'était. Instinctivement, Carl recula. L'homme se retourna, lui montrant sa figure grêlée, sa lèvre inférieure dédaigneuse. Ses yeux durs, mauvais.

Payton.

Le flic qui avait tenté de tuer Carl dans son propre appartement.

Il croyait pourtant qu'avec la mort de Harry la folie était à son comble. Elle ne cesserait peut-être jamais de monter. Les fous avaient défoncé les portes des asiles et dirigeaient le monde.

Payton scrutait la foule ; il cherchait Carl, il le sentait...

— Il faut filer, chuchota-t-il à Amanda d'une voix pressante. Tout de suite.

Deux autres voitures de police s'arrêtèrent devant le brasier, sirènes hurlantes. Comme un chien de chasse flairant la piste, Payton commença à remuer la tête en tous sens.

Il se retourna. Ses yeux se posèrent sur Carl, ses lèvres épaisses s'étirèrent en un sourire et il s'élança, agitant ses jambes charnues à une vitesse étonnante.

— Amanda... Nous ne pouvons pas rester ici !

Elle laissa Carl la ramener à la voiture. Il ouvrit la portière, poussa doucement la jeune femme à l'intérieur puis fit le tour de la vieille Subaru, regarda derrière lui. Payton courait toujours, il se rapprochait. Il haletait, écarlate, mais ne ralentissait pas l'allure. Les veines de son cou saillaient.

Carl se glissa au volant, fit demi-tour dans un crissement de pneus. Dans le rétroviseur, il vit Payton derrière eux, un filet de salive à la bouche. Carl crut un instant que l'impossible se produisait : il avait beau accélérer, Payton continuait à se rapprocher. Puis son image commença à s'éloigner dans le miroir. L'homme ralentit, s'arrêta, se pencha en avant, les mains sur les genoux, pantelant, à peine capable de redresser la tête pour regarder disparaître les feux arrière de la Subaru.

Au moment où la voiture passait le coin de la rue, Amanda se tourna vers l'arrière. Ce n'était pas Payton qui l'intéressait. Elle se moquait bien d'un flic obsédé qui cherchait à les tuer. Elle se moquait tout autant du sens du mot *Bienvenue*. Rien de tout cela ne comptait pour elle. Elle fixait la foule, les projecteurs, les jets d'eau, les flammes. Elle pensait que tout ce qu'elle avait jamais possédé venait de disparaître de la surface de la terre.

19

Transcription partielle du bulletin d'informations de cinq heures, chaîne ANN, 11 juillet.

Dan Eller, du bureau de New York : « *Bonjour. Tournant tragique dans l'affaire Carl Granville, le jeune écrivain recherché pour deux meurtres, dont celui de l'éditrice Margaret Peterson, ici à New York. Hier matin, des agents du FBI avaient retrouvé sa piste à Washington, où vit son ancienne compagne, Amanda Mays, rédactrice en chef adjointe au* Journal. *Cette nuit, la maison de la journaliste a été ravagée par un incendie probablement d'origine criminelle. Les pompiers, accourus sur les lieux vers vingt-trois heures, tentent encore de sauver ce qui peut l'être. Miss Mays est portée disparue, mais on ignore si elle se trouvait chez elle quand le feu s'est déclaré. À leur arrivée, les policiers ont trouvé l'agent spécial Bruce Shanahoff dans sa voiture, garée en face de la maison en flammes. On lui avait tiré deux balles dans la tête.*

Nous n'avons pas d'autres détails. Ni la police ni le FBI ne confirment pour le moment un lien possible entre les événements de Washington et le double meurtre de New York. Nous espérons pouvoir vous donner d'autres informations dans notre prochain bulletin.

Dans un registre plus léger, le zoo du Bronx vient d'annoncer que Brownie, sa chamelle de quatorze ans, a donné naissance à deux jumeaux... »

11 juillet, site Web du FBI : http:\\www.fbicrimplu.com

MINISTÈRE DE LA JUSTICE

BUREAU FÉDÉRAL D'INVESTIGATION

Explorer ce site

Bureau du FBI	Grandes enquêtes	École du FBI
Criminels en fuite	Dossiers FOIA[1]	Rapports de police
Traitement Preuves	Adol. et jeunes	Communiqués de presse
Affaires parlementaires	Histoire	Radio ABC cette semaine

Faits marquants de la semaine

- Les recherches continuent pour Relaford & Philips
- Home page : Nouveaux emplois
- Personne disparue : Janis Ann Lesner
- Consulter les nouveaux dossiers FOIA

Déclarations de la Chambre et du Sénat

Visitez le site du ministère de la Justice
et de la Société des anciens agents spéciaux du FBI

Éditeur du Home Page du FBI : Service des affaires publiques
et parlementaires, Bureau du Chef des services de police scientifique.

1. *Freedom of Information Act* : loi sur la liberté de l'accès à l'information. *(N.d.T.)*

Enos Lewis Perkins

Carlos Gonzales

Carl Amos Granville

Raymond Allen Jr.

Rasheed Duke

LES DIX CRIMINELS EN FUITE LES PLUS RECHERCHÉS PAR LE FBI

Manuel Velasquez

Henry Johnson Brown

Fawaz Ahman

Randall P. Ellington

Abdullah Al Magreb

Le FBI offre une récompense pour toute information pouvant conduire à l'arrestation des dix criminels en fuite les plus recherchés. Consulter la page de chaque criminel pour connaître le montant de la récompense.

Les dix criminels les plus recherchés • Les Enquêteurs du FBI
Home Page • Criminels en fuite

FBI-DÉPARTEMENT DES CRIMINELS EN FUITE

LES DIX CRIMINELS EN FUITE LES PLUS RECHERCHÉS

RECHERCHÉ PAR LE FBI

Carl Amos Granville
Alias : Carl Granville, Granny.

VOIES DE FAIT – INCENDIE VOLONTAIRE – MEURTRE.

PRÉSUMÉ ARMÉ
EXTRÊMEMENT DANGEREUX

Né le : 23 avril 1971
Sexe : masculin
Taille : 1,83 m
Poids : 90 kg
Cheveux : blonds
Yeux : marron
Race : blanche

LE CRIME :

Carl Amos Granville est recherché pour les meurtres de Margaret Alexis Peterson et Antoinette Louise Cloninger, le 7 juillet, de l'agent spécial du FBI Bruce Leonard Shanahoff, le 9 juillet. Granville s'est enfui avant d'avoir pu être inculpé de ces trois meurtres. Il se serait rendu à Washington, où les autorités locales le recherchent également pour avoir mis le feu, le 9 juillet, à la maison d'Amanda Dorothy Mays. Celle-ci est portée disparue et pourrait avoir péri dans l'incendie.

Les rapports balistiques confirment que la même arme a servi pour tuer Antoinette Louise Cloninger et l'agent Bruce Leonard Shanahoff.

Cette information a été validée le jeudi 11 juillet à 7 heures

Home Page du FBI • Plus d'informations • Photos • Liste des criminels en fuite • Criminel suivant • Enquêteurs du FBI

Transcription partielle de l'édition du 11 juillet de *Il faut savoir*, émission d'information diffusée chaque jour de neuf heures à dix heures, heure de la côte Est, sur ANN :

Ginny Stone : Malheureusement pour ses deux dernières victimes présumées, il semble que Carl Granville, l'homme qu'on surnomme déjà « le Tueur littéraire », soit déterminé à prouver que l'épée — ou n'importe quelle arme à sa portée — est plus forte que la plume.

Comme le montrent ces ruines calcinées derrière moi, Granville a apparemment de nouveau frappé. Vous avez sous les yeux ce qui était auparavant le 132 Klingle Street, dans le paisible quartier de Kalorama, Washington, DC, où vivait l'ex-petite-amie du romancier frustré et au chômage. Amanda Mays avait rompu avec Carl Granville il y a un peu plus d'un an. En recourant à l'incendie criminel, Granville a mis un terme à la vie de cette jeune femme ainsi qu'à celle d'un agent du FBI âgé de trente et un ans, Bruce Shanahoff.

Lentement, les morceaux du puzzle se mettent en place et forment un terrible tableau. Hier, vers deux heures de l'après-midi, l'agent Shanahoff s'est rendu dans cette maison naguère ravissante pour interroger miss Mays. Il l'a prévenue que Carl Granville était sans doute armé et dangereux, mais selon des sources du FBI elle lui a refusé sa coopération. Shanahoff a informé ses supérieurs que, selon lui, Granville avait déjà rendu visite à miss Mays. L'agent s'attendait sans doute à ce que l'écrivain revienne la voir puisque, agissant de sa propre initiative, il est resté pour surveiller la maison. Ce devait être son dernier acte de courage.

J'ai près de moi le Dr. Ruth Matthiesson, psychologue, spécialiste des relations amoureuses obsessionnelles et auteur du best-seller De Bundy à Cunanan : amour, haine et meurtre. *Docteur Matthiesson, quels schémas psychologiques discernez-vous dans la tragédie qui vient de se produire ?*

Dr. Ruth Matthiesson : Ginny, vous devez bien sûr comprendre que je n'ai ni parlé à Carl Granville ni travaillé avec lui, mais j'espère le faire ultérieurement. Le schéma est exactement celui que je décris dans mon livre. Nous avons de toute évidence affaire à quelqu'un qui a grandi dans un foyer troublé, qui cherche désespé-

rément à se faire aimer et accepter, sur le plan à la fois personnel et professionnel. En l'occurrence, le meurtrier est probablement venu dans cette maison avec l'intention de la détruire. En un sens, il a transformé la maison en une personne. Elle est devenue plus qu'un symbole ; elle s'est fondue, en tant qu'image, avec la femme qui l'habitait. L'assassin est un être incapable de se créer un foyer pour lui-même et, par jalousie, il refuse de permettre à quiconque, en particulier à une ex-maîtresse, de jouir d'un foyer sans lui.

Ginny Stone : Comment la mort de l'agent Shanahoff s'insère-t-elle dans ce comportement ?

Ruth Matthiesson : Eh bien, Granville s'estime en droit d'abattre toute personne qui se met en travers de son chemin, qui s'oppose à sa mission, si vous voulez.

Ginny Stone : Merci, docteur Matthiesson. Au moment où cette tranquille communauté bascule dans le drame, où la police cherche dans les décombres le corps d'une femme que ses proches décrivent comme « intelligente, sensible, incapable d'abandonner un amant perturbé et instable », des questions demeurent. Comment le meurtrier a-t-il réussi à s'approcher suffisamment près d'un agent du FBI expérimenté pour tirer sur lui à bout portant ? Où est Granville maintenant ? S'il est innocent, ce qui semble de plus en plus improbable, pourquoi se cache-t-il ? Et, plus inquiétant, s'il est coupable, où sa folie meurtrière l'entraînera-t-elle ensuite ? Pour le moment, nous savons uniquement qu'une aura d'invincibilité est en train de se former autour du romancier. Espérons que cette image sera brisée et que la raison reprendra ses droits avant qu'il ne soit trop tard.

Washington Journal, 11 juillet :

UNE DISPARITION QUI NOUS TOUCHE
par Shaneesa Perryman, reporter au *Journal*

Les détails horribles de l'article publié en première page ne sont que trop réels : un agent du FBI abattu dans sa voiture ; une maison réduite en cendres, son occupante, la journaliste Amanda

Mays, journaliste de trente et un ans, disparue et présumée morte ; son ancien compagnon, Carl Granville, disparu et présumé coupable, objet de l'une des plus grandes chasses à l'homme de l'histoire criminelle contemporaine.

L'article de la première page ne dit cependant pas tout. Car, pour ceux d'entre nous qui la connaissaient et l'aimaient, Amanda Mays n'est pas simplement un nom imprimé dans le journal, une victime de plus. Elle était notre grande sœur, notre coach, notre nounou, notre amie.

C'est Amanda Mays qui a donné sa chance à l'auteur de ces lignes quand, par un matin gris et froid de l'hiver dernier, elle s'est présentée au Journal *en quête d'un emploi, jeune Noire dégingandée sans aucune expérience, ne sachant pas même si elle était capable de quoi que ce soit. Amanda m'a fait confiance.*

Et maintenant elle n'est plus.

Elle fumait trop, elle buvait trop de café, elle était trop franche avec ses supérieurs. Elle se faisait constamment du souci pour son poids, quoique l'épithète « rondelette » ne pût jamais lui être appliquée. Lorsqu'elle lisait quelque chose qui lui déplaisait, elle plissait le nez comme si elle sentait une mauvaise odeur ; quand un article lui plaisait — ce qui arrivait souvent —, elle débordait d'enthousiasme.

Et maintenant elle n'est plus.

Amanda avait grandi à Port Chester, New York, où son père était banquier. Elle était fille unique. Au lycée, elle dirigea les chœurs des supporters de l'équipe et sortit avec son capitaine. « La bêtasse parfaite, avec vernis à ongles rose », c'est ainsi qu'elle se décrit elle-même. Son père mourut quand elle était en première année à Syracuse. Sa mère, qu'elle appelait « la dernière véritable ménagère d'Amérique », mourut moins d'un an plus tard. « Elle avait perdu la volonté de vivre après la mort de son homme, me confia Amanda un soir devant une bière. Jamais ça ne m'arrivera. »

Et maintenant elle n'est plus.

C'est à Syracuse qu'elle se prit de passion pour le journalisme. Parce qu'elle était jolie, ses professeurs tentèrent de l'orienter vers une carrière à la télévision. Elle résista, préférant le monde plus substantiel, moins clinquant, de la presse écrite. Après deux ans au Knickerbocker *d'Albany, elle était accro à la politique. Après deux ans à* Newsday*, elle était accro à New York. Elle s'installa à Manhattan, écrivit pour le* Village Voice *et le* New York Times Magazine *des articles sur l'administration de la ville.*

Ce fut à une soirée donnée pour la sortie du livre d'un ami qu'elle rencontra un jeune écrivain prometteur nommé Carl Granville. « Exactement l'homme dont je rêvais quand j'étais petite fille et que je serrais mon oreiller contre moi, la nuit, me raconta-t-elle plus tard. Il était mon prince charmant, mon chevalier. »

Et maintenant elle n'est plus.

Ils partageaient l'amour des bons livres, des films étrangers et de la cuisine chinoise. « Ils allaient si bien ensemble, commente un ami qui les connaissait tous les deux. Tout le monde pensait que c'était vraiment dommage que leur couple ne marche pas. » Selon Amanda, elle était prête pour s'engager sérieusement, pas Carl. N'étant pas d'un tempérament à rester sans réagir, Amanda partit pour Washington, où elle devint rédactrice en chef adjointe pour les pages locales du Journal *et la mère de notre bande de jeunes chiots. Ses « petites », comme elle nous appelait. Elle changeait nos couches, elle nous encourageait, elle nous guidait. Elle avait encore assez de temps et de cœur pour faire l'éloge de son ancien compagnon : « Il se débrouille bien. Il écrit en ce moment un bouquin politique ultrasecret, nous avait-elle dit. Pour un des grands éditeurs new-yorkais. »*

La suite se trouve en première page.

En écrivant ces lignes, je n'imagine pas comment je pourrai vivre sans Amanda Mays. Il faudra pourtant que j'essaie. Que nous essayions tous.

Adieu, Amanda. Je ne sais comment te dire merci. J'essaie.

Avec tout mon amour,

Shaneesa

20

Dans la queue du *Gourmet Bean*, Amanda avait peine à retenir ses larmes en lisant sa propre nécro publiée par le *Washington Journal.*

L'hommage de Shaneesa la touchait. Et puis il y avait quelque chose de brutal, de vrai, dans sa photo à la une. Amanda détestait pleurer, surtout en public. *Et puis merde, j'ai bien le droit*, pensa-t-elle. Ces douze dernières heures, elle avait découvert un cadavre dans un réfrigérateur, vu tout ce qu'elle possédait partir en fumée, passé la nuit sur les routes, à éviter la police et les agents fédéraux. Elle était perdue, effrayée, épuisée.

Et morte, d'après le journal.

Par chance, personne dans la queue ne lui prêtait attention. Peut-être parce qu'elle portait des lunettes noires et un vieux chapeau qu'elle avait retrouvé sur le siège arrière de la Subaru, son « placard ambulant », comme avait dit Carl un jour. Peut-être aussi parce qu'il était encore tôt et que les autres clients avaient eux aussi roulé toute la nuit, comme elle et Carl.

Ils avaient entendu les premières informations concernant l'incendie sur la radio de la Subaru, vingt minutes après avoir quitté les lieux. C'est ainsi qu'ils avaient appris que l'agent Shanahoff avait été retrouvé mort dans sa voiture. Probablement tué par Carl. Qu'Amanda était portée disparue. Probablement morte dans l'incendie. Que la police recherchait sa voiture, qui avait disparu du garage. Carl tuait maintenant pour un oui pour un non, d'après les policiers.

Ils le comparaient à Andrew Cunanen.

« Nous devons aller à la police, avait déclaré Amanda quand elle avait été de nouveau capable de parler. Il faut lui révéler ce que nous savons. »

Ils fuyaient à toute allure la maison en flammes et Carl gardait un œil sur le rétroviseur pour s'assurer qu'ils n'étaient pas suivis.

« Non, avait-il répondu.

— Mais on peut leur montrer qu'ils se trompent ! Je suis en vie. Je suis la preuve vivante que tu n'as pas mis le feu à la maison ni tué Shanahoff ! Je suis restée avec toi toute la nuit, je te sers d'alibi.

— Et Maggie ? Et Toni ? Et Harry ? Ils ne sont même pas encore au courant, pour Harry. Quand ils le trouveront, ils me prendront carrément pour Jack l'Éventreur !...

— Mais si on leur prouve qu'ils se trompent pour moi et Shanahoff, ils comprendront que tu es aussi innocent pour le reste, non ? » Il avait gardé le silence. « Il faut te livrer, Carl.

— Non, Amanda. C'est impossible.

— Mais pourquoi faut-il que tu sois si têtu ! s'était-elle écriée. Où on ira ? Qu'est-ce qu'on fera ? On ne peut rouler indéfiniment. Tu es soupçonné de plusieurs meurtres. Si tu ne te livres pas, ils t'abattront comme un chien, tu ne comprends pas ?

— Je comprends, crois-moi, lui avait-il répondu, cherchant sa main dans le noir. Et je suis d'accord avec toi. Tout ce que tu dis est vrai. Mais la dernière fois que j'ai appelé les flics, ils ont essayé de me tuer.

— C'est ta seule chance, Carl. Ta seule chance !...

— Quand j'aurai des preuves.

— Des preuves ? Quel genre de preuves ?

— Des preuves tangibles de ce qui se passe vraiment. Je me livrerai quand j'aurai découvert qui est derrière tout ça. Sinon, je passerai le reste de mes jours en prison. À moins, bien sûr, qu'ils ne préfèrent me liquider tout de suite... »

Après un silence, il avait ajouté :

« Il y a une autre raison pour laquelle je ne peux pas me livrer.

— Laquelle ?

— Toi. Il faut que je pense à toi. »

Amanda avait secoué la tête.

« Qu'est-ce que tu veux qu'ils me fassent ? Au pire, ils

m'accuseront d'avoir aidé un criminel en fuite. Je dirai que je couvrais l'affaire. Mon journal me soutiendra, pas de problème.

— *Ils ?* Tu parles des autorités. Moi je parle de ceux qui ont monté tout ça. Tu n'as pas encore compris à quel point ils sont puissants. Cinq minutes après que j'ai appelé les flics, ils essayaient de me tuer. S'ils contrôlent la police, qu'est-ce qu'ils contrôlent d'autre ? Ils ont déjà assassiné quatre personnes. Pour le moment, ils pensent que tu es la cinquième. Ils te croient morte, tu ne risques rien. Mais si tu refais surface, ils tenteront de t'éliminer, comme moi. Je ne sais pas qui ils sont mais je sais que dès que nous montrerons le bout du nez ils trouveront un moyen de te tuer. Et je ne veux pas de ça, si ça ne te dérange pas trop.

— Tu choisis vraiment ton moment pour avoir raison, avait-elle marmonné. Bon, alors, qu'est-ce qu'on fait ?

— On cherche à savoir ce qui se passe, voilà ce qu'on fait. »

Il lui avait exposé son plan dans la voiture. Tout partait de ce foutu livre. Il fallait découvrir ce qui s'était vraiment passé là-bas. D'abord, découvrir où se trouvait « là-bas ». Puis la véritable identité de « Danny ».

« C'est notre seule chance de savoir qui veut nous tuer. Notre seule chance », avait-il conclu.

Ils avaient roulé toute la nuit vers le sud sur la route 95, ne s'arrêtant qu'une seule fois pour faire le plein dans une station Mobil à la sortie de Richmond, Virginie. Ils avaient payé en liquide — il restait encore sept cents dollars sur les mille que Carl avait retirés à un distributeur de billets de Broadway — pour que le FBI ne puisse pas retrouver leur piste grâce à leurs cartes de crédit. Tôt dans la matinée, à une trentaine de kilomètres de Raleigh, Caroline du Nord, ils s'étaient arrêtés dans une de ces épouvantables nouvelles aires de services qui poussaient à travers tout le pays, monuments à l'efficacité et à la mauvaise bouffe érigés sur le terre-plein divisant la route afin d'être accessibles aux véhicules roulant dans les deux sens. Celui-là comprenait deux stations-service — une pour les voitures, une pour les camions et les autocars —, un *TCBY*, un

Roy Rogers, un *Sbarro Pizza*, un *Bob's Big Boy*, un *Nathan's*, un *Gourmet Bean*, un centre ATM avec téléphones et fax, une salle de jeux vidéo, des toilettes, un bureau du tourisme en Caroline du Nord et une supérette où Amanda avait acheté le journal local et le *Herald* ainsi que deux boîtes d'Animal Crackers et un litre d'eau minérale.

Carl était resté dans la Subaru. Pour ne pas risquer d'être reconnu.

Amanda était désorientée. Elle avait les jambes en caoutchouc après tant d'heures passées dans la voiture et se sentait littéralement agressée par les lumières vives, les odeurs de graillon, le bruit des jeux vidéo, les cris des enfants, le caquetage de charretées entières de touristes étrangers. Après une nuit sur la route, dans le noir, elle avait l'impression d'être parachutée dans un parc de loisirs ayant pour thème l'Enfer. Satan World. Ça ferait un bon sujet de papier pour l'une de ses « petites », pensa-t-elle. Bosser une nuit derrière le comptoir d'un *Roy's*, parler aux clients, essayer de savoir... Qu'est-ce qu'elle se racontait ? Elle n'avait plus de « petites ». Elle n'avait plus de travail.

Cher journal, Aujourd'hui, je suis devenue une criminelle en fuite recherchée dans plusieurs États. À part ça, rien de nouveau.

Aux toilettes, elle avait aspergé son visage d'eau froide, avait longuement scruté son image dans le miroir. Elle avait l'air exténuée mais son visage n'avait pas changé. Curieusement, il n'y avait aucune différence notable. Elle semblait être la même. Comment était-ce possible ?

Quand il n'y eut plus personne devant elle dans la queue du *Gourmet Bean*, elle commanda deux grands cafés au lait et deux muffins aux canneberges. La caissière, à demi endormie, ne lui accorda même pas un regard.

Dehors, le soleil brillait, il faisait déjà chaud. Amanda s'était garée aussi loin que possible des autres voitures. Dans la Subaru, Carl se faisait tout petit sur son siège et avait rabattu le pare-soleil. Il descendit sa vitre pour qu'elle lui passe ses achats.

— La bonne nouvelle, c'est qu'on me croit morte, annonça Amanda en montrant les journaux. Je ne sais pas pour combien de temps, mais ça nous donne probablement un jour de répit, deux au maximum. Quand ils comprendront que je ne suis pas encore bonne pour remplir une urne funéraire...

— Ils déduiront que tu es ma prisonnière ou ma complice.

— Dans les deux cas, ils resserreront le filet.

— Et la mauvaise nouvelle ?

Elle le regarda comme si elle n'arrivait pas à croire qu'il ne connaissait pas déjà la réponse.

— Tout le reste, bougonna-t-elle.

Le voyant feuilleter impatiemment le journal, elle lui demanda :

— Qu'est-ce que tu cherches ?

— Le score des Mets. Y a pas de rubrique sportive dans ce canard ?

— Les Mets ? Carl, comment peux-tu penser aux Mets en ce moment ? (Il ne trouva rien à répondre.) Dans la seconde partie, grogna-t-elle. Vers la fin.

Il parcourut rapidement l'encadré des résultats, referma le journal.

— Ils ont gagné.

— Tu te sens mieux ?

— Oui, avoua-t-il. Je sais que je devrais pas mais...

Elle s'installa à côté de lui et ils attaquèrent leur petit déjeuner sur le parking, savourant un bref moment de paix. Carl engloutit son muffin en lisant ce qu'on écrivait sur lui en première page. D'anciennes copines prétendaient avoir deviné le côté sombre de sa personnalité avant tout le monde. Le patron de la petite épicerie coréenne de son quartier déclarait au monde ébahi que Carl Granville avait un goût immodéré pour le jus d'orange Tropicana, qu'il parlait peu, était généralement mal rasé, qu'il faisait souvent ses courses aux petites heures de la matinée, et qu'il avait l'air furtif de quelqu'un qui vient de commettre une infraction.

Il y avait aussi une interview de son père.

Un fouille-merde l'avait retrouvé à Pompano Beach, Floride. Comme Alfred Granville détestait qu'on s'occupe de ses affaires personnelles, l'interview avait dû être pénible pour lui, mais pas autant que sa lecture pour Carl. Son père ne disait pas un mot pour le défendre. Il laissait au contraire entendre que Carl avait changé après la mort de sa mère. « Il était devenu morose, irascible. Il me repoussait. Non, je ne crois pas qu'il voulait qu'on l'aide. Il ne se rendait pas compte qu'il avait besoin d'aide. » Tels étaient les propos que le reporter avait soutirés à son père. « Cela m'est douloureux de penser qu'il est coupable, avait ajouté Alfred Granville, mais il faudra bien que je m'y fasse, comme je devrai me faire à mon propre sentiment de culpabilité. » Il parlait de son fils comme s'il avait déjà été jugé, comme s'il ne restait plus aucune question à poser. Comme si...

Carl déchira la page, la roula en boule, la tint contre sa poitrine et ferma les yeux. Puis ses doigts se desserrèrent lentement et il la laissa tomber sur le tapis de caoutchouc protégeant le plancher de la voiture. Il se torturait inutilement. Lire ces articles ne l'avançait à rien ; ils ne contenaient aucune information intéressante, pas une once de vérité. Pour ne plus y penser, il se mit à lire un autre article, au hasard.

— C'est quoi cette histoire de prêtre ? demanda-t-il à Amanda au bout d'un moment.

Elle haussa les épaules, signifiant par là que la disparition d'un ecclésiastique ne figurait pas pour le moment au premier rang de ses préoccupations, mais après un bref silence elle dit cependant :

— Je l'ai rencontré. Une de mes « petites » l'avait interviewé dans le cadre d'un papier sur la douleur. Ils avaient sympathisé. Le père Patrick, c'est ça ? Patrick Jennings ?

— Ouais. Qu'est-ce qui le faisait souffrir ?

— Il avait perdu sa sœur dans un accident de voiture. Tuée par un chauffard ivre. Ça l'avait bouleversé. Ce que je me rappelle surtout de lui, c'est que malgré son charme, son charisme et sa voix étonnante — on avait l'impression de l'entendre prêcher quand il parlait — il avait l'air profondément triste. Il avait parlé des jours qu'il avait passés à Marquette, les plus heureux de sa vie, d'après lui. Des jours de paix et d'étude...

— Qu'est-ce qui lui est arrivé, à ton avis ?

— On a retrouvé sa voiture près du fleuve, le réservoir à moitié plein. D'après l'article, il pourrait s'agir d'un suicide.

— Tu y crois, on dirait ?

Elle acquiesça de la tête.

— Il était assez déprimé pour ça. (Elle parcourut rapidement le reste du journal, fit la grimace.) Rien sur Harry.

— Rien non plus à la radio. C'est plutôt bizarre...

— Pourquoi ?

— Parce que quelqu'un cherche à me coller un tas de meurtres sur le dos, alors, pourquoi pas aussi celui de Harry ? Je suis allé chez lui, j'ai laissé mes empreintes partout...

— On n'a peut-être pas encore retrouvé le corps, suggéra Amanda.

— Ou quelqu'un préfère peut-être qu'on n'en parle pas.

— Pour quelle raison ?

— Je n'en sais rien. Je deviens peut-être parano.

— Peut-être. Mais tu as toutes les raisons de l'être.

Sur ce, Amanda fit démarrer la Subaru. Ou du moins essaya. Carl se raidit, ferma les yeux. Amanda récita une prière silencieuse et la voiture partit vaillamment au deuxième essai.

Ils étaient de nouveau sur la route.

Vingt minutes environ après avoir quitté l'aire de services, Amanda se gara sur le bas-côté, chercha dans la boîte à gants sa carte des États du Sud-Est, la déplia.

— Il est temps de s'y mettre sérieusement, décréta-t-elle. Si j'ai bien compris, on ne connaît pas le nom de la ville qu'on cherche ? On ne sait même pas dans quel État elle se trouve ?

— Exact. Nous savons seulement que c'était un trou, qu'elle sentait mauvais, et qu'Elvis y a chanté. Dans la ville même ou dans les environs. Elle peut aussi bien se trouver dans l'Arkansas que dans l'Alabama, le Mississippi, la Louisiane...

— En tout cas, si nous restons sur la 95, nous finirons à Miami, dit Amanda, étudiant la carte. Et ça ne nous arrange pas. Dans un quart d'heure, nous allons croiser la 40, qui traverse les

Great Smoky Mountains en direction de... Nashville. Je propose qu'on prenne la 40. D'accord ?

— D'accord. Et je propose qu'on prenne contact avec ton amie Shaneesa.

— Vraiment ? fit Amanda, surprise et ravie.

Elle ne pouvait se faire à l'idée que sa protégée la croie morte.

— Elle nous a aidés à trouver Harry, elle pourra peut-être découvrir le sens de *Bienvenue.* Ou nous aider à trouver notre ville mystère. Tout au moins à réduire le champ d'investigation. Sinon, on est bons pour chercher une aiguille dans la plus grande meule de foin du monde. Du moment que...

Carl laissa sa phrase en suspens, tourna vers Amanda un visage grave. Une mèche de ses cheveux blonds était tombée sur son front et elle dut résister à l'envie de la relever.

— Tu crois que tu peux lui confier ta vie ? Nos vies ?

— Je peux lui faire confiance, répondit-elle d'un ton assuré.

Quand la petite Subaru cabossée quitta la 95 pour prendre la 40 et la direction de l'ouest, le Liquidateur tendit aussitôt la main vers son téléphone cellulaire et composa un numéro sans quitter la route des yeux.

Il risquait de les perdre, maintenant, en plein jour. Pendant la nuit, sur la route déserte, les feux arrière de la Subaru lui avaient servi de repère. C'était aussi facile que suivre les feux d'un autre navire en mer. En maintenant un écart de huit cents mètres. Ce n'était plus possible maintenant, avec la circulation matinale, les camions, les voitures. Et le soleil, bas sur l'horizon derrière eux, dont les rayons se réfléchissaient dans les pare-brise des véhicules venant en sens inverse. Le Liquidateur avait les yeux fatigués après une nuit au volant.

La fatigue ne réduisait cependant pas sa vigilance. Au besoin, il pourrait les suivre quarante-huit heures d'affilée grâce à un conditionnement physique et mental adéquat. La boîte à gants de la Suburban contenait en outre une ample provision d'une amphétamine puissante connue dans la rue sous le nom de

Seven-Eleven[1]. Il préférait ne pas prendre de drogue mais les stimulants étaient efficaces en cas d'urgence, et de beaucoup préférables à l'autre solution.

— 'llô, ouais, qu'est-ce qu'y a ? bredouilla lord Augman à l'autre bout du fil.

Cela amusa le Liquidateur de constater que le magnat était encore au lit. Combien de fois ne l'avait-il pas entendu se vanter, dans les interviews, de devoir sa réussite à son habitude de se lever invariablement à cinq heures du matin, où qu'il se trouve ? À Washington, en l'occurrence.

— Vous m'avez demandé de vous téléphoner s'il y a du changement...

— Oui, oui. Certes, dit Augman, retrouvant son accent distingué.

— Je ne voudrais pas vous inquiéter mais ils roulent en direction de Nashville.

Un moment, on n'entendit que la respiration un peu sifflante du milliardaire.

— Je vois, finit-il par dire.

Le Liquidateur se demanda ce qu'il pouvait bien voir, mais garda le silence.

— Je crois qu'il est temps que nous nous occupions d'eux, poursuivit Augman. Que *vous* vous occupiez d'eux.

— C'est ce que vous voulez ?

— Un moment, je vous prie...

Le Liquidateur entendit un cliquetis de touches, devina qu'Augman vérifiait quelque chose sur son ordinateur portable, appareil qu'il emmenait au lit avec lui chaque soir. Une autre clef de sa réussite. Lorsqu'il la révéla au monde dans un portrait de lui réalisé par *60 Minutes*, des millions de jeunes cadres ambitieux se mirent à l'imiter ; des milliers de couples furent sans doute détruits.

— Bon sang ! fit-il, tout excité. Vous avez vu l'audimètre pour *Il faut savoir* ?

1. Nom de magasins ouverts de sept heures à vingt-trois heures. *(N.d.T.)*

— Non. Curieusement, ça m'a échappé.

— Nous n'avions pas grimpé aussi haut depuis le verdict d'O. J... (Nouveau cliquetis.) Nos tirages augmentent à New York et à Washington, ANN a pris dix pour cent cette semaine...

— Autrement dit, on ne s'occupe pas d'eux pour le moment ?

— Exactement. Laissez-les... tranquilles. Mon instinct était juste. Le public adore ce garçon, encore plus maintenant qu'il croit qu'il a tué la seule femme qu'il ait jamais aimée. Je commence moi-même à l'apprécier, dit Augman, carrément jovial. Ils nous sont bien plus utiles vivants que morts. À moins qu'ils n'en apprennent assez pour devenir une réelle menace, naturellement. Est-ce bien compris ?

— Tout à fait.

— Je peux vous envoyer Payton par avion, si vous le souhaitez...

— Non, non.

Avoir Payton comme équipier était le pire cauchemar du Liquidateur. L'ancien flic était un minable, un raté. Il préférait l'aide de la boîte à gants.

— Comme vous voudrez. En tout cas, ne les perdez pas.

— Vous pouvez compter sur moi.

— Si vous réussissez un jour à mieux me connaître — ce qu'à Dieu ne plaise —, vous découvrirez que je ne compte sur personne. Bonne journée.

Jeremiah Bickford avait toujours pensé qu'il serait un jour président des États-Unis.

Il y avait cru quand il était président du Club de discussion du collège Taft à Athens, Ohio, en 1944. Il y croyait encore quand il avait été élu président de sa promotion au lycée Lincoln en 1947. Après quoi tout avait semblé confirmer ses ambitions : arrière dans la sélection nationale de football, premier de sa classe à l'université de Miami, Ohio, capitaine dans l'armée de l'air, classé dans les premiers à la faculté de droit. Il avait été engagé par l'un des plus prestigieux cabinets juridiques du Midwest, était devenu associé au bout de cinq ans. À trente-quatre ans, il avait été élu au Congrès avec un score étonnant de soixante-neuf pour cent des votes.

Jerry Bickford s'était attelé à la conquête de Washington avec la même facilité et la même réussite. Lyndon Johnson se prit de sympathie pour le jeune député et l'installa sous son aile. Bientôt, il but le bourbon en bras de chemise avec John Connally, prit le petit déjeuner au domicile du vice-président en écoutant Hubert Humphrey se plaindre que personne ne faisait attention à lui.

Pendant les vingt années qui suivirent, Bickford fit son travail remarquablement bien, garda le contact avec sa base, dans l'Ohio, se fit de nouveaux amis à Washington, veilla à ne se faire qu'un petit nombre d'ennemis isolés et devint l'un des hommes politiques les plus respectés du pays. Il combattit Nixon, secoua la tête devant l'incompétence de McGovern, tenta vainement de contourner l'entourage inexpérimenté et arrogant de Carter et conclut les meilleurs accords possible avec Reagan, sans jamais être totalement certain que Ronnie savait exactement qui il était.

Ce fut en 1988 qu'il prit conscience qu'il ne serait lui-même jamais président, et cette révélation lui causa un choc.

Le pays ne s'intéressait plus au travail, ni aux bonnes actions ni aux valeurs authentiques du Midwest. Les Américains avaient pris goût aux campagnes tapageuses et calomnieuses auxquelles Bickford refusait de s'abaisser. Il réagit comme il l'avait toujours fait : il prit du recul, évalua la situation, haussa les épaules et se remit au travail, devint le mentor d'une nouvelle génération d'élus, de ceux qui voulaient prendre la peine d'apprendre les ficelles.

Tom Adamson en faisait partie. Les deux hommes avaient fait connaissance quand Adamson était dans la vingtaine brillante, Bickford dans la quarantaine respectée. Bickford admirait le brio, Adamson recherchait désespérément le respect. Leurs rapports évoluèrent rapidement au-delà d'un simple partenariat politique. Ils devinrent amis, allèrent à la chasse ensemble, prirent des vacances ensemble avec leurs épouses, passèrent de longues soirées à discuter du Moyen-Orient et des taux d'intérêt. Jerry et sa femme, Melissa, nouèrent aussi des liens d'amitié avec Elizabeth Adamson. Ils admiraient son intelligence et sa confiance en soi ; ils l'aidèrent à se sentir plus à l'aise sous les feux de l'actualité. Elizabeth finit par occuper une place si prépondérante dans l'entourage d'Adamson que Bickford passait presque autant de soirées en tête à tête avec elle qu'avec son mari pour lui apprendre comment les choses se passent en coulisses, pour lui montrer comment se concilier la presse et, d'une manière générale, se faire des amis et acquérir de l'influence au Congrès.

Ce fut Jerry Bickford qui fit élire Tom Adamson président. Il fut le premier des membres de la vieille garde à soutenir l'outsider sudiste. Il écrivit des discours de campagne pour lui, collecta des fonds pour lui et convainquit les autres qu'Adamson pouvait non seulement diriger le parti mais gagner la confiance du pays. Nul ne fut surpris à Washington quand le jeune candidat demanda à son mentor de devenir son colistier. Nul ne fut étonné quand Bickford accepta. Ils formaient l'équipe idéale. La sagesse et l'équilibre de l'homme mûr, le dynamisme et le charisme de son cadet.

Parfois, cependant, il arrivait à Jeremiah Drew Bickford de s'interroger tard dans la nuit, en fixant le plafond, sur le chemin qu'il avait pris. Il le faisait en ce moment même, bien que ce fût l'après-midi et qu'il traversât la Maison Blanche pour prendre le thé avec le président et la *First Lady*. Dès qu'il entra dans le salon, Adamson lui lança :

— Ce que tu demandes est totalement inacceptable.

— Vous devriez peut-être entendre mes arguments, monsieur le Président...

— Je n'ai pas envie de t'écouter. Et ne m'appelle pas « monsieur le Président », vieux roublard. Ça signifie généralement que tu mijotes quelque chose. Depuis quand tu n'embrasses plus ma femme pour lui dire bonjour ? Elle n'est pas assez belle pour toi ?

Bickford se tourna vers Elizabeth Adamson, qui portait un tailleur rouge sur une blouse de soie blanche. Il la trouva magnifique. Elle combinait l'élégance et la dignité comme peu de femmes qu'il connaissait.

— Avec tout le respect que je te dois, monsieur le Président, elle est bien trop belle pour toi. Et je ne l'embrasse pas parce que je ne suis pas très présentable, en ce moment...

— Faites voir, Jerry, demanda avec douceur Elizabeth Adamson.

Le vice-président baissa le mouchoir qu'il tenait contre sa bouche.

— Plutôt moche, hein ?

— Pas assez pour démissionner, mon vieux, argua Adamson. Pas assez pour t'empêcher de faire un travail que tu aimes. Et dont le pays a besoin.

— Je n'en suis plus capable, Tom. Regarde-moi.

Adamson regarda son meilleur ami et eut envie de pleurer. Le côté droit du visage de Jerry pendouillait de la paupière au coin de la bouche, lui donnait presque une tête de basset. Il avait l'élocution difficile, comme s'il avait bu. Son œil droit larmoyait et, quand il tenta de sourire pour rassurer le président et sa femme, une goutte de salive se forma sur sa lèvre inférieure, roula sur son menton. Bickford l'essuya aussitôt avec son mouchoir.

Cela faisait une semaine que le vice-président avait contracté le mal de Bell, paralysie des muscles faciaux qui l'avait frappé brusquement. Les médecins n'avaient aucune explication. Il s'était réveillé un matin avec le visage flasque et un filet de salive aux lèvres. Il avait découvert peu après qu'il ne sentait plus le goût des aliments, et que les sons lui parvenaient déformés.

Les médecins assuraient que cette paralysie disparaîtrait d'ici à quelques mois. Voire six semaines, s'il avait de la chance. Le risque existait cependant qu'elle ne disparaisse jamais.

Il avait l'air d'un vieil homme diminué par une attaque, un vieil homme bavant et zozotant. C'est pourquoi il avait décidé de démissionner de son poste de vice-président. Il finirait son mandat mais il était venu prévenir Tom que dans trois semaines, à la convention du parti, il devrait se choisir un nouveau colistier.

— Le physique n'a jamais été ton point fort, tu sais, Jerry, fit valoir le président.

— Ce n'est pas seulement la maladie en soi, Tom. Pour moi, c'est un signe : je suis trop vieux pour continuer à jouer un jeu de jeune.

— Vous êtes l'homme le plus jeune que je connaisse, Jerry, déclara Elizabeth Adamson.

— Et vous la femme la plus délicieuse. La plus menteuse aussi. Ne me servez pas de cette saleté de thé, il me ferait baver sur ma chemise. Donnez-moi plutôt quelque chose de fort, s'il vous plaît.

Le président emplit à moitié de scotch un grand verre, le tendit à Bickford, s'en servit un aussi. Quand il se tourna vers sa femme, elle eut un regard signifiant : « Après tout, pourquoi pas ? »

Après qu'ils eurent porté un toast silencieux, Adamson revint à la charge :

— Nous pouvons au moins en discuter, non ?

— Nous pouvons faire tout ce que tu veux. Je suis à ton service, Tom.

— Oh ! pas de baratin. Je veux savoir si je peux te faire changer d'avis. Ce n'est pas seulement important pour moi, personnellement, c'est important pour le pays.

— Je serais un handicap pendant la campagne, tu sais que j'ai raison. Même si j'étais capable de faire le boulot — ce dont je doute —, imagine la fête que se paieraient les médias en étalant ma trombine en première page. La galerie des horreurs. « Et maintenant, en direct chûr CNN, le viche-président va echayer de vous adrecher la parole » !

Elizabeth Adamson se leva, s'approcha de Bickford et lui prit la main.

— Jerry, sans vous nous ne serions pas ici. Nous nous fichons de ce que les médias feront ou diront. Vous êtes le meilleur ami que nous aurons jamais, Tom et moi. Alors, la seule chose qui compte, c'est ce que *vous*, vous souhaitez faire. Si vous acceptez de vous représenter avec Tom, ce sera une joie pour nous. Si vous refusez, nous vous aiderons à tourner la page. Un poste ministériel maintenant ou dans six mois, une ambassade : ce que vous voudrez.

Le vice-président réfléchit, puis il posa un regard affectueux, reconnaissant, sur le couple présidentiel.

— Je veux arrêter, répondit-il. C'est mieux pour moi comme pour vous.

Il y eut un silence. Elizabeth, livide, semblait ébranlée par le caractère définitif des mots prononcés par Bickford. Adamson avait l'air effondré.

— J'aimerais retarder l'annonce de ma démission, poursuivit Bickford. La rendre publique le moins de temps possible avant la convention...

— Jerry, si votre décision est prise, il vaut mieux l'annoncer rapidement, suggéra Elizabeth. Nous ne voulons pas donner aux électeurs l'impression que le futur vice-président a été choisi à la dernière minute. En revanche, si vous pouvez encore changer d'avis, nous attendrons la toute dernière...

— Non, c'est décidé. Et vous avez raison, bien sûr. Faites comme bon vous semblera. Cela ne changera pas grand-chose pour moi. D'ici là, je me montrerai le moins possible pour ne pas effrayer les enfants et les animaux...

Elizabeth tenta de plaisanter :

— Qu'en pense Melissa ? Elle est épouvantée de savoir qu'elle va vous avoir constamment dans les jambes, maintenant ?

— Elle est tout excitée. Elle pense que nous allons enfin pouvoir voyager sans tenir compte des dates des cérémonies officielles.

— Trouve-moi un remplaçant qui fera exactement ce que je lui dirai. Pas comme toi, vieille tête de mule, fit Adamson, prenant un ton bourru pour cacher sa tristesse.

Bickford esquissa un sourire mais dut le dissimuler derrière son mouchoir.

— J'essaierai. Je ne peux rien te promettre : qui pourrait avoir envie de travailler avec toi ?

Le président vida le reste de son scotch, s'en resservit aussitôt un autre. En portant le verre à ses lèvres, il examina Bickford et pensa : *C'est vrai qu'il a l'air vieux. Vieux et effrayé. C'est peut-être ce qui arrive en vieillissant. On se met à avoir peur...*

— Si je peux me permettre... commença le vice-président. Il y a autre chose. De toute évidence, je tombe en ruine. Mais c'est pour toi que je me fais du souci, Tom. Il y a une chose qui ne va pas.

— S'il n'y en avait qu'une ! L'opposition a torpillé mon projet de budget, les Irakiens...

— Non, je parle d'autre chose.

— Quoi ?

— Je l'ignore. Tu sembles préoccupé. Tendu. Je t'observais, l'autre jour, pendant que tes collaborateurs te briefaient sur Netanyahu. Tu n'as pas entendu un mot de ce qu'ils ont dit. Ça ne te ressemble pas.

— Je... j'ai beaucoup d'autres choses en tête...

— Quand nous sommes allés chez ta mère, pour son anniversaire, tu étais en pleine forme. Je t'en ai même fait la remarque : « Comment le président des États-Unis peut-il être aussi détendu ? » Depuis, il s'est passé quelque chose...

— Tom ne dort pas bien, ces temps-ci, intervint Elizabeth. Son dos fait des siennes.

— Pourquoi tu ne m'en as rien dit ? reprocha Bickford à son ami. C'est une vraie torture, je le sais.

Elizabeth leva les yeux au plafond.

— Vous le connaissez, il croit encore qu'il a seize ans...

— Ça me rassure. Je peux recommencer à m'apitoyer sur moi-même sans me faire du souci pour Tom.

— Vous savez que nous vous aimons beaucoup, tous les deux, rappela Elizabeth.

— Oui, je le sais, murmura le futur ex-vice-président.

— Pourquoi tourne-t-on ? s'étonna Carl quand Amanda quitta soudain la route nationale.

— Parce qu'on est à Chapel Hill, voilà pourquoi, répondit-elle en engageant la Subaru dans les faubourgs cossus de la ville.

Cela, Carl le savait déjà. Il le savait parce que, pendant ses études à Cornell, son équipe avait fait le pèlerinage pour un match amical au Dean Dome. Une vraie piquette, 90-44, bien que Carl eût réussi à servir huit passes décisives et à maintenir Hubert Davis à 32 points.

— Et alors ?

— Tu as regardé les informations à la télé, dernièrement ? Toutes les pubs portent sur des produits pour vieux : colle à dentier, protection contre l'incontinence, assurances, Cadillac... Tu me suis ?

Carl posa sur elle un regard admiratif. Quand il n'était pas au mieux de sa forme — pour des raisons évidentes, c'était le cas en ce moment —, la logique des raisonnements d'Amanda lui échappait souvent. Son charme, en revanche, opérait toujours. Comment pouvait-on être aussi adorable après avoir roulé toute la nuit ? Il songea à lui poser la question, conclut qu'il ne valait mieux pas.

— Je te suis. Simplement, je ne sais absolument pas de quoi tu parles...

— Les étudiants ne regardent pas le JT. Ils ne lisent pas non plus les quotidiens. La dernière étude prospective du *Journal* montre qu'ils constituent le marché le plus difficile pour nous. L'actualité les gonfle. Ils préfèrent écouter de la musique, faire la bringue et draguer les membres du sexe opposé...

— Je ne leur reproche pas.

Amanda jeta à Carl un regard désapprobateur.

— Quoi qu'il en soit, nous risquons moins d'être reconnus par les résidants d'une ville universitaire que par les habitants d'un bled perdu dans...

— Tu es sûre ? la coupa-t-il.

— Surtout en été, quand il ne reste que les joueurs de foot ou les médiocres qui bûchent sur les matières où ils ont été collés, argua-t-elle avec confiance. En plus, quoi de mieux qu'une ville universitaire pour trouver un endroit où louer des ordinateurs à l'heure ?

De plus en plus adorable, pensa-t-il.

Ils repérèrent immédiatement ce qu'il leur fallait : il y avait près du campus un grand Kinko's ouvert vingt-quatre heures sur vingt-quatre. Et un Copy World juste en face. Les deux magasins louaient des ordinateurs à l'heure. Tous deux étaient aussi très animés, vivement éclairés, remplis d'étudiants frais et dispos. Amanda traîna un moment sur le trottoir, examina la clientèle d'un œil méfiant, ne parut pas pressée de mettre sa théorie à l'épreuve. Comme Carl partageait tout à fait ses réticences, ils continuèrent à chercher.

Dans une ruelle, entre un salon de coiffure unisexe et un atelier de réparations d'équipement stéréo, ils trouvèrent la solution : *Virtual Coffee*, le café des internautes de Chapel Hill, sombre, crasseux, et presque désert à cette heure matinale. On y accédait au Web pour dix dollars l'heure selon la pancarte écrite à la main collée sur la vitrine sale.

Amanda se gara devant, ouvrit sa portière. Voyant Carl faire de même, elle lui demanda :

— Tu crois que c'est une bonne idée ?

Il hésita, jeta un coup d'œil sur la faune du lieu. Il n'y avait que deux clients, dont le regard semblait scotché à leur écran.

— Si je sors pas de cette voiture, je vais me transformer en bretzel, geignit-il.

— Ça veut dire que tu viens ?

— Je viens, confirma-t-il.

Avant qu'elle ait eu le temps de descendre, il lui posa la main sur le bras pour la retenir, lui expliquer qu'il ne pouvait continuer à rester passif, qu'il fallait absolument qu'il fasse quelque chose. Ce fut une erreur. Il n'aurait pas dû la toucher. Il sentit comme un courant électrique passer de l'extrémité de ses doigts à la peau fine et blanche d'Amanda. Elle aussi le sentit, il en était sûr. Ils demeurèrent face à face et silencieux pendant un temps qui leur parut durer des heures mais qui n'excéda sans doute pas quelques secondes. Les yeux de Carl sondèrent ceux d'Amanda, ne reçurent pas de réponse. À moins de considérer un claquement de portière comme une réponse. Il la regarda s'engouffrer littéralement dans le café puis la suivit en grognant, les membres ankylosés.

Virtual Coffee était le genre de cafétéria de campus où les étudiants traînent et bavardent. Ce qu'il y avait d'un peu inhabituel, c'était que ceux qui se faisaient la conversation n'occupaient pas physiquement le même lieu. Il y avait une douzaine d'ordinateurs de marques diverses, tous déjà anciens, des tables et des chaises dépareillées, rafistolées. Un panneau d'affichage couvert d'annonces et de graffitis, un comptoir derrière lequel un néo-branché cadavérique était assis, collé à son propre PC. En fond sonore, un vieil album de Dave Brubeck, *Time Out*, fournissait un contrepoint insolite. *Très curieux clash des générations*, pensa Carl.

Amanda alla louer un ordinateur au barman pendant que Carl s'asseyait devant un vieux Mac balafré, approchait son visage le plus possible de l'écran pour le cacher aux deux autres clients. L'un, en treillis et tennis délacées, s'absorbait dans une sorte de combat vidéo en ligne. L'autre, cheveux filasse descendant jusqu'à la taille, était lancé dans un débat acharné. Aucun d'eux ne semblait avoir remarqué l'arrivée de Carl et Amanda.

Elle le rejoignit avec deux expressos, lui en tendit un et prit possession du clavier en disant :

— Shaneesa devrait être en salle de presse, à cette heure-ci...

Elle fit aller ses doigts et Carl lut à mesure qu'elle tapait le message envoyé à la journaliste :

Tu as merdé ta nécro, ma caille. Je n'ai JAMAIS dirigé le chœur des supporters. C'était Devon Brown.

Ils attendirent la réponse en buvant nerveusement leur café. Une minute passa, puis une autre. Amanda tapotait des doigts sur la table. Carl commençait à s'éloigner quand un petit soupir soulagé le fit se tourner de nouveau vers l'écran. Le message était là, clair et net :

Qui que vous soyez, c'est con et méchant, comme blague.

Un petit sourire aux lèvres, Amanda se remit à taper :

Ce n'est pas une blague. Et où tu as été prendre que je plisse le nez quand un article me déplaît ?

La réponse fut cette fois plus rapide, comme si Shaneesa était remise de sa stupeur.

C'est pas possible... T'es morte !
Non. Je n'étais pas chez moi. Merci quand même pour tes paroles aimables.
Où t'es, ma biche ?
Ah ça y est. Mais d'abord, ton système est sûr ?
On peut pas plus sûr, tu me connais.
Qui peut y avoir accès ?
Personne à part ta petite dingue de l'informatique.
Tu en es sûre ?
Mon système de sécurité est si étanche que Dieu en personne — et même Steven Jobs — arriverait pas à le percer. Ça les rend fous, les costard-cravate, ici au canard. Tu me parles sur cette machine, tu parles à personne d'autre. Alors, je répète, t'es où ?
Il vaut mieux que tu ne le saches pas. Et cette conversation doit rester STRICTEMENT entre nous. Pas un mot à personne. OK ?
OK. T'es pas seule, si j'ai bien compris.
Pas de commentaire.
Ouah ! ça me branche. « Les amants en fuite »... Vous avez remis ça, tous les deux, hein ? Me déçois pas, s'il te plaît.

— Je commence à la trouver sympa, cette fille, glissa Carl.
— La ferme, grogna Amanda, dont les joues se coloraient.

Sors ta cervelle du caniveau, S. De toute façon, ce n'est pas le moment de discuter de ça. On a du boulot sérieux.
OK, OK, mais juste pour savoir : je couvre l'affaire ?
Il s'agit de vie et de mort et tu penses à ton article ?
C'est ce que tu m'as appris...
D'accord, elle est à toi.
Alors, vas-y.
Il me faut le plus grand fan d'Elvis au monde.
Quel Elvis ?
Presley, tiens.
Lequel ? Y a des sous-espèces : l'Elvis d'Hollywood, l'Elvis de Vegas, Elvis jeune, Elvis gros, Elvis mort...
L'Elvis de 1955.

Donne-moi cinq minutes. Et les numéros de tes cartes de crédit.
Pour quoi faire ?
File-moi ces numéros et pose pas de questions. Sinon, moi aussi je vais en poser.

Amanda tapa les numéros de ses cartes American Express et Visa puis attendit, penchée en avant, les mains jointes autour des genoux, les yeux rivés à l'écran. Carl regarda autour de lui, s'inquiéta.

— Te retourne pas tout de suite, murmura-t-il, mais le barman nous regarde d'un drôle d'air.

— J'ai presque fini. Plus qu'une minute.

— Il lorgne le téléphone...

— Il faut qu'on ait la réponse de Shaneesa.

— Amanda, on y va...

— Juste une minute !

— Il veut peut-être appeler sa sainte mère, j'en sais rien, mais il vaut mi...

— La revoilà.

Carl baissa les yeux vers l'écran, où le message de Shaneesa venait d'apparaître.

Ce qu'il te faut, c'est Duane et Cissy LaRue, Miller's Creek Road, Hohenwald, Tennessee. Suis à peu près sûre qu'ils correspondent à ce que tu cherches.
Ils sont sur le Web ?
Non, pour des raisons évidentes.
Pourquoi évidentes ?
Tu le sauras quand tu les verras. Quoi d'autre ?
Puisque tu en parles... Tu peux me trouver ce que veut dire « Bienvenue ? »
Je peux sûrement, mais si tu me donnais un tout petit indice ça m'aiderait.
J'aimerais bien en avoir un. C'est un mot français.
Qu'est-ce que tu veux savoir au juste ?
Pourquoi un homme sur le point de décamper se fait tatouer ce mot sur le bras.
Quand tu dis décamper, tu veux dire quitter le pays ?

Amanda leva les yeux vers Carl, qui hocha la tête.

Affirmatif, tapa-t-elle.
Je m'y mets tout de suite. À pluss, ma poule. Sois sage.
Trop tard pour ça, j'en ai peur.
En tout cas, fais gaffe. Je t'embrasse.
Moi aussi.

Amanda se déconnecta, fixa un moment l'écran vide. Pas très longtemps, cependant, parce que Carl la fit se lever en la tirant par la manche.

— Pour l'amour du ciel, foutons le camp d'ici !

Elle regarda le barman, qui les observait en plissant des yeux ; elle regarda les deux accros du Web, qui avaient levé la tête en entendant le bruit étrange de vraies voix humaines. Elle regarda l'écran de l'ordinateur, unique lien avec un passé moins dément.

Ils sortirent.

21

Transcription partielle de la réunion de la sous-commission Télécommunications, Commerce et Protection du consommateur, de la commission sénatoriale sur le Commerce, le 11 juillet.

Sujet : les télécommunications internationales par satellite.

Transmis sur Internet. Site http:\\ www.anntranscripts.com

Grâce à ANN en-ligne, suivez en DIRECT les sessions de la commission sénatoriale sur le Commerce. Assistez aux réunions précédentes en vous connectant sur nos archives.

La commission doit en principe poursuivre ses travaux mardi, mercredi et jeudi de la semaine prochaine. Chaque session commence à dix heures, heure de la côte Est. Notez que le Congrès suspendra ses activités du samedi 2 août au lundi 1er septembre pour ses vacances d'été.

Le 17 juin, la commission sénatoriale sur le Commerce a commencé à examiner les problèmes posés par les accords commerciaux internationaux ainsi que les questions soulevées par les fusions à caractère monopoliste et les restrictions gouvernementales concernant les télécommunications par satellite. La commission de la Chambre des représentants sur la Réforme du commerce devrait entamer ses propres travaux sur la question plus tard dans l'année.

Membres de la commission : sénateur Walter Chalmers (R[1], Wyoming), président, sénateur Charles Benson (R, Rhode Island), sénateur Molly Hearns (D, Californie), sénateur Alexander Mayfield (D, Arizona), sénateur Paul Maxwell (D, Texas).

Aujourd'hui la liste des témoins comprend lord Lindsay Augman, président-directeur général d'Apex International. Jeremiah D. Bickford, vice-président des États-Unis d'Amérique, retenu par d'autres obligations, a dû annuler sa comparution.

SÉNATEUR CHALMERS : Bonjour. Je suis le sénateur Walter Chalmers, président de la sous-commission du Sénat sur les Télécommunications, le Commerce et la Protection du consommateur. Je tiens à remercier tous les membres de notre commission ainsi que notre premier témoin, lord Lindsay Augman, qui a accepté de venir nous éclairer sur ce problème. Lord Augman ?

LINDSAY AUGMAN : Je suis Lindsay Augman, président-directeur général d'Apex International. Je remercie le président et toute la commission de la possibilité qui m'est offerte aujourd'hui de témoigner.

SÉNATEUR CHALMERS : Monsieur Augman... puis-je vous appeler *Mister* Augman ?

LINDSAY AUGMAN : Vous pouvez même m'appeler Lindsay, Walter.

SÉNATEUR CHALMERS : Merci beaucoup. Lindsay... vous n'ignorez sans doute pas que le président de Fairfield Aviation est venu témoigner hier...

LINDSAY AUGMAN : Nullement. Je fais appel à Fairfield Aviation pour la construction et le lancement de mes satellites de communication.

SÉNATEUR CHALMERS : Construction et lancement qui coûtent à peu près... ?

LINDSAY AUGMAN : Approximativement cent millions de dollars.

SÉNATEUR CHALMERS : Par satellite ?

1. R ou D pour républicain ou démocrate, suivi de l'État représenté. *(N.d.T.)*

LINDSAY AUGMAN : Par satellite.

SÉNATEUR CHALMERS : Selon mes chiffres, le coût serait plus proche de cent vingt-cinq millions...

LINDSAY AUGMAN : Il peut atteindre cette somme.

SÉNATEUR HEARNS : Alors, pour le procès-verbal, pouvons-nous retenir « approximativement cent vingt-cinq millions de dollars » ?

LINDSAY AUGMAN : C'est une estimation correcte...

SÉNATEUR CHALMERS : Merci, sénateur Hearns, mais je vous serais reconnaissant d'attendre votre tour pour interroger Mr. Augman.

SÉNATEUR HEARNS : Lindsay, vous voulez dire.

SÉNATEUR CHALMERS : Monsieur Augman, dans quels domaines des communications utilisez-vous ces satellites ?

LINDSAY AUGMAN : Tous ceux dans lesquels Apex travaille. Télévision, radio, télécommunications...

SÉNATEUR CHALMERS : Pouvez-vous nous donner une idée de vos activités dans ces domaines ?

LINDSAY AUGMAN : Une idée très précise, même. Les satellites d'Apex couvrent cinq continents. En Amérique latine, nous avons Apex Entertainment Latin America et Channel Apex. Au Royaume-Uni, nous avons Apex Star Broadcasting. En Allemagne ApexEin. En Australie Aptel et en Inde State TV et Star India. Et comme vous le savez, sénateur, nous venons de démarrer en Amérique avec ApStarUS.

SÉNATEUR CHALMERS : Pourriez-vous nous fournir des détails sur certaines de ces sociétés. En... en Inde, par exemple. Simplement pour notre information.

LINDSAY AUGMAN : Sur quels points exactement désirez-vous que je vous informe ?

SÉNATEUR CHALMERS : Commençons par la taille du public.

LINDSAY AUGMAN : Pas énorme, pour le moment. Quarante-cinq millions d'Indiens seulement ont la télévision en couleurs. Et je ne détiens pas l'exclusivité de la transmission par satellite. Je suis contraint de partager.

SÉNATEUR HEARNS : Navrée de l'apprendre. C'est tellement désagréable de partager...

SÉNATEUR CHALMERS : Sénateur, je vous en prie. Monsieur Augman... quand vous construisez et lancez un satellite, quand vous faites une campagne d'abonnement dans un pays étranger, y a-t-il des retombées économiques dans notre pays ?

LINDSAY AUGMAN : Des retombées de toutes sortes.

SÉNATEUR CHALMERS : Pouvez-vous développer, s'il vous plaît ?

LINDSAY AUGMAN : Nous construisons nos satellites en Californie du Sud, c'est là que se trouve Fairfield. Nous créons ainsi un nombre substantiel d'emplois. Chaque fois que nous construisons un satellite, des dizaines de millions de dollars reviennent à la communauté. En second lieu, la plupart de mes sociétés de production sont américaines, et les émissions vendues à l'étranger leur rapportent de l'argent. Non seulement ces sociétés emploient des dizaines de milliers de personnes mais elles sont une manne pour les communautés locales et pour le gouvernement.

SÉNATEUR CHALMERS : Vous faites allusion aux impôts ?

LINDSAY AUGMAN : Des centaines de millions de dollars d'impôts.

SÉNATEUR CHALMERS : Quels sont les pays où vous aimeriez vous implanter ?

LINDSAY AUGMAN : La réponse est facile : partout où nous ne le sommes pas encore.

SÉNATEUR HEARNS : Vous vous portez apparemment fort bien, monsieur Augman, pour un homme doté d'un appétit aussi vorace.

SÉNATEUR CHALMERS : J'en ai assez de vos plaisanteries, sénateur. Si vous n'êtes pas capable de respecter la procédure, je vous suggère de vous absenter pendant cette partie du témoignage.

SÉNATEUR HEARNS : Toutes mes excuses, sénateur. Si difficile que cela puisse être, je vais faire de mon mieux pour garder le silence.

SÉNATEUR CHALMERS : Dieu soit loué ! Monsieur Augman, il y a un point qui suscite ma perplexité : pourquoi ne couvrez-vous pas un plus grand nombre de pays ?

LINDSAY AUGMAN : Ce n'est pas si facile. Il y a des règles. Et je dois les suivre, comme tout le monde.

SÉNATEUR CHALMERS : Donnez-nous des exemples.

LINDSAY AUGMAN : Les accords commerciaux entre gouvernements, pour commencer. Cela peut causer d'énormes complications.

SÉNATEUR CHALMERS : Nous ne faisons pas d'affaires avec Cuba, vous ne pouvez pas obtenir d'autorisation de diffuser sur Cuba, ce genre de choses ?

LINDSAY AUGMAN : Exactement.

SÉNATEUR CHALMERS : D'autres exemples ?

LINDSAY AUGMAN : L'espace aérien. La FCC[1] régit l'espace aérien, les créneaux orbitaux...

SÉNATEUR CHALMERS : Ces créneaux sont difficiles à obtenir, n'est-ce pas ?

LINDSAY AUGMAN : Extrêmement difficiles.

SÉNATEUR CHALMERS : Pour quelle raison ?

LINDSAY AUGMAN : Pour de nombreuses raisons. C'est un secteur où la concurrence est très vive. Et il y a un retard dans le secteur des mis-

1. Federal Communications Commission. *(N.d.T.)*

siles, actuellement. Il faut deux ans pour construire un de ces joujoux à cent millions de dollars, mais un créneau ne reste pas forcément ouvert pendant deux ans.

Sénateur Chalmers : Si vous n'obtenez pas tel ou tel créneau, que se passe-t-il ? C'est quelqu'un d'autre qui l'obtient ?

Lindsay Augman : Oui. Mais ce quelqu'un n'aura peut-être pas, au moment de l'ouverture du créneau, les fonds nécessaires pour lancer son missile. Ou son satellite ne sera pas prêt. Comme nous ne sommes pas les seuls en course — quand je dis « nous », sénateur, j'entends l'Amérique —, il est tout à fait possible qu'un autre pays ait alors les moyens de contrôler les réseaux de communication en direction du pays que nous visions...

Sénateur Chalmers : Et que se passe-t-il ?

Lindsay Augman : Tout ce dont nous parlions, l'argent pour les communautés américaines, les emplois pour les ouvriers américains, les impôts pour le gouvernement américain... tout cela va ailleurs.

Sénateur Chalmers : Nous avons estimé que le lancement d'un satellite coûte environ cent vingt-cinq millions de dollars. Même pour vous, c'est un risque énorme si l'obtention d'un créneau n'est pas garantie.

Lindsay Augman : Même pour moi. Il faudrait être fou pour prendre un tel risque.

Sénateur Chalmers : Cependant, si vous ne le preniez pas, le manque à gagner serait de centaines de millions de dollars pour l'Amérique...

Lindsay Augman : C'est exact.

Sénateur Chalmers : Merci, Lindsay. Je vous suis très reconnaissant de votre témoignage. Je passe maintenant la parole — avec une certaine appréhension, je l'avoue — au sénateur Hearns...

Sénateur Hearns : Merci, sénateur. J'espère bien que cette appréhension est justifiée. Monsieur Augman, je voudrais revenir, si vous n'y voyez pas d'inconvénient, aux télécommunications indiennes, celles que vous êtes obligé de partager. Quel est le coût, pour le consommateur, des services que vous lui rendez par l'intermédiaire de... State TV, c'est bien ça ?

Lindsay Augman : Et Star India. L'abonnement est à peu près de vingt dollars par mois.

Sénateur Hearns : Pour les deux chaînes combinées ?

Lindsay Augman : Non, par chaîne.

Sénateur Hearns : Supposons que la moitié des téléspectateurs souscrivent. Cette hypothèse vous convient ?

Lindsay Augman : J'espère que nous y parviendrons. Pour le moment, nous sommes beaucoup plus près de vingt pour cent.

Sénateur Hearns : Disons vingt-cinq pour cent, en tablant sur une certaine croissance. Cela fait en gros onze millions d'abonnés. À quarante dollars par personne, cela donne... voyons...

LINDSAY AUGMAN : Quatre cent quarante millions de dollars, sénateur.

SÉNATEUR HEARNS : Et cela ne vous paraît pas énorme ?

LINDSAY AUGMAN : Étant donné le potentiel de croissance, non, je n'emploierais pas ce terme.

SÉNATEUR HEARNS : Pour quelle somme l'emploieriez-vous, monsieur Augman ?

LINDSAY AUGMAN : Tout est relatif. « Énorme » est un mot difficile à définir.

SÉNATEUR HEARNS : L'appliqueriez-vous à votre compagnie, monsieur Augman ? Qualifieriez-vous Apex d'énorme ?

LINDSAY AUGMAN : C'est une société importante.

SÉNATEUR HEARNS : Un article du *New York Times* paru il y a deux mois dresse la liste des holdings d'Apex International. Avec votre permission, je vais vous en donner lecture et vous me corrigerez s'il y a des inexactitudes. Dans le domaine du cinéma, vous possédez l'ancienne compagnie Crown International Films, rebaptisée Apex Studio. Elle regroupe Apex Films, Apex Century, Apex Independent, Apex Family Films, Apex Animation Studios et Apex Television Productions. L'article précise qu'Apex Studio s'est classée au deuxième rang mondial pour les bénéfices nets ces trois dernières années. Tout cela est exact ?

LINDSAY AUGMAN : Il me semble que vous avez omis Apex Documentary, mais c'est à peu près cela.

SÉNATEUR HEARNS : Dans le secteur télévision, vous êtes propriétaire d'Apex Broadcasting Company, d'Apex News Network, de quinze chaînes de télévision Apex et, en Angleterre, de Channel 9. Votre empire de presse comprend dans notre pays le *New York Herald*, le *Washington Journal* et le *Chicago Daily Mirror*. En Grande-Bretagne, vous possédez les quatre principaux journaux du pays...

LINDSAY AUGMAN : Quatre des cinq plus grands journaux.

SÉNATEUR HEARNS : Merci de cette rectification. En Australie, vous êtes à la tête de cent vingt-deux journaux. Est-ce bien exact ?

LINDSAY AUGMAN : Tout à fait.

SÉNATEUR HEARNS : Vous contrôlez en outre *TV Pathfinder Magazine*, le *Magazine Group*, qui comprend plusieurs revues scientifiques, et quatre magazines féminins. Vous êtes l'heureux propriétaire d'Apex Publishing Company, troisième maison d'édition du pays. Il faut encore ajouter vos sociétés de télécommunications par câble et satellite, déjà énumérées, et diverses autres firmes : imprimeries, usines de papier, maisons de disques...

LINDSAY AUGMAN : C'est « énorme », sénateur, je vous l'accorde.

SÉNATEUR HEARNS : Pouvons-nous concentrer un instant notre attention sur vos sociétés dans le domaine des télécommunications par satellite ?

LINDSAY AUGMAN : C'est l'objectif de cette réunion, je crois.

SÉNATEUR HEARNS : Vous nous avez déclaré que vous aimeriez vous implanter partout où vous ne l'êtes pas encore, n'est-ce pas ?

LINDSAY AUGMAN : Je plaisantais.

SÉNATEUR HEARNS : Vraiment ? Soyons un peu plus précis, et nous saurons quand vous ne plaisantez pas. Quels nouveaux pays aimeriez-vous couvrir ?

LINDSAY AUGMAN : Ils sont nombreux.

SÉNATEUR HEARNS : La Chine ?

LINDSAY AUGMAN : Oui, bien sûr, la Chine. Ainsi que...

SÉNATEUR HEARNS : Le terme « énorme » vous semble-t-il approprié pour qualifier le marché chinois ?

LINDSAY AUGMAN : Certes.

SÉNATEUR HEARNS : Actuellement, avec combien de concurrents seriez-vous contraint de le partager ?

LINDSAY AUGMAN : Eh bien, dans ce genre de situation, le gouvernement fait un appel d'offres...

SÉNATEUR HEARNS : Oui, j'ai compris. Je ne vous demande pas ça, je vous demande avec qui vous devriez partager.

LINDSAY AUGMAN : Si vous ne m'interrompez pas, je me ferai un plaisir de vous répondre. Pour le moment, avec personne.

SÉNATEUR HEARNS : Le marché total sera alloué au plus offrant ?

LINDSAY AUGMAN : On peut le dire comme ça. Mais le gouvernement chinois n'a pas encore fait son choix.

SÉNATEUR HEARNS : Quand il l'aura fait, le marché alloué sera de quelle ampleur ? Plus que les quatre cent quarante millions de dollars estimés pour l'Inde ?

LINDSAY AUGMAN : Ce n'est pas aussi net. Il faut encore introduire des technologies nouvelles, et nous ne savons pas exactement quelle place la télévision...

SÉNATEUR HEARNS : Monsieur Augman, aimeriez-vous savoir à combien les experts que j'ai rencontrés estiment le marché de la télévision par satellite en Chine ?

LINDSAY AUGMAN : Je suis sûr que vous allez me le dire.

SÉNATEUR HEARNS : Vous avez raison, je vais vous le dire. À cent milliards de dollars pour les dix ou quinze prochaines années !

LINDSAY AUGMAN : Je pense que c'est un peu exagéré.

SÉNATEUR HEARNS : Un peu seulement ?

LINDSAY AUGMAN : C'est une grosse somme, sénateur.

SÉNATEUR HEARNS : Ah ! Enfin, nous savons ce que vous considérez comme une grosse somme : cent milliards de dollars ! J'en suis heureuse, parce que, pour moi aussi, c'est une grosse somme. Pourquoi n'êtes-vous pas sur les rangs pour l'attribution du marché chinois, monsieur Augman ?

LINDSAY AUGMAN : Vous connaissez la réponse, je crois.

SÉNATEUR HEARNS : Parce que le président des États-Unis ne vous y autorise pas.

LINDSAY AUGMAN : Parce que la politique du président ne le permet pas.

SÉNATEUR HEARNS : Sa politique en matière de droits de l'homme. Avec laquelle vous êtes en désaccord, je présume.

LINDSAY AUGMAN : J'admire la compassion du président Adamson mais je mets en cause ses priorités.

SÉNATEUR HEARNS : Je n'en doute pas.

LINDSAY AUGMAN : Je ne crois pas qu'un embargo sur les échanges commerciaux avec la Chine contribuera à améliorer la situation dans le monde. Je pense au contraire qu'elle l'aggravera.

SÉNATEUR HEARNS : Pour obtenir l'un des créneaux orbitaux qu'on ouvre, la bataille est rude, dans les couloirs ?

LINDSAY AUGMAN : Comme chacun ici le sait, quand on traite avec votre gouvernement, il n'est jamais inutile d'avoir de grandes poches.

SÉNATEUR HEARNS : Observation consternante mais juste. Vous mettez votre veste à grandes poches quand vous allez voir le sénateur Chalmers ?

SÉNATEUR CHALMERS : C'est scandaleux ! Comment osez-vous ? Qu'est-ce que vous insinuez ?

SÉNATEUR HEARNS : Calmez-vous, Walter. Je n'insinue rien. Ma transition était regrettable, voilà tout. Je voulais simplement vérifier que Mr. Augman est bien l'un de ceux qui ont le plus généreusement contribué à votre campagne électorale...

SÉNATEUR CHALMERS : Quel rapport avec ce qui nous occupe ?

SÉNATEUR HEARNS : N'empiétez pas sur mon temps de parole.

SÉNATEUR CHALMERS : Vous avez bien mal choisi votre cible, sénateur !

SÉNATEUR MAXWELL : Voyons, ce n'est pas le moment de se chamailler comme des gosses pour savoir qui fait pipi le plus loin. Asseyez-vous, Paul, laissez Molly finir de poser ses questions.

SÉNATEUR HEARNS : Merci, Paul. Monsieur Augman...

LINDSAY AUGMAN : J'ai effectivement fait un don à la campagne du sénateur Chalmers. C'est un homme intègre et je soutiens ses positions politiques.

SÉNATEUR HEARNS : Qui ne correspondent pas à celles du président en matière de droits de l'homme et de restrictions des échanges commerciaux avec la Chine.

Lindsay Augman : Je ne sais pas, je ne suis pas spécialiste en la matière.

Sénateur Hearns : Vous savez en revanche que le vice-président Bickford devait témoigner aujourd'hui devant cette commission.

Lindsay Augman : Oui. Il paraît qu'il est très malade.

Sénateur Hearns : Vos journaux le laissent entendre. Mais nous ne sommes pas ici pour débiter des ragots sur l'état de santé présumé du vice-président. Vous savez bien sûr que Mr. Bickford a récemment publié une déclaration dans laquelle il souligne, je cite : « Les empires modernes de la communication comme celui de Lindsay Augman constituent les nouveaux complexes militaro-industriels. L'un des plus grands dangers — le plus grand danger, peut-être — pour la société américaine et pour le monde en général, c'est qu'Apex Communications contrôle déjà une partie importante de ce que la planète lit et regarde. L'homme le plus puissant au monde, ce n'est pas le président, ce n'est pas un dirigeant politique, c'est Lindsay Augman, parce qu'il a le pouvoir insidieux de faire penser aux gens ce que bon lui semble. » Comment réagissez-vous à cette déclaration, monsieur Augman ?

Lindsay Augman : De deux façons. Un, je suis flatté que le vice-président me fasse un tel honneur. Deux, je suis impatient de connaître ses projets d'avenir afin de mettre utilement à profit le pouvoir qu'il m'attribue.

Sénateur Hearns : Merci, monsieur Augman. Laissez-moi maintenant vous présenter le jeune sénateur du grand État de Caroline du Sud qui va lui aussi vous poser quelques questions. Sénateur Hutchinson...

Sénateur Hutchinson : Bonjour, monsieur Augman. J'aimerais revenir un instant sur l'espace aérien. Si mes informations sont exactes, les sites de lancement des satellites de communication sont au nombre de quatre.

Lindsay Augman : Je pense que c'est dû aux conditions météorologiques, sénateur.

Sénateur Hutchinson : Ces sites sont, voyons... cap Canaveral aux États-Unis... Xichang en Chine... Tanegashima au Japon... et Kourou, en Guyane française...

22

C'était l'heure de pointe quand Carl et Amanda parvinrent dans les faubourgs de Nashville. Des automobilistes au Brushing impeccable roulaient lentement dans des voitures neuves étincelantes vers des banlieues, neuves elles aussi, qui semblaient s'étendre dans toutes les directions. Carl et Amanda se trouvèrent englués dans une file de véhicules avançant pare-chocs contre pare-chocs. En comparaison, New York semblait une ville où il faisait bon circuler.

Le Nouveau Sud florissant, pensa Carl avec agacement. Il ne pouvait imaginer pourquoi une charmante petite ville comme Nashville n'avait pas tiré la leçon des erreurs commises par des villes autrefois charmantes comme Atlanta et Houston. Il ne comprenait pas pourquoi n'importe quelle ville se défigurait délibérément au nom du prétendu progrès.

Il conduisait, à présent ; Amanda étudiait la carte et cherchait sur la radio une station d'informations continues. Ce qui n'était pas tâche facile. Elle leur trouva une station diffusant exclusivement de la musique country, puis une autre de new country, d'autres encore de classic country, soft country, rockin' country... avant de tomber finalement sur un bulletin d'informations.

Carl Granville, « le tueur fou », occupait de loin la première place dans l'actualité. La station invitait même ses auditeurs à téléphoner pour dire où, selon eux, il pouvait bien se cacher. Où il frapperait la prochaine fois. Entre deux appels, ils apprirent qu'après avoir minutieusement fouillé les ruines de l'ancienne remise ravagée les autorités n'avaient pas découvert les restes d'Amanda Mays. On commençait à penser qu'elle ne se trouvait pas chez elle au moment de l'incendie, qu'elle était en fait disparue et non morte. Toutefois, le FBI se refusait à confirmer ou à démentir cette hypothèse.

Quant à Carl Granville, la police déclarait qu'elle était en train de suivre plusieurs pistes prometteuses.

— Excellent ! s'exclama Amanda en éteignant la radio.

Elle détestait la musique country, traditionnelle ou non, soft ou hard.

— Qu'est-ce que tu trouves excellent ?

— Ils n'ont rien. Zéro, que dalle, *nada*. La formule « en train de suivre plusieurs pistes prometteuses » est la traduction de « nous ne savons foutre pas où il est ». Tu peux te détendre.

— J'aimerais bien mais je me souviens plus comment on fait.

Après une heure d'embouteillages, ils laissèrent enfin derrière eux la banlieue de Nashville et prirent la route 65 en direction du sud. Ils la quittèrent pour traverser Columbia, bourgade s'enorgueillissant d'avoir vu naître James K. Polk, onzième président des États-Unis, et d'abriter une vaste usine flambant neuve consacrée uniquement à la fabrication des automobiles Saturn. Grâce aux Saturn, le monde moderne avait rattrapé Columbia : nouveaux lotissements, nouveaux centres commerciaux, nouvelles concessions de grandes marques de voiture. De là, Amanda leur fit prendre la Natchez Trace, magnifique route bordée de verdure, totalement déserte à l'exception de la Subaru et, de temps à autre, d'une famille de daims. Ils quittèrent la Natchez Trace à quelques kilomètres de Hohenwald pour se retrouver dans un endroit que le progrès, pour une raison ou une autre, avait délaissé. Le Sud rural et arriéré, petites fermes, cabanes misérables, parkings à caravanes cabossées et églises blanchies à la chaux.

Hohenwald avait une population de moins de quatre mille habitants et, semblait-il, autant d'églises, la plupart consacrées à des cultes fondamentalistes dont Carl n'était pas familier. Une brève rue principale regroupait un parking en épi, un *Piggly Wiggly*, une station-service, une école, quelques boutiques de fripes. Autant que Carl put en juger, Hohenwald semblait être la capitale de la fripe du Tennessee, voire de tout le Sud.

Au feu, Amanda se pencha par la portière pour demander son chemin à un barbu qui descendait de son pick-up.

L'homme, dont on n'aurait su dire s'il était âgé de vingt ou de cinquante ans, avait plus de doigts que de dents. Il parlait avec un accent si fort que Carl ne comprit pas un mot, sinon quelque chose comme « Mierscricrolétadiclometsucètrout ». Heureusement, Amanda traduisit :

— Miller's Creek Road est à dix kilomètres sur cette route. Tourne à gauche à l'église.

Carl secoua la tête.

— Comment tu as réussi à comprendre ce type ?

— Tu oublies que j'ai passé un été dans le Sud avant de finir mes études. J'ai travaillé comme stagiaire au journal de Birmingham, Alabama. Mon oreille s'est faite à leur façon de parler. La tienne s'y fera aussi si tu restes ici assez longtemps. C'est comme en France, sauf que la nourriture est beaucoup plus grasse et qu'ils ne servent pas de vin avec leur gruau de maïs...

Miller's Creek Road était une route étroite et sinueuse, non macadamisée, mais la terre battue locale, semée de silex, était aussi impitoyable que le pavé. De chaque côté, des bois. De gros insectes s'écrasaient sur le pare-brise, y laissant une trace humide. L'air était lourd et moite, immobile. La climatisation asthmatique de la Subaru n'était pas de taille à lutter, et le visage de Carl ruisselait de sueur. Il mourait d'envie de prendre une douche, de dormir huit heures de rang sur un matelas ferme, mais il avait douloureusement conscience qu'il s'écoulerait un moment encore avant qu'il obtienne l'un ou l'autre.

À intervalles irréguliers, ils passaient devant une boîte aux lettres, une allée s'enfonçant dans les bois. De la route, ils n'aperçurent aucune maison avant de traverser un vieux pont et de tourner. Ils découvrirent alors une clairière où l'on avait bâti un hameau de fausses cabanes en rondins toutes neuves, avec antenne parabolique et piscine en plastique.

La maison de Duane et Cissy LaRue n'en faisait pas partie.

Leur modeste bungalow se trouvait un peu plus loin. Carl s'arrêta sur le bas-côté et ils descendirent, étirèrent leurs jambes en regardant autour d'eux. Carl ne savait trop quoi attendre d'un endroit habité par les plus grands fans au monde d'Elvis Presley. Tout y était étonnamment banal, hormis les deux véhicules garés dans l'allée. Une Cadillac 1955 décapotable. *Rose.* Un vieux pick-up vert, également du milieu des années 1950, avec sur la portière une inscription à demi effacée : *Crown Electric.*

— Tu sais ce que ça signifie, hein ? fit Amanda, avec dans le ton une nuance admirative.

— Rafraîchis-moi la mémoire, tu veux ? sollicita Carl.

— Crown Electric est la boîte de Memphis où travaillait Elvis quand il a commencé à enregistrer pour Sam Phillips chez Sun Records, l'informa Amanda. (Elle considéra de nouveau la camionnette.) Je me demande si on ne va pas passer un moment un peu bizarre...

Elle voyait juste. Les LaRue était des gens charmants mais il fallait un moment pour s'habituer à eux. *Shaneesa aurait pu avoir la gentillesse de nous prévenir*, pensa Carl. Quelques mots au moins pour les préparer à cette grand-mère de cent dix kilos avec des couettes, une salopette écossaise, des socquettes et des chaussures basses bicolores. À son mari, petit homme maigrelet aux cheveux bruns pommadés, vêtu d'une chemise noire brillante, d'un pantalon noir avec un large galon rose sur toute la longueur et de bottes en daim blanc. *Mais peut-être que rien ne peut vous préparer aux LaRue*, s'interrogea Carl.

Quelque chose cependant militait en leur faveur : ils se montraient très aimables, pas du tout contrariés par l'apparition inopinée de deux inconnus nerveux et trempés de sueur sur le seuil de leur porte.

— Entrez donc, les enfants, chantonna joyeusement Cissy.

Elle avait une voix haut perchée, des mentons trop nombreux pour qu'on puisse les compter, et elle s'était inondée d'un parfum fruité, écœurant. Comme si elle avait mariné dans une baignoire de punch hawaiien, pensa Carl.

— Nous sommes désolés de vous déranger... commença Amanda.

Les LaRue écartèrent aussitôt ses excuses avec de grands mouvements de tête.

— C'est un plaisir de vous recevoir, déclara Cissy. Nous avons l'habitude de recevoir de la visite à l'improviste.

Ils gardèrent un moment le silence, comme s'ils attendaient une réponse de leurs visiteurs. Ils n'en obtinrent pas et Duane se racla la gorge.

— Nous faisons une émission hebdomadaire à la télévision par câble de Columbia, expliqua-t-il d'une voix aussi basse et ronflante que celle de Cissy était aiguë et chantante.

Il avait des manières plus réservées que sa femme mais tout aussi courtoises.

— Ne nous dites pas que vous ne l'avez pas vue, fit Cissy.

Carl secoua la tête, Amanda haussa les épaules d'un air d'excuse.

— Et le *Bulletin* ? gronda Duane.

Cette fois, Amanda secoua la tête et Carl haussa les épaules.

— Seigneur, s'écria Cissy, il est envoyé chaque mois à vingt-trois mille abonnés !

— Dans le monde entier, ajouta Duane, dont la fierté transparaissait dans la gravité de sa voix.

— Nous essayons de faire partager aux gens notre amour pour Elvis, reprit Cissy. Et eux, en retour, nous font partager le leur. Cela resserre les liens entre les êtres humains que nous sommes tous.

— C'est presque un acte de foi, fit observer Amanda.

Un sourire éclaira le visage de Cissy.

— C'en est un. Nous prêchons l'Évangile. L'Évangile selon Elvis.

— Le *Commercial Appeal* de Memphis a publié un article sur nous le mois dernier, reprit Duane. Depuis, les gens n'arrêtent pas de passer nous voir. Comme vous.

— Dites, vous êtes venus pour la maison, ou simplement pour bavarder ?

— Pour bavarder, répondit Amanda. En fait, nous cherchons

quelque chose. Un endroit. Nous avons pensé que vous pourriez nous aider à le trouver.

— En tout cas, nous essaierons, assura Cissy avec chaleur.

Carl parcourut la pièce du regard. Il s'attendait à une sorte de sanctuaire kitsch encombré de souvenirs d'Elvis : des portraits d'Elvis sur velours noir, des poupées Elvis, etc. Rien de tout cela. Certes, le vieil électrophone portable posé près de la fenêtre jouait un 45 tours rayé de *That's All Right, Mama*. Certes, il y avait sur le manteau de la cheminée une photo de lui chantant sur scène avec Scotty et Bill. Ainsi qu'une photo de Vernon et Gladys encadrant Elvis, petit garçon en salopette. À part ça, la maison était modeste, assez pauvrement meublée. Un ventilateur ronronnait : il n'y avait pas de climatisation. Carl se décida à poser la question :

— Vous parliez de la maison. Elle a quelque chose de spécial ?

— Je vous crois ! répondit Cissy. En mars 55, quand Elvis avait vingt ans, Vernon, Gladys et lui ont emménagé dans leur première vraie maison à Memphis, au 2414 Lamar, à mi-chemin entre le Katz Drug Store et le Rainbow Rink, où Elvis et Dixie se sont rencontrés... (Elle s'interrompit, une expression de tristesse peinte sur son visage rond. Puis :) Dixie était une jeune fille sérieuse et pratiquante qui aimait Elvis pour lui-même, pas pour sa célébrité ou son argent, comme tant d'autres qui se sont jetées sur lui après. Mais il y avait des problèmes entre eux. Elle lui avait déjà rendu une fois sa bague de collège, vous savez...

— Je n'étais pas au courant, avoua Carl, qui grimaça quand le coude d'Amanda s'enfonça au creux de son dos.

— La maison de Lamar était un bungalow de deux chambres, dit Duane. Avec une véranda fermée où Elvis, Scotty et Bill répétaient leurs numéros pour les jeunes du quartier.

Il dirigea les visiteurs vers la cuisine, pièce démodée équipée d'appareils des années 1950, au sol couvert d'un linoléum jaune du même cru.

— Notre maison en est la réplique exacte, poursuivit-il fièrement. Jusqu'au moindre détail. Nous avons rassemblé les plans, nous les fournissons à toute personne intéressée. Gratuitement.

— À ce jour, sept cent quatre-vingt-dix-sept fans ont construit leur propre réplique, précisa Cissy, notamment un monsieur de Kyoto, au Japon, qui l'a reproduite aux neuf dixièmes...

Carl hocha la tête. Il n'osait pas regarder Amanda. Ni libérer sa lèvre inférieure, coincée par ses incisives. Parce qu'on atteignait là un niveau de bizarrerie tout à fait élevé.

— Cela fait longtemps que vous faites votre émission ? s'enquit Amanda, la voix un peu tremblante.

Poser des questions était sa façon à elle de ne pas exploser.

— Oh ! non, ma chérie, répondit Cissy. Nous avons enseigné au collège tous les deux jusqu'à ce que nous prenions notre retraite, en juin dernier. Duane y est resté trente-six ans, moi trente-deux. Nous avons estimé le moment venu de faire place aux jeunes et, pour nous, de profiter du temps qu'il nous reste.

— C'est ce que nous faisons, déclara Duane, caressant une de ses rouflaquettes avec un grand sourire. D'où vous venez, tous les deux ?

— De Washington, dit Carl.

Inutile de mentir, la Subaru avait des plaques d'immatriculation du district.

— Vous en avez fait, de la route ! s'exclama Cissy. Asseyez-vous, je vais chercher quelque chose à boire...

Ils s'installèrent sur le sofa. Rembourré de crin, il était assez inconfortable. Lorsque le disque s'arrêta, on n'entendit plus que le vrombissement du ventilateur puis un autre 45 tours se mit en place : *Good Rockin' Tonight.* Cissy revint un moment plus tard, portant sur un plateau des tranches de pain de maïs, un pichet et des verres.

— Elvis adorait tremper son pain de maïs dans un verre de babeurre, déclara-t-elle en les servant. Alors ne vous gênez pas.

Carl suivit le conseil. Le pain était délicieux, le babeurre bien frais, et il crevait de faim.

— Vous voulez que je vous prépare un sandwich au beurre

de cacahuète et à la banane ? proposa Cissy en le voyant engloutir son pain. Ça ne prendra qu'une minute. Elvis adorait ça aussi...

— Non, non, pas la peine.

Elle s'assit et Carl s'efforça de ne pas regarder ses cuisses massives.

— Qu'est-ce que vous cherchez au juste ? demanda Duane.

— Mes parents sont morts quand j'étais toute petite... commença Amanda.

Cissy claqua la langue.

— Ma pauvre...

— J'essaie de retrouver la ville où ils ont grandi.

— À la recherche de vos racines, hmm ? suggéra Duane.

— Exactement. L'ennui, c'est que je n'ai presque rien comme point de départ. Je sais qu'ils se sont connus à un concert d'Elvis. C'est une des seules choses que ma mère racontait dont je me souvienne. Je connais aussi la date approximative du concert. Parce qu'ils se sont mariés un an plus tard, presque jour pour jour, à Norfolk...

Carl hocha la tête en se demandant où elle avait pêché Norfolk. Où elle avait pêché toute cette histoire, d'ailleurs. Il commençait à se rendre compte qu'Amanda avait une personnalité bien plus tortueuse que la sienne.

— Seulement, je ne sais pas où, continua-t-elle. Alors, si vous pouviez retrouver où Elvis chantait ce jour-là... Si vous pouviez consulter vos archives...

Les LaRue éclatèrent de rire.

— Ma chérie, il n'y a pas d'archives ! s'esclaffa Cissy.

— Mais on m'avait dit...

— Tout est là, déclara Duane en se tapotant le front. C'est quoi, la date ?

— 1955. Et je pense que c'était le soir du réveillon de Noël...

Non, fit Duane de la tête.

— Impossible, confirma Cissy.

— Pourquoi ? demanda Carl.

— Elvis n'a pas chanté ce soir-là, fiston. Il a passé le réveillon en famille. À Memphis.

— Oh ! non, fit Amanda, déçue.

— Désolée de ne pouvoir vous aider, compatit Cissy.

— Attendez, dit Carl.

Il chercha dans sa mémoire les mots exacts du journal de Rayette. Bon sang, qu'est-ce que c'était ? « Danny avait dix ans... » Quoi d'autre ? « Une fille de sa classe... une sortie... Pour son anniversaire... » Quoi aussi ? Cherche, cherche. Oui ! « Et pour fêter la nouvelle année... »

— Ce n'était pas forcément le soir du réveillon, bredouilla-t-il. Peut-être les jours suivants. (Il se tourna vers Amanda.) Tu ne crois pas, chérie ?

Déroutée, elle fronça les sourcils.

— *Chéri*, Maman parlait toujours du soir du réveillon, non ?

— Non, non, je crois que c'était « pour fêter la nouvelle année »...

— Tu es sûr ?

— Comment vous savez ce que sa maman lui disait ? demanda Duane à Carl.

— C'est juste une supposition. Le concert aurait pu avoir lieu quelques jours plus tard.

Amanda haussa les épaules.

— On peut toujours essayer. Ça pose un problème, la semaine du nouvel an ? Ou juste après ?

— Aucun problème, déclara Duane en grattant une de ses pattes. La semaine du 2 janvier, Elvis faisait une tournée Louisiana Hayride dans l'ouest du Texas avec Scotty et Bill...

Carl soupira intérieurement : ça ne semblait pas très prometteur.

— Et la semaine d'après ?

— Le 12 janvier, il a chanté à l'auditorium de Clarksdale.

— C'est dans quel État ?

— Le Mississippi. Il partageait l'affiche avec Jim Ed et Maxine Brown, un frère et une sœur qui faisaient un duo. Le 13, il a chanté à Helena. C'est dans l'Arkansas...

Carl se pencha en avant.

— Qu'est-ce que vous pouvez nous dire de ces endroits ?

— Deux petites villes à cheval sur le Mississippi, répondit Duane. À une heure environ au sud de Memphis. Clarksdale se trouve dans le delta, c'est à peu près tout ce que je sais. Doit pas y avoir grand-chose d'autre à savoir... (Il but une gorgée de babeurre avant de reprendre :) Le 14, Elvis était à Corinth, Mississippi. Corinth, c'est à deux pas d'ici, juste sur la frontière Tennessee-Mississippi. De là, il est allé à Sikeston, Missouri, puis il est retourné au Texas pour une tournée de cinq jours...

Cissy prit la suite :

— Après ça, l'univers du pauvre Elvis a complètement changé. Et pas en bien, voyez-vous. Ce furent ses derniers jours de vrai bonheur. Parce que, peu après, il a entamé une tournée Hank Snow sous la direction de l'instrument du diable, le colonel Parker. Cet horrible personnage lui a volé sa jeunesse, son innocence et sa foi en autrui. Mais pas sa bonté. Ça, personne n'a jamais pu l'enlever à Elvis...

— Ces villes que vous venez de nommer : Clarksdale, Helena, Corinth... Savez-vous si l'une d'elles abrite une grande usine ? demanda Amanda à Duane.

— Quel genre d'usine ?

— Nous savons seulement qu'elle empuantissait toute la ville, Maman a mentionné ce détail.

Duane réfléchit en tirant de nouveau sur les cheveux d'une de ses pattes.

— Peut-être un abattoir de volaille. Quand vous en avez un dans le secteur, vous le savez. À part ça, vous ne risquez pas de trouver grand-chose. Les usines sont plutôt rares en aval de Memphis. Elles sont passées plus au sud, de l'autre côté de la frontière, pour la plupart. Ou carrément en Asie. La région du delta, Seigneur Dieu, il n'y a quasiment que des champs de coton et de canne à sucre. Et tous ces casinos qu'ils ont construits. Moi je m'en passe de ces pièges à gogos. Ils ne servent qu'à aspirer le peu d'argent que ces malheureux ont en poche. Neuf des dix comtés les plus pauvres du pays se trouvent là-bas. Le taux de pauvreté y est trois fois plus élevé que la moyenne nationale.

— Duane enseignait les sciences sociales, commenta Cissy avec un orgueil de jeune fille. Il continue à se tenir au courant.

Carl approuva de la tête en espérant que le vieil homme ne poussait pas ce souci jusqu'à regarder les informations le soir à la télé. Apparemment, il ne les avait pas reconnus. Il ne se montrait ni nerveux ni méfiant.

— Vous êtes sûre que votre usine, là, marche encore ? demanda-t-il à Amanda.

— Nous ne sommes sûrs de rien, répondit Carl. Pourquoi cette question ?

— Parce qu'elle n'a peut-être fait que passer. Les berges du fleuve sont jalonnées de vieux bâtiments désaffectés. Il doit bien y en avoir une centaine.

Duane prit le grognement de Carl pour une manifestation de sympathie avec les chômeurs et poursuivit :

— Ils s'en fichent, ces rapaces, de laisser les gens sans rien à manger ! Ils s'en fichent, c'est la vérité. Ne me prenez pas pour un communiste, je crois fermement à la libre entreprise. Suffit qu'une grande firme s'installe, comme Saturn à Columbia, et *pfft*, toute la région est relancée. Vous auriez dû voir Hohenwald avant : un vrai trou !

Autant que Carl put en juger, c'était toujours un trou. Il fit signe à Amanda.

— Vous avez été très aimables, les remercia-t-elle en se levant.

— Ne dites pas de bêtises, protesta Cissy. J'espère seulement que nous vous avons un peu aidés...

— Beaucoup, assura Carl.

Ils se dirigèrent vers la réplique cent pour cent fidèle de la première porte d'entrée d'Elvis. Dehors, le soir tombait ; les moustiques et les cousins attaquaient en force. Carl et Amanda, contraints par politesse de demeurer un moment sur le perron, battaient vainement des bras pour chasser l'essaim. Jamais Carl n'avait été assailli par des insectes aussi nombreux.

Duane et Cissy se tenaient dans l'encadrement de la porte, main dans la main, comme un couple d'adolescents décrépits.

— Entre nous, dit Duane, une chose que peu de gens connaissent... Cette tournée qu'Elvis a entamée en février 55 pour le colonel Parker, elle a débuté à Roswell, au Nouveau-Mexique...

— *Le* Roswell ? fit Carl.

Duane acquiesça d'un signe de tête entendu.

— Croyez-moi, on en a vu défiler, des ufologues. Ils espéraient tous établir un lien entre Elvis et l'Incident...

— Il y en a un ?

— Non, mon gars ! pouffa le fan. Mais ça ne les empêche pas de venir. Ils ont même concocté une théorie délirante sur la véritable planète d'origine du colonel, lui qui faisait tant de mystères autour de la nationalité inscrite sur son certificat de naissance...

— Je suis contente que vous ne fassiez pas partie de ces gens, leur confia Cissy, baissant la voix. Je ne veux critiquer personne, nous sommes tous des créatures de Dieu. Mais de vous à moi, ces gens, ils sont quand même *bizarres*...

Il y avait une allée de gravier à quelques centaines de mètres de Miller's Creek. C'était là que le Liquidateur avait choisi de garer la Suburban et d'attendre, dissimulé par d'épais buissons et par l'obscurité.

Il n'aimait pas cet endroit. Trop d'églises. Trop calme. L'air était gluant et chaud, il le supportait d'autant plus difficilement qu'il avait gardé son blouson.

Pendant tout le temps que Granville et Mays étaient restés dans le bungalow — près d'une heure —, il n'était passé aucune voiture. Lorsqu'ils sortirent enfin et montèrent dans la Subaru, ils firent demi-tour et reprirent la direction de Hohenwald. Il les regarda s'éloigner. Attendit dix minutes exactement. Fit rouler la Suburban jusqu'au bungalow, descendit, frappa à la porte.

Une vieille obèse déguisée en *bobbysoxer* vint ouvrir. Elle était épouvantable à regarder. Derrière elle se tenait un vieillard aux cheveux noirs brillantinés qui s'efforçait de ressembler à un dur de cour de collège des années 1950. On aurait pu croire qu'ils s'apprêtaient à partir pour une soirée costumée à la maison de retraite locale, mais le Liquidateur savait qu'il n'en était rien.

— Pardon de vous déranger, m'sieur-dame, mais je devais retrouver mes amis ici, dit-il. (Il décrivit Carl Granville et Amanda Mays.) On fait une sorte de pèlerinage Elvis. Sauf que je me suis perdu en quittant la Natchez Trace. Ça fait une heure que je tourne en rond et je me...

— Mon Dieu ! mon Dieu ! se lamenta la vieille, vous venez juste de les rater...

— Oh non !

— Ils sont partis y a pas dix minutes, dit le mari.

— Un couple charmant, commenta la Sandra Dee pachydermique. Entrez donc, sinon les moustiques vont vous dévorer.

— Rien qu'une seconde, alors.

Il faisait aussi étouffant dans la maison, qui sentait le parfum bon marché. Un vieil air d'Elvis, *Baby Let's Play House*, sortait du haut-parleur d'un vieil électrophone.

— Vous savez sûrement par où ils sont allés.

— Si je devais faire une supposition, je dirais Corinth, répondit le vieux, roulant entre ses doigts les poils d'une de ses rouflaquettes. On leur a donné plusieurs pistes possibles sur la ville natale de la maman, mais Corinth, c'est le plus près. Si j'étais eux, je commencerais par là.

La grosse mentionna les noms de deux autres villes possibles, dont un que le Liquidateur aurait préféré ne pas entendre.

— Je viens juste d'y penser, fit le vieux. C'est peut-être un élevage de poissons-chats que vous devriez chercher.

— De poissons-chats ?

— Oui, la petite dame voulait savoir si on connaissait des usines par là-bas, traduisit sa femme.

— Et j'ai oublié de lui dire qu'on a commencé à élever des poissons-chats, dans le coin. Avec des conserveries. Bien sûr, ça n'a pas le même goût. Le poisson-chat sauvage se nourrit dans le fond des rivières, c'est ce qui lui donne sa saveur. Ceux qu'on élève, on a beau les appeler poissons-chats, ça n'a rien à voir, vous comprenez ?

— Oui, je comprends.

— Corinth, répéta-t-il. Ils se trouveront probablement un gentil petit motel où passer la nuit et ils commenceront à chercher demain. Vous pouvez les rattraper, si vous foncez.

— Je crois que c'est exactement ce que je vais faire, déclara le Liquidateur.

Il tira de son blouson un pistolet-mitrailleur 9 mm SIG-Sauer, logea deux balles à bout portant dans le visage de la vieille. Elle mourut quelques fractions de seconde avant de s'effondrer par terre, lentement, comme une énorme marionnette boudinée.

Le Liquidateur braqua son arme sur le vieil homme paralysé de frayeur, les yeux écarquillés, les mains tendues devant lui en un geste défensif. Le premier coup fracassa sa main droite, projetant des morceaux de doigt à travers la pièce. Le second lui transperça la pomme d'Adam. Il s'écroula en émettant un bruit désagréable par le trou béant de sa gorge. Le bruit faiblit, la main indemne se porta au favori gauche, le caressa une dernière fois. Le Liquidateur se pencha, tira une troisième balle, entre les deux yeux.

Dans le silence qui suivit, on n'entendit plus que la musique provenant de l'électrophone. Il alla l'arrêter.

Il n'avait jamais été un fan d'Elvis.

Il prit ensuite dans la poche de son blouson une paire de gants en latex et un sac-poubelle en plastique noir. Il avait du ménage à faire. Cette fois, il ne fallait absolument pas qu'on puisse associer Carl Granville à ce boulot particulier. C'était pour cette raison qu'il avait utilisé le SIG-Sauer de préférence au 357 Magnum Smith & Wesson qui liait Granville aux meurtres de l'agent du FBI à Washington et à la blonde de New York. C'était pourquoi il devait maintenant faire disparaître toute trace du passage de l'écrivain.

Sur le comptoir de la cuisine, il y avait quatre verres et une assiette couverte de miettes. Il les jeta dans le sac. Il y avait un torchon à vaisselle accroché près de l'évier. Il s'en servit pour effacer toute empreinte sur le robinet, la table et les chaises, en fredonnant joyeusement. Il était minutieux. Méthodique. Les photos d'Elvis posées sur le manteau de la cheminée allèrent aussi dans le grand sac, de même que la bonbonnière et le cendrier de la table basse, préalablement essuyés avec le torchon. Contournant soigneusement les cadavres et les flaques de sang, il retourna à la Suburban, revint avec un petit aspirateur très efficace qu'il passa sur le sofa, le fauteuil et la carpette.

Il laissa les morceaux de doigt du vieux là où ils étaient tombés.

Granville avait peut-être utilisé la salle de bains : le Liquidateur essuya la porte, dehors et dedans, les poignées, la lunette des toilettes et la chasse d'eau, les robinets. Il passa l'aspirateur sur le bord de la cuvette et sur le sol pour récupérer d'éventuels poils pubiens. Comme il se pouvait que Granville ait ouvert l'armoire à pharmacie pour y chercher de l'aspirine ou quoi que ce soit d'autre, il essuya le miroir de la porte, fit tomber tous les médicaments dans le sac. Les peignes et les brosses à dents aussi. On ne sait jamais ce que les gens font dans la salle de bains des autres une fois la porte fermée. Pas la peine de prendre des risques.

Tout ce travail lui avait donné soif. Il retourna dans la cuisine, ouvrit le réfrigérateur, y découvrit du babeurre et un pack de Coca. Il but une des boîtes, convaincu comme toujours que la firme utilisait une formule plus sucrée pour le liquide destiné à la clientèle sudiste. La boîte vide alla dans le sac.

Il termina en essuyant la porte d'entrée : poignée, encadrement, sonnette et heurtoir. Puis il ferma toutes les fenêtres, tira le verrou de la porte de derrière, jeta le torchon à la poubelle, emporta le sac, éteignit les lumières et claqua la porte d'entrée derrière lui. Dehors, il faisait noir. Le Liquidateur posa le sac et l'aspirateur à l'arrière de la Suburban, monta à l'avant, prit le temps d'ôter les gants de latex, qu'il rangea dans la boîte à gants avec le SIG-Sauer.

Satisfait, il démarra sans un regard en arrière.

23

— La rue est charmante, vous ne trouvez pas ?
— Charmante !
— Et le quartier...
— Très agréable.
— D'un accès facile depuis Capitol Hill et Georgetown. Shopping formidable à proximité. C'est parfait. Absolument parfait. N'est-ce pas ?

Les lèvres peintes en rouge de Marsha Chernoff se retroussèrent en un sourire. Elle sentait une vente. Enfin, une location, plutôt, mais une excellente location. La maison était trop chère et non meublée, combinaison peu heureuse. Marsha était cependant à peu près certaine d'avoir ferré ce couple légèrement sorti-de-son-élément. Ne restait plus qu'à le remonter sur la berge.

Elle travaillait pour l'agence DC Realtors, spécialisée dans les maisons de banlieue pour fonctionnaires passant au moins trois mois dans la région de Washington. Les Hersh étaient les clients les plus faciles qu'elle ait eus depuis longtemps. Sans doute parce qu'ils manquaient à la fois de confiance en eux et de sophistication, pensait Marsha. En outre, Washington pouvait être un peu écrasant pour les gens venus d'ailleurs, et Mr. Leonard Hersh était d'ailleurs, autant qu'on peut l'être.

Avocat du New Hampshire, il venait dans la capitale pour faire partie de l'équipe de chiens d'attaque du procureur spécial chargé d'enquêter sur le dernier scandale au Sénat. Un spécimen bien lourd, qui réunissait tous les ingrédients de rigueur : harcèlement sexuel, corruption et entrave à la justice. Mauvais pour le pays, bon pour les agents immobiliers, raisonnait Marsha. Autrefois, des hommes comme Leonard Hersh ne restaient que deux ou trois semaines. C'était l'époque de l'hôtel. Maintenant, leur séjour pouvait durer deux ou trois ans. C'était l'époque de la maison-ranch non meublée. Marsha avait pour devise cette phrase qu'elle avait brodée sur un coussin du canapé de son bureau : *Merci, mon Dieu, d'avoir donné aux hommes politiques un cerveau mou, des mains percées, une queue raide... et l'argent des contribuables.*

Donna Hersh, la femme de Leonard, ne faisait pas partie du cirque, elle était institutrice. Marsha imaginait le scénario : Donna ne travaillerait pas pendant au moins un an, elle s'ennuierait, se sentirait frustrée, et *hop*, elle se retrouverait enceinte à Noël, prête à donner au monde un autre futur avocat. Si l'affaire durait assez longtemps, elle finirait même par avoir à la maison de quoi peupler sa classe.

La maison que Marsha faisait visiter venait d'être libérée. Chose curieuse, le locataire précédent avait disparu sans prévenir, renonçant au remboursement de sa caution. Les lieux étaient cependant irréprochables : rien d'abîmé, rien de volé.

C'était la troisième maison qu'elle montrait au couple et elle sentait que Donna était impatiente de trouver quelque chose qui lui plairait. Cette femme avait besoin de racines.

— Je sais que le locataire précédent adorait ses voisins, mentit Marsha, qui ne l'avait jamais vu. C'est une vraie communauté, ici.

Elle les fit entrer, regarda Donna parcourir des yeux l'espace vide, passer la main sur le papier mural bleu pâle du vestibule.

— Elle me paraît bien, celle-là, dit-elle.

Les Hersh visitèrent chaque pièce et Marsha sentit qu'à mesure que les minutes passaient ils étaient de plus en plus convaincus que cette location leur convenait. Dans chacune des chambres, ils discutèrent des meubles qu'ils feraient venir du New Hampshire et de l'endroit où ils les mettraient. Tous deux froncèrent les sourcils devant les dimensions de la salle de bains ; tous deux approuvèrent d'un hochement de tête la baignoire sabot. Donna aima la salle à manger, Leonard pensa qu'il serait à son aise dans le bureau.

Quand ils arrivèrent enfin à la cuisine, la visite durait déjà depuis près d'une heure. Donna promena un doigt sur le comptoir, sourit à Marsha et annonça :

— Nous la prenons.

Marsha adressa un bref coup d'œil au ciel pour remercier, à tout hasard, celui qui se trouvait peut-être là-haut, puis elle entreprit d'expliquer aux Hersh les formalités à remplir : deux mois de loyer d'avance, un mois de caution... Elle s'interrompit en voyant Donna plisser le front.

— Quelque chose qui ne va pas ?

— La brochure précisait que la maison était équipée d'un réfrigérateur-congélateur. Je le sais parce que j'avais l'intention d'en acheter un pour...

— En effet, confirma Marsha. Un superbe modèle. Il est... il est...

Elle tourna sur elle-même, plissa le front elle aussi. Pas de réfrigérateur.

— C'est curieux...

— Les gros appareils ménagers font partie de la maison, c'est dans tous les contrats de location, rappela Leonard.

— Absolument, dit Marsha en se demandant où avait bien pu passer ce satané frigo. Et je vous garantis qu'ils y seront tous quand vous emménagerez.

— Vous êtes sûre ?

— Tout à fait sûre.

— Alors, nous la prenons, répéta Donna Hersh.

Marsha Chernoff finit de leur expliquer ce qu'il fallait faire exactement avant de prendre possession des lieux. Elle oublia cependant de leur parler du changement de nom pour l'eau et l'électricité, elle oublia même de mentionner le préavis de trois mois obligatoire pour résilier le contrat. Elle avait l'esprit ailleurs.

Qui pouvait bien être venu ici pour voler un réfrigérateur ?

24

Sapientia. Pax. Deus

Les mots latins étaient gravés dans le cintre d'acajou sombre au-dessus de la porte menant à la chapelle simple et rustique.

Sagesse. Paix. Dieu.

Le père Patrick Jennings leva les yeux vers ces trois mots et pria de toute son âme pour comprendre de nouveau un jour ce qu'ils signifiaient. À la fin de sa prière, il leva les yeux plus haut encore pour regarder le ciel gris. Souriant tristement à un lambeau de nuage, il songea : En ce moment, je me contenterais d'un sur les trois.

Il tourna le dos à la chapelle pour contempler le parc de la retraite de Sainte-Catherine-de-Gênes. Douze hectares de bois dans les Black Mountains du comté de Yancey, en Caroline du Nord. Le père Patrick y était déjà venu une fois. Lorsqu'on lui avait offert la possibilité d'aller à Washington, il avait entassé ses affaires à l'arrière de sa voiture, il avait quitté Marquette et avait roulé vers le sud pour passer une semaine à dormir sur un lit dur, dans l'un des trois dortoirs austères de la retraite, à se promener dans la propriété, couper du bois, méditer, prier. Il avait beaucoup marché cette semaine-là. Traversé un ancien lieu de sépulture cherokee remontant au dix-huitième siècle, visité Asheville pour se rendre sur la tombe de Thomas Wolfe, gravi à moitié le mont Mitchell, le plus haut sommet à l'est du Mississippi. Le terrain était accidenté et il s'était tordu la cheville, mais il s'était juré de revenir un jour et de grimper cette fois jusqu'en haut, où il se baignerait dans le torrent glacé et écouterait le fracas de la célèbre chute d'eau.

C'était son mentor au séminaire, le père Thaddeus Joyce, qui lui avait parlé de cet endroit magique. Maintenant qu'il n'enseignait plus, Thad dirigeait la retraite. Il passait ses journées en méditation, offrait ses conseils à ceux qui venaient à lui. Quand le père Patrick avait besoin de se réfugier quelque part, de se confier à quelqu'un, il n'y avait pour lui qu'un seul lieu, une seule personne au monde.

Il n'avait cependant pas encore parlé à Thad. Il n'aspirait qu'au silence depuis les mots glacés de la confession qui l'avaient projeté dans une mer tourmentée. Cela lui semblait si loin. Il ne s'était pourtant écoulé que quatre jours depuis qu'il avait quitté en titubant sa chère cathédrale. Il n'avait guère dormi, à peine mangé.

La retraite portait bien son nom. En son temps, sainte Catherine avait eu une jeunesse agitée qui ne lui avait laissé qu'un sentiment de vide et d'inutilité. Elle avait rompu avec le monde pour ne plus fréquenter que d'autres saintes personnes et de pauvres créatures atteintes de maladies horribles. Ceux qui venaient dans la retraite dédiée à sa mémoire étaient là pour retrouver un sentiment d'intimité avec Dieu. Un sentiment d'intimité avec eux-mêmes.

Le père Patrick n'avait pas besoin de redécouvrir Dieu. Il avait besoin de savoir ce qu'il devait faire.

Il souffla dans ses mains — même en été, l'air de la montagne était frais —, pénétra dans la chapelle éclairée uniquement par une cinquantaine de cierges. Un moment, il crut qu'elle était déserte puis il entendit un bruissement, une faible toux. Son mentor se leva du banc du premier rang.

— Bonjour, Thad. Désolé d'interrompre votre somme.

— Pour une raison ou une autre, plus je vieillis, plus j'aime dormir dans l'église, dit le père Thaddeus. (Il bâilla, sourit au jeune prêtre.) Je suis heureux que vous soyez venu. Nos conversations me manquent, parfois.

— J'ai toujours cru qu'elles vous agaçaient.

— Oh certes ! Personne ne pouvait m'énerver autant que vous. (Le père Patrick eut une ombre de sourire, aussitôt disparue.) Si je peux vous parler franchement, Pat, vous avez l'air complètement déglingué.

— J'ai besoin que vous me parliez franchement.

Le père Thaddeus s'étira, bâilla de nouveau.

— Je vous ai vu furieux, je vous ai vu déprimé, je vous ai vu fin soûl. Mais jamais effrayé.

— Je ne pense pas avoir jamais éprouvé une telle frayeur.

— La peur est un mal plus grand que le mal lui-même. Saint François de Sales. J'y crois profondément.

— J'y croyais, moi aussi. Plus maintenant.

— Vous avez inquiété beaucoup de gens... (Devant la mine étonnée de Patrick Jennings, le père Thaddeus ajouta :) Les journaux ont parlé de votre disparition.

— Je pensais que les nouvelles n'arrivaient pas jusqu'ici.

— Les temps ont changé. Ceux qui veulent fuir le monde peuvent à coup sûr le faire. Moi-même, j'ai du mal à résister à Internet.

— J'ai entendu quelqu'un en confession, commença le père Patrick. Avant de quitter Washington. J'ai entendu des choses horribles. Dans la bouche d'une personne très puissante.

— C'est ce qui vous a effrayé ?

— En partie. Ce qui fait surtout peur, c'est l'idée que je dois faire quelque chose. Il faut que les gens sachent.

— Ah ! Vous envisagez donc de briser un engagement sacré...

— J'envisage beaucoup de choses. Mais jusqu'ici je n'ai rien fait.

— Quoi que vous ayez entendu, quoi qu'il puisse arriver, vous n'avez rien à craindre de Dieu. Je vous connais assez pour en être convaincu.

Le père Patrick partit d'un rire dur.

— Ce n'est pas de Dieu que j'ai peur.

— Pat, je vous ai toujours considéré comme un homme doué d'une intelligence remarquable. Et d'un sens moral élevé. Une combinaison qui ne donne pas toujours la paix de l'esprit.

— La paix, Thad. C'est précisément ce que je cherche.

— Qui, hormis Dieu, peut vous l'accorder ? Le monde a-t-il jamais pu satisfaire le cœur ?

— Non, jamais, murmura le père Patrick.

— Je vous connais depuis longtemps, mon fils. Assez longtemps pour savoir que ce n'est pas la paix que vous cherchez.

Elle n'a jamais été votre but et, navré de vous le dire, elle ne le sera probablement jamais.

— Alors, qu'est-ce que je cherche ?

— La force, répondit le père Thaddeus. La force d'accomplir ce que vous estimez devoir faire. Mais rappelez-vous les paroles de saint Cyprien : « La force ne donne à personne la sécurité, seules la grâce et la miséricorde de Dieu nous la donnent. »

Le père Patrick approuva d'un « Amen », ferma les yeux pour ne plus voir la lueur tremblotante des cierges. Pour ne plus voir un monde à la fois si lointain et si horriblement proche. « Amen »...

25

L'une des batailles les plus violentes de la guerre de Sécession se déroula à Corinth, Mississippi, en octobre 1862. Près de sept mille hommes y perdirent la vie, dont deux tiers de sudistes commandés par le général Earl Van Dorn, un Mississippien qui fut contraint de battre en retraite, ensanglanté et vaincu par les forces de l'Union conduites par le général William Rosencrans. Près d'un siècle et demi plus tard, la ville vit encore dans le souvenir de cette bataille. Dans un vaste cimetière national reposent les soldats tombés au combat, dont près de quatre mille dans des tombes qui ne portent aucun nom. Des monuments signalent le lieu des affrontements. Une batterie d'artillerie de l'Union a été reconstituée et un musée présente des vestiges et des documents sur les dévastations de la guerre. Chaque année, des habitants se costument pour faire revivre la bataille dans ses moindres détails.

Corinth était alors un nœud ferroviaire stratégique. Surnommée aujourd'hui la Porte du Mississippi, la ville compte sur son charme pour survivre. « La diversité d'une grande ville, l'atmosphère d'une petite », proclame-t-elle fièrement.

Carl Granville et Amanda Mays ne s'intéressaient ni à la diversité ni à l'atmosphère de Corinth. Ils s'intéressaient à des détails. Des détails qui leur révéleraient l'identité de Gideon et leur permettraient ainsi, espéraient-ils, de rester en vie. C'était la raison pour laquelle ils roulaient vers Corinth. Ils cherchaient quelque chose, n'importe quoi qui correspondrait à la description de la ville du Mississippi que Carl avait appelée Simms. La ville imaginaire où un garçon imaginaire de onze ans prénommé Danny avait assassiné un bébé imaginaire sans nom, son petit frère.

Il leur suffisait de transformer la fiction en réalité.

La veille, ils avaient enfin pu dormir.

Sur la route de Hohenwald, après avoir quitté le sanctuaire que les LaRue avaient édifié à Elvis, ils avaient fait une brève halte dans un drugstore à la demande d'Amanda, puis ils avaient décidé de passer la nuit dans un motel. Ils choisirent un petit établissement situé à Chewalla, Tennessee, à une quinzaine de kilomètres de Corinth, et qui semblait, à en juger à l'aspect des bâtiments, apparenté à la chaîne Bates.

Amanda paya la chambre en liquide tandis que Carl attendait dans la voiture. L'employé à moitié endormi ne lui demanda pas de papier d'identité mais réclama le numéro de la voiture. Amanda en inventa un sur-le-champ en espérant que l'homme n'irait pas vérifier. Il ne bougea effectivement pas de son comptoir. Elle lui donna aussi un faux nom : Jeannette Alk, une fille qui avait été sa meilleure amie pendant toutes ses années d'école primaire. Cela ne posa pas de problème non plus. Apparemment, ce n'était pas le genre de motel où les gens donnent leur vrai nom.

Ils étaient maintenant dans la *Bible Belt*[1], où l'on prenait le

1. États du Sud profondément croyants. *(N.d.T.)*

péché au sérieux. Et où l'on prenait un vif plaisir à le commettre.

La chambre donnait sur le parking et se trouvait à côté du distributeur de glaçons, qui était en panne. D'ailleurs, toutes les chambres donnaient sur le parking, où il n'y avait que deux autres voitures. La pièce était étouffante, elle sentait le moisi et le Raid. De gros insectes étaient venus s'échouer dans le lavabo de la salle de bains, certains morts, d'autres non. Un climatiseur bruyant faisait de son mieux pour rafraîchir la chambre, sans grand succès : la température extérieure dépassait les 35 °C ; à l'intérieur il faisait « seulement » 29 °C.

Sur un tapis au motif vaguement navajo, une chaise était glissée sous un bureau en Formica encastré dans le mur. Amanda se laissa tomber à plat ventre sur le grand lit au sommier fatigué, tordit le cou pour regarder Carl.

— Tu peux prendre ta douche le premier.

— Non, non, répondit-il, indiquant la salle de bains minuscule d'un grand geste chevaleresque. J'insiste.

— Non, c'est moi qui insiste. J'ai l'intention d'utiliser toute l'eau chaude de l'établissement, alors profites-en pendant qu'il en reste.

— Si tu présentes les choses comme ça...

— Mais d'abord, occupons-nous de ton nouveau look.

Elle porta la chaise dans la salle de bains, la posa devant le lavabo, la tapota d'une main ferme pour inviter Carl à s'y asseoir. Elle prit ensuite dans son sac un sachet en papier dont elle tira la paire de ciseaux et la bouteille de teinture Clairol, nuance acajou, qu'elle avait achetées au drugstore.

— On te reconnaît trop facilement, avec cette tête...

Elle plaça une main sur la tête en question pour la maintenir et commença à jouer des ciseaux.

— Tu as déjà fait ça, j'espère ? s'inquiéta-t-il.

— Tu crois que je me risquerais à te changer de look si je ne savais pas ce que je fais ? Bien sûr que j'ai déjà fait ça.

— Tu mens, n'est-ce pas ?

— Naturellement, répondit-elle avec un large sourire. Tiens-toi droit. Et pas de coups d'œil en douce dans la glace.

Tandis que ses cheveux tombaient sur le carrelage, Carl commença à se détendre, à savourer le contact léger des mains d'Amanda sur ses épaules, son cou, le côté de sa tête. Ses pensées dérivèrent et il dressa la liste de ce qu'ils devaient faire, de toutes les choses qu'ils devaient se rappeler. Il avait l'impression que des années s'étaient écoulées depuis le début de cette histoire ; il se rappelait à peine la dernière fois qu'il s'était promené dans les rues de New York, libre et insouciant. Il pensa à son appartement, à ce qu'il écrivait avant que Maggie Peterson ne fasse irruption dans sa vie. Aux amis qu'il n'avait pas vus, auxquels il n'avait pas parlé...

— Hé, attention ! s'écria Amanda, le tirant de sa rêverie. Ne bouge pas, voyons. Tu as failli nous faire une incarnation saisissante de Van Gogh... (Comme il gardait le silence, elle s'enquit :) Qu'est-ce qu'il y a ?

— Je pensais... qu'il fallait que j'appelle...

— Que tu appelles qui ?

Carl la regarda d'un air gêné. Et triste.

— Désolé, c'est la fatigue. J'étais en train de me dire qu'il fallait que j'appelle chez moi pour consulter mon répondeur. Au cas où j'aurais des coups de fil, pour le travail. Comme si j'avais encore un travail. Ou un chez-moi.

— Je sais, dit-elle à voix basse. Ça m'arrive tout le temps aussi.

Amanda se remit en silence à sa coupe de cheveux. Lorsqu'elle eut terminé, elle tenta de plaisanter :

— Rappelle-toi, j'ai réservé : la plus grande partie de l'eau chaude est pour moi. Et n'oublie pas ça, ajouta-t-elle en lui lançant la bouteille de Clairol.

La douche revigora Carl. L'eau était chaude, un peu colorée de rouille au début et sentant vaguement le soufre. Ses aiguilles picotèrent agréablement ses muscles douloureux. Il se sécha, frictionna avec la teinture ce qu'il lui restait de cheveux puis se força à attendre une demi-heure exactement — le temps requis pour que le produit fasse son effet — avant de se pencher vers le miroir. Il examina l'inconnu qui le scrutait. Le Carl Granville nouveau avait des cheveux quasiment ras, d'un châtain foncé qui ne semblait pas tout à fait naturel, mais il devait reconnaître que ce n'était pas si moche. Et même lui avait hésité à se reconnaître au premier coup d'œil.

La serviette autour des reins, il retourna dans la chambre et eut un hoquet de surprise en découvrant Amanda. Il n'était pas le seul à avoir subi une transformation. La magnifique crinière rousse, épaisse et longue, appartenait au passé. Amanda avait des cheveux courts d'un noir d'encre.

— Ma photo est aussi passée à la télé, expliqua-t-elle. Il vaut mieux être trop prudent. (Il garda le silence.) Alors ?

Comme il continuait à la regarder, bouche bée, elle éclata en sanglots.

— Hé, c'est simplement la surprise. Non, ça te va bien. Franchement.

— Seigneur, geignit-elle. Après tout ce qui nous est arrivé, sur quoi je pleure ? Sur mes cheveux coupés ! Je suis bien une bonne femme, tiens !

Il tendit les bras pour la réconforter, cela lui paraissait la chose à faire, mais elle le contourna et marcha d'un pas résolu vers la salle de bains. Lorsqu'il entendit l'eau commencer à couler, Carl passa une main dans sa nouvelle chevelure, s'assit au bord du lit et étudia une carte de la région, entourant d'un cercle les villes situées dans un rayon de cinquante kilomètres. Puis il écouta les informations sur Apex News : le FBI avait reçu près de trois cents appels de citoyens coopératifs absolument sûrs de l'avoir repéré dans trente et un États différents, y compris Hawaii et l'Alaska. Le Bureau s'efforçait de vérifier chacune de ces pistes.

Carl ne s'habituait pas à voir sa photo sur l'écran. Il ne s'habituait pas non plus à l'idée que les représentants de la loi à travers tout le pays étaient à sa recherche et n'hésiteraient pas à tirer sur lui sans sommation. Rien de tout cela ne semblait réel. Il éteignit le poste.

— Ça va mieux ? demanda-t-il à Amanda quand elle sortit de la douche, mouillée et rose, une serviette autour du corps, une autre sur ses cheveux.

— Ça va mieux, acquiesça-t-elle docilement tandis que son regard s'égarait sur le tas de cheveux roux emplissant la corbeille à papier.

— Qu'est-ce que tu préfères apprendre d'abord ? La bonne ou la mauvaise nouvelle ?

— D'abord la mauvaise, répondit-elle d'un ton morne.

— Ils confirment que tu n'es pas morte dans l'incendie. Tu es officiellement portée disparue, et sans doute sous mon emprise.

— C'est ce dont tu rêves, hein ? fit-elle en reniflant. Cela signifie qu'il n'est plus très prudent de rouler avec ma voiture, je suppose...

— Ça ne l'a jamais été.

Exaspérée, elle roula des yeux.

— Je veux dire que les flics de chaque État vont maintenant la rechercher sérieusement.

— Peut-être, mais on est coincés avec cette bagnole. Nous ne pouvons pas en louer une : il faudrait montrer une carte de crédit, sans parler d'un permis de conduire. Et je ne suis pas un voleur de voitures. Un tueur fou, mais pas un voleur de voitures.

Amanda réfléchit un moment en silence puis haussa les sourcils comme sous le coup d'une inspiration. Elle alla à la fenêtre, lorgna entre les rideaux.

— Tu as toujours ton canif sur toi ?

— Pourquoi ?

— Passe-le-moi.

Il prit son couteau suisse, le lui donna. Amanda enfila ses chaussures, ouvrit la porte, s'avança sur le seuil, toujours enveloppée dans sa serviette.

— Si je ne suis pas revenue dans deux minutes, envoie la cavalerie.

— Mais qu'est-ce que tu fais ? lui demanda Carl.

Trop tard : elle avait déjà disparu dans la nuit moite. Il s'approcha de la fenêtre, regarda le parking, ne vit rien, n'entendit rien. Il arpentait la chambre quand Amanda revint quelques instants plus tard, essoufflée.

— Tiens, haleta-t-elle en lui rendant le canif. Désolée, j'ai dû casser la pointe.

— Qu'est-ce...

— J'ai dévissé nos plaques d'immatriculation pour les remplacer par celles d'une des autres voitures du parking. Ce sera dur de nous identifier avec des plaques de l'Alabama, conclut-elle avec un sourire triomphant.

— Tu ne crois pas que le type de l'Alabama va s'en apercevoir ?

— Aucune chance. Les gens ne regardent jamais leurs propres plaques. Je parie que les trois quarts des chauffeurs ne connaissent même pas leur numéro d'immatriculation.

Il la considéra d'un air admiratif.

— Tu sais que tu aurais fait une grande criminelle ?

— Je *suis* une criminelle. Et la bonne nouvelle ?

— Ton rédac-chef est très inquiet pour toi. Il dit que vous formez une famille, au journal.

— Comme c'est touchant. Je me demande s'il drague les autres membres de sa famille après un verre de sauvignon...

— Ce n'est pas tout. Il dit aussi que ce n'est pas la première fois que tu te retrouves prise dans une relation unilatérale, autodestructrice.

Amanda haussa les épaules.

— Il est bien obligé de dire ça. Chaque fois qu'une femme repousse les avances d'un type, il en conclut qu'elle a un problème avec les hommes. C'est sa seule façon de protéger son ego.

— Il ajoute que tu t'impliques trop dans ton travail, que ça t'amène à prendre des décisions irresponsables, parfois dangereuses.

Elle eut un long soupir affligé.

— C'est sidérant. On peut retourner contre toi tout ce que

tu as fait dans ta vie, que ce soit bien, mal ou sans intérêt. Et personne ne s'en doute. J'ai passé toute ma carrière dans les médias sans jamais vraiment le comprendre. Je vais te faire une promesse, Carl. Quand nous serons sortis de cette histoire, quand notre vie sera redevenue normale, je serai une journaliste différente. Je te le jure.

Il continua à regarder droit devant lui.

— Amanda...

Elle secoua légèrement la tête, comme si elle savait ce qu'il allait dire et se refusait à l'entendre.

— Nous n'en sortirons jamais vraiment, Amanda. Nos vies ne redeviendront jamais normales.

Elle se mordit la lèvre, sa main posée sur l'épaule de Carl la pressa plus fort qu'elle ne l'aurait voulu. Quelques mèches de cheveux encore mouillés tombèrent sur son front et devant ses yeux.

— Je le sais, murmura-t-elle, mais il faut que je continue à parler sinon je vais me remettre à pleurer. Et je ne crois pas que je peux supporter de pleurer plus de deux fois par jour...

Elle émit un son étranglé à mi-chemin entre le rire et le sanglot. Carl ne put s'empêcher de remarquer la façon dont sa poitrine montait et descendait sous la serviette. Il la contempla, se souvint d'autres fois où il l'avait contemplée et où la serviette était tombée...

— Si je te demande une faveur, fit-elle à voix basse, tu me l'accorderas ?

— Étant donné les circonstances, je ne vois pas comment je pourrais refuser.

D'un pas hésitant, elle alla s'étendre sur le lit.

— Tu veux bien me tenir ? Simplement me tenir ?

— Oui, bien sûr, répondit-il, la bouche soudain sèche.

Lorsqu'il s'allongea à côté d'elle, elle se coula dans ses bras, chaude et humide. Carl sentit une avalanche de réactions submerger son corps tandis qu'il la serrait contre lui.

— Tu m'as manqué, lui dit-elle d'une voix ensommeillée. Être avec toi, ça m'a manqué...

— À moi aussi.

— Te parler...

Elle commençait à glisser dans le sommeil.

— Je suis là, la rassura-t-il. Je suis là.

— Plus de complications. Serre-moi simplement. Je n'ai pas besoin de complications.

— Pas de complications, promit-il.

— Je veux simplement que tu me serres contre toi. J'ai juste besoin de ça.

Il la vit fermer les yeux. Sentit sa respiration devenir régulière.

— Moi aussi, simplement ça, mentit-il.

Ils s'endormirent tous les deux. Serrés l'un contre l'autre, indifférents à la lumière allumée, au bourdonnement du climatiseur et au grondement des voitures passant de temps en temps sur la route obscure, non loin de leur fenêtre.

Ils se réveillèrent à l'aube, toujours enlacés. Ils ne prononcèrent aucun mot, c'était inutile. Quelques minutes leur suffirent pour se préparer, monter dans la voiture d'Amanda et prendre la route de Corinth.

Ils passèrent la matinée à ratisser la ville. Dans les rues bordées d'arbres, certaines ravissantes maisons datant d'avant la guerre de Sécession avaient été transformées en relais *bed and breakfast* pour touristes. Un vieux tribunal massif trônait au centre d'un quartier commercial prospère traversé par Fillmore Street. Une banderole suspendue au-dessus de la chaussée annonçait : *La semaine prochaine : Grande Fête annuelle du Slugburger. Venez tous manger nos Slugburgers.*

Amanda n'essaya même pas de deviner ce qu'un *slugburger* [1] pouvait être, et refusa de laisser Carl poser la question à un habitant.

Le soleil était aveuglant, la chaleur accablante, l'air lourd, chargé d'une odeur de chèvrefeuille. Ils s'arrêtèrent au Borroum Drugstore (le plus vieux drugstore de l'État), achetèrent deux Dr. Pepper glacés qu'ils burent si rapidement qu'ils en eurent

1. *Slug* : limace. *(N.d.T.)*

mal à la gorge. Carl acheta aussi une casquette de la Corinth Seed Company et des lunettes de soleil. Avec sa barbe de deux jours, son jean et son T-shirt froissés, ses cheveux courts et foncés, il se sentait relativement en sécurité. Il n'était guère différent des autres touristes déambulant dans cette petite ville. Il n'avait pas l'air — espérait-il — d'un tueur fou recherché par la police, le FBI et les services infos de toutes les chaînes de télévision.

Un groupe de vieux assis au fond du magasin passait sa matinée dans un nuage de fumée de cigarette. Pendant que Carl choisissait des lunettes, Amanda tapa une Winston à une vieille dame, engagea la conversation et l'orienta rapidement sur le sujet des entreprises locales. Il y avait, apprit-elle, une grande usine neuve fabriquant des moteurs Diesel Caterpillar à la sortie de la ville. La plus importante des *vieilles* entreprises était la compagnie Corinth Machinery, à l'origine une filature de coton construite en 1869. Au début du siècle, on y avait fabriqué des scies et des chaudières. Dans les années 1950, elle était devenue Alcorn, compagnie lainière florissante, et produisait maintenant du contreplaqué.

Amanda et Carl se précipitèrent à la voiture. L'usine se trouvait sur la grand-route, au 72, juste en face du garage Dildy's, qui réparait les véhicules de toute marque, et vendait plus de bouteilles de Coca que n'importe quelle autre station-service américaine, Carl était prêt à le parier. Il en acheta trois, qu'il vida à la file. Amanda, retenant la leçon du Dr. Pepper, but la sienne lentement. Devant la pompe à essence, ils examinèrent le vieux bâtiment en brique situé de l'autre côté de la rue.

— Ça te rappelle quelque chose ? demanda-t-elle, sentant une goutte de sueur glisser le long de son cou.

Il secoua la tête.

— C'est une usine. Comme n'importe quelle autre usine.

— C'est tout ?

— Elle se trouvait à un kilomètre et demi de l'endroit où ils habitaient, ça, je m'en souviens.

Ils remontèrent dans la Subaru, explorèrent le secteur dans

un rayon de deux kilomètres, à l'affût d'un détail qui pût réveiller la mémoire de Carl.

Corinth était une ville pittoresque. Prospère. Rien à voir avec Simms.

Ils repartirent donc, Amanda au volant, Carl étudiant la carte et réprimant les vagues de frustration et de désespoir qui le submergeaient à chaque nouvelle vaine tentative : Jacinto... Kosuth... Glen... De petites villes strictement agricoles. À Rienzi, ils apprirent que le cheval bien-aimé du général Nathan Bedford Forrest[1] tenait son nom de la ville. Kendrick avait bien une usine Kimberley-Clark, mais elle était toute récente, comme la Caterpillar de Corinth.

Ils reprirent donc la route 45 en direction de Tupelo, où était né Elvis Presley et où ils prendraient la 6 pour traverser le Mississippi en direction du delta. Duane LaRue avait raison, songea Carl avec mélancolie en regardant par la fenêtre le paysage tremblotant dans la chaleur : on investissait lourdement dans les casinos. L'un après l'autre, des panneaux géants promettaient gains mirifiques et amusement à Helena Bridge, Tunica, Casino Center, Vicksburg, Philadelphia, Biloxi... Les couleurs vives, les proclamations criardes des publicités contrastaient avec le calme de la campagne.

Carl se tourna vers Amanda, qui fixait la route en levant le menton d'un air déterminé.

— J'ai réfléchi, je crois qu'il vaut mieux circonscrire les recherches aux usines. LaRue se trompe sûrement, avec son histoire de volaille...

— Pourquoi ?

— Nous cherchons un endroit qui *puait*...

— Tu t'es déjà trouvé à proximité d'un abattoir ? Ça pue drôlement...

Ils passèrent devant une autre pancarte publicitaire pour un casino : *Le plus grand centre de paris sportifs après Vegas. Soyez le premier à trouver le vainqueur du Super Bowl. Gros rapports.*

1. Héros sudiste de la guerre de Sécession. *(N.d.T.)*

Carl garda un moment le silence. Quelque chose lui revint en mémoire, se fraya lentement un chemin dans son esprit puis disparut. Qu'est-ce que c'était ? Bon sang ! il le tenait presque. Quelque chose sur cette ville qu'il avait appelée Simms. Un détail dans le journal de Rayette.

— Ils récupèrent les fientes pour faire de l'engrais, tu sais. Tu imagines l'odeur... fit Amanda.

— Oui, mais est-ce que ça rendrait les gens malades ?

— Une fabrique de papier, alors. Il y en avait beaucoup dans le coin, je crois. Cause notoire de pollution chimique. Ça pourrait être aussi une fabrique de vêtements. J'ai couvert un moment l'EPA[1] quand je travaillais à Albany. L'agence essayait d'obtenir des autorités fédérales qu'elles s'intéressent à une ancienne fabrique de chapeaux de Rochester. On y utilisait du mercure pour teindre les tissus, tu te rends compte ? Un vieil habitant m'a raconté qu'on pouvait au jour le jour savoir de quelle couleur étaient les chapeaux fabriqués en regardant la rivière. Ils ont fini par polluer non seulement la rivière mais aussi les berges, des deux côtés. Le sol était tellement toxique qu'on...

— Je crois que tu tiens quelque chose ! la coupa Carl, tout excité. Ton amie Shaneesa pourrait fouiller les dossiers de l'EPA. Si l'usine polluait beaucoup, elle devrait y figurer, tu ne crois pas ?

— Non, malheureusement. Tu ne m'as pas laissée terminer mon histoire. La fin est triste.

— Allons-y pour la triste fin, grommela Carl.

— Les opérations de dépollution sont terriblement coûteuses. Il faut envoyer des trains entiers de sol contaminé dans un endroit comme le Nevada. Et il y a des milliers de sites à traiter. Beaucoup trop. Alors, à moins que l'endroit pollué ne se trouve dans une région fortement peuplée, dont les habitants sont blancs et prospères — trois conditions qui ne sont absolu-

1. Environmental Protection Agency. *(N.d.T.)*

ment pas réunies ici —, inutile d'embêter les autorités fédérales...

— Et qu'est-ce qui se passe ?

— Rien. Tout le monde contourne l'endroit pollué sur la pointe des pieds. On appelle ça des zones brunes, parce que rien n'y poussera jamais. Si c'est le cas pour notre usine, l'EPA n'aura pas de dossier sur elle. L'État du Mississippi aura peut-être quelque chose, mais franchement j'en doute.

— Merde, grogna Carl.

— Tu traduis le fond de ma pensée.

Aux abords d'Abbeville, localité située à mi-chemin entre Holly Springs et Oxford, ils suivirent une flèche indiquant « Centre commercial ». Le centre commercial d'Abbeville se réduisait à une station-service abandonnée, à une banque qui semblait devoir l'être avant longtemps, à une autre station, fonctionnant encore, et à une épicerie-bazar-restaurant, *Frankie and Johnnie's*, qui promettait de la « Cuisine familiale ».

— Tu as faim ?

— Je meurs de faim, répondit Carl, dévorant l'établissement des yeux par la vitre de la voiture.

— Tu crois qu'on peut risquer d'aller chercher des plats à emporter ?

— Non, je pense qu'on devrait s'asseoir à une table et manger comme des gens normaux. Si par hasard quelqu'un a l'impression de nous reconnaître, il se dira que ça ne peut pas être nous, justement parce qu'on mange tranquillement à une table comme des gens normaux. C'est pareil quand deux personnes trompent leurs conjoints. Si elles se rencontrent dans la pénombre d'un petit restaurant peu fréquenté, c'est compromettant ; si elles se montrent aux yeux de tous, personne ne soupçonne quoi que ce soit...

— Dis donc, tu te débrouilles pas mal non plus, pour raisonner comme un criminel...

— Prends pas cet air horrifié. C'est plutôt utile, en ce moment.

— Je ne suis pas horrifiée. Simplement surprise. Je croyais te connaître.

— Moi aussi je croyais me connaître. Peut-être qu'on ne se connaît vraiment qu'après qu'une chose pareille vous est tombée dessus. Qu'en penses-tu ?

— Je pense que tu peux enlever le « peut-être », dit Amanda.

Elle gara la Subaru sur un parking de terre battue, de l'autre côté de la rue, arrêta le moteur et adressa à Carl un sourire crispé.

— Allez, mon frère, viens manger.

Comme un couple normal, ils marchèrent bras dessus bras dessous vers l'établissement : devant, l'épicerie-bazar, avec des rayonnages couverts de boîtes de légumes du Géant Vert, des barils de clous et des sacs de farine ; au fond, un comptoir de douze tabourets derrière lequel deux femmes aux cheveux retenus par un filet s'affairaient autour d'une cuisinière en fonte. Trois hommes étaient assis au comptoir, dont un avec une petite fille. Deux d'entre eux levèrent les yeux à l'approche de Carl et Amanda, les saluèrent d'un hochement de tête poli. Le troisième, absorbé par la lecture du journal, ne bougea pas. En s'asseyant à côté de lui, Carl ne put s'empêcher de jeter un coup d'œil au quotidien local. À la dérobée, il déchiffra le gros titre de la première page. Un moment, il éprouva un sentiment de soulagement en découvrant que l'article ne le concernait pas. Puis il comprit ce qu'il lisait et ce que cela impliquait.

Il lut que Duane et Cissy LaRue avaient été assassinés.

Quelqu'un les suivait.

26

— Navré de troubler votre déjeuner, mais la direction qu'ils prennent nécessite toute votre attention, argua le Liquidateur dans son téléphone cellulaire.

— Expliquez-vous, ordonna Augman d'un ton sec.

Le Liquidateur appelait de la Suburban garée dans la station-service abandonnée, à moins de vingt mètres de la petite Subaru cabossée.

— Vous avez votre ordinateur portable près de vous ?

— Bien sûr, répondit le millionnaire.

Il se trouvait dans son bureau d'angle, au trente-troisième étage d'Apex Communications. Il déjeunait toujours dans son bureau quand il était au siège, à New York.

— Branchez-vous sur « Maps Are Us ».

— Vous voulez que je fasse apparaître une carte du Mississippi sur mon écran, je suppose...

— Vous supposez bien.

Le Liquidateur entendit l'homme à l'accent anglais taper rapidement sur le clavier pour accéder au site et obtenir ce qu'il souhaitait.

— Bon, j'ai devant moi une carte du Mississippi. Maintenant expliquez-moi pourquoi.

— Ils roulent sur la route 6. En direction du delta.

Après un silence, Augman lâcha :

— Voilà qui est contrariant.

— En effet.

— Comment ont-ils... Que savent-ils au juste, d'après vous ?

Le Liquidateur ne répondit pas. Il répugnait à reconnaître son ignorance.

— Bon Dieu ! jura le magnat. J'espérais exploiter encore cette affaire un jour ou deux. (Il marmonna quelque chose d'autre à mi-voix, une grossièreté cockney, sans doute, que le Liquidateur ne comprit pas.) Combien de temps nous reste-t-il ?

— Deux heures s'ils se rendent directement là-bas. Plus s'ils font un détour.

— Vous avez des raisons de penser qu'ils savent exactement où ils vont ?

— Aucune raison de le penser. Aucune raison de penser le contraire.

— Ah, quelle déception ! Nous ne pouvons pas adopter une attitude dilatoire, je présume ?

— À mon avis, non. Mais ce n'est pas à moi de décider.

— Très juste. Et nous avons... quelle est votre expression ? d'autres chats à fouetter ?

— Elle n'est pas de moi, grogna le Liquidateur.

Cette mission l'avait amusé, il la regretterait.

— Vous pouvez vous occuper d'eux avant qu'ils arrivent là-bas ?

— Naturellement.

— Alors, faites-le, lui intima Augman avec une certaine brusquerie. Assurez-vous qu'on ne les retrouve jamais. Jamais.

Il y eut un déclic et le silence se fit sur la ligne.

Assis dans son bureau en altitude de la tour d'Apex, lord Lindsay Augman songeait que son rêve allait se réaliser. Il s'apprêtait à conclure la plus grosse opération de sa carrière. Une opération qui lui donnerait un pouvoir sans limites. Les gens s'extasiaient sur Bill Gates mais Bill Gates ne fournissait que le messager. Lindsay Augman, lui, fournissait le message ! « Fournissait » ? Non, il *était* le message.

Jamais il n'avait misé aussi gros, lui qui avait passé sa vie à lancer les dés. Il avait investi près de cent cinquante millions de dollars dans la construction et le lancement d'un satellite Fairfield FS601. Le plus coûteux, le mieux équipé, le plus perfectionné des satellites de communication actuels. À cet instant même, ce bijou tournait autour de la Terre. Lancé de la Guyane française, il était maintenant là-haut. Augman n'avait plus qu'à appuyer sur un bouton pour le faire fonctionner. Et il en avait commandé quatre autres pour les deux prochaines années. Soit un total de sept cent cinquante millions de dollars. Sans avoir la garantie qu'il pourrait un jour les utiliser légalement. Sans être sûr qu'il pourrait appuyer sur ce bouton. Mais il avait de bonnes raisons de courir le risque.

Des centaines de millions de raisons. Un milliard, pour être exact.

C'était la somme qu'il espérait gagner en Chine. Et c'était si simple. L'argent était là, à portée de main. Il suffisait d'être prêt. D'être le premier. Il suffisait de saisir l'occasion. Et s'il n'y avait pas d'occasion on en créait une.

Cent millions de postes de télévision en Chine, c'était une perspective réaliste. Pour commencer. Avec un tarif d'abonnement de dix dollars : tout à fait raisonnable. Ce qui donnait la somme tout aussi raisonnable d'un milliard de dollars. Lorsque le capitalisme se répandrait dans le pays et finirait par triompher — victoire inéluctable, comme en Russie, comme partout ailleurs, grâce au flot incessant d'informations qui encerclait le monde —, les bénéfices doubleraient, tripleraient. Il n'y avait pas de limites !

Si l'on ajoutait à ce projet ses opérations en Amérique latine, en Inde, au Moyen-Orient, il toucherait les deux tiers de la population mondiale. Il les gaverait d'informations, leur dirait pour qui ils devaient voter, ce qu'ils devaient *penser*.

Oh ! c'était fabuleux. Fabuleux.

Augman se renversa dans son fauteuil, ferma les yeux, songea à l'empire qu'il allait bientôt contrôler. Aux ravages qu'il avait causés — et causerait encore — pour y parvenir. Il pensa aux ennemis qu'il s'était faits, à la mort et à la destruction qui l'avaient entouré pendant soixante-quatre ans, et qui l'entouraient toujours. Puis il eut un sourire. Large, satisfait.

Tout cela en valait-il la peine ?

Seigneur, oui. Cet empire méritait tout ce qu'il avait fait, et bien plus encore.

Toujours souriant, la lèvre supérieure révélant des dents étincelantes, il décrocha le téléphone et composa un numéro qu'une vingtaine de personnes au monde avaient le privilège de connaître.

On répondit après la deuxième sonnerie et la voix qu'il connaissait si bien le salua. D'un ton courtois mais un peu sec. Circonspect.

Lord Augman sourit de nouveau, ses dents immaculées brillèrent à la lumière de la lampe en bronze de son bureau, et il se mit à parler à la personne qui l'aiderait, une fois pour toutes, à devenir roi.

La dynamite posée sur le siège avant de la Suburban dégageait une odeur lourde et douceâtre.

Douze bâtons de vingt centimètres de long et trois centimètres de diamètre, enveloppés dans un papier huilé couleur chamois. Le Liquidateur en avait fait deux paquets de six, maintenus par du chatterton argent, puis les avait collés bout à bout, toujours avec du chatterton, pour faire une sorte de gros salami.

Indispensable, le chatterton. Pas un électricien ou un poseur de bombe au monde ne pouvait s'en passer.

Il fallait maintenant assembler les divers éléments.

Le Liquidateur avait emporté une certaine quantité de détonateurs électriques. Le reste, un minuteur de cuisine et une petite perceuse à piles, un commutateur électronique et deux paquets de piles de neuf volts, l'un pour la perceuse, l'autre pour le dispositif, un morceau de tôle en zinc de trente centimètres sur soixante, de la ficelle, du fil de fer et du chatterton, il se l'était facilement procuré dans une quincaillerie de Corinth pendant que Granville et la fille cherchaient fébrilement des indices dans la petite ville endormie.

Tels des membres d'un club huppé lancés dans une chasse au trésor organisée pour une œuvre charitable, pensa-t-il.

Eh bien, ils allaient gagner le gros lot.

Il procéda à l'assemblage : percer un trou dans l'un des bâtons, y insérer un détonateur, le fixer solidement avec de la ficelle. Relier le minuteur au commutateur, lui-même relié aux piles. Relier les piles au détonateur. Quand le minuteur se déclencherait, le courant passerait, les piles fourniraient assez d'énergie pour la mise à feu du détonateur, qui entraînerait l'explosion de la dynamite.

Lorsque le Liquidateur eut terminé l'assemblage, il était midi dix-sept à l'horloge du tableau de bord de la Suburban. Le minuteur devait se déclencher d'ici à une heure. Le morceau de tôle était replié autour de la bombe, de manière à diriger l'explosion vers le haut, le tout enveloppé dans un sac en plastique de supermarché fermé par du chatterton argent. Il descendit de la Suburban, se dirigea vers la petite Subaru, regarda autour de lui. Il n'y avait personne d'autre dehors. Personne pour regarder. Et même s'il y avait eu des gens, pourquoi se seraient-ils méfiés de lui ? Lorsqu'on voit quelqu'un s'affairer autour d'une voiture garée, on suppose automatiquement qu'elle lui appartient. Le Liquidateur s'agenouilla près du pare-chocs arrière, fixa le paquet sous le réservoir de carburant. L'essence donnerait plus de force à l'explosion.

Bien plus de force.

La liquidation serait totale.

Il avait prévu de remplacer les plaques de leur voiture, immatriculée à Washington, par des plaques du Mississippi, volées deux jours plus tôt sur une autre Subaru, mais cela n'était plus nécessaire. Ils avaient déjà procédé eux-mêmes à une substitution. Ils apprenaient vite, se dit-il avec une ironie désabusée.

Il retourna à la Suburban, attendit.

Midi vingt-deux.

Dans cinquante-cinq minutes exactement, Carl Granville et Amanda Mays cesseraient d'exister. Il ne resterait d'eux rien qui pût aider les techniciens de la police dans leurs recherches. Ni peau ni cheveux. Ni dents : leurs mâchoires seraient fracassées en fragments si petits qu'il serait impossible de les identifier grâce à leur dossier dentaire. Quant à la voiture, les plaques de l'Alabama mettraient les autorités sur une fausse piste ; il faudrait beaucoup de temps et d'efforts pour retrouver le numéro de série du moteur parmi les débris. Il faudrait des semaines pour découvrir que la Subaru appartenait à la jeune femme portée disparue. Si tant est qu'on y parvienne.

D'ici là, ça n'aurait plus d'importance.

Les Cibles sortirent de l'épicerie-bazar à midi trente-six. Lui affublé d'une casquette et de lunettes noires, elle d'un chapeau. Ils affectaient une décontraction que trahissait seulement la nervosité avec laquelle la femme feuilletait le journal.

Avant de monter en voiture, Granville inspecta la route, comme s'il cherchait quelque chose. Un moment, le Liquidateur crut qu'il regardait curieusement la Suburban, mais il chassa aussitôt cette pensée. Et même si Granville se méfiait, cela ne changerait rien à la suite. L'horloge du tableau de bord indiquait midi trente-huit. Carl Granville et Amanda Mays réussiraient peut-être à le semer, mais pour trente-neuf minutes seulement.

Granville prit le volant. Il mit le contact, tourna la clef : le moteur ne démarra pas du premier coup. Du deuxième non plus. Le cœur du Liquidateur sauta un battement mais la Subaru démarra au troisième essai, sortit du parking et s'engagea sur la chaussée, la bombe solidement arrimée sous le réservoir. Le paquet ne pendouillait pas, il n'était pas visible.

Le Liquidateur attendit un moment avant de démarrer lui aussi. Pas la peine de les suivre de près. Il connaissait leur destination. Et il savait qu'ils ne l'atteindraient jamais.

Il jeta un coup d'œil au tableau de bord.

Midi quarante-trois.

Il était midi cinquante-sept quand Carl regarda sa montre.

Un panneau indiquait qu'ils se trouvaient à trente kilomètres d'Oxford. À la vitesse à laquelle ils roulaient, ils arriveraient vers une heure et demie dans la ville de Faulkner et d'Ole Miss. De là, il leur faudrait environ une heure pour gagner Clarksdale, l'endroit où Elvis avait chanté en janvier 1955. S'ils avaient de la chance, ils y trouveraient les réponses dont ils avaient si désespérément besoin.

Carl quitta brièvement la route des yeux, tourna la tête vers la droite. Amanda gardait le silence depuis qu'elle avait lu le court article sur le meurtre des LaRue. Il imaginait son cerveau de journaliste tournant à plein régime, essayant de trouver un sens à tout cela. Lui-même s'efforçait de mettre un peu d'ordre dans cette histoire. Un : celui qui les pourchassait semblait parfaitement au fait de tous leurs déplacements. Deux : il n'avait aucun scrupule à assassiner des innocents. Trois : les points Un et Deux formaient une combinaison inquiétante. Qui les traquait et pourquoi ? Pourquoi les avait-il laissés en vie jusqu'ici ? Dans quel but ?

— Ça ne colle pas, finit par lâcher Amanda. *Pourquoi ?*

— Moi je sais même pas à quel « pourquoi » m'attaquer en premier...

— On en parle pour y voir plus clair, d'accord ?

— Je t'écoute.

— Les autres meurtres, on a tout fait pour te les mettre sur le dos. Mais, dans le cas des LaRue, rien. Pas un indice qui t'impliquerait. On ferait pourtant des suspects tout trouvés, toi et moi : nous avons laissé des empreintes partout dans la maison, nous sommes encore dans le coin...

— La police n'a peut-être pas eu assez de temps...

— Peut-être. Mais dans les autres cas, elle a trouvé immédiatement ta piste et a conclu à ta culpabilité. Ce n'est pas cohérent.

— Toujours rien non plus sur le meurtre de Harry, souligna Carl. Là aussi, quelqu'un veut le secret.

— Ajoute ça à ta liste de « pourquoi ».

— Je t'en soumets un autre : personne ne nous file depuis que nous sommes sortis du restaurant. Nous aurions déjà pu quitter cette route deux ou trois fois sans que personne le sache. Pourquoi nous suivre jusque chez les LaRue et ne plus le faire ensuite ?

Après un long silence, Amanda suggéra :

— Ce n'est peut-être plus nécessaire.

— Explique-toi.

— Ils savent peut-être où nous allons.

— Amanda, nous ne le savons pas nous-mêmes...

— Oui, mais eux, ils savent ce que nous cherchons, reprit-elle, s'animant soudain. Ils le savent forcément. Et s'ils savent ce que c'est, ils savent où ça se trouve.

— D'accord, je te suis, mais pourquoi tuer les LaRue ?

— Parce qu'ils savaient où nous allions. Tu comprends ce que ça signifie ? Nous sommes près du but !

— Alors pourquoi ils ne nous tuent pas tout simplement ?

Amanda réfléchit, secoua la tête.

— Un « pourquoi » de plus sur ta liste.

— J'en ai un autre, dit Carl, montrant le tableau de bord. Pourquoi il s'allume, ce voyant ?

— Lequel ?

Amanda se pencha vers lui, vit la petite lumière rouge qui clignotait.

— Oh ! laisse tomber. C'est juste la pression d'huile.

— *Juste* la pression d'huile ? Un voyant rouge, ça signifie qu'il faut s'arrêter de toute urgence.

— Fais-moi confiance, Carl, c'est rien.

Il secoua la tête.

— Amanda, on ne continue pas à rouler quand le voyant de pression d'huile s'allume. C'est une règle élémentaire.

— Épargne-moi tes sermons de mec. Elle fait ça tout le temps. Ça veut dire qu'il faut remettre un peu d'huile.

— Ça peut aussi vouloir dire qu'il n'y a plus d'huile du tout.

— C'est ma voiture, bon sang ! maugréa-t-elle. Elle a tendance à faire de l'huile par temps chaud, c'est tout.

— C'est *tout* ?

— Pourquoi tu t'affoles ?

— Nous venons de rouler plus de quinze cents kilomètres sous la canicule. Nous aurions dû vérifier le niveau d'huile chaque fois que nous avons fait le plein.

— On avait d'autres choses en tête.

— J'arrête, annonça Carl d'un ton ferme. Il faut vérifier la jauge.

— N'exagère pas... Dès que nous arriverons à une station-service, nous achèterons un bidon d'huile. Nous ne pouvons pas nous permettre...

— Amanda, si on coule une bielle, on devra faire du stop jusqu'à Clarksdale. Ce qui, étant donné notre situation, n'est probablement pas souhaitable.

Elle roula des yeux, résignée.

— Bon. Fais comme tu veux.

Carl fit comme il voulait, ou du moins essaya. Il ralentit, obliqua vers le bas-côté, mais la voiture se mit à faire un bruit de machine à laver bourrée de cailloux. Il coupa le contact. Les claquements sous le capot ne s'arrêtèrent pas immédiatement ; la petite Subaru d'Amanda ralentit en ahanant, trembla et mourut au bord de la route. Dans le silence qui suivit, Amanda lança sèchement :

— Ne dis rien. Pas un mot.

Carl ouvrit le capot et descendit, jeta machinalement un coup d'œil à sa montre.

Une heure douze.

La Subaru avait rendu l'âme au milieu de nulle part. À gauche de la route à deux voies s'étendaient des bois et des champs. À droite, les eaux du lac Sardis miroitaient au soleil. Devant, du macadam brûlant, et probablement pas grand-chose d'autre jusqu'à Oxford, distante d'une quinzaine de kilomètres. Il souleva le capot, qui l'abrita un peu du soleil de midi, mais la chaleur dégagée par le moteur faisait plus que compenser. Il trouva la jauge d'huile, la tira. À sec. Il la remit en place, la tira de nouveau. Confirmé. Il n'y avait plus une goutte d'huile dans la Subaru.

Amanda le rejoignit, regarda le moteur avec appréhension.

— Qu'est-ce que t'en penses ?

— Je pense qu'on est mal.

— Même si on remet de l'huile ?

— Une fois qu'on a coulé une bielle, c'est trop tard. Du moins, je pense. Enfin, je suis pas mécanicien. Je ne sais pas ce que je suis mais je ne suis pas mécanicien. (Il regarda la route derrière lui.) Pas de station avant Abbeville. (Il indiqua de la tête la direction d'Oxford.) Essayons de ce côté, on en trouvera peut-être une. On verra bien. (Il eut un sourire nerveux.) D'accord ?

— D'accord, dit-elle en se forçant à lui rendre son sourire.

Une heure quinze.

Ils prirent sur la banquette arrière le peu d'affaires qu'ils avaient, commencèrent à fermer les portières.

— Il vaut peut-être mieux que j'attende ici dans la voiture, hasarda Amanda.

Carl considéra la suggestion en se grattant pensivement la joue de l'ongle du pouce.

— Et si quelqu'un s'arrête ?

— Alors, nous aurons de l'aide.

— Et si c'est un flic ?

La question régla le problème.

— Allons-y, décida Amanda.

Ils étaient à une quinzaine de mètres de la voiture quand elle se tourna pour lui dire quelque chose. C'est alors que la déflagration les atteignit.

Le bruit fut assourdissant. Carl protégea Amanda de son corps tandis que l'explosion transformait une tonne et demie d'acier, de caoutchouc et de plastique inerte en une boule de feu vivante, palpitante. Des morceaux de métal projetés en l'air retombèrent dans les arbres et dans les champs jouxtant la route, glissèrent sur le macadam comme s'ils surfaient sur une vague monstrueuse.

Des débris brûlants se plantèrent dans le sol à une cinquantaine de centimètres du fossé où Carl et Amanda avaient roulé. Les herbes sèches du bas-côté prirent feu, crépitèrent.

Il secoua Amanda, qui ne réagit pas. Il lui cria de revenir à elle, n'entendit pas sa propre voix tant ses oreilles sifflaient. Il vit une voiture passer devant l'épave fumante, ralentir, s'arrêter sur le bas-côté. Amanda remua, dit quelque chose qu'il ne pouvait toujours pas entendre. Il tendit le bras vers les bois, elle hocha la tête d'un air hébété. Il se redressa à demi. Amanda restait allongée, incapable de faire obéir son corps. Il la saisit par le bras, la fit se lever.

D'un pas d'abord chancelant puis de plus en plus rapide, ils marchèrent vers les bois, se mirent à courir, fuyant la sirène de police qui approchait, les voitures qui s'attroupaient sur la route. Quand leur gorge brûlante et leurs flancs douloureux ne leur permirent plus d'avancer, ils se laissèrent tomber sur le sol desséché.

Carl regarda le visage sali d'Amanda, sa manche de chemise déchirée. Il déglutit, constata qu'il entendait de nouveau, posa une main sur l'épaule tremblante de la jeune femme.

— Carl, haleta-t-elle, c'est ce qui se passe généralement quand on coule une bielle ?

— La prochaine fois, tu m'écouteras.

Elle acquiesça de la tête, emplit ses poumons d'un air non mêlé de fumée.

— Je l'adorais, cette voiture. Les salauds...

— Ouais, fit Carl, qui ne trouva rien d'autre à dire.

Ils se relevèrent, s'enfoncèrent plus profondément dans le bois, parvinrent à un champ de coton qu'ils traversèrent aussi vite que leurs jambes le leur permettaient.

Il y avait trois choses dans la vie sur lesquelles le Liquidateur avait une opinion très négative : la sauce de salade en bouteille, les films de Meg Ryan et l'échec.

Il ne supportait pas l'échec. C'était généralement le résultat d'une piètre préparation et de mauvaises habitudes de travail. L'échec n'était pas acceptable dans une profession où le facteur surprise jouait un rôle capital, où les secondes chances étaient rares, où des rivaux mortels attendaient de pouvoir vous serrer à la gorge.

Non seulement le Liquidateur n'aimait pas échouer mais il ne pouvait pas se le permettre.

Tout semblait pourtant se dérouler selon ses plans. Il avait suivi les Cibles sur la route 6 sans forcer l'allure : il n'était pas nécessaire de leur coller au train, il suffisait de garder un œil sur l'horloge du tableau de bord. Il ne restait que quelques minutes au compte à rebours quand le petit tas de ferraille stoppa soudain au bord de la route. Le Liquidateur avait été contraint de passer sans ralentir. Lorsque la Suburban fut hors de vue, il écrasa la pédale du frein, prit les jumelles dans la boîte à gants, vit les Cibles regarder sous le capot de la Subaru, discuter, récupérer leurs affaires sur la banquette arrière... discuter de nouveau... et finir, *bon Dieu*, par s'éloigner de la voiture.

Après l'explosion, il fit faire demi-tour à la Suburban, fonça vers les Cibles.

Elles couraient vers le bois. Indemnes.

Un échec aussi patent le rendait physiquement malade. Il ne connaissait rien de pire, hormis avouer son échec à un client, ce qu'il était maintenant contraint de faire.

— Je présume que vous avez de bonnes nouvelles à m'annoncer, fit la voix de lord Lindsay Augman à l'autre bout du fil.

Le Liquidateur l'entendait à peine par-dessus les sirènes des voitures de police, des ambulances et des camions de pompiers.

— Non. Il y a eu...

— Il y a eu quoi ? coupa la voix, glaciale.

— Un événement imprévu.

Après un silence, le magnat demanda :

— Où sont-ils ?

— Non loin de la route 6. À pied. Ils ne constituent pas un danger, et ils seront morts avant l'aube, vous avez ma parole.

— J'apprécie votre professionnalisme. La fierté du travail bien fait a disparu comme tant d'autres mythes américains, n'est-ce pas ? Je vous retire cette mission.

L'estomac noué, le Liquidateur porta une main à ses tempes douloureuses. Jamais on ne lui avait enlevé une affaire. C'était incompréhensible. Humiliant. Insupportable.

— Je n'ai pas terminé, dit-il, espérant que son ton ne trahissait pas son désarroi. J'aime finir ce que j'ai commencé.

— Je n'en doute pas. Vous passez néanmoins à autre chose. Immédiatement. Une urgence. Quelque chose qui réclame la finesse et l'habileté que vous prétendez posséder, fit Augman, sarcastique.

Une lumière blanche traversa la tête du Liquidateur.

— Vous ne pouvez pas me retirer cette affaire. Accordez-moi douze heures de plus, je...

— Impossible, coupa Augman. Mon jet atterrit à l'aéroport d'Oxford dans une heure et vingt minutes. Payton sera à bord.

Payton. L'idée de confier à ce lourdaud le soin de terminer le travail emplit le Liquidateur d'une telle rage qu'il en perdit quasiment la parole.

— Il débarquera, vous embarquerez, poursuivit le millionnaire. Vos nouvelles instructions seront à bord. Compris ?

Le cœur battant, le Liquidateur serrait en silence le téléphone.

— Compris ? répéta Augman avec une pointe d'irritation.

— Compris.

— À la bonne heure, dit-il d'un ton détaché. Il ne faut pas laisser ses sentiments personnels prendre le dessus. Nous jouons en équipe, vous savez. Tout le monde s'y colle. Votre partie du travail est finie, il ne reste plus maintenant qu'à nettoyer, et s'il y a une chose que Payton sait faire c'est manier la serpillière.

Après qu'Augman eut coupé la communication, il fallut de longues minutes pour que la colère du Liquidateur retombe. Il dut rester un moment sur le bord de la route à canaliser sa fureur, respirant à fond, ouvrant et fermant les poings, se représentant des images apaisantes... Toby, le petit chat égaré qui avait pénétré dans leur cour un matin de Noël, quand le Liquidateur avait sept ans... La blonde, la douceur de ses longues jambes, le goût de son sexe sous ses lèvres et sous sa langue, avant que ses balles lui arrachent la moitié du visage...

La douleur s'estompa, la lumière blanche cessa de palpiter dans sa tête. Un peu calmé, il démarra, fit demi-tour et s'engagea sur la seule voie où les voitures passaient lentement devant l'épave de la Subaru. La circulation était embouteillée sur des kilomètres.

L'aéroport se réduisait à un petit bâtiment de parpaings et quelques pistes au nord d'Oxford. Une compagnie aérienne pratiquant le discount l'utilisait pour relier la ville universitaire à la capitale, Jackson, à Nashville, Memphis et Atlanta. Le Liquidateur gara la Suburban au parking, descendit, laissa tout dans la voiture à l'exception du SIG-Sauer et de la cassette de Dick Dale : il ne supportait pas l'idée de laisser Dick Dale à cet abruti de Payton.

Les hangars et les bureaux pour les avions privés se trouvaient de l'autre côté du parking par rapport au terminal. Il n'y avait ni contrôle ni détecteur de métal. Le Challenger d'Augman devait atterrir dans trente-sept minutes mais le Liquidateur choisit de l'attendre sur le tarmac, en plein soleil, comme s'il s'infligeait une sorte de pénitence.

L'avion atterrit avec cinq minutes d'avance, se rangea en bout de piste. La porte s'ouvrit, Payton descendit, abritant ses yeux d'une main épaisse comme un jambon. Malgré la chaleur, il portait un imperméable bon marché maculé de taches de graisse pour dissimuler l'ami qu'il amenait avec lui : un fusil à pompe Mossberg calibre 22. On pouvait le cacher le long de la jambe et le manier comme un pistolet, ce qui le rendait très populaire parmi les braqueurs. Il avait un aspect très intimidant. Personnellement, le Liquidateur n'était pas porté sur cette arme. Ni sur l'intimidation. Il croyait aux exécutions rapides, chirurgicales, mais le Mossberg convenait parfaitement au style de Payton.

Avec un petit sourire, l'ancien flic s'approcha du Liquidateur, qui lui remit les clefs de la Suburban sans le saluer, sans prononcer un mot. Payton répondit par un ricanement méprisant. C'était à prévoir. Il jalousait la jeunesse, la beauté et la tranche d'imposition fiscale du Liquidateur. Il ne supportait pas qu'il n'ait pas dû lui aussi commencer au bas de l'échelle comme simple flic de ronde.

— Alors, tu les as laissés filer, hein, môme ? lança-t-il pardessus le vacarme des réacteurs. (Il avait une odeur d'animal de ferme — de porc, ou peut-être de bouc — et une haleine rance.) Ça risque plus d'arriver maintenant, poursuivit-il. Maintenant, je m'en occupe. Quand le patron veut que quelque chose soit bien fait, il envoie un pro, tu vois ce que je veux dire ?

Le Liquidateur ne répondit pas, son esprit était trop absorbé par l'envie d'enfoncer une corde à piano dans l'orbite de Payton et de la faire remonter jusqu'au cerveau.

— Te laisse pas abattre, continua Payton. Ça me dérange pas de nettoyer ton bordel. En fait, j'aime plutôt ça.

Sur ce, il remonta son pantalon et traversa le tarmac en direction du parking.

Le Liquidateur le regarda s'éloigner en se demandant pourquoi Augman s'encombrait d'un tel personnage. Un flic raté, amer et raciste, ignorant. Probablement alcoolique. Pourquoi le garder à son service ?

Il s'arracha à la contemplation du dos de Payton pour monter dans l'avion. L'hôtesse, une Noire jeune et jolie, sembla ravie de le voir remplacer l'ancien policier. Il lui avait sans doute fait des avances grossières.

— Vous désirez quelque chose ? s'enquit-elle avec un grand sourire.

Il songea que ce serait agréable de la déshabiller, de la faire gémir de plaisir. Mais ce n'était pas le moment, et il s'assit en lui demandant :

— Un lecteur de cassettes et des écouteurs, s'il vous plaît. Et de l'eau minérale.

La porte du Challenger se ferma ; l'appareil se mit à rouler.

L'hôtesse revint un moment plus tard avec un baladeur et un verre de Perrier. Ainsi qu'une grande enveloppe de papier bulle contenant les détails d'une nouvelle mission. Le Liquidateur inséra la cassette de Dick Dale dans le Walkman, ouvrit l'enveloppe et commença à lire ses instructions.

27

Carl et Amanda arrivèrent à Clarksdale, Mississippi, en début de soirée.

Avec un nouveau crime à ajouter à la longue liste de leurs vilenies : vol de voiture.

Après l'explosion de la Subaru, ils avaient erré un moment, encore sous le choc mais déterminés. La région du delta était une étendue plate de terres fertiles dont l'uniformité n'était brisée çà ou là que par une route non pavée, un bosquet de vieux arbres ou un bayou. S'efforçant de garder la direction du sud, ils avaient traversé un bois de pacaniers au milieu duquel se trouvait une antique camionnette sans doute destinée au ramassage des noix. La cabine semblait solide mais le plateau, encore chargé de noix, était rouillé, troué, rafistolé avec des morceaux de tôle. Elle ne devait pas rouler beaucoup plus vite qu'une voiturette de golfeur mais elle avait pour elle un atout essentiel : une clef au tableau de bord.

— Carl, elle appartient à un pauvre fermier, un type qui n'a sûrement pas les moyens de se payer une assurance...

— Amanda, je t'explique la règle à partir de maintenant : nous ne pouvons pas nous payer le luxe de réfléchir à ce que nous faisons. Nous pouvons juste réfléchir à ce qu'il faut faire.

Elle soupira, s'assit sur la banquette poussiéreuse.

Les vitesses passaient mal, les amortisseurs étaient quasiment morts mais le pick-up roulait et, avant longtemps, ils avaient retrouvé une vraie route menant à Clarksdale.

Bien qu'aucun d'eux ne le formulât clairement, ils comptaient tous deux trouver dans cette ville une sorte de révélation. Les LaRue avaient été liquidés à cause de ce qu'ils leur avaient dit, et ils leur avaient notamment conseillé de se rendre à Clarksdale.

Le centre-ville était ancien, la plupart des bâtiments remontaient au dix-neuvième siècle ou au début du vingtième. La Sunflower le traversait, séparant nettement riches et pauvres, Noirs et Blancs. Ils passèrent de l'autre côté de la rivière aux eaux lentes et boueuses pour explorer d'abord les quartiers blancs. Il n'y avait apparemment pas de rue principale. Ce rôle avait été usurpé par la route 59, qui effleurait le centre, et sur laquelle s'alignaient des concessions de grandes marques d'équipement agricole, des fast-foods, la chambre de commerce et la zone industrielle. Le tribunal, bâtiment neuf sans personnalité, aurait aussi bien pu être une usine, une école ou une prison. Les quartiers résidentiels étaient bien tenus, calmes et insipides, les jardins ornés d'azalées et de magnolias. Le style des habitations parcourait toute la gamme architecturale, de la ferme victorienne à la villa italienne au toit de tuiles en passant par des reproductions de vieilles maisons de planteur sudiste. Aucune ne méritait cependant l'épithète « majestueuse ». Le qualificatif qui venait à l'esprit, c'était « propre ».

Après avoir retraversé la Sunflower, ils visitèrent la partie noire de Clarksdale, passèrent devant les cabanes et le *Riverside Hotel*, autrefois hôpital pour Blancs où Bessie Smith était morte, après un accident de voiture, parce qu'on avait refusé de la soigner. Les magasins, miteux, occupaient le rez-de-chaussée de bâtiments d'un à trois étages sans style particulier, sans ornements d'aucune sorte. Carl et Amanda marchèrent au hasard des rues, entrèrent dans plusieurs bars à blues sombres et minables : ils n'étaient pas faits pour être vus à la lumière du jour. Certains possédaient une petite scène, une simple estrade, à vrai dire ; tous sentaient la bière éventée et la fumée de cigarettes.

Cette ville ressemblait par endroits à celle où Danny et Rayette avaient vécu. Il y restait des traces de ce que la vie avait dû être près d'un demi-siècle plus tôt, des indices qui réveillaient la mémoire de Carl et suscitaient en lui des instants d'excitation. Mais la ville avait été remodelée, elle avait basculé dans le présent. Il se rendit compte qu'il n'y avait pas vraiment moyen de savoir si ce qu'ils cherchaient existait encore, ou avait même jamais existé.

— Je crois qu'on a tout faux, déclara-t-il.

— Ce qui signifie ?

— Ce qui signifie que ce que nous essayons de faire est impossible.

— Oh ! fit Amanda. Je pensais que c'était clair depuis le début.

Ils savaient cependant qu'ils ne pouvaient s'arrêter de chercher. Ils devaient continuer. Et quand le soir commença à tomber, ils repartirent dans leur vieux pick-up volé pour explorer d'autres petites villes et villages du delta. Hill House ne semblait exister que par son *Buckshot Holler Restaurant*, son camp de chasse et de pêche tenu par des types ricaneurs en treillis de camouflage. Rene Lara était une communauté agricole avec un magasin d'alimentation générale, une église pentecôtiste et une vingtaine de maisons. Sherard avait une usine d'égrenage de coton à l'abandon, et Farrell le premier bureau de poste qu'ils voyaient depuis des kilomètres, un bâtiment en parpaings avec une pancarte des plus explicites : FERMÉ.

Warren — la dernière ville qu'ils réussiraient à visiter avant la nuit — était divisée par une voie de chemin de fer sinueuse et rouillée. Dans la partie noire, nettement plus pauvre, les maisons étaient petites, grises, construites avec des matériaux bon marché. Les rues n'étaient pas complètement pavées ; il y régnait une atmosphère de perte, de défaite. La partie blanche, propre et bien ordonnée, rappelait Disneyland. Les pelouses étaient toutes tondues à la même hauteur, les maisons fraîchement repeintes. Fondamentalement, cette ville ressemblait à toutes les autres. Bâtie au bord du fleuve. Avec une vieille usine abandonnée qui avait autrefois fabriqué des pneus et autres produits en caoutchouc. Carl nota mentalement l'existence de l'usine : son profil correspondait à celui de « Simms ». En outre, Warren avait une grand-place. Celle de Clarksdale avait depuis longtemps été remplacée par un tribunal hideux. Ici, la grand-place n'était guère plus qu'une plaque de béton creusée de mille fissures par lesquelles poussaient des touffes de mauvaises herbes. Un banc branlant à la peinture verte écaillée attendait les promeneurs à la lisière du quadrilatère. À droite, la souche d'un arbre achevait de pourrir.

Ils descendirent de la camionnette, frappèrent à la porte de la mairie mais elle était fermée. Carl crut entendre un bruit à l'intérieur, frappa une seconde fois. Le bruit cessa. Ils traversèrent la ville, baissant les yeux chaque fois qu'ils croisaient quelqu'un. Ils déambulèrent dans les rues près d'une demi-heure, espérant trouver un sens à leurs recherches, une réponse miraculeuse. Warren, Mississippi, ne leur offrit ni l'un ni l'autre.

Ils remontèrent dans le pick-up et Carl conduisait depuis cinq minutes, peut-être plus, quand il remarqua quelque chose, un terrain envahi d'herbes. Sans savoir pourquoi, il ralentit. Du coin de l'œil, il vit Amanda l'observer avec curiosité. Il arrêta la camionnette sans prendre la peine de se garer sur le bas-côté, regarda.

La mémoire lui revenait.

Cela lui trottait dans la tête depuis Corinth. Les panneaux, les casinos. Les paris sur le Super Bowl. Le football...

Il se souvenait maintenant.

— Carl ? (Il entendit à peine la voix d'Amanda.) Carl ? Qu'est-ce qui se passe ?

Sans répondre, il ferma les yeux, bloquant toute image, rejetant tout ce qui pouvait l'empêcher de plonger au fond de sa mémoire.

— Carl ?

Il ouvrit la portière, sauta sur le macadam, commença à traverser la route, lentement d'abord puis plus vite, se mit à courir. Oubliées la fatigue, la chaleur. Il courut jusqu'aux gradins en ruine de ce qui avait été autrefois un terrain de football de lycée. Il courut plus vite encore vers les poteaux de gauche, qui tenaient à peine debout, et qu'il eut envie d'embrasser tant leur vue lui causait de joie.

Amanda, descendue elle aussi, criait en se dirigeant vers lui :

— Carl, explique-moi ce qui se passe ! S'il te plaît...

Il retint sa respiration, se baissa pour examiner le pied d'un des poteaux. Oui, il était là. Gravé dans le bois.

Le cœur. Avec à l'intérieur ce témoignage d'une idylle adolescente : *JD + SE = AMOUR*.

Oui, il se souvenait. Il revoyait les pages du journal intime, l'écriture presque illisible de Rayette.

Il voyait Danny en train de courir...

— Carl ? s'impatienta Amanda.

— On a trouvé...

Il avait parlé d'une voix calme, presque sans émotion, mais il rejeta soudain la tête en arrière et partit d'un grand rire.

— On a trouvé ! On a trouvé !

— Attends, fit-elle, déroutée, à la fois désireuse de le croire et sceptique. Comment tu le sais ?

Sans cesser de rire, il lui montra le cœur gravé.

— C'était... s'étrangla-t-il, c'était dans le journal intime ! Un terrain de foot ! Danny aimait courir d'un but à l'autre, il était obsédé par ce cœur ! Ce cœur que tu vois là ! Là !

— Tu es sûr ?

Il la saisit par les épaules, la secoua joyeusement.

— On a trouvé ! C'était juste un paragraphe du journal sur le terrain de foot et le cœur gravé sur un poteau. Le gosse en parlait tout le temps à sa mère, c'était une sorte de symbole romantique pour lui !

Carl brandit le poing, cria de nouveau. Ce ne furent pas des mots cette fois mais un long brame triomphant. Il tomba à genoux, Amanda tomba elle aussi et se mit à rire avec lui. Alors, il l'embrassa. Un baiser fougueux, passionné. Qu'elle lui rendit. Ils s'écartèrent soudain l'un de l'autre, comme si un mur s'était dressé entre eux. Puis elle se jeta de nouveau sur lui et ils recommencèrent à s'embrasser avidement, basculèrent en arrière, faillirent faire tomber pour de bon le poteau. Étendus dans l'herbe roussie et cassante, ils se serraient l'un contre l'autre, ne cessant de s'embrasser que pour se remettre à rire, couverts de sueur et de poussière.

— On a trouvé, dit-il une dernière fois.

Il lui sourit, un vrai sourire de Granny, chaleureux, sincère, et ce fut comme s'ils retrouvaient le passé, comme s'ils n'avaient jamais été séparés, comme si l'horreur de ces derniers jours n'avait jamais existé.

Amanda tendit la main pour relever une mèche indisciplinée barrant le front de Carl.

— Viens, dit-elle.

— Où on va ?

Elle sourit elle aussi, déposa un baiser léger sur ses lèvres.

— Tu as fait ton boulot. Tu vas recevoir ta récompense.

28

Il lui toucha la joue. Fit courir sa paume vers le cou en effleurant simplement la peau. Le cou était parfait : gracieux, élégant. Très peu de rides. Les épaules lisses et blanches, comme si elles n'avaient jamais connu le soleil. Son autre main monta et il la saisit par ses bras nus. Si mince fût-elle, elle avait des bras ronds, juste un peu trop charnus. Il savait qu'elle ne les aimait pas, qu'elle ne les avait jamais aimés, mais elle ne se déroba pas. Elle se rapprocha au contraire de lui, changea de position sur le lit pour amener sa bouche plus près de la sienne, pour que ses seins pressent sa poitrine.

Tout s'écroulait. Tout lui échappait. Pour la première fois de sa vie, il se sentait absolument seul. Abandonné. C'était cette déréliction qui le rongeait, qui le paralysait, qui lui taraudait les entrailles et lui causait des souffrances dont jusque-là il n'avait pas même soupçonné l'existence.

Il avait des craintes. Il avait des soupçons. Il n'était pas stupide, il ne vivait pas dans un cocon. Il savait certaines choses, il était capable de les additionner, mais chaque pièce qu'il ajoutait au puzzle augmentait sa douleur.

Ils firent l'amour avec une violence qui le tira de ses sombres pensées. Ils l'avaient fait si souvent, au fil des ans, qu'il n'y avait plus de surprises. Pourtant, cette fois, leur désir les laissa tous deux pantelants. Peut-être parce qu'ils sentaient que c'était la dernière fois.

— Tu pourras dormir ? lui murmura-t-elle quand ce fut fini, ébouriffant ses cheveux au-dessus de son oreille.

— Je crois, répondit-il.

— Tu veux que je te serre dans mes bras ?

— Si tu en as envie.

— J'en ai envie, dit-elle. Tu t'endormiras dans mes bras, et cette nuit le reste du monde n'existera plus.

Elle le fit s'allonger sur le flanc, glissa sur le drap pour se coller contre son dos, contre ses jambes, enlaça sa poitrine. Il transpirait malgré la fraîcheur de la pièce. Elle essuya une goutte de sueur coulant sur son omoplate, le serra plus fort.

— Quoi que tu décides, quoi que tu doives faire, je serai avec toi, tu le sais, dit-elle.

Il hocha la tête, déjà à moitié endormi. Quand elle fut sûre qu'il ne se réveillerait pas, elle ferma les yeux elle aussi. Il lui fallut plus longtemps pour trouver le sommeil parce qu'elle avait toujours été plus réaliste que lui. Elle savait ce que l'avenir leur réservait. Mais elle finit elle aussi par succomber à l'heure tardive et à son propre épuisement.

Tom et Elizabeth Adamson, président et *First Lady* des États-Unis, dormirent ainsi jusqu'à l'aube...

Jusqu'à ce que le rêve revienne et que le président se réveille en hurlant.

Jamais cela n'avait été aussi fort.

Ni la première fois, quand ils avaient l'un pour l'autre un désir farouche. Ni la dernière, quand à chaque caresse se mêlaient la tristesse, le sentiment que tout était fini. Ni les autres fois, quand ils riaient, faisaient des découvertes et croyaient que le reste de leur vie s'écoulerait dans un bonheur absolu.

Il n'y avait pas eu de barrières entre eux, cette fois. Ils avaient envie l'un de l'autre, ils avaient besoin l'un de l'autre.

— Tu veux que je te serre contre moi ? lui avait-il demandé dans la chambre du motel.

— Non, je veux que tu me fasses l'amour.

Carl se rendit compte que le corps d'Amanda avait changé. Il était devenu plus svelte, plus dur. Quand elle se retourna et agita les mains pour l'attirer, il vit les muscles rouler sous la peau des épaules. Le corps d'Amanda l'excitait, il ne pouvait s'arrêter de le toucher, de l'embrasser. Il sentait que ses baisers l'excitaient elle aussi, et cela augmentait encore son désir. Il y avait en elle à présent une force qui n'était pas seulement physique. Quand il la pénétra enfin, il eut l'impression d'être aspiré tout entier. Comme s'ils ne faisaient plus qu'un...

Amanda ne s'attendait pas à une telle joie. Cela avait commencé par un besoin physique : il fallait qu'elle serre quelqu'un contre elle. Même quand ils s'étaient embrassés, là-bas dans l'herbe, ses baisers n'avaient pas déclenché les sensations électrisantes qu'elle éprouvait maintenant. Il avait changé comme amant. Il était bien plus doux, bien plus sensible, plus soucieux de ses désirs à elle. Lorsqu'il commença à lui masser le dos, à lui mordiller la nuque, à passer ses ongles dans ses cheveux courts, à lui lécher l'épine dorsale, elle se sentit faiblir. Elle eut l'impression de se rendre, mais elle savait que la reddition était mutuelle.

Ils firent l'amour jusqu'au petit matin, jusqu'à ce qu'ils soient épuisés, à bout de forces. Jusqu'à ce que chacun d'eux n'ait plus rien à donner, physiquement ou mentalement. Quand ils eurent fini, ils ne prononcèrent pas un mot, ils n'échangèrent aucune promesse. Mais, serrés l'un contre l'autre, ils firent tous deux serment, séparément, silencieusement, de ne jamais laisser l'autre partir.

— Il faut que nous en parlions, dit Elizabeth Adamson.

Du lit où elle était étendue, elle observait son mari debout à la fenêtre, en partie caché par un reste d'obscurité.

— Ce n'est pas la peine, répondit-il d'une voix lasse. Je sais ce que tu veux.

— Vraiment ?

— Tu veux que je démissionne.

— En effet, c'est ce que je veux, acquiesça-t-elle. Je ne vois pas d'autre moyen de te préserver.

— Me préserver ? répliqua-t-il. Et la présidence ? Je la remets simplement à Jerry Bickford ?

— Il la mérite. Il est loyal. Sincère.

— Il est vieux. Malade. Faible.

— Il est bon.

— Dans cette ville, la bonté est une faiblesse. Il n'est même plus capable d'être vice-président. Tu l'as entendu comme moi : il veut tout plaquer.

— Il changera d'avis.

— Jerry Bickford n'a pas changé d'avis une fois en trente-cinq ans.

— Ce n'est pas facile de refuser la présidence.

— Encore moins d'y renoncer. Bon Dieu, Elizabeth, tu te rends compte de l'effet que ma démission aurait sur le parti ! Sur le pays ! Le chaos...

— Tommy, je ne veux pas discuter de politique. Je veux seulement que tu choisisses la meilleure solution.

— Pour le pays ?

— Non, chéri. Pour *toi*.

— Il n'y a plus de solution pour moi, fit-il, amer.

— Pour nous, alors.

Comme il la regardait sans comprendre, elle ajouta à voix basse, presque pour elle-même :

— Le plus tragique, dans toute cette affaire, c'est peut-être que nous ayons oublié qu'il y a un « nous »...

— Elizabeth, dit Tom Adamson d'une voix claire et forte qui

résonna dans la chambre, je suis le président des États-Unis. Le reste, nous deux, n'a pas d'importance.

— Non ! s'écria-t-elle. C'est la seule chose qui compte. Ce que nous sommes, ce que nous signifions l'un pour l'autre...

— Ce que nous avons été, tu veux dire.

— Alors, revenons en arrière. Retrouvons le temps où nous pouvions encore respirer !

Elle le vit grimacer, comme si ses mots rouvraient en lui une blessure ancienne. Comme s'ils l'entraînaient vers un lieu où il ne pourrait jamais vraiment retourner.

— Nous pouvons finir les travaux de la ferme dans les Ozarks. Partir à cheval dès l'aube, plonger nus dans l'étang sans nous demander si des photographes ne nous lorgnent pas des rochers. Tu pourras pêcher, sculpter le manteau de la cheminée, comme tu te promets de le faire depuis, combien, maintenant ? vingt ans ? Tu pourras enseigner dans une université ou, si l'action te manque, créer une fondation, entrer dans un conseil d'administration... Tom, nous pouvons recommencer notre vie, plaida-t-elle. Nous pourrons à nouveau faire l'amour dans la journée.

Il se tourna vers elle et son visage émergea de l'ombre.

— On ne peut plus revenir en arrière, murmura-t-il. J'ai parlé... J'ai parlé à quelqu'un de... (Il hésita à dire le nom qu'il n'avait pas prononcé depuis des années.) De Gideon.

— Oui. Tu en as parlé à ce prêtre, dit-elle d'une voix lente et triste.

— Tu es au courant ? (Il secoua la tête, incrédule et admiratif.) Bien sûr. Tu sais toujours tout.

— Je sais tout ce qui te concerne, chéri. Je sais quand tu es fort, quand tu as mal, quand...

— Quand je suis faible ? (Leurs regards se croisèrent d'un bout à l'autre de la pièce.) Si tu sais tout de moi, tu sais aussi que je ne peux pas démissionner.

— C'est sans importance, ce que tu as dit à cet homme... ce que tu as dit à qui que ce soit. Sans importance. Ce qui compte, c'est nous, Tom. Reviens te coucher...

Tom Adamson hocha la tête d'un air las, jeta un dernier coup d'œil par la fenêtre à la roseraie qui étincelait dans la lumière de l'aube.

— Je viens, dit-il.

Ils se réveillèrent enlacés. Amanda ouvrit les yeux la première et le regarda dormir une minute ou deux. Le soleil tentait de percer l'épaisse couverture qu'ils avaient tendue en travers de la fenêtre, s'infiltrait juste assez pour éclairer faiblement une portion de moquette brune tachée au pied du grand lit.

Carl remua. Elle le vit ouvrir les yeux, regarder la chambre. Un moment, il sembla perdu puis il la découvrit et sourit. Sa présence le réconfortait, et elle en fut heureuse.

Ils avaient beaucoup de choses à se dire mais cela pouvait attendre, pensa-t-elle. Qu'est-ce que Humphrey Bogart disait à Ingrid Bergman dans *Casablanca* ? Les problèmes de deux personnes de ce monde n'ont pas plus d'importance qu'un petit tas de haricots ? Oui, ce qu'ils éprouvaient l'un pour l'autre pouvait attendre. Ils avaient des problèmes plus graves à résoudre.

Une demi-heure après leur réveil, ils roulaient de nouveau dans la camionnette bringuebalante.

Tandis qu'ils traversaient lentement la ville de Warren, Mississippi, Carl marmonnait de temps en temps des mots pour lui-même comme s'il reconnaissait un détail évoqué dans le journal de Rayette. Parfois, un passant tournait les yeux vers le pick-up mais se désintéressait aussitôt d'eux. Carl ne remarquait même pas ces regards, absorbé qu'il était par une expérience extraordinaire : constater l'existence d'un lieu qu'il avait créé sur papier.

Ils réservèrent leur première halte au quotidien local, la *Gazette*. Amanda entra seule — si quelqu'un dans cette ville devait reconnaître Carl, ce serait au siège du journal — et raconta à l'employé qu'elle faisait des recherches pour un ouvrage sur l'histoire économique du Sud. Il ne lui fallut pas longtemps pour brancher l'homme sur l'usine de Warren.

Construite pendant le boom industriel, elle fabriquait des produits en caoutchouc. Dans les années 1930, on y faisait surtout des pneus. Détail intéressant, du point de vue d'Amanda, l'usine avait connu sa période la plus prospère dans les années 1950. Elle décrocha le gros lot en apprenant qu'en 1969 l'usine avait fait l'objet de poursuites. Plusieurs habitants de Warren avaient accusé le fabricant de rejeter des déchets toxiques dans le fleuve. De 1964 à 1969, sept enfants présentant une difformité physique étaient nés dans la bourgade. L'un d'eux n'avait pas de bras, un autre n'avait pas de pied droit. C'étaient les deux cas les plus graves, mais les autres n'étaient pas plaisants à voir non plus. Au cours de la même période, deux bébés avaient montré des signes d'arriération mentale profonde. Plusieurs habitants établirent le lien avec l'usine et entamèrent des poursuites. L'affaire traîna jusqu'en 1977. Elle avait duré si longtemps qu'un bon nombre des plaignants avaient entre-temps quitté la ville. Ceux qui étaient restés reçurent chacun douze mille cinq cents dollars en échange d'un engagement à renoncer à toute poursuite. Deux des avocats des familles furent embauchés par l'usine, qui ferma ses portes en 1979.

Amanda se rua hors des bureaux de la *Gazette* pour informer Carl de ce qu'elle avait découvert.

— Nous sommes au bon endroit, dit-il. Le terrain de foot, l'usine, les nuisances, la distance avec la ville voisine où est passé Elvis : tout concorde.

— Trouvons-nous un témoin, décida-t-elle.

La mairie, située à huit cents mètres du journal, fut leur étape suivante. Ils se garèrent devant le bâtiment de brique, résolurent d'y aller ensemble cette fois. Quand ils franchirent la porte, leurs mains se cherchèrent, leurs doigts s'entremêlèrent et se pressèrent. Soudain assaillis par l'air froid de la climatisation, ils se retrouvèrent devant un grand Noir aux cheveux blancs. Il mesurait probablement plus de deux mètres et se tenait voûté, comme s'il portait un poids sur les épaules. Il avait un visage torturé, comme s'il était accablé par un autre fardeau, mental, celui-là. Ses yeux, sa bouche exprimaient une souffrance presque insupportable à regarder.

— Qu'est-ce que je peux faire pour vous ? s'enquit-il d'une voix profonde et digne.

— Nous sommes reporters au *Times-Picayune* de La Nouvelle-Orléans, mentit Amanda.

— Ah ! oui ? fit-il d'un ton indifférent.

— Nous cherchons quelqu'un, dit Carl.

Il avait fait son entrée dans la conversation avec un peu trop de nervosité, et Amanda l'en avertit d'un regard.

L'homme se tendit aussitôt.

— Qui ça ?

— Quelqu'un qui vivait ici dans les années 1950. Une femme.

— Une Noire, dit l'homme.

Ce n'était pas une question.

— Oui, une Noire.

— Comment elle s'appelle ?

— Nous n'en savons rien. Nous n'avons que son signalement.

— Beaucoup de femmes noires ont vécu ici.

— Pas comme celle-là, je pense. Elle avait un signe particulier. Une tache de naissance qui lui couvrait un œil. Elle était sage-femme.

— C'est pour votre bouquin sur l'économie du Sud ?

— Les nouvelles vont vite, dans le coin, fit observer Amanda. Non, je n'écris pas de livre sur l'histoire économique du Sud.

— Et vous n'êtes pas non plus du *Times-Picayune.*

Amanda commença à protester mais il la coupa :

— Je suis conseiller municipal, je m'appelle Luther Heller, ça vous dit quelque chose ? (Elle secoua la tête.) Vous ne savez pas qui je suis ?

— Non.

— Moi je sais qui vous êtes. Je lis les journaux, je regarde la télévision...

— Vous devez confondre avec...

— Je ne confonds avec personne. Je sais qui vous êtes et pourquoi vous êtes ici. Je sais aussi que la police serait ravie d'apprendre que vous n'êtes pas à Portland, Oregon.

— Portland ? répéta Carl.

Il tourna vers Amanda un regard déconcerté, amusé presque. Portland ? Ce type devait les prendre pour deux autres personnes recherchées.

Voyant l'expression de Carl, Heller prit sur un bureau le journal du matin, le leur tendit.

— Jetez-y un coup d'œil. De toute façon, je n'appellerai pas la police.

Amanda parcourut rapidement l'article, eut un rire bref, leva les yeux vers le grand Noir. Plus la peine de jouer la comédie, il les tenait.

— Ils nous croient à Portland, Carl. Quelqu'un nous a identifiés là-bas, et l'identification a été confirmée.

— Impossible.

— On nous a vus dans un magasin Gap. Tu as acheté deux pantalons kaki et un T-shirt ; j'ai acheté une chemise en toile de jean et un short. Pour un montant total de deux cent onze dollars et dix-huit cents. La vendeuse nous a reconnus.

— Mais comment... ?

— Shaneesa ! s'écria Amanda. Elle a inscrit les achats dans leur ordinateur, avec le numéro de la caisse, la date et l'heure. C'est pour ça qu'elle voulait les numéros de mes cartes de crédit. Elle est effrayante, cette fille.

— Mais comment la vendeuse a-t-elle pu nous *reconnaître* ? Nous n'avons jamais mis les pieds là-bas !...

— Nous sommes les seuls à le savoir. Toi, moi... et Mr. Heller. Les cartes de crédit ne mentent pas. Si elles disent qu'on était dans ce magasin, on y était. La vendeuse n'a pu faire autrement que confirmer qu'elle nous avait servis. Sinon, elle aurait dû avouer qu'elle avait accepté une carte volée et elle se serait fait renvoyer. Elle a préféré cacher sa bourde. (Amanda gonfla les joues, eut un soupir de soulagement.) Shaneesa nous a offert un sérieux ballon d'oxygène...

Ils se tournèrent en même temps vers le conseiller municipal, qui pouvait faire éclater ledit ballon d'oxygène d'un simple coup de fil. Mais pourquoi n'avait-il pas déjà appelé la police ? Qu'est-ce qu'il attendait ?

Le Noir ne donna aucune indication sur ses mobiles. Il hocha légèrement la tête, comme s'il venait de prendre une décision, glissa discrètement la main dans la poche droite de son pantalon.

— Pourquoi vous la cherchez, Mama N'a-qu'un-œil ?

Carl et Amanda échangèrent un regard.

— Nous pensons qu'elle détient des informations très importantes, répondit-il.

La voix du Noir devint plus grave encore et fit à Carl l'effet d'un grondement de tonnerre.

— Importantes pour qui ?

— Pour beaucoup de gens, dit Amanda.

— Des Blancs.

— Non, des gens de toutes sortes.

De la tête, Heller fit signe qu'il n'en croyait rien.

— Vous y tenez tant que ça, à ces informations ?

— Oui.

— Assez pour tuer ? Assez pour égorger une petite Noire ? Assez pour mettre le feu à la maison d'une vieille femme ? Assez pour enlever toute raison de vivre au vieil homme que vous avez en face de vous ?

Carl fit un pas en avant, répondit à la question :

— Non, pas assez pour commettre quoi que ce soit d'aussi horrible.

— Monsieur Heller, intervint Amanda. Vous dites que vous n'appellerez pas la police...

— Non.

— Qu'est-ce que vous allez faire, alors ?

La main du conseiller municipal sortit de la poche du pantalon, armée d'un revolver. La façon calme dont le Noir tenait l'arme dans sa grosse main calleuse leur fit comprendre qu'il savait s'en servir.

— Je vous en prie, plaida Carl. Quoi que vous pensiez savoir, vous vous trompez...

— Je sais que trop de gens sont morts pour rien. Je sais que ces informations si importantes pour vous ont causé la mort de ma fille. Et de son bébé.

— Nous sommes navrés, dit Amanda. Nous ne nous doutions pas.

— J'attendais, reprit Heller. Je savais que quelqu'un d'autre viendrait. Que ce n'était pas terminé.

— Ce n'est pas terminé, en effet, confirma Carl. Mais nous sommes ici pour essayer d'y mettre fin.

— Monsieur Heller... Luther, fit Amanda d'une voix douce. Nous ne savions pas ce qui s'était passé ici, mais d'autres personnes sont mortes, et beaucoup d'autres mourront si vous ne nous aidez pas à retrouver Mama N'a-qu'un-œil. Ce que vous avez lu dans le journal est complètement faux. Quelqu'un cherche à tout nous mettre sur le dos. Probablement celui-là même qui a tué votre fille. Si vous voulez que justice soit faite, ne nous livrez pas à la police.

— Ce n'est pas la justice que je veux, repartit Heller. Les Noirs n'obtiennent jamais justice dans ce genre d'histoire.

— Qu'est-ce que vous voulez, alors ?

— Me venger.

— En ce cas, je ne sais pas si nous pouvons vous aider, murmura Amanda. Tout ce que nous voulons, c'est découvrir la vérité. Et rester en vie en la cherchant.

— Moi, je veux l'homme qui a assassiné ma fille et ma petite-fille, déclara Luther Heller.

— Vous l'avez vu ? demanda Carl.

Le vieux Noir ferma les yeux, prit une inspiration et acquiesça de la tête.

— Il est venu ici demander Mama, comme vous.

— À quoi ressemblait-il ?

Heller rouvrit les yeux.

— Vous pouvez me donner une seule raison de vous faire confiance ?

Amanda hésita avant de répondre :

— Non, aucune.

Il hocha de nouveau la tête, se mordit longuement la lèvre puis s'écarta et, de son revolver, leur fit signe d'entrer dans la pièce du fond. Amanda passa la première et Carl l'entendit hoqueter. Il la suivit aussitôt, découvrit ce qui avait causé sa réaction.

Les murs du bureau de Luther Heller étaient couverts de croquis au crayon et au fusain. Il devait bien y en avoir une soixantaine. Tous représentaient le visage d'un homme. Le même homme. De face, de profil. Certains étaient extraordinairement détaillés, d'autres se concentraient sur un seul trait : le nez, les yeux. Le conseiller municipal était un dessinateur de talent. Manifestement obsédé par son sujet. Ses dessins rendaient parfaitement la personnalité de l'homme portraituré. Son arrogance. Sa violence. Sa beauté épaisse, ses manières assurées.

— Vous le connaissez ? demanda Heller.

— Oui, répondit Carl.

— Parlez-moi de lui.

— Il s'appelle Harry Wagner.

— Vous savez où il est ?

Carl opina du chef.

— Il est mort.

— C'est vous qui l'avez tué ?

— Non.

— Comment il est mort ?

— Dans de grandes souffrances.

Pour la première fois, le visage du conseiller se détendit. Il rangea lentement le revolver dans sa poche, s'assit à son bureau, joignit les mains devant lui et suggéra :

— Si vous m'en disiez un peu plus sur ces informations importantes que détient Mama ?

Payton éructa, eut la bouche envahie par l'arrière-goût du poulet frit graisseux qu'il avait avalé une heure plus tôt avec du pain de maïs et un Coca sirupeux.

Comme il ne pouvait courir le risque d'être vu du jeunot et de la fille, il avait mangé dans une gargote. Une église, d'après l'enseigne, mais dans quel genre d'église on vend du poulet frit, bordel ? Et les bamboulas qui l'avaient servi étaient si cons que quand il avait demandé un sandwich ils lui avaient apporté deux tranches de pain et une cuisse de poulet. Comme s'il était censé se préparer ça lui-même, ou bouffer les os ! La colère avait un moment failli le submerger. Un flash-back l'avait ramené à cette nuit, au poste de police, où il avait fait un étranglement à Youssef Gilliam. Les coups. La rage. Et les conséquences. Son renvoi de la police. Son humiliation. La fin de son rêve. La fin de sa vie. Il avait failli empoigner le malheureux bougnoule qui lui avait apporté le pilon et les tartines pour lui coller une bonne dérouillée. Il aurait pu le tuer, ce sale nègre. Il l'aurait tué avec plaisir.

Il secoua la tête, se reprit. Qu'est-ce qu'il avait, à s'énerver pour une histoire de sandwich ? Ils étaient encore plus tarés ici que dans les cités de New York ? Et alors ? C'était pas le scoop de l'année. On peut pas buter quelqu'un parce qu'il sait pas faire un sandwich au poulet.

N'empêche que ce serait pas désagréable, si on pouvait.

Ils étaient encore à l'intérieur, le jeunot et la fille, dans la mairie. De quoi ils pouvaient bien parler ? Et s'il allait voir ? Il leur tombe dessus, il les secoue un peu avant de les liquider. Ce serait pas si dur...

Non, valait mieux attendre. Il déconnait, là. Surtout, ne pas foutre le bazar, ne pas se faire repérer. Il fallait s'occuper d'eux discrètement. Il avait trouvé une bonne combine, il pouvait pas se permettre de merder encore une fois.

Il était resté trop longtemps loin de New York, c'était le problème. L'asphalte, les toxicos, les macs, l'*action*, quoi, ça le détendait. Il en avait besoin. C'était à cause de ça qu'il avait été un bon flic. Dans une station de métro avec un basané en train de flinguer un juif pour lui taxer ses pompes, il était dans son élément. C'est là qu'il était le meilleur. Pas dans ce bled, où tout était propre, vert, lent. Et poli. Il lui plaisait pas, ce coin. Ça lui plaisait pas, la politesse. Il avait qu'une envie : se tirer. Mais ça ne devait pas lui faire bousiller le boulot.

On pouvait dire de lui ce qu'on voulait, mais Payton ne laissait jamais un boulot en rade. On pouvait ne pas apprécier les moyens qu'il employait, mais il obtenait toujours des résultats. Toujours.

Alors, il devait attendre. Attendre qu'ils soient dans un endroit tranquille, attendre qu'il puisse faire ce qu'on lui avait demandé, et le faire bien.

Ils sortaient, maintenant. Tous les trois. Copain-copain.

Payton tourna la clef de contact. La voiture démarra aussitôt : encore un avantage de travailler pour le Patron. Tout démarrait toujours pile-poil.

Ils quittaient le parking. Pour aller où ? se demanda Payton. Et puis il pensa que ça n'avait pas d'importance. Il finirait par les avoir.

Il espérait quand même que ça ne traînerait pas trop, pour qu'il puisse rentrer et prendre un vrai repas de Blanc.

— Mama ?

La maison était sombre et Carl crut d'abord qu'elle n'avait pas l'électricité. Mais Luther Heller tendit le bras sur sa droite, abaissa un interrupteur. Une ampoule nue suspendue au centre du plafond s'alluma. La pièce qu'elle éclaira était misérable mais d'une propreté irréprochable. Elle brillait. Comme si la personne qui vivait là n'avait rien d'autre à faire que l'astiquer. Le canapé et les deux chaises avaient connu des jours meilleurs. Le sol était recouvert de linoléum, les murs d'un papier bleu à fleurs boursouflé par endroits, assombri par des taches d'humidité. Un petit poste de télévision était posé sur un chariot métallique au milieu de la pièce.

— Mama, appela de nouveau Heller. Clarissa May ? C'est Luther... (Silence.) J'ai amené deux amis. Des *vrais* amis. Ils pensent qu'ils peuvent nous aider.

Nouveau silence. Puis Carl crut entendre... Ce n'était pas possible... Il se tourna vers Amanda et vit qu'elle entendait la même chose.

Quelqu'un chantait.

D'une voix basse, rocailleuse. Impossible de dire si elle appartenait à un homme ou à une femme. Mais elle chantait bel et bien :

Comme l'eau je me répands,
Tous mes membres se disloquent.
Mon cœur est pareil à la cire.
Il fond dans mes entrailles...

— Un psaume, dit Heller. Elle aime chanter les psaumes. Mama ?

La voix poursuivait, douce, secrète, étrange :

Des chiens me cernent
Une bande de malfaiteurs m'entoure,
Comme au lion, ils me lient poings et pieds.

Ils s'approchèrent d'une porte située au fond, à gauche ; Heller la poussa puis l'ouvrit toute grande. Ils s'avancèrent dans une chambre aussi pauvre et nue que la pièce qu'ils venaient de quitter. Près du lit, dans un fauteuil à bascule, une vieille Noire se balançait, le corps entièrement éclairé par l'unique lampe. Elle ne devait pas mesurer plus d'un mètre trente, et elle était maigre comme un fil. Presque squelettique. Les os de ses poignets saillaient de ses bras ; ses coudes formaient presque une pointe. La peau couvrant ses épaules et ses clavicules était si tendue qu'elle en était presque claire.

Le plus étonnant, pourtant, c'était son visage. Bien qu'elle eût probablement quatre-vingts ans environ, son front était vierge de toute ride, ses pommettes hautes et parfaites, sa bouche petite, étroite. Elle avait un visage de jeune fille.

Et puis il y avait ses yeux.

Le droit était sans tache. D'un marron profond, il brillait

d'un éclat pénétrant. Mais le gauche était entouré d'un cercle, parfaitement rond, et sombre, plus sombre que sa peau d'un brun foncé. Carl se rappela la description qu'en donnait le journal intime et la trouva tout à fait exacte.

Mama se balançait lentement, se refusant à lever les yeux vers les intrus, et continuait à chanter :

Les liens de la mort m'ont enserrée,
Les torrents des mondes infernaux m'ont saisie,
J'ai connu le malheur et la peine,
Mais j'ai crié le nom du Seigneur...

— Clarissa May, dit Heller, je voudrais que tu parles à ces personnes. Je crois qu'il est temps de révéler ce que tu sais.

— J'parle à personne, répliqua la vieille d'une voix qui sifflait entre ses dents. J'ai jamais parlé à personne.

— Madame Wynn... commença Amanda.

— T'aurais pas dû les amener, Luther. Les Blancs me trouvent, je suis morte.

— Pas ces Blancs-là, Mama.

— Je suis morte, maintenant.

La vieille femme leva enfin les yeux. Elle tremblait ; une larme roula sur sa joue.

Amanda revint à la charge :

— Mama, nous avons besoin de votre aide...

— Vous voulez savoir c'que j'ai vu. C'que je sais.

— Oui.

— J'ai vu l'œuvre du diable. J'ai vu le diable venir sur terre et se faire tuer par un autre diable.

— Non, Mama, dit Carl. Il n'y avait pas de diable. Vous avez seulement vu ce que font les gens quand ils commettent le pire.

— Personne sait c'que j'ai vu. Personne sait c'que je sais. Pas même lui, dit-elle, désignant Heller du menton. Pas même mes enfants, mes petits-enfants ou mes arrière-petits-enfants. Personne. Et je le dirai jamais. Parce que sinon j'serais morte.

— Nous, nous savons, la détrompa Carl.

— Vous pouvez pas. J'suis la seule qu'a vu ça.

— Vous voulez que je vous raconte ? Vous étiez sage-femme. Vous avez aidé une femme à accoucher, il y a près de cinquante ans...

La vieille écoutait, impassible. Carl se surprit à fixer l'œil droit, magnifique, en parlant.

— Le bébé est né vers minuit, poursuivit-il. Vous n'avez jamais vu le père, simplement la mère et le fils aîné, un garçon de onze ans. C'est lui qui est allé vous chercher, quand le moment approchait. Vous voulez que je vous les décrive ?

Mama N'a-qu'un-œil acquiesça sans mot dire, et Carl récita tout ce dont il se souvenait. Il décrivit la femme qu'il avait appelée Rayette : ses cheveux, son corps, sa voix. Il fit de même pour le premier enfant, Danny. Puis il raconta la naissance du second — les cris, les pleurs — et le comportement anormal du bébé dans les mois qui suivirent la naissance. La vieille Noire le contemplait bouche bée, l'air abasourdie.

— Ce bébé, c'était l'enfant du diable...

— Non, Mama. Il était simplement arriéré. Sans doute du fait de la pollution causée par l'ancienne usine, la fabrique de pneus qu'il y avait dans le temps.

Elle cessa de trembler, le regarda avec curiosité.

— Celle qui puait tant ?

— Oui.

— Qu'est-ce que vous savez d'autre ?

— À peu près tout.

— Vous savez c'que le garçon a fait ? À son p'tit frère ?

— Nous le savons.

— Alors, vous avez pas besoin de moi. Pourquoi vous êtes venus voir Mama ? Pour la tuer ? Vous allez la tuer pour sauver c'garçon ?

Carl se rendit compte qu'il crispait les poings et penchait en avant la partie supérieure de son corps.

— Nous ne vous ferons aucun mal. Au contraire, nous empêcherons qu'on vous fasse du mal.

— Comment ça ?

— Nous savons ce qui s'est passé, Mama. Mais nous avons besoin de savoir où. De voir la tombe du bébé.

La vieille femme ferma les yeux. Pour mieux se rappeler ce qu'elle avait vu et entendu des années plus tôt, supposa Carl.

— Ils savaient pas que j'étais là, dit-elle en rouvrant les yeux. J'étais cachée dehors. J'me faisais de la bile pour l'enfant. Pas le bébé, le garçon. Il était intelligent, c'garçon. J'l'aimais beaucoup. Alors, j'étais là, pour veiller sur lui, parce que sa mère, elle était jamais là... Il était si intelligent...

Elle se tut, perdue un moment dans ses souvenirs.

— J'les ai vus, reprit-elle. Elle portait le bébé dans ses bras. Son propre bébé. Enveloppé dans une couverture. Bleue, elle était, c'te couverture. J'la revois souvent dans mes rêves. Elle portait le bébé et lui, il creusait. Il a creusé profond mais elle arrêtait pas de lui dire de continuer. Finalement, ils ont mis c'bébé dans le trou. Ils l'ont recouvert de terre et ils sont partis. Ils sont partis tout de suite après et ils sont jamais revenus.

— Aide-les, Mama, supplia Heller. Aide-*nous*.

— Personne est au courant. Après toutes ces années, personne sait.

— Il faut que les gens sachent, maintenant, plaida Carl.

Mama ferma de nouveau les yeux, recommença à se balancer et le même chant monotone sortit de sa bouche :

Mon âme ploie sous le fardeau.
Ils ont creusé une fosse devant moi,
Ils y sont tombés eux-mêmes.
Mon cœur s'est affermi, Seigneur,
Je chanterai, oui, je chanterai tes louanges...

Ses yeux se rouvrirent. Elle attendit que le fauteuil cesse d'osciller puis déclara :

— Je peux vous montrer. (Sa voix sifflait entre les dents mais, pour Carl et Amanda, elle semblait aussi mélodieuse que celle d'un ange.) Je peux vous emmener là-bas.

29

« Maman, avait-il dit, assez bas pour qu'on ne l'entende pas de la pièce voisine.

— Tommy. Il est sacrément tôt, même pour toi. Me dis pas qu'on te fait travailler, là-bas... »

Quand avait-il eu cette conversation ? Des semaines ? Des mois plus tôt ? Non, il s'en souvenait, maintenant. C'était cinq jours plus tôt. Cinq jours s'étaient écoulés depuis qu'il avait découvert que tout ce qu'il croyait savoir sur la vie n'était que mensonges.

« Maman, tu as regardé dans ton coffre, dernièrement ?

— Dans mon coffre ? Pourquoi je reg... »

Elle avait soudain compris et était allée vérifier. Lentement, à cause de son arthrite, l'unique chose qui l'eût jamais forcée à ralentir dans la vie. Quand elle était enfin revenue en ligne, elle lui avait annoncé que le journal était toujours là. Le reste aussi. Les coupures jaunies qu'elle gardait depuis l'enfance de Tommy, l'histoire qu'elle avait scrupuleusement rapportée. Les documents. La preuve...

« Il y est toujours, fils. Mais on y a touché. »

Lorsqu'il réussit à parler, après un long silence, sa faconde habituelle l'avait abandonné.

« Tu es sûre ?

— Dieu sait que j'ai pas été sûre de beaucoup de choses dans ma vie, mais là, je le suis. Quelqu'un y a touché. Quelqu'un l'a lu.

— Maman... » fit-il, terrifié par l'idée qu'il allait éclater en sanglots.

Il n'avait jamais pleuré devant sa mère, même enfant. Il ferma les yeux, serra les mâchoires, attendit de pouvoir parler sans que la faiblesse et la peur imprègnent ses mots.

« Je voudrais te poser une question. Une chose que je ne t'ai jamais demandée.

— Quoi, Tommy ?

— Pourquoi ?

— Je comprends pas, fils. Pourquoi quoi ?

— Pourquoi tu as fait ça. Pourquoi tu as tout mis par écrit. Et pourquoi, grands dieux, tu as conservé ce journal... »

Elle n'eut pas un instant d'hésitation. C'était une question qu'elle s'était posée des millions de fois et dont elle connaissait la réponse.

« Parce que pendant toutes ces années je n'ai eu que ça pour savoir que j'étais encore en vie. »

Ne s'était-il écoulé que cinq jours depuis cette conversation ? Il avait de nouveau envie de lui parler. Tout de suite. De l'appeler pour lui dire que tout allait bien. Qu'il comprenait, vraiment. Qu'il comprenait et qu'il lui pardonnait. Ce qui était vrai, bien sûr, parce qu'il n'avait jamais aimé personne — pas même Elizabeth — comme il aimait sa mère. Wilhelmina Nora Adamson. Il l'adorait. Il l'avait toujours adorée. Quand elle était jeune et faible, il l'avait laissée s'appuyer sur lui. Il avait fait tout ce qu'elle voulait. Elle n'avait même pas besoin de dire ce qu'elle désirait. Il le savait toujours. Et quand, plus âgée et plus forte, elle avait enfin mis sa beauté à profit pour faire un bon mariage, elle lui avait rendu la pareille. Elle aussi savait ce qu'il voulait, elle connaissait le but auquel il se croyait destiné. Alors, elle avait consenti l'ultime sacrifice : elle s'était réinventée pour qu'il puisse devenir président des États-Unis.

Cela n'avait pas été vraiment difficile, n'est-ce pas, Maman ? Ils n'avaient pas de racines. Ils n'étaient jamais restés assez longtemps quelque part pour qu'on se souvienne d'eux. Et ceux qui auraient pu se souvenir — la famille de sa mère, ses maris, ses amants — étaient morts ou trop stupides pour comprendre ce qui était arrivé. Il n'y avait pas de traces officielles non plus. Elle avait changé de nom assez souvent pour cacher l'essentiel. Il suffisait de livrer une partie de la vérité. Le père ivrogne. Le premier mari. Le deuxième. Et le dernier. L'errance de ville en ville. L'alcool. Cela composait un récit haut en couleur : la jeune beauté du Sud qui s'extrait de la boue pour façonner le futur président. Elle avait même écrit son autobiographie et obtenu un chèque à sept chiffres du plus prestigieux éditeur sur le marché. Une fois le livre publié, elle était devenue l'héroïne de millions de femmes qui l'admiraient parce qu'elle avait réussi à survivre à un tel passé. Plus qu'y survivre : elle en avait *triomphé.*

Bien sûr, ce passé n'existait pas vraiment. Ou, plutôt, il n'existait qu'en partie.

Merci, Maman, pensa-t-il. *Même si ça n'a pas été trop dur pour toi. Tu as bien vécu pendant mon ascension. Tu as partagé ma célébrité, tu as trouvé ta place. La meilleure loge aux courses, et les chefs d'État aux petits soins pour toi. Mais je te remercie quand même. Pour ce à quoi tu as renoncé. Pour ton silence. Et pour l'amour que tu m'as donné, à ta façon.*

Pour m'avoir laissé t'aimer.

Aussi je te pardonne...

Le président Thomas Frederick Adamson ouvrit les yeux. Un moment, il se demanda où il était, qui parlait, puis il retrouva ses marques. Ah ! oui. Réunion sur le budget. Prévue depuis des semaines. Il fallait prendre une décision sur les crédits militaires et les coupes à y faire. Le secrétaire à la Défense, qui avait la parole, les trouvait trop sévères. Non seulement elles démoraliseraient l'armée mais elles risquaient de la paralyser.

Tom Adamson cessa d'écouter le ronron du ministre.

Il pensa à l'autre amour de sa vie.

Elizabeth.

On avait publié un article sur elle hier. En première page du *Washington Journal.* Il avait lu le titre avec une telle fierté : *La femme la plus admirée au monde.* C'était vrai. Elizabeth était devenue très influente, puissante, même. Mais pas par les voies officielles. Par sa compassion, par ses actes charitables. Elle était meilleur orateur que lui. Elle savait émouvoir une foule, éveiller ses passions, se brancher sur les cœurs et les âmes. Elle était aussi plus intelligente que lui, d'ailleurs. Il savait ce qu'elle avait sacrifié pour l'aider à parvenir où il était. Ils avaient décidé depuis longtemps de penser sa carrière comme *leur* carrière, son but comme *leur* but. Elizabeth avait été l'un des plus fins esprits juridiques du pays mais elle avait cessé de pratiquer le droit pour diriger ses campagnes électorales et veiller à éviter toute ombre d'un quelconque conflit d'intérêts. Comme sa mère, elle avait renoncé à sa propre vie pour lui, il le savait.

Il comprenait. Il comprenait tout ce qu'elle avait fait pour lui et tout ce qu'elle ferait encore. Mais comprendrait-elle ce qu'il s'apprêtait à faire, et pourquoi ?

Tom Adamson ne pouvait participer plus longtemps à cette réunion. C'était insupportable. Quelqu'un criait, maintenant. Son secrétaire général. Le type même du perdant. Quelle erreur de l'avoir nommé ! Il était trop jeune pour ce poste, inexpérimenté. Il songea que c'était un de ses défauts comme chef de l'exécutif : il faisait passer la loyauté avant l'expérience.

Il aurait dû se rendre compte que la loyauté ça n'existe pas. Il n'y a que...

Il n'y a que soi-même.

Le président se leva et quitta brusquement la salle, à la stupeur des autres personnes présentes. Il s'en fichait. Il descendit le couloir d'un pas vif, tourna en direction de l'antichambre menant au Bureau ovale. Sa secrétaire lui dit quelque chose quand il passa devant elle. Il ne saisit pas les mots, ne répondit pas. Il pénétra dans cette pièce qu'il détestait, qui lui avait toujours donné l'impression de ne pas être à la hauteur, et s'assit dans son fauteuil.

Il savait que le moment était venu. Il devait prendre une décision maintenant : trouver la force nécessaire ou supporter toute sa vie le poids de sa faiblesse.

Le président Tom Adamson avait sombré dans le désespoir et la folie quand il ouvrit le tiroir du haut de son bureau et tenta de songer à quelque chose qui lui manquerait quand il aurait quitté ce monde.

Il chercha, sourit, soulagé, lorsqu'il eut trouvé.

Les roses, pensa-t-il. *Les roses d'Elizabeth.*

Et le désespoir cessa.

La folie ne faisait que commencer.

La maison était inhabitable. Le toit montrait des trous béants là où le bois avait pourri. Comme elle n'avait pas de fondations, le devant de la véranda s'était enfoncé dans le sol, lui donnant un air penché inquiétant. Les carreaux des fenêtres avaient été remplacés par des toiles d'araignée et toute vie par l'obscurité, la solitude et le néant.

Carl la reconnut cependant. C'était la maison où Danny et Rayette avaient vécu. Où le second fils de Rayette était né. Où Danny avait assassiné son petit frère.

Ils passèrent derrière tous les quatre — Carl, Amanda, Luther Heller et la femme surnommée Mama N'a-qu'un-œil —, marchant dans les hautes herbes sur un sol dur, fendillé. Il y avait tout au fond une vieille grange qui semblait avoir mieux survécu que la maison. La peinture était écaillée, le bois de la porte avait pourri, mais elle tenait encore debout. Il s'en échappait une forte odeur de fumier. Le bourdonnement des essaims de mouches qui l'avaient envahie troublait le silence de la campagne. C'était un lieu que le temps avait oublié. *Non*, rectifia intérieurement Carl, *pas oublié. Maudit.*

Amanda s'agrippa à son bras. Il couvrit sa main de la sienne, la pressa de manière aussi rassurante qu'il put.

Mama les conduisit à l'arrière de la grange. Au-delà s'étendait une épaisse forêt de chênes et de pins. Elle s'avança jusqu'aux arbres, s'arrêta devant un grand chêne dont les feuilles dessinaient une tache d'ombre sur l'herbe brûlée. Mama regarda les trois autres puis baissa les yeux vers le sol.

Elle ne dit rien, fit simplement un pas de côté.

Carl saisit la pelle qu'ils étaient passés prendre chez Heller et commença à creuser. Le sol était dur, rocailleux, traversé de racines tordues, mais en une demi-heure il creusa un trou d'un mètre sur deux, profond d'un mètre environ. Il s'arrêta, essuya son front trempé de sueur, leva les yeux vers Mama qui, d'un signe de tête, l'invita à continuer. Il enfonça le fer dans le sol, l'en retira, l'y plongea de nouveau, se figea soudain.

— Amanda... murmura-t-il.

Elle s'approcha du trou, se pencha. Carl déblaya la terre délicatement au centre de la fosse...

— Oh mon Dieu ! gémit-elle. Oh mon Dieu !

Il y avait quelque chose au fond, une boîte entourée d'une couverture bleue déchirée. Des lambeaux de tissu s'accrochaient encore avec ténacité au bois pourrissant. Carl acheva de dégager la boîte, la souleva et l'ouvrit.

Elle contenait un petit squelette humain. La tête, les bras, les jambes disposés comme s'il dormait. Les doigts étaient fins, le crâne bien formé. Carl avait l'impression de connaître cet enfant. La vue de ce petit cadavre le glaçait comme un vent d'hiver, le faisait frissonner malgré la chaleur.

Il leva les yeux vers la vieille femme noire, qui pleurait en silence.

Luttant pour ne pas fondre en larmes elle aussi, Amanda demanda à l'ancienne sage-femme :

— Qui est-ce ?

— Vous l'savez, non ? Vous savez c'que son frère est devenu ?

— Dites-le-nous, répondit lentement Carl. C'est la seule chose que nous ignorons.

— C'garçon si intelligent, c'garçon que j'aimais tant quand il était petit... il est devenu président des États-Unis.

Carl et Amanda se regardèrent, sidérés ; Luther Heller recula d'un pas et émit une plainte angoissée.

— C'est pour ça qu'j'en ai jamais parlé à personne, dit Mama. Qui aurait cru une négresse racontant que le président a tué un bébé ? Personne m'aurait crue. Et personne vous croira. Ils vous laisseront même pas en parler.

— Comment s'appelait le bébé ? voulut savoir Carl.

— C'bébé ? C'bébé du diable enterré là ? Ça n'a plus d'importance, maintenant.

— Si, murmura Carl. Comment il s'appelait ?

— Gideon.

Avant même qu'elle ouvre la bouche, il savait qu'elle prononcerait ce nom. Tout était clair, à présent. Il n'y avait plus le moindre doute. En regardant Amanda, il sut qu'elle aussi avait compris ce qui était en jeu : la Maison Blanche. On avait engagé Carl pour écrire un livre révélant que le président des États-Unis avait tué son jeune frère de sang-froid. D'une manière ou d'une autre, l'un des ennemis politiques de Tom Adamson avait découvert la vérité et avait eu l'idée de ce livre pour l'abattre. Il avait pris Gideon comme nom de code pour faire savoir au président qu'il connaissait toute l'histoire et qu'il ne l'épargnerait pas. Mais Adamson avait riposté. Refusant de démissionner, il avait liquidé Maggie. Puis Toni, au cas où elle aurait appris quelque chose par hasard. Puis Harry, le messager. Et — Carl le savait — Adamson continuait à utiliser son pouvoir considérable pour le détruire, lui. C'était donc le pourquoi de tout ce qui lui était arrivé : la réélection d'Adamson. La politique. Le pouvoir...

— Qu'est-ce que nous allons faire de... ?

La question d'Amanda le tira de ses réflexions. Il constata qu'elle montrait le petit squelette.

— Nous ne pouvons pas le laisser ici, argua-t-elle.

Carl fut de son avis :

— Non. Et nous pourrions en avoir besoin. C'est l'unique preuve que nous ayons pour le moment.

— Je peux l'emmener à la morgue, proposa Heller, qui prit la boîte dans ses mains.

— Personne ne doit...

— Personne ne saura. Il y a des gens qui ont une dette envers moi, dans cette ville. Ce sera fait discrètement. Nous le garderons là-bas jusqu'à ce que...

Un bruit fracassa le silence de la maison abandonnée et empêcha Carl d'entendre la suite. Un instant, il crut qu'une voiture avait eu un raté, ou qu'un orage avait éclaté. Un instant, personne ne comprit ce qui s'était passé, puis Carl vit la tache rouge sur la chemise de Heller. Il n'y avait ni voiture ni orage. Quelqu'un avait tiré sur le conseiller municipal ; la balle avait pénétré par le dos, transpercé la poitrine.

Heller eut une expression étonnée. Avant de s'effondrer, il lâcha le petit cercueil, qui rebondit sur le sol et s'immobilisa.

Carl se jeta sur Amanda, la fit tomber au moment où une autre détonation retentissait. Une balle passa près d'eux en sifflant, s'enfonça avec un claquement dans le tronc du chêne au pied duquel on avait enterré Gideon.

Amanda rampa vers le bois ; Carl se retourna, saisit Mama, la poussa derrière l'arbre, plongea après elle. Une balle souleva de la poussière à une quinzaine de centimètres sur sa droite. Il roula sur lui-même jusqu'à la boîte.

— Courez, courez ! cria-t-il.

Ils s'enfoncèrent tous les trois dans le bois, se plaquèrent au sol, attendirent. Plus de détonation, plus de claquement. Mais le silence était encore plus effrayant.

Luther Heller gisait à plusieurs dizaines de mètres d'eux, dans une flaque de sang qui s'élargissait.

— Non, dit Amanda au moment où Carl allait s'élancer.

Elle savait qu'il allait essayer de ramener Heller à l'abri avec eux.

— Je dois le faire.

— Tu ne peux pas.

— Elle a raison, mon gars, intervint Mama. Luther est mort, ça sert à rien que tu l'suives...

Carl contempla un moment le Noir immobile, ferma les yeux pour lui rendre un bref hommage puis se tourna vers les deux femmes.

— D'accord. Mama, vous avez la force de courir ?

— J'peux courir, répondit la vieille femme, mais pas bien loin.

— Alors expliquez à Amanda comment traverser ce bois et revenir en ville.

— Personne connaît les bois mieux que moi.

— Carl...

— Amanda, écoute-moi. Les coups de feu venaient de par-là, dit-il en tendant le bras. Et je peux te garantir que celui qui les a tirés se rapproche. Alors, tu fonces dans l'autre sens. Aussi vite que tu peux. En zigzaguant. Mama va te dire comment retrouver la route, mais surtout ne te montre pas à découvert avant d'être loin d'ici. En ville, tu trouveras des gens qui t'aideront.

— Au *Suzi's Diner*, fit Mama. Suzi, c'est ma nièce. Elle vit au premier, au-dessus du restaurant. Dites-lui que c'est moi qui vous envoie. Elle vous cachera.

Après que la vieille Noire eut expliqué le chemin à Amanda, Carl reprit :

— Bon, on essaiera de te rejoindre là-bas. Tu peux prendre la boîte ? Elle n'est pas lourde.

— Oui, bien sûr, mais pourquoi ne pas y aller tous les trois ? objecta Amanda. Qu'est-ce que tu essaies de faire ?

— Mama ne pourrait pas te suivre. Elle prendra une autre direction. Moi je reste pour les retarder. Je suis leur principale cible. Nous aurons plus de chances de nous en sortir si nous nous séparons.

— Non, répliqua Amanda. Je ne te laisse pas ici.

— Il n'y a pas d'autre solution. Si l'un de nous doit survivre, c'est toi. Tu es au courant de tout, et tu seras bien plus crédible. Moi, si je m'en tire et que je raconte cette histoire, on parlera des divagations d'un criminel désespéré. Mais toi... tu pourras parler aux gens... leur faire comprendre... (Comme elle ne répondait pas, il ajouta :) Tu sais que j'ai raison.

Elle hocha la tête en retenant ses larmes, ouvrit la bouche pour discuter mais il la devança :

— Va, je t'en prie. (Il lui tendit la boîte contenant le petit squelette.) Je te retrouve au restaurant.

Leurs regards se croisèrent : ni l'un ni l'autre ne croyait à ces derniers mots. Amanda détourna la tête, pressa la main de Mama puis s'enfuit dans le bois. Carl attendit qu'elle ait disparu pour se tourner vers la vieille Noire.

— À vous, maintenant, Mama. Si vous n'avez pas la force d'aller très loin, cachez-vous quelque part.

— Qu'est-ce que vous ferez, vous ?

— J'ai promis d'empêcher qu'on vous fasse du mal, je tiendrai ma promesse. Allez, ne me faites pas mentir.

Il regarda la vieille s'éloigner en clopinant. Une balle siffla sur la gauche et Carl s'élança dans la direction opposée, couvrit une vingtaine de mètres avant qu'une autre balle le frôle. Il se réfugia derrière un gros pin, chercha des yeux quelque chose dont il pourrait faire une arme, n'importe quoi. Il n'y avait rien, pas même une pierre assez grosse, et il subodorait qu'un tir de barrage de pommes de pin ne ferait pas l'affaire.

Il était accroupi derrière son arbre depuis trois ou quatre minutes quand il entendit les bruits de pas. Enfant, il croyait qu'il suffisait de fermer les yeux pour devenir invisible, se rappela-t-il. S'il essayait maintenant ? Il n'avait rien à perdre. Une balle toucha le sol à dix centimètres de lui et il décida qu'il valait mieux garder les yeux grands ouverts.

Les yeux ouverts, il courut en zigzaguant sur une trentaine de mètres, plongea derrière un arbre quand deux autres coups de feu claquèrent. *En tout cas, ça marche*, se dit-il. *Je le retarde pendant qu'Amanda s'éloigne.*

Il entendit de nouveau des bruits de pas, crut entrevoir une forme imprécise mais n'osa pas bouger pour mieux regarder. Les pas s'arrêtèrent. Bonne nouvelle : on n'entendait plus ni Amanda ni Mama. Malheureusement, c'était la seule bonne nouvelle : celui qui le traquait était maintenant proche. Très proche.

— Allez, connard, sors de là, entendit Carl.

Il ne répondit pas, resta aussi immobile et silencieux que possible.

— Je peux pas sacquer la nature. Si tu me forces à te chercher dans ce putain de bois, je vais me foutre en rogne, et tu le sentiras passer avant de mourir, tu peux me croire. Alors, montre-toi que je te tue gentiment.

Carl jeta un coup d'œil à sa montre. Amanda avait maintenant dix minutes d'avance. Il espérait que cela suffirait parce qu'il ne lui ferait sans doute plus gagner beaucoup de temps.

Il se remit à courir mais trébucha sur une racine, tomba, se redressa, se réfugia à quatre pattes derrière un autre arbre. Cette fois, c'était fini : il s'était tordu la cheville, il en était sûr. Il fit peser son poids sur sa jambe droite, faillit pousser un cri de douleur.

— J'ai essayé d'être gentil mais tu continues à faire le con, tant pis pour toi, menaça la voix.

Des pas, à droite, puis plus rien. Un bruissement de feuilles sur la gauche et de nouveau le silence.

Carl résolut d'essayer encore, serra les dents, respira à fond. Il lui était arrivé de se blesser sur un terrain de basket, il avait toujours eu la force de continuer à jouer malgré la douleur. Il avait...

Un objet dur s'enfonça dans sa nuque.

— Allez, ducon, fit la voix, juste derrière lui. Lève-toi... lentement, sans te retourner. Essaie de faire le malin et je t'éclate la cervelle, là, tout de suite. Lève-toi et avance comme je te dirai...

Carl tenta de se lever, mais sa cheville se déroba sous lui. Il tomba sur les mains, resta un moment immobile puis se remit lentement debout. L'extrémité de l'arme s'enfonça de nouveau dans son cou, sous le crâne. Il fit quelques pas, sentit le canon glisser vers le côté droit de sa tête pour lui signifier d'obliquer vers la gauche. Au bout de cinq minutes, Carl se rendit compte qu'ils retournaient là où tout avait commencé. Il se retrouva près de la tombe de Gideon. Près du cadavre de Luther Heller.

— Tu peux me regarder, maintenant.

Carl pivota sur sa jambe valide, ne fut pas surpris. Il avait reconnu la voix de Payton. Le flic qui avait essayé de le tuer dans son appartement. Qui allait le tuer. Maintenant.

— Désolé pour ton pote, fit Payton, braquant son arme vers le cadavre.

Il sourit, tira deux autres balles dans le corps du Noir. La première lui troua le dos, la seconde lui arracha la moitié de la tête.

— Finalement, je suis peut-être pas si désolé que ça, ricana-t-il. Allez, saute là-dedans.

Déroutée, Carl suivit le regard de l'homme au visage grêlé,

compris pourquoi Payton s'était donné la peine de le ramener à cet endroit. Il voulait l'enterrer dans la fosse qu'il avait lui-même creusée.

— Est-ce que je pourrais... commença-t-il.

— Non, tu peux pas. Saute dans le trou, allonge-toi sur le ventre, ça nous facilitera les choses, à toi comme à moi.

Carl hésita, avança, vacilla au bord de la tombe de Gideon. Ce n'était pas ainsi qu'il avait imaginé la fin de l'histoire. Pas dans un coin perdu du delta du Mississippi. Pas sous le regard d'un gros abruti puant qui ne savait probablement même pas ce qui se passait et qui s'en foutait. Carl pensa qu'il ne prouverait jamais son innocence, qu'il n'écrirait pas le prochain grand roman américain, qu'il ne verrait pas le prochain Michael Jordan. Il ne se réconcilierait jamais avec son père ; il ne passerait pas une année dans le midi de la France, à boire du bon vin. Avec un sourire triste, il songea qu'il avait au moins réussi une chose : la nuit dernière avec Amanda, c'était parfait. Peut-être pouvait-il encore gagner un peu de temps pour elle...

— Je peux vous poser une question ?

— Vas-y, pose, mais fais vite. Parce qu'après je dois m'occuper de ta copine. La seule façon pour elle de s'en tirer, c'est de regagner la route, et elle doit déjà y être, maintenant. Mais tu vois la petite colline, là-bas ? Tu sais ce qu'il y a derrière ?

Payton tira de sa poche un trousseau de clefs qu'il fit sauter dans sa main massive.

— Ma caisse. Alors, à moins que ta copine batte tous les records à la course, je pense que j'aurai pas trop de mal à la rattraper avec ma tire. Vas-y, pose ta question, j'espère qu'elle est bonne.

Carl estima qu'elle n'était pas mauvaise :

— Comment est-ce qu'on peut devenir aussi gros ?

L'ancien flic avait les yeux quasi exorbités de stupeur et de rage. Mais avant qu'il presse la détente pour en finir, pour buter ce jeunot prétentieux, les mains de Granville jaillirent dans sa direction et s'ouvrirent, projetant deux poignées de terre vers son visage.

Bon Dieu ! pensa Payton, qui revit Carl tomber dans les bois, quand sa jambe s'était dérobée sous lui. C'était à ce moment-là. Il avait cru qu'il s'appuyait sur le sol pour se redresser mais non, il avait ramassé de la terre...

Payton porta une main à ses yeux, discerna une forme se jetant sur lui et tira. La balle se perdit. Le jeunot était costaud, assez costaud pour le faire tomber, mais Payton y voyait de nouveau, maintenant. Il pesait au moins trente kilos de plus que lui, et il avait l'expérience des bagarres de rue. Ils luttèrent un moment, Granville essayant de lui arracher le fusil, mais quand le poing de Payton s'abattit sur sa tempe le jeunot chancela, et quand le genou de Payton se releva, cueillant Granville à la mâchoire, ce fut terminé, il s'écroula. À coups de pied, Payton le fit rouler vers la fosse.

Ce fut alors que s'éleva la voix. Payton s'interrompit, crut qu'il avait mal entendu, mais le jeunot, quoique sonné, semblait écouter lui aussi...

La voix monocorde et rocailleuse qui chantait :

Seigneur, sauve-moi du méchant,
Seigneur, sauve-moi du méchant,
Tire-moi des mains de l'homme impie et cruel...

Mon Dieu, gémit intérieurement Carl. *Mama...*

Pourquoi ne s'était-elle pas enfuie ? Qu'est-ce qu'elle faisait ?

— La vieille ? fit Payton d'un ton incrédule. (Il baissa les yeux vers Carl, allongé dans la terre fraîchement remuée du bord de la fosse, trop faible pour lever la tête.) C'est ton jour de chance, petit. Tu vas vivre assez longtemps pour me voir descendre un autre spécimen de racaille noire...

En échange de mon amour, ils sont devenus mes ennemis,
Moi qui ne suis que prière,
Et ils m'ont rendu le mal pour le bien,
La haine pour l'amour...

Mama N'a-qu'un-œil s'avançait dans la clairière, les mains derrière le dos. Sereine, elle se dirigeait vers Payton.

— Non mais regarde-la, marmonna-t-il, la lèvre méprisante. Elle est trop conne pour se planquer.

— Vous êtes pas un homme bien, lui déclara-t-elle.

— Un homme bien ? s'esclaffa-t-il. Où tu te crois, la vieille ? Tu crois qu'on a organisé une petite fête pour tous les mecs bien du secteur ? Vas-y, chante pour la petite fête.

— J'ai fini de chanter, lui signifia Mama.

— Oh ! déjà ?

— C'est plus le moment de chanter.

— C'est le moment de quoi, alors ? Peut-être le moment de mourir ?

— Oui, le moment de mourir, répondit Mama.

Carl entendit la détonation mais ne leva pas la tête. Il n'avait pas envie de voir l'étrange vieille femme couchée dans l'herbe, il n'avait pas envie de voir son sang. Il attendit le rire de Payton, et un dernier coup de feu, celui qui mettrait fin à sa vie. Il ne lèverait pas vers Payton un regard implorant, il ne lui ferait pas ce plaisir. Il attendit.

Rien ne vint.

Ni rire ni balle.

Carl se mit à quatre pattes sans que Payton lui donne un coup de pied. Il réussit à se mettre debout et se tourna enfin vers l'ancien flic.

Payton gisait par terre, aussi mort qu'on peut l'être. Du sang coulait de l'arrière de son crâne.

Mama se tenait à un mètre de lui, les deux bras tendus, les doigts crispés sur la crosse d'un pistolet.

Carl s'approcha d'elle en titubant, lui fit baisser les bras.

— C'était un mauvais homme, dit-elle.

— Oui, très mauvais. Mais comment... comment avez-vous... ?

— Depuis le meurtre de sa fille, Luther avait une arme. Il la portait tout le temps sur lui au cas où il rencontrerait l'assassin.

— Vous l'avez prise sur lui ?

— Pendant que vous étiez dans les bois. Et que le méchant homme vous courait après.

Carl tomba à genoux. Il crut un moment qu'il allait tourner de l'œil mais, après quelques profondes inspirations, il se releva, attira Mama contre lui et lui embrassa le front.

— On peut pas laisser Luther près d'un type pareil, dit-elle. Ce serait pas... pas convenable.

Carl acquiesça. Il alla s'agenouiller derrière Payton et entreprit de faire rouler son corps vers la tombe. Au dernier moment, il s'arrêta et, réprimant un haut-le-cœur, se força à plonger une main dans la poche gauche du pantalon du mort pour y prendre les clefs de sa voiture. Il frissonna, donna au cadavre une dernière bourrade et le regarda disparaître.

— Maintenant, on peut y aller, approuva Mama.

Comme elle lui tendait le pistolet, il répondit :

— Vous devriez le garder.

— J'en aurai pus besoin. Luther non pus, là où il sera... Mais j'suis sûre qu'il vous sera utile.

Carl prit l'arme, la glissa sous sa ceinture et entraîna Mama vers la route.

Pour la première fois de sa vie, Amanda Mays était paralysée.

Elle se trouvait dans l'appartement de Suzi, au-dessus du petit restaurant. La nièce de Mama, son mari et ses trois enfants regardaient eux aussi le poste de télévision dans un silence stupéfait. Ils avaient fermé le restaurant en apprenant la nouvelle. Amanda était déjà au premier étage, Suzi l'y avait conduite quand elle avait annoncé qu'elle venait de la part de Mama. Mais, comme elle n'avait pas allumé la télévision, elle ne savait pas ce qui s'était passé. Et puis quelqu'un avait apporté la nouvelle au restaurant et ils étaient tous montés. Ils avaient mis ANN, ils avaient regardé l'écran en silence. Même le journaliste se taisait par moments, laissait les images parler.

Comment est-ce possible ? se demandait Amanda, affalée dans un fauteuil.

Le journaliste reprit son commentaire monocorde. On frappa à la porte, l'une des petites filles de Suzi se dirigea vers l'entrée. À travers son hébétude, Amanda eut conscience que c'était une erreur. Elle voulut crier. Trop tard, la fillette avait déjà ouvert.

Amanda se blottit dans son fauteuil, certaine qu'une nouvelle catastrophe allait s'abattre sur eux.

Elle n'aurait pu se tromper davantage.

Carl se tenait sur le seuil, couvert de terre, s'appuyant au chambranle pour ne pas tomber. Elle se leva d'un bond, courut, le prit dans ses bras mais il grimaça de douleur.

— Qu'est-ce qui s'est passé ? Raconte !

— Silence ! tonna le mari de Suzi. Vous êtes les bienvenus chez moi, mais montrez un peu de respect !...

Étonné, Carl se tourna vers le poste, plissa les yeux d'un air interrogatif.

— Le président Adamson est mort, expliqua Amanda.

— Assassiné ?

— Il s'est tué, répondit la plus jeune des gamines. Il s'est tiré une balle dans la tête.

— Tais-toi et regarde, lui intima sa mère.

Mama fixait l'écran, fascinée, et Carl essaya d'imaginer ce qu'elle ressentait. Elle connaissait Tom Adamson depuis l'enfance ; elle avait assisté à son crime puis elle l'avait vu se hisser, impuni, au faîte du monde. Maintenant, elle voyait la fin. Le mal l'avait rattrapé.

— C'est Elizabeth. Elle va parler.

Tous les regards se tournèrent vers le poste. C'était en effet Elizabeth Adamson. Vêtue de noir, la *First Lady* avançait d'un pas lent mais ferme vers une estrade. La caméra ne la quitta pas un instant et le journaliste d'ANN murmura d'un ton respectueux :

« J'apprends à l'instant que le président Bickford vient de prêter serment au cours d'une cérémonie tenue à la Maison Blanche. Il est extrêmement difficile de mettre les événements en perspective et nous devons nous garder de toute conclusion hâtive, mais on peut au moins affirmer que l'avenir est on ne peut plus incertain. J'ai à mes côtés Meredith Brock Moss, historienne, spécialiste de la présidence. Meredith, avez-vous une idée de ce qui va se passer ? Est-ce que Jerry Bickford sera candidat en novembre ?

— Nul ne le sait, Harry. Le vice-président, pardon, le président Bickford ne s'est guère montré en public, ces derniers temps. Il a révélé récemment ses problèmes de santé en annonçant qu'il renonçait au poste de vice-président pour le second mandat du président Adamson.

— Les événements d'aujourd'hui pourraient-ils l'amener à revoir sa décision ?

— C'est tout à fait possible, mais ce n'est pas le seul élément à considérer. La question n'est pas de savoir si Jerry Bickford veut ou non être président. Est-ce que le parti veut qu'il soit président : voilà la vraie question. Ce qui rend la situation si extraordinaire et si complexe, c'est que Tom Adamson a largement dominé les primaires. Il avait déjà obtenu la désignation de son parti, il était son candidat. Comme il n'est pas possible d'organiser d'autres primaires, les délégués vont devoir choisir un nouveau candidat. Opteront-ils pour un homme qui a soixante et onze ans et souffre du mal de Bell ? Estimeront-ils au contraire que ces handicaps le rendent inéligible ? Ne l'oublions pas, la convention se tient à La Nouvelle-Orléans dans neuf jours et...

— Doris, excusez-moi, interrompit le journaliste, mais je crois que Mrs. Adamson est sur le point de prendre la parole... Attendez, il y a... je ne vois pas très bien... on dirait... oui, le président Bickford vient de sortir, il rejoint Mrs. Adamson. Il l'accompagne jusqu'au podium, il se place à côté d'elle. C'est clair, maintenant, Mrs. Adamson va parler... »

Amanda, fascinée, ne pouvait détacher ses yeux de l'écran.

— C'est une femme courageuse, dit le mari de Suzi, impressionné.

Le silence se fit dans la salle de séjour de Suzi comme dans la pièce de la Maison Blanche où Elizabeth Adamson se penchait maintenant vers le micro.

« C'est un moment difficile pour moi, annonça-t-elle au pays d'une voix tremblante. (Elle se tut, attendit de pouvoir continuer d'un ton plus ferme.) Mais c'est un moment difficile pour tous en Amérique et dans le monde entier... (Elle leva la tête, révélant les larmes qu'elle retenait et qui brillaient dans ses yeux.) Aujourd'hui, à dix-sept heures vingt, Thomas Adamson, président des États-Unis, s'est tiré une balle dans la tête. Il est mort sur le coup... (Suzi éclata en sanglots sur son canapé.) Mon mari était un homme bon. Je crois que c'était aussi un grand homme, mais il appartiendra à l'Histoire d'en juger. Ce qui est sûr, c'est qu'il a réalisé de grandes choses. Il avait des convictions, il était prêt à se battre pour les défendre. Le président Adamson a livré de nombreuses batailles et en a remporté plus que sa part. Nous ne saurons jamais à quel point ces batailles peuvent éprouver un être humain. Comme nous ne saurons jamais pourquoi un homme qui avait tant de raisons de vivre, qui avait tant à donner, a choisi de se suicider. Ce que nous savons, ce que je sais, c'est que le président Adamson était épuisé. Il était las des batailles. Tom était non seulement indigné par les injustices qu'il voyait autour de lui, il était furieux et déprimé devant les obstacles qui l'empêchaient de réparer ces injustices...

« Nous vivons des jours troublés. Des hommes ont faim, d'autres n'ont pas de logis ; des guerres continuent à ravager le monde. Il reste beaucoup de batailles à livrer. Dieu sait que l'heure n'est pas à la politique. Une tragédie comme celle-ci nous donne du recul, elle nous permet de voir la politique pour ce qu'elle est : un jeu joué par les puissants, trop souvent dans le seul but de garder le pouvoir. Trop souvent aux dépens de ceux qui ont faim et vivent dans la rue. On ne peut cependant pas ne pas tenir compte des conséquences politiques car elles sont très importantes...

« Il faudra répondre à beaucoup de questions dans les heures, les jours et les semaines qui viennent. Je vous demande à tous, républicains ou démocrates, amis ou adversaires, puissants ou misérables, d'y contribuer. Ensemble. Comme des êtres humains. En de pareils moments, il faut oublier les divergences, déposer les épées, et faire les choses, simplement parce qu'il faut les faire. Je vous demande de garder votre calme, de pleurer, oui, mais de célébrer aussi ce que mon mari a fait et ce que nous allons tous faire ensemble demain. Vous devrez bientôt désigner son successeur. Vous devrez bientôt décider de ce que sera demain...

« C'est la raison pour laquelle je m'adresse à vous. Pour rappeler à chacun qu'il y a un avenir et qu'il doit être rempli d'espoir et de joie...

« Je vous invite tous à prier. Prier pour le président Bickford, qui se trouve à mes côtés, qui me soutient comme il a soutenu mon mari pendant tant d'années. Il aura besoin de nos prières pour les combats auxquels il doit maintenant faire face. Je vous demande de prier pour mon mari. Afin qu'il trouve la paix qu'il mérite tellement. Enfin, prions pour avoir la force et le courage de faire ce qui est juste et ce qui est bien. Prions pour que nos blessures se referment et que nous ne connaissions plus jamais une telle tragédie... »

Tout le monde pleurait dans la petite salle de séjour de Warren, Mississippi. Le discours de la veuve du président avait profondément ému tout le monde, comme les commentateurs commençaient à le souligner.

Tout le monde sauf Carl Granville.

— Elle est étonnante, fit Amanda, reniflant et tamponnant ses yeux. Où trouve-t-elle cette force ?

Les yeux de Carl étaient secs. Froids. Au lieu de répondre à la question, il en posa une autre :

— Pourquoi ?

— Pourquoi quoi ?

— Pourquoi Adamson a fait ça ? Il nous avait quasiment liquidés. Il avait gagné. Il avait éliminé tous ceux qui pouvaient le gêner. Pourquoi se suicider ?

— Je m'en moque, dit Amanda. Tout ce qui m'intéresse, c'est que c'est enfin terminé.

Comme il ne réagissait pas, elle essuya une dernière larme à sa manche et insista :

— C'est fini, n'est-ce pas, Carl ?

Ils entendirent le journaliste annoncer que la chaîne allait maintenant rendre hommage à Tom Adamson en célébrant ce qu'il laissait de plus précieux : Elizabeth. Une émission réalisée en quelques heures rassemblait des documents sur ses interventions publiques, ses actions en faveur de telle ou telle cause, sa vie avec le président. Carl et Amanda se tournèrent vers le poste, virent sur l'écran l'ex-*First Lady* sortant de la Maison Blanche. C'était manifestement un document d'archives, puisqu'elle était au bras de Tom Adamson. Sidérant, pensa Carl. Son mari est mort depuis quelques heures seulement, et, grâce au miracle de la télévision moderne, on a déjà réalisé un documentaire sur sa vie. Plus rien ne dure. On n'a plus le temps de porter le deuil, d'avoir du chagrin. De réfléchir. Il faut toujours avancer.

« C'était la dernière apparition publique d'Elizabeth Adamson avec le président, précisa le commentateur. Il y a quelques semaines, cette femme extraordinaire a accompagné son mari à Owens, Mississippi, où la mère du président, Wilhelmina Adamson, fêtait son soixante-dix-huitième anniversaire. Après un dîner privé chez Mrs. Adamson, le couple présidentiel, accompagné de la mère de Tom Adamson, du vice-président Bickford et de son épouse, s'est rendu à la mairie pour une cérémonie au cours de laquelle le président et Mrs. Adamson ont pris la parole. Le président a souligné la nécessité de légiférer sur les droits de l'homme ; la Première Dame a insisté sur la nécessité de changer notre perception des droits de l'homme. Illustration parfaite des raisons pour lesquelles ils formaient une équipe exemplaire. Il est allé au fond du problème politique, elle a... »

Carl se pencha vers le petit écran. Le document montrait Bickford et sa femme, suivis par le président et Elizabeth Adamson, pénétrant dans la mairie d'Owens.

— Amanda ! Regarde !

— Quoi ?

Le président et son épouse s'étaient arrêtés pour répondre aux questions des journalistes.

— C'est Elizabeth Adamson, je ne vois pas ce que...

— À sa droite ! Regarde à sa droite !

— Des gardes du corps...

— *Regarde*, bon sang !

Amanda se pencha vers le poste elle aussi, plissa les yeux puis se redressa et tourna vers Carl un regard incrédule.

— Ce n'est pas possible, fit-elle à voix basse.

— C'est tout à fait possible, dit Carl. Et pour répondre à ta question : je ne pense pas que ce soit terminé.

Les Bickford et leurs deux gardes du corps disparurent à l'intérieur du bâtiment. Le président et sa femme franchirent la porte à leur tour, escortés de leurs propres gorilles : costume gris, chemise blanche et lunettes noires. Celui qui flanquait le président était un inconnu, ils ne l'avaient jamais vu.

L'autre, qui se tenait comme une ombre auprès de la *First Lady*, était quelqu'un que Carl connaissait bien.

Harry Wagner.

LIVRE III

14-16 juillet

30

Extrait de l'article d'Apex News Service publié en première page par les *New York Journal, Washington Journal, Chicago Press, Los Angeles Post, Denver Tribune, Miami Daily Breeze* :

BICKFORD RENONCE À SE PRÉSENTER !
Selon lui, son âge et son état de santé le lui interdisent

Washington, 14 juillet (Apex News Service). Un président Bickford pâle et ému a annoncé ce matin lors d'une conférence de presse à la Maison Blanche qu'il ne solliciterait pas et n'accepterait pas l'investiture du parti démocrate pour l'élection présidentielle de novembre.

« J'ai soixante et onze ans et ma santé ne me le permettrait pas, a déclaré le président, l'élocution notablement affectée par la paralysie de Bell dont il souffre depuis quelques semaines. Notre pays a besoin d'un homme jeune et vigoureux pour le faire entrer dans le nouveau siècle. » D'une voix étranglée, il a ajouté : « J'ai perdu un ami cher. Nous avons tous perdu un ami cher. J'aurais aimé pouvoir poursuivre sa politique mais la réalité en a décidé autrement. »

Cette déclaration stupéfiante, prononcée un jour seulement après que Jerry Bickford a prêté serment, une semaine à peine avant la convention de son parti à La Nouvelle-Orléans, laisse les démocrates presque sans candidat d'envergure nationale à opposer au sénateur Walter Chalmers, du Wyoming, qui sera sans doute désigné par le parti républicain. Les dirigeants démocrates ont été totalement pris au dépourvu, comme en témoigne la réaction d'un de ses élus les plus chevronnés, le sénateur de Floride Wallace Moon, vieil adversaire de Chalmers : « Le gouvernement est en plein désarroi. J'invite tous les Américains à s'agenouiller et à prier. »

Les effets des propos du président Bickford se sont également fait sentir à Wall Street, où le Dow Jones a perdu 541 points après la conférence de presse. La chute aurait sans doute été plus brutale encore si la Bourse n'avait fermé deux heures plus tôt hier après-midi pour empêcher un mouvement de panique.

Les experts de Wall Street demeurent inquiets sur la façon dont les marchés financiers répondront ce matin. « Nous naviguons dans des eaux inconnues, dit Zig Haipern, un des vice-présidents de Merrill Lynch, géant du courtage. Cela effraie les particuliers comme les investisseurs institutionnels. »

À l'étranger, les marchés financiers sont également dans la tourmente. À Tokyo, l'indice Nikkei a perdu 12 % après les déclarations du président tandis que le marché londonien chutait de 8 %.

Le sénateur Chalmers a eu, quant à lui, une réaction mesurée : « Mes amis, c'est justement pour cette raison que nous avons en Amérique un système bipartite, a-t-il fait valoir pour apaiser les craintes à la fois des électeurs et des milieux boursiers. Ce système permet non seulement un échange de points de vue libre et stimulant mais aussi un passage de pouvoir dans le calme et l'ordre. Nous traversons un moment difficile et triste, mais nous réussirons. »

Le président Bickford, qui n'a pas répondu aux questions des journalistes, n'a donné aucune indication non plus sur l'identité du candidat qu'il recommanderait à son parti. Mais, comme le fait observer un des principaux collaborateurs de la Maison Blanche, il est extrêmement douteux que surgisse en si peu de temps une personnalité qui puisse jouir de la même popularité que Jerry Bickford parmi les électeurs modérés des deux partis, qui le considèrent comme un homme politique solide, plein d'expérience, qui s'est battu avec courage sur des problèmes comme l'avortement, la santé, l'éducation et la sécurité sociale. Pour ces mêmes électeurs, Bickford représente une alternative viable au conservatisme à tous crins du sénateur Chalmers, farouche ennemi de l'avortement et de la législation sur les armes à feu, qui s'est engagé à privatiser la sécurité sociale d'ici à 2010.

Dans le dernier sondage Apex News Network-Washington Journal, *le président Bickford devancerait le sénateur Chalmers en novembre : 46 % contre 42 %. L'écart est plus réduit que la plupart des experts ne l'avaient prédit après le suicide du président Adamson, et cela est probablement dû aux craintes du public et au manque d'informations concernant la maladie de Jerry Bickford.*

Selon Alexander Whitfield, porte-parole de la Maison Blanche, le président Bickford a passé la matinée avec Elizabeth Cartwright Adamson pour organiser l'enterrement du président défunt. On ne sait pas encore s'il y aura des funérailles nationales. Aucun président ne s'étant suicidé dans toute l'histoire des États-Unis, il n'existe pas de protocole officiel. De même, on ne sait pas si l'Église catholique autorisera une cérémonie religieuse. La Maison Blanche a refusé de dire si le Vatican était consulté mais, d'après une représentante de la cathédrale St. Stephen, la doctrine ne s'opposerait pas à ce que les funérailles y soient célébrées. « Le dogme a considérablement évolué au cours des dix dernières années, constate sœur Lucille Furia. Nous pensons maintenant que seul Dieu est apte à juger des raisons que quelqu'un peut avoir de mettre fin à sa vie. Il n'appartient pas à l'Église de juger mais de servir. »

« Nous écrivons les règles au fur et à mesure, reconnaît Taylor Chapin, secrétaire général de la Maison Blanche. Mrs. Adamson, en consultation avec le président et plusieurs conseillers en matière religieuse, réfléchit au choix le plus digne et le plus adéquat. Elle tient beaucoup à satisfaire la volonté des électeurs. Personnellement, je pense que son choix sera le bon. »

Des messages de condoléances en provenance du monde entier affluent à la Maison Blanche, où Mrs. Adamson continuera à résider « aussi longtemps qu'elle le souhaitera », selon Jerry Bickford. Celui-ci restera à Blair House, la résidence du vice-président, quelque temps encore.

À la conférence de presse de ce matin, le nouveau président n'a pas donné de nouvelles informations sur le suicide de Thomas Adamson. L'entourage de l'ancien président affirme n'avoir remarqué dans son comportement aucun signe de dépression ou d'inquiétude excessive. Taylor Chapin admet que le président Adamson avait paru « préoccupé » à la réunion du cabinet à laquelle il avait assisté juste avant de se tuer dans le Bureau ovale. Mais cela n'avait rien d'anormal, ajoute-t-il. « Il était président des États-Unis, il avait beaucoup de soucis en tête. »

Jerry Bickford, élu quatre fois sénateur de l'Ohio, passait pour être le mentor politique de Thomas Adamson. Il avait fait la connaissance de cet espoir de la politique alors qu'il effectuait un stage dans son cabinet pendant ses études de droit à Harvard. C'est Bickford qui avait conseillé au jeune Tom Adamson de retourner dans son Mississippi natal et d'y briguer les suffrages du peuple. C'est lui qui l'avait guidé dans son ascension du Parlement de l'État au poste de gouverneur, et l'avait finalement aidé à obtenir le soutien national du parti pour sa candidature à la Maison Blanche.

Considéré depuis longtemps comme le plus fin connaisseur des arcanes de Washington, Jerry Bickford entretenait une sorte de relation paternelle avec Thomas Adamson, qui n'avait pas connu son père. Ses conseillers le déclarent « bouleversé » par la mort de l'ancien président et « inquiet » pour sa propre condition physique.

Selon le Dr. David Kaminsky, neurologue au Naval Hospital de Bethesda, qui soigne le président, le mal de Bell est une paralysie temporaire d'un côté du visage causée par une inflammation d'un nerf facial. Les symptômes comprennent un relâchement caractéristique des muscles faciaux, l'affaissement de la paupière et du coin de la bouche. Ils s'accompagnent souvent de douleurs dans l'oreille, de difficultés d'élocution et d'une salivation abondante. Le président prend des corticoïdes par voie orale pour réduire l'inflammation du nerf, et des analgésiques pour combattre la douleur.

Le Dr. Kaminsky dément avec vigueur que le président ait subi une attaque mineure, comme le bruit en avait couru lorsque les symptômes étaient apparus. Selon lui, la paralysie de Bell est une maladie gênante, surtout pour une personne en vue, mais elle ne menace absolument pas la vie du malade, et on constate généralement une guérison totale au bout de trois ou quatre mois. Le président Bickford est par ailleurs de santé robuste pour un homme de son âge. Il a un esprit alerte, d'excellents réflexes. Récemment encore, il pratiquait la natation une heure par jour.

La rumeur avait toutefois déjà commencé à se répandre il y a deux semaines qu'il souhaitait voir se présenter à sa place un candidat plus jeune, qui résisterait mieux aux épreuves d'une campagne présidentielle, dans l'immédiat, et qui servirait de pont avec l'avenir du parti.

Extrait d'un article d'Apex News Service publié par les *New York Journal, Washington Journal, Chicago Press, Los Angeles Post, Denver Tribune, Miami Daily Breeze* :

LES SONDAGES SOULIGNENT
LA POPULARITÉ DE LA PREMIÈRE DAME

Washington, 14 juillet (Apex News Service). Un nouveau sondage Washington Mirror/*Apex News Network réalisé sur cinq mille électeurs de tout le pays montre un soutien étonnamment fort parmi les électeurs des deux partis pour Elizabeth Cartwright Adamson, dont ils souhaitent qu'elle poursuive l'œuvre de son mari en se présentant elle-même à la présidence.*

Le taux d'opinions favorables est de 82 % pour l'ancienne Première Dame, qui remporterait une nette victoire (52-37) face au sénateur républicain Walter Chalmers si elle devait l'affronter comme candidate démocrate en novembre. L'écart est supérieur aux confortables 10 % dont était crédité son mari peu avant sa mort, et bien plus grand que celui dont bénéficierait le président Bickford.

« Il s'agit là d'un vote de compassion, explique F. Price Stingley, directeur de la campagne de Chalmers, commentant ces chiffres surprenants. La bonté inhérente au peuple américain s'y manifeste

pleinement. Mais croyez-moi, quand viendra l'heure de tirer sur le levier[1]*, les électeurs voteront avec leur portefeuille, pas avec leur mouchoir. En outre, si les Américains reconnaissent en paroles l'égalité entre les sexes, ils veulent à la barre une main forte, pas un gant de velours. »*

Les résultats du sondage contredisent cette affirmation : lorsqu'on leur demande si le sexe du candidat à la Maison Blanche est déterminant, 18 % des personnes interrogées répondent oui, 52 % non, 30 % n'ont pas d'opinion.

« Le fait qu'elle soit une femme est sans importance, assure l'analyste démocrate Eloise Marion. Margaret Thatcher a dirigé la Grande-Bretagne pendant un certain nombre d'années ; je ne vois pas ce qui empêcherait une femme de gouverner notre pays. Ce que me disent avant tout ces chiffres, c'est que Walter Chalmers fait peur aux gens. Les électeurs se sentent plus en accord avec le programme du président Adamson, et bien plus à l'aise avec Lizzie. »

Le soutien à Mrs. Adamson est particulièrement fort chez les femmes, qui la préfèrent largement à Chalmers (68-22), et chez les Afro-Américains, où elle réalise un score remarquable (74-20). Le taux d'approbation est également élevé chez les jeunes et les personnes âgées.

Même chez les hommes blancs républicains, qui constituent l'ossature des partisans de Chalmers, Mrs. Adamson fait mieux que son mari face à Chalmers (34-58), alors que l'ancien président s'inclinait (32-59) dans l'électorat « macho ».

Pour motiver leur choix, les personnes sondées citent le discours émouvant de la First Lady *après la mort de son mari, et son action dans le domaine social. Ils invoquent également son « humanité » et son « intégrité personnelle ».*

Mrs. Adamson, qui ne sort plus de la Maison Blanche, n'a pas encore fait savoir si elle songe à se présenter ou si elle envisagerait de le faire au cas où le parti la désignerait comme candidate. « Elle vient de perdre son mari, rappelle un collaborateur de la Maison

1. Les Américains utilisent des machines à voter. *(N.d.T.)*

Blanche. Les gens oublient qu'elle pense avant tout à son chagrin, pas à l'élection. »

Si elle devait se présenter, elle serait la première femme de l'histoire américaine à être la candidate d'un grand parti à la présidence.

En réponse aux questions des journalistes, Miguel Rodriguez, président du parti démocrate, continue à soutenir que les démocrates présenteront un candidat solide capable de battre en brèche le programme conservateur de Chalmers. Mais, en coulisses, on reconnaît que les chances du parti seront faibles si Mrs. Adamson refuse de faire campagne. Et la convention de la semaine prochaine verra « une empoignade où tous les coups seront permis », selon les termes d'un collaborateur de la Maison Blanche.

Elizabeth Adamson ne s'est jamais comportée comme la caricature de la Première Dame, qui se contente de sourire modestement à côté de son mari et limite ses activités aux mondanités. Diplômée en droit, elle s'exprime depuis longtemps sans mâcher ses mots sur des sujets politiques aussi controversés que l'assistance médicale fédérale aux plus démunis ou l'utilisation de mines terrestres par l'armée américaine. Elle a participé à des réunions internationales sur le réchauffement de la planète et le planning familial ; elle est l'auteur de trois livres à succès. Les analystes les plus au fait du fonctionnement de la Maison Blanche savent qu'elle était le plus proche conseiller du président Adamson et qu'il lui soumettait toutes ses idées nouvelles.

La candidature de Mrs. Adamson relancerait la joute animée et parfois chargée de rancœur qui oppose la veuve du président à Walter Chalmers. Le sénateur l'a un jour qualifiée de « féministe extrémiste qui passe son temps à enlacer les arbres et à brûler des soutiens-gorge », ce à quoi elle a répliqué en déclarant qu'il est « l'homme de pointe de l'extrême droite, un dinosaure déterminé à ramener les Américains au dix-neuvième siècle au lieu de les conduire dans le vingt et unième, où est notre place ».

31

Le treizième cardinal souffrait atrocement.

Seigneur Dieu, cette douleur palpitante ! Sans parler de l'humiliation de ne plus pouvoir remplir une fonction animale aussi fondamentale qu'uriner. Le cardinal O'Brien ne connaissait les symptômes que trop bien, et il ne devait s'en prendre qu'à lui-même s'il souffrait en ce moment. Il n'était plus censé avaler une goutte d'alcool. Pas avec sa prostate.

Il n'était certainement pas censé suivre quelqu'un comme le père Patrick, qui buvait comme s'il essayait d'éteindre un feu intérieur.

C'était pourtant ce que le cardinal avait fait. Une semaine s'était écoulée depuis la nuit qu'il avait passée à boire de la Bushmill et des chasse-bière avec le jeune prêtre pour tenter d'apaiser son âme tourmentée. Depuis, c'était lui qui était à la torture en songeant que, demain matin, son urologue lui enfoncerait un cathéter dans le pénis pour l'aider à vider sa vessie.

Oh ! l'humiliation du grand âge, songea Son Éminence, qui aurait soixante-treize ans dans deux semaines. Oh ! la perte de dignité.

Mais il avait fait ce qu'il estimait être son devoir. Quand le père Patrick l'avait appelé, de sa voiture garée au bord du Potomac, il sanglotait dans le téléphone et tenait des propos incohérents. Le cardinal avait craint un suicide. Il connaissait Pat, dont il avait dirigé les études quelques années plus tôt. C'était un esprit brillant, une personnalité extrêmement prometteuse qui avait traversé récemment de dures épreuves. Sa sœur, qu'il chérissait, avait été tuée par un chauffard. Le père Patrick en était venu à douter de l'existence de Dieu, rappelant au cardinal ce passage de l'Évangile : « Celui qui doute est comme une vague poussée par la mer. » O'Brien l'avait conseillé, avait prié avec lui et lui avait recommandé de ne pas hésiter à l'appeler s'il avait besoin de lui.

Le père Patrick avait appelé : il avait besoin de lui.

Sans hésiter, le cardinal avait parcouru en conduisant lui-même les soixante-cinq kilomètres séparant Baltimore de Washington ; il avait ramené le prêtre à sa résidence privée de l'archevêché, bâtiment néoclassique de cinq étages relié à la basilique par un passage couvert, face à North Charles Street.

Les deux hommes avaient bu et parlé dans son bureau pendant la majeure partie de la nuit. Le père Patrick était en plein désarroi ; il tremblait, claquait des dents, fondait soudain en sanglots incontrôlables. Mais la pauvre âme avait été incapable de dire exactement ce qui la tourmentait. Ils avaient parlé de la ligne de l'Église, de l'équipe des Orioles, chère au cardinal, mais pas de ce qui rongeait le jeune prêtre. Le père Patrick n'avait pu se résoudre à le formuler en mots.

Il ne pouvait infliger cette épreuve au cardinal, avait-il déclaré.

Le lendemain matin, Son Éminence avait téléphoné au père Thaddeus, dans sa retraite des Smoky Mountains, pour le prévenir de la visite du père Patrick. Puis il avait donné au prêtre les clefs de sa voiture.

Le père Patrick l'avait supplié de ne révéler à personne qu'il l'avait vu. À personne. « Faites-moi confiance, je vous en conjure », l'avait-il supplié. Le cardinal avait assuré que sa confiance en lui était totale, qu'il ne soufflerait mot de leur rencontre. Et il avait tenu sa promesse, bien que la police de Washington l'eût appelé l'après-midi même pour lui demander s'il savait où se trouvait le père Patrick.

Ce soir-là, le cardinal n'avait pas manqué de regarder les informations à la télévision en mangeant ses pâtés de crabe et ses pommes de terre nouvelles en robe des champs. La série de mauvaises nouvelles se poursuivaient. Depuis une semaine, les médias faisaient leurs titres sur un tueur fou en liberté, un jeune auteur frustré. *C'est terrible*, songea-t-il, *ce que la frustration peut faire faire à de jeunes esprits brillants et créatifs...* La disparition du père Patrick faisait aussi l'objet de commentaires, mais toutes les nouvelles étaient maintenant éclipsées par le suicide du président Adamson et l'agitation politique qui en résultait. *Une tragédie*, pensa le cardinal. *Une véritable tragédie*. Il avait connu Tom Adamson — pas très bien, mais suffisamment pour l'apprécier —, il avait célébré deux ou trois messes présidentielles et participé à diverses réceptions. Le président avait été un homme intelligent. Et manifestement tourmenté, lui aussi, mais les deux choses allaient souvent de pair. Lui-même aspirait souvent à la paix que connaît l'élève et non le maître, celui qui suit et non celui qui mène. Il se remémora une conversation particulièrement vive qu'il avait eue sur ce sujet, un an plus tôt environ, avec le père Patrick. Ils avaient en fait parlé du président, de la pression énorme à laquelle il était soumis quotidiennement. Le père Patrick avait connu Adamson lui aussi ; il l'avait entendu plusieurs fois en confession et avait été pour lui une sorte de guide spirituel.

— Tant d'épreuves, murmura le cardinal. Pour les morts comme pour les vivants...

Il était près de minuit. Une pluie chaude et huileuse tombait. L'orage tonnait au loin, se rapprochait. Comme il le faisait souvent avant de se coucher, le cardinal, légèrement voûté par la douleur de son entrejambe, traversait la basilique d'un pas lent. Ses épais murs de granit sans ornement, son haut dôme lui procuraient un sentiment de paix.

La basilique de l'Assomption-de-la-Vierge-Marie, sise Cathedral Street, en face de la bibliothèque Pratt, s'enorgueillissait d'être la première cathédrale catholique romaine édifiée aux États-Unis. Sa construction avait commencé en 1806. Son architecte, Benjamin Latrobe, était l'homme qui avait dessiné les plans du Capitole. Originaire de Philadelphie, le cardinal O'Brien y exerçait ses fonctions depuis 1987. Il en était venu à aimer Baltimore, une ville qui avait du cran et de l'humour. Une ville qui aimait son passé et se tournait résolument vers son avenir. Et, bien sûr, dans aucune autre ville il n'y avait le restaurant *O'Bricki's*, qui livrait à la porte même de Son Éminence les meilleurs crabes au monde. Il était le treizième prélat de la basilique et, selon le gérant du restaurant, celui qui avait le plus solide appétit.

La barrette du cardinal James Gibbons, mort en 1921, était accrochée au-dessus de l'autel de Notre-Dame et y resterait jusqu'à ce qu'elle tombe en morceaux. Comme la sienne quand il serait passé. Le cardinal O'Brien demeura un moment devant l'autel, les mains jointes derrière le dos.

Un bruit le fit sursauter et il découvrit avec étonnement qu'il n'était pas seul.

Un jeune homme vêtu d'un imperméable noir était tapi contre le mur, dans la pénombre. Le col relevé de son manteau de pluie cachait en partie son visage, mais pas ses yeux, écarquillés de peur.

— Il est très tard, mon fils, dit le cardinal avec douceur en faisant un pas vers lui.

Le jeune homme se plaqua contre le mur. Il semblait farouche, comme ces chats égarés qu'on laissait pénétrer dans l'édifice chaque automne pour réduire la population de rongeurs.

— Comment êtes-vous entré ?

Il y eut un claquement de tonnerre, assourdi par les murs massifs de la basilique.

— Je me suis caché, haleta l'inconnu. Je suis resté caché pendant des heures. Mon Père, il faut que je vous parle...

Un éclair illumina brièvement les vitraux et le visage du jeune homme. Le front était haut et lisse, les traits délicats, la bouche vulnérable. C'était un visage très jeune, qu'il n'avait pas encore besoin de raser.

— I-il est venu ici, balbutia l'adolescent. Je le sais.

— Qui, mon fils ?

— Le père Patrick. Vous l'avez vu, n'est-ce pas ?

Le cardinal se raidit en entendant le nom de son ami.

— Que voulez-vous ? demanda-t-il. (Voyant le garçon hésiter, il ajouta avec douceur mais fermeté :) Il vaut mieux me le dire.

O'Brien entendit un coup de tonnerre et le sentit rouler sous ses pieds.

— Pas ici, je vous en prie, fit le jeune homme d'une voix sifflante.

— Où alors ?

— Je... je veux confesser mes péchés. Il faut que vous entendiez ma confession. Il le faut.

— Bien sûr, acquiesça le cardinal.

Ils se dirigèrent vers le confessionnal en bois de rose. O'Brien s'assit en grimaçant de douleur, serra fortement les genoux et attendit.

— Pardonnez-moi, mon père, car j'ai péché, commença le jeune pénitent dans un murmure. Il vous a dit ? Le père Patrick vous a dit ? poursuivit-il, le murmure se transformant en une plainte aiguë.

— Je sais seulement qu'il est en grand tourment... comme vous semblez l'être vous-même...

— C'est *moi* le tourment, mon père.

Soudain inquiet, le prélat s'efforça de rester calme.

— J'étais enfant de chœur, poursuivit le jeune homme. Au service du père Patrick. Et... et nous nous aimons. D'un amour profond, passionné.

Le cardinal essaya de déglutir mais il avait la bouche sèche. Un goût amer avait envahi sa gorge, une aigreur lui brûlait l'estomac. Un scandale. C'était bien la dernière chose dont l'Église catholique avait besoin au moment où il y avait déjà tant de doutes. Tant de murmures et de méfiance. Tant de souffrances. Effrayés, de jeunes candidats à la prêtrise renonçaient à leur vocation et ceux qui l'embrassaient malgré tout étaient moins nombreux d'un tiers par rapport à la génération précédente. Beaucoup d'entre eux étaient contraints de s'occuper de plusieurs paroisses à la fois, faisaient la navette de l'une à l'autre en voiture avec leurs habits sacerdotaux dans un sac de voyage. Tout cela à cause de deux ou trois pommes pourries seulement, des hommes qui ne savaient pas résister à la tentation. Et qui n'auraient jamais dû être ordonnés prêtres, pour commencer.

C'étaient d'eux seuls qu'on parlait, pas des centaines et des centaines d'autres qui se dévouaient inlassablement au service de Dieu et de leur communauté. Le père Patrick faisait-il partie de ces pommes pourries ? Cela semblait difficile à croire. Et cependant... quelle autre explication donner à ses tourments ? L'autre soir, le cardinal croyait avoir senti de la peur et du doute, mais ce qu'il avait vu dans les yeux de son ami était peut-être de la culpabilité, de la honte.

Il frissonna. Les détails étaient probablement insupportables à entendre, mais il fallait qu'il sache. S'il avait appris une chose en vieillissant, c'est que le père Patrick se trompait : la vérité n'est pas une épreuve qu'on vous inflige. Elle est essentielle, si douloureuse soit-elle, et les solutions ne peuvent venir que d'elle.

Il s'éclaircit la voix.

— Et vous avez... consommé cette passion ?

— Je me suis agenouillé à ses pieds et j'ai avalé sa semence, sanglota le jeune homme. Je m-me suis mis à quatre pattes dans son bureau et je l'ai reçu en moi...

Étourdi de rage contre celui qu'il croyait être son ami, O'Brien demanda :

— Vous étiez... consentant ?

— Seigneur, oui.

— Laissons le Seigneur en dehors de cette histoire pour le moment, fit sèchement le cardinal. Quel âge aviez-vous quand cette... cette... relation a commencé ?

Après un silence, le jeune homme murmura :

— C'est important ?

— J'en ai peur.

— J'avais treize ans...

O'Brien eut un hoquet. *Mon Dieu, aidez-moi. Je Vous en supplie, aidez-moi...*

— ... et maintenant mes parents sont au courant ! poursuivait le garçon. Ils veulent porter plainte. Mon père est un homme très influent. Il a des relations dans les médias...

L'horreur du cardinal était à son comble. Ça ne pouvait être plus grave : il avait donné asile à un délinquant sexuel, il l'avait aidé à se réfugier en Caroline du Nord. Et il avait menti à la police. Comment interpréterait-on sa conduite ? Comment pouvait-on l'interpréter ? On conclurait que l'Église cherchait à étouffer l'affaire.

— Aidez-moi, mon père, plaida le jeune homme. Nous nous aimons. Nous nous aimons sincèrement. Et nous pouvons être un soutien l'un pour l'autre. J'ai un peu d'argent. Un passeport. Nous pourrions refaire notre vie quelque part. Loin d'ici. À Amsterdam, peut-être. Sinon... Sinon, je sais ce qui arrivera. Il faut que je lui parle, mon père. Je vous en supplie, laissez-moi lui parler.

— Je ne peux pas, fit O'Brien, effondré. Il n'est plus ici.

— Où est-il ?

Le cardinal songeait que sa carrière était finie. On lui demanderait de quitter ses fonctions. Après tant d'années au service de Dieu, il serait mis au rebut. Où irait-il ? Que ferait-il ? Comment le père Patrick avait-il pu lui mentir aussi honteusement et se servir de lui pour aller se cacher en Caroline du Nord ?

— Hein ? Quoi ? fit-il, tiré de ses pensées.

— Où, en Caroline du Nord ?

Seigneur Dieu ! Avait-il prononcé ces mots à voix haute ? Comment avait-il pu révéler à ce jeune homme où était le père Patrick ? C'était la douleur : il souffrait trop, il n'arrivait plus à réfléchir. Soudain, le cardinal O'Brien se sentit terriblement vieux.

— Dans cette retraite ? insista le jeune homme. À Sainte-Catherine ?

Ces mots lui auraient-ils également échappé ? Non, il était sûr que non. Une douleur partie de son bas-ventre monta vers sa poitrine.

— Co-comment connaissez-vous cette retraite ? réussit-il à articuler.

— Je sais tout du père Patrick, répondit le jeune homme, qui semblait moins tendu, moins effrayé.

— Partez, maintenant, bredouilla O'Brien, transpercé par une nouvelle douleur. Laissez-moi, je vous en prie.

— Je vais vous laisser, mon père. Mais je dois d'abord m'assurer que vous ne révélerez à personne ce dont nous venons de parler...

Le cardinal redressa la tête.

— Comment osez-vous ? Le secret de la confession est sacré. Je suis la main droite de Dieu.

— Et moi la gauche, repartit le Liquidateur avant de tirer une balle dans le front du vieux prélat.

Un instant, en basculant vers le sol, O'Brien sentit une douleur entièrement nouvelle.

Puis le treizième cardinal ne sentit plus rien du tout.

32

Carl scrutait l'obscurité absolue de la nuit en roulant sur l'étroite route de terre battue menant de la maison de Mama à Warren. Assise à côté de lui, Amanda observait un silence agité. La Suburban de Payton leur faisait l'impression d'une luxueuse suite sur roues après toutes ces journées passées dans la boîte à sardines de la Subaru. Les amortisseurs faisaient leur travail, la climatisation fonctionnait. Le démarreur aussi. Il leur faudrait un moment pour s'y habituer.

La boîte à gants contenait un 357 Magnum Smith & Wesson chargé. À cela aussi, il leur faudrait un moment pour s'habituer.

Comme Payton n'aurait plus besoin de la grosse Chevrolet, ils l'avaient récupérée et s'étaient débarrassés du vieux pick-up volé. Ils appliquaient la loi de la jungle, car c'était bien dans la jungle qu'ils vivaient maintenant. Une jungle de plus en plus épaisse.

Selon les papiers qui se trouvaient dans la boîte à gants, la Suburban était au nom d'Astor Realty Management,

Amsterdam Avenue, New York, l'agence qui gérait l'immeuble de Carl. Chaque mois, il envoyait le chèque du loyer à Astor Realty.

Autrefois, Carl croyait aux coïncidences, mais plus maintenant. Ce ne pouvait être une coïncidence. Il ne savait pas ce que cela signifiait, ni où cela les mènerait, mais comme il avait appris à le faire ces derniers jours il ajouta mentalement cette information à sa liste puis reporta son attention sur le problème du moment : retourner au bureau de Luther Heller à la mairie sans se faire repérer.

Mama s'occuperait du corps du conseiller municipal. Ainsi que du petit squelette de Gideon. « Vous avez pas à vous en faire », avait-elle assuré après les avoir gavés de côtelettes de porc grillées, de macaronis au fromage, de légumes verts à la moutarde et de tarte aux noix de pécan. « Mama, elle fait toujours c'qu'y a à faire. »

C'était vrai, songea Carl. Aussi longtemps qu'il vivrait, il n'oublierait pas la frêle vieille femme noire abattant froidement Payton. Les épreuves cruelles qu'elle avait traversées au cours d'une longue existence lui avaient donné une force intérieure et une dureté semblait-il sans limites.

Les magasins et bureaux de la rue principale de Warren étaient obscurs et silencieux. Dans les rues latérales, quelques fenêtres étaient éclairées, et l'on apercevait çà et là la lueur insidieuse d'un poste de télévision mais, pour l'essentiel, la petite ville du delta était endormie pour la nuit. Aucune autre voiture ne roulait sur la route.

Carl gara la Suburban sur le parking situé derrière le bâtiment de brique rouge de la mairie, coupa le contact. En descendant du véhicule, ils furent aussitôt enveloppés par une vague de chaleur et d'humidité. Il montait du fleuve à cet endroit une odeur fétide. Il entendit un chien aboyer quelque part et, au loin, un train de marchandises. Amanda s'escrima sur le trousseau de clefs du conseiller municipal jusqu'à ce qu'elle eût trouvé celle qui ouvrait la porte de derrière. Ils entrèrent, refermèrent la porte derrière eux, allumèrent la lumière.

Si quelqu'un passait dans le coin, il croirait que Luther travaillait tard, leur avait dit Mama. Il en avait l'habitude.

Ils se retrouvèrent dans une remise pleine de fournitures de bureau. Il y avait deux portes, l'une menant aux toilettes, l'autre à un couloir. Ils remontèrent le couloir jusqu'au bureau de Heller, la pièce aux murs tapissés de dessins de Harry Wagner. Les croquis avaient tellement impressionné Carl qu'il n'avait rien vu d'autre dans le bureau.

C'est Amanda, reporter éprouvée, qui avait remarqué l'ordinateur.

Il n'était pas posé sur le bureau de Heller, soigneusement rangé, mais sur une table, dans un coin de la pièce, sous un panneau d'affichage. Une pancarte écrite à la main rappelait qu'il fallait toujours éteindre l'appareil, qu'on ne devait pas consommer des boissons ou de la nourriture à proximité. Dessous, il y avait une liste où les employés municipaux voulant utiliser l'ordinateur apposaient leur signature. Latwanna Brisbee, du secrétariat, l'avait réservé pour le lendemain, de neuf heures à dix heures. Une autre liste recueillait les noms de ceux qui souhaitaient suivre les cours d'initiation à l'informatique donnés chaque mardi soir par le conseiller Heller lui-même.

— C'était un homme bon, dit Carl d'une voix tendue. Il ne méritait pas de mourir.

— Personne ne mérite de mourir. En tout cas, pas de cette façon.

Carl ne répondit pas mais il se rappela la douleur causée par les coups de pied de Payton. Le plaisir animal que ce salaud prenait à infliger cette souffrance. Et le plaisir qu'il avait lui-même éprouvé en le voyant s'effondrer. *Si, il y a des gens qui méritent de mourir.*

Amanda s'assit devant le PC, le mit en marche, parcourut rapidement du regard la liste des codes d'accès fixée sur le côté du moniteur.

— Ça doit être de la folie en ce moment dans la salle de

presse, dit-elle en se connectant. Le suicide d'un président... De la super-dope pour les accros de l'action...

Carl, qui se tenait derrière elle, lui caressa les cheveux.

— Désolé de te faire manquer ça.

Elle lui prit la main, la pressa.

— Si c'est d'action que tu parles, il y en avait à la pelle, la dernière fois que j'ai regardé... Ça y est, j'ai Shaneesa !

Salut, ma biche. Quoi de neuf ?

La réponse de Shaneesa fut instantanée :

Un Blanc très puissant du nom de Tom Machin-chose s'est refroidi. Sinon, la routine. Et toi ?

J'attendais de tes nouvelles, trésor.

Carl se pencha nerveusement vers l'écran pour déchiffrer le message de l'experte en piratage.

J'ai deux choses pour toi. D'abord, j'ai trouvé, pour « Bienvenue ». Le mot lui-même ne donnait rien, alors, je l'ai trituré et j'ai finalement découvert que c'est un code. Chaque lettre correspond à un nombre selon sa place dans l'alphabet. 1 pour A, 26 pour Z... Pour compliquer un peu, il a renversé l'ordre : 25 pour B, etc. Tu m'as dit que ton gars était sur le point de partir en voyage, je me suis concentrée là-dessus. Quand les gens cherchent à disparaître, il y a souvent du fric à la clef. Finalement, Bienvenue est le numéro d'un compte dans une banque des îles Caïmans. La version informatisée du bon vieux compte en Suisse. Ce compte a été ouvert il y a quatre jours et, tiens-toi bien, on y a versé immédiatement cinq millions de dollars. Pas mal, non ?

— On dirait que Harry s'était constitué un gentil petit fonds de retraite, commenta Carl.

— Sauf que quelqu'un avait une autre définition du mot « retraite », dit Amanda.

— Bon Dieu, qu'est-ce qu'il savait, Harry ?

— Probablement tout. Qui t'a embauché. Qui tire les ficelles. Ce qu'il savait valait cinq millions de dollars.

Amanda se remit à taper, et la réponse de Shaneesa apparut presque aussitôt sur l'écran :

Hé, tu pourrais au moins reconnaître mes mérites ! Je me suis déjà lancée dans une recherche drôlement difficile sur l'origine des dollars. J'ai pensé que ça pourrait intéresser vos esprits curieux.

Je te reconnais tous les mérites que tu voudras. Pendant que tu y es, vois qui finance Astor Realty Management, Amsterdam Avenue, New York. C'est quoi la deuxième nouvelle ? Me fais pas languir.

J'ai reçu un e-mail TRÈS étrange. Tu peux me croire, c'est parce que j'ai une sacrée dette envers toi que je me suis pas encore lancée là-dessus à titre professionnel. J'ai décidé de t'accorder 24 heures : t'en as déjà grillé 14.

Qu'est-ce qu'il dit, ce message ?

Je le l'envoie. Fais gaffe à toi, ma caille. Mes amitiés à l'heureux élu. Il a intérêt à assurer.

Amanda s'abstint de répondre, ce qui lui valut un coup de coude de Carl.

— Tu crois pas que tu devrais taper quelque chose comme « Il assure un max » ?

— Je suis en train de recevoir, là, Mister Macho, lui fit remarquer Amanda.

— Vous faites quoi ? De la radio amateur ? Depuis quand on ne peut pas émettre et recevoir en même temps ?

— Tais-toi un peu. Tiens, le voilà...

Ils se mirent à lire en silence.

Date : mercredi 15 juillet 7 h 34 EDT[1]
Exp : Perethad @ aol. com
Sujet : ce n'est pas une plaisanterie.
Dest : Sperryman @ dcjoumal. com

Chère miss Perryman, Je suis les nouvelles en-ligne avec un vif intérêt depuis mon arrivée ici. Il se trouve que j'ai lu votre article très émouvant sur votre rédactrice en chef et amie Amanda Mays. Après avoir longtemps tergiversé, j'ai décidé de prendre contact avec vous. Vous êtes, me semble-t-il, une personne sincère et dévouée. Comme il faut bien que je fasse confiance à quelqu'un, mon choix s'est porté sur vous. Vous me prendrez peut-être pour un cinglé ou un farceur. Je peux vous assurer que je ne suis ni l'un ni l'autre. Je me trompe peut-être, mais je suis tout à fait sérieux. Et je cours de grands risques.

Comme votre amie et son compagnon, Carl Granville.

Si vous n'êtes pas en contact avec eux, oubliez ce message. N'essayez pas de me joindre ou de me trouver. Je serai parti. Si, par hasard, vous savez comment entrer en contact avec miss Mays ou Mr. Gran-

1. Heure d'été de l'Est. *(N.d.T.)*

ville, vous devez les prévenir tout de suite. J'ai des raisons de croire que la mort du président Adamson a été causée par un complot politique ourdi à un très haut niveau. Peu de gens savent ce que cache en réalité son suicide, si tant est qu'on puisse parler de suicide. Le terme « meurtre » conviendrait mieux, mais c'est un débat qu'il faut reporter à plus tard, quand nous aurons le loisir de réfléchir calmement. Pour le moment, c'est un luxe que nous ne pouvons nous offrir.

Des faits extrêmement alarmants ont été portés à ma connaissance. Comme je les ai entendus sous le sceau du secret, je ne puis vous les communiquer. Je peux simplement vous dire qu'il est capital que j'entre en contact avec Carl Granville.

Vous mentionnez dans votre article qu'il avait été engagé comme nègre pour écrire un ouvrage politique. Or une éditrice new-yorkaise en vue est assassinée et on le désigne aussitôt comme le coupable. Il se réfugie à Washington pour demander l'aide de miss Mays, une journaliste. Sa maison est détruite par un incendie et un agent du FBI est retrouvé mort à proximité. Là encore, on accuse immédiatement Carl Granville, jeune auteur de talent qui n'avait jusque-là commis aucun crime. Cela ne vous paraît pas étrange ?

À la lumière de ce que je sais, cela est très étonnant, croyez-moi.

J'en sais trop. Carl Granville et votre amie aussi. C'est pour cette raison qu'on le traque comme un animal. Ils ne peuvent laisser en vie un homme capable de ruiner leurs plans.

Si je rencontre Carl et Amanda, je pourrai les aider. Et ils pourront m'aider aussi. Ensemble, nous réussirons peut-être à nous tirer de cette situation.

Il n'est peut-être pas trop tard.

Je vous en prie, si vous leur parlez, dites-leur que je me trouve à la retraite Sainte-Catherine-de-Gênes, près de Paint Gap, dans les montagnes qui se dressent à la sortie d'Asheville, en Caroline du Nord. Je n'y resterai qu'un jour de plus. Il faut que je continue à fuir. Et à chercher des réponses.

Si vos amis ont besoin d'arguments plus convaincants pour me croire, dites-leur deux choses : je suis au courant pour le manuscrit que Carl écrivait ; je suis au courant pour Gideon.

Si ces mots n'ont aucun sens pour eux, oubliez cet e-mail ; effacez-le immédiatement de votre ordinateur, miss Perryman. L'y laisser serait dangereux pour moi, pour vos amis, et probablement même pour vous.

Merci de votre attention.

Père Patrick Jennings

Amanda fixa un moment l'écran puis finit par lâcher :

— C'est le prêtre porté disparu. Celui dont on a retrouvé la voiture au bord du Potomac.

Carl lui pressa fortement les épaules.

— Il sait. Il sait ce qui se passe.

— Comment le pourrait-il ?

— Comment les prêtres entrent-ils généralement en possession de secrets personnels ?

— Oh mon Dieu ! fit lentement Amanda. Il s'est confessé. (Elle se retourna pour faire face à Carl, scruter son visage de ses yeux verts.) Adamson s'est confessé ! Qu'est-ce que nous allons faire ?

— Je pense qu'il faut suivre les instructions de Luther et éteindre l'ordinateur.

— Et ensuite ?

— Ensuite on fonce à Paint Gap, Caroline du Nord.

Il était un peu plus de quatre heures du matin quand le Lear descendit et se posa en douceur à l'aéroport régional d'Asheville, situé dans les faubourgs sud de la charmante vieille ville d'eaux de Caroline du Nord.

Le Liquidateur s'était changé une demi-heure avant que les roues de l'avion ne touchent la piste.

Ce ne fut pas difficile : la transformation physique — vêtements, cheveux, apparence — ne lui posait jamais de problème. Pour le poids, il ajoutait ou retirait du rembourrage ; quant aux cheveux, il savait les colorer, les couper, les coiffer aussi bien qu'un professionnel. Les uniformes étaient extraordinairement convaincants, et il n'avait aucun mal à se les procurer : il suffisait de les acheter. Pour la voix aussi, c'était facile. Depuis l'enfance, il avait des dons d'imitateur. Non, la transformation physique ne posait pas de problème. Le Liquidateur était capable d'interrompre une conversation dans une pièce bondée, de passer un quart d'heure dans n'importe quel lieu tranquille possédant un miroir, de revenir dans la pièce et de reprendre la conversation... totalement méconnaissable.

Il n'y avait pas de quoi être particulièrement fier. C'était utile, sans plus.

Changer mentalement, c'était une autre affaire.

Il était beaucoup plus difficile de changer mentalement. De *devenir* une autre personne. D'agir différemment, de penser différemment. C'était un art. Un art qui réclamait du génie, le Liquidateur en était convaincu. Il fallait comprendre les gens. Et se comprendre soi-même. Pas simplement la personne que vous étiez vraiment mais celle que vous étiez aux yeux des autres. Les gens voient ce qu'ils ont envie de voir, ils croient ce qu'ils ont envie de croire. En particulier quand ils sont amoureux, ou sur le point de mourir.

Sous une apparence nouvelle, le Liquidateur descendit donc les marches de l'avion et s'avança, un peu raide dans une tenue non familière, dans la fraîcheur des Smoky Mountains avant l'aube. Ses vêtements le serraient, en particulier à la gorge, mais leur efficacité était indéniable. En le voyant, les gens adoptaient aussitôt une attitude respectueuse, et le vieux porteur qui se tenait sur le trottoir alla même jusqu'à soulever sa casquette rouge en lui demandant s'il pouvait l'aider. Le Liquidateur déclina avec un sourire aimable.

Il était sûr de l'amabilité de son sourire : il avait répété devant le miroir des toilettes de l'avion pendant quelques minutes en s'habillant.

Une voiture de location — Toyota Celica blanche — l'attendait sur le parking moyenne durée, portières non verrouillées, clefs sous le siège avant. Avec les compliments de lord Augman. Travailler pour lui présentait des avantages sur le plan de l'intendance comme sur celui du renseignement. Quand le Liquidateur avait embarqué à Oxford, Mississippi, les services d'Augman avaient déjà préparé un dossier détaillé sur le père Patrick Jennings, les détails de sa vie, la liste de ses confidents les plus proches et — informations plus intéressantes encore — la liste des appels de son téléphone portable, avec le nom et l'adresse de chacune des personnes à qui il avait parlé dans les vingt-quatre heures précédant sa disparition. Le hasard voulait que lord Augman détienne des parts substantielles dans la compagnie à laquelle le prêtre était abonné. D'ailleurs, lord Augman détenait des parts substantielles dans toutes les grandes compagnies de téléphone cellulaire. Sauf une, qu'il possédait en totalité.

Le Liquidateur avait pris la suite. C'est lui qui avait orienté les recherches sur le cardinal O'Brien, lui qui avait demandé au pilote de prendre la direction de l'aéroport de Baltimore, lui qui avait découvert que Son Éminence aimait faire un tour dans la basilique chaque soir avant de se coucher. Un jeune prêtre extrêmement tendu, extrêmement efféminé, lui avait servi de source d'informations. On retrouverait son corps dans la matinée à moins de cinq mètres de celui du cardinal, tenant dans sa main sans vie le pistolet qui avait tué O'Brien. Le Liquidateur s'était aussi servi de cette arme pour tirer une balle dans la voûte du palais du père Gary. L'autopsie montrerait que le coup avait été tiré à bout portant, et révélerait en outre que le jeune prêtre avait éjaculé peu avant sa mort. On retrouverait des traces de son sperme sur la langue et les lèvres du cardinal, ainsi que sur la paume et plusieurs doigts de la main droite du vieux prélat. En cherchant bien, la police découvrirait aussi quelques poils pubiens de Gary sur la manche d'O'Brien.

Dieu est dans les détails, comme le pensait humblement le Liquidateur.

On conclurait à un meurtre suivi d'un suicide. Il en était sûr, il avait utilisé la même technique deux ans plus tôt pour éliminer un juge de cour d'appel récalcitrant à Saint Louis. Lord Augman estimait que le magistrat avait un comportement déraisonnable dans le cadre d'une affaire antitrust, quelque chose comme ça, le Liquidateur ne se rappelait plus exactement.

Il monta dans la Toyota de location, recula le siège pour donner plus de place à ses jambes et alluma le plafonnier. Après avoir longuement étudié une carte routière de la région, il démarra, sortit du parking, engagea la Celica blanche sur la route 26, en direction de la Blue Ridge Parkway, célèbre voie touristique qui serpentait autour du mont Mitchell et aboutissait à un lieu nommé Paint Gap.

Il leur fallut une heure pour gagner Memphis par la 61, cinq longues heures de plus pour arriver à Knoxville en suivant la 40 en direction de l'est par une nuit sans lune. Outre tous les accessoires connus à Detroit, la Suburban était équipée d'un détecteur de radar ultraperfectionné. C'était une bonne chose. Ils ne pouvaient se permettre de se faire arrêter pour excès de vitesse.

Ou pour n'importe quoi d'autre.

Ils firent halte dans une aire de services proche de Nashville pour remplir d'essence le réservoir sans fond de la voiture et eux-mêmes de hamburgers et de café. À Knoxville, la 40 mettait cap au sud pour pénétrer en Caroline du Nord. Il fallut encore une heure pour atteindre Asheville, ville de Thomas Wolfe et de la colossale maison de George Vanderbilt, Biltmore.

Grâce à une circulation fluide et à la semelle de plomb de Carl, ils arrivèrent un peu avant cinq heures du matin. Le gérant à demi endormi d'une épicerie ouverte toute la nuit indiqua à Amanda le chemin de Paint Gap. Il commençait à faire jour quand ils prirent la Blue Ridge Parkway. L'ascension du mont Mitchell, point culminant de l'Est américain avec ses deux mille deux cent vingt huit mètres, était à couper le souffle. La route plongeait abruptement dans des ravins profonds tapissés de lauriers, d'azalées, de myrtes et de rhododendrons. Tout en bas, où coulait un torrent, une brume matinale flottait dans l'air immobile. Une buse à queue rousse en quête de petit déjeuner tournait lentement au-dessus du brouillard.

Amanda arrêta la climatisation et baissa les vitres. L'air de la montagne était frais, propre, merveilleusement sec après le delta du Mississippi.

— C'est peut-être le plus bel endroit où je suis allée, dit-elle dans un murmure respectueux. J'aimerais y revenir plus tard et y passer un an...

— J'aimerais t'accompagner, fit Carl en écho.

Leur bref sentiment de sécurité et de solitude fut anéanti, en même temps que le silence de l'aube, par une sonnerie stridente. Un bruit si inattendu, si discordant, qu'il fallut un moment à Carl pour comprendre ce que c'était.

Le téléphone de la Suburban.

Carl le considéra d'un regard incrédule ; Amanda le fixa elle aussi d'un air sidéré, comme si elle n'avait jamais entendu pareille chose de sa vie. Ni l'un ni l'autre ne tendirent la main vers l'appareil.

Il sonna une seconde fois.

Ils se regardèrent.

Troisième sonnerie.

Carl saisit le petit téléphone noir compact, appuya sur le bouton, le porta à son oreille. Le cœur battant, il avala péniblement sa salive et dit :

— Ouais ?

— Le travail est fait ? demanda la voix à l'autre bout du fil.

Une voix d'homme, à l'accent britannique. Impatiente, imbue de son importance. Une voix qui fit courir des frissons glacés sur la nuque de Carl. C'était *lui.* Carl parlait enfin au démon qui avait causé tant de morts et brisé tant de vies.

— J'ai des délais à tenir, poursuivit la voix d'un ton de reproche. Pourquoi ne m'avez-vous pas appelé ? J'ai besoin de savoir : sont-ils morts, oui ou non ?

La colère submergea Carl, qui serrait l'appareil à l'écraser. Quand il remua les lèvres, il ne reconnut pas sa propre voix tant elle était empreinte de rage contenue.

— La personne à qui vous souhaitiez parler n'est pas disponible, dit-il. Et je crains qu'il ne faille un appel *très* longue distance pour la joindre...

Un moment, Carl n'entendit qu'une respiration sifflante, puis :

— Bon Dieu, c'est vous ? Vous avez pris le meilleur sur ce pauvre Payton ? Voyez-vous ça... Vous avez beaucoup plus de ressources que je ne pensais, mon garçon...

— Soyons clairs, je ne suis pas votre garçon, répliqua Carl entre ses dents serrées.

— Quel dommage que nous ne nous soyons pas rencontrés en d'autres circonstances... C'est difficile de trouver un jeune homme brillant, indépendant et qui sache réfléchir. La plupart des gens de votre âge ont besoin d'être dirigés constamment...

— Bon, vous savez qui je suis. Pour que la partie soit équitable, dites-moi qui vous êtes.

— Ah ! Décidément, vous êtes bien jeune. Je suis navré, Carl, mais voyez-vous, nous avons atteint un niveau de notre petit jeu où l'on ne peut plus être équitable, j'en ai peur.

— Un jeu ? rugit Carl dans le téléphone. Vous avez détruit ma carrière, mon foyer, ma *vie*. Vous appelez ça un jeu ? Pourquoi vous m'avez fait cela ? Pourquoi *moi* ?

— N'y voyez rien de personnel, mon cher garçon.

— Qui êtes-vous ? Dites-le-moi, espèce de salaud !

— Cette conversation dégénère. Je vais devoir raccrocher, Carl.

— Je vous aurai ! Je vous trouverai et je vous ferai payer ! Je vous le promets !

Mais la communication était déjà interrompue. De rage, Carl abattit le téléphone sur le volant de la Suburban, une fois, deux fois, trois fois avant qu'Amanda ne parvienne à le lui prendre.

— Arrête, ordonna-t-elle. Nous en aurons peut-être besoin.

Il avala une longue goulée d'air, la rejeta lentement, puis prit le téléphone dans la main d'Amanda et le reposa doucement sur son socle.

— J'ai envie de le tuer, déclara-t-il avec calme. Le trouver, et le tuer.

— Je sais, fit-elle, tout aussi calmement.

Ils quittèrent la Blue Ridge Parkway pour la 80, une étroite route de montagne qui se faufilait dans les bois et passait devant plusieurs retraites religieuses ou refuges New Age. On en trouvait un certain nombre dans les montagnes se dressant à la sortie d'Asheville. Des lieux où les gens venaient en quête de réponses, en quête de paix, en quête d'eux-mêmes. Paint Gap n'était guère plus qu'un carrefour. La retraite Sainte-Catherine-de-Gênes était située au bout d'une route de terre battue. Derrière une grande porte en rondins, une longue allée privée montait à travers la forêt, enjambait un torrent bouillonnant avant d'aboutir à un vaste chalet qui semblait surgir du flanc de la montagne. Il était en rondins, avec en son centre une grande cheminée de pierre d'où s'échappait une fumée sentant le feu de bois.

Une seule voiture, une Toyota Celica blanche, était garée devant la porte. Carl s'arrêta, coupa le moteur. En descendant de la Suburban, Amanda et lui entendirent la brise agiter les branches des pins, les oiseaux s'interpeller. Autrement, l'endroit était tellement silencieux qu'après les heures interminables passées sur les routes leurs oreilles se mirent à tinter. Amanda prit la main de Carl et la pressa.

— En quoi puis-je vous être utile, père Gary ? s'enquit poliment le père Thaddeus.

— J'espère que c'est moi qui pourrai vous être utile, répondit le Liquidateur.

Il remua sur sa chaise en bois, moins à cause de l'inconfort du siège que de la gêne occasionnée par ses vêtements, en particulier le col, raide et trop serré. Mais il ne fallait pas se montrer mal à l'aise : le « père Gary » était habitué à cette tenue, il avait choisi de la porter.

— Poursuivez, je vous prie, le convia le père Thaddeus.

C'était un quinquagénaire solidement bâti à la peau tannée par des années de travaux en plein air. Son visage bruni, ridé, rappelait au Liquidateur une pomme cuite au four.

Ils se trouvaient dans son bureau, dont le mobilier était d'une rusticité frôlant l'ascétisme. Le feu craquant dans la cheminée chassait de la pièce le froid matinal.

— Le père Patrick et moi avons été bons amis pendant un long moment, expliqua le Liquidateur, dont la voix prit un accent traînant. Je passais quelques jours chez mes parents à Murfreesboro quand le cardinal O'Brien m'a téléphoné pour m'informer que Pat était en résidence ici. Il a pensé — nous avons tous deux pensé — que ce serait une bonne idée que je fasse un saut ici pour prendre de ses nouvelles avant de retourner à Baltimore. Pour voir s'il a besoin de quelque chose. S'il a envie de parler...

— C'est très aimable à Son Éminence, murmura le père Thaddeus, qui joignit l'extrémité de ses index pour soutenir son menton. Et à vous.

— Comment va-t-il ?

Le père Thaddeus but une gorgée de café en silence. Le breuvage dégageait un arôme alléchant et le Liquidateur y aurait volontiers goûté, mais il avait refusé quand le vieux prêtre lui en avait offert une tasse : il ne voulait pas laisser des empreintes ou des traces de salive.

— J'aimerais pouvoir vous répondre, dit finalement le père Thaddeus d'une voix chargée de regrets. Le père Patrick est venu ici en quête de paix et de réconfort. Il est tellement tourmenté qu'il entend à peine son nom quand je le prononce. Quelquefois, je le découvre devant l'ordinateur de notre bureau. Occupé à quoi ? Je n'en ai aucune idée. Il passe le plus clair de son temps à marcher seul dans les bois. Ou à grimper jusqu'au rocher de Notre-Père...

Le Liquidateur, se pencha, intéressé.

— Le rocher de Notre-Père ?

— Il y a derrière le chalet un étroit sentier qui mène au sommet de la montagne. Ce pic est le plus élevé à la ronde. Le rocher offre une vue admirable dans toutes les directions. C'est un lieu tranquille et isolé, idéal pour la contemplation. On y a construit une cabane, il y a de nombreuses années.

Le Liquidateur cita l'Évangile selon saint Matthieu :

— « Le sage bâtit sa maison sur le roc. »

— Tout à fait, approuva le père Thaddeus, un sourire ridant son visage hâlé. Ce n'est qu'un abri rudimentaire, à peine assez grand pour recevoir un lit de camp et une table. Certains y montent lire et méditer ; d'autres, comme Pat, y restent dormir. Quand le jour se lève, le soleil paraît si chaud, si proche, qu'on a presque l'impression qu'il suffit de tendre le bras pour toucher la main de Dieu. (Il regarda par la fenêtre de son bureau.) Pat doit être là-haut en ce moment, je suppose.

— Puis-je le voir ?

— Bien sûr. S'il le souhaite. (Le père Thaddeus se leva, ouvrit une porte donnant sur le jardin.) Et le seul moyen de le savoir, c'est d'essayer.

Le Liquidateur sortit dans la fraîcheur matinale.

— Essayer, c'est tout ce que nous pouvons faire dans la vie, philosopha-t-il. Avec l'aide de Dieu, il nous est parfois donné de réussir.

Une fois de plus, il ne trouvait pas le sommeil. Une fois de plus, le père Patrick Jennings passa les heures précédant l'aube à feuilleter fébrilement les pages cornées de sa bible à la lueur tremblante d'une petite lampe à pétrole, claquant des dents malgré la couverture en laine grossière jetée sur ses épaules.

Il cherchait des réponses. Il cherchait la vérité.

Désespérément.

Mais il ne trouvait aucun réconfort dans ces pages familières. Rien que des platitudes propres à endormir l'esprit. Ou d'autres questions. Comme dans Jérémie : « Tu seras délivré parce que tu as cru en Moi. » *Quand, Seigneur ? Quand ma foi sera-t-elle récompensée ?* Comme dans l'épître aux Corinthiens : « Dieu illuminera les choses cachées dans l'obscurité. » *Comment, Seigneur ? Je T'en prie, montre-moi comment, car je suis perdu dans les ténèbres. Montre-moi où trouver la sagesse. Je T'en supplie, mon Dieu, montre-moi le chemin.*

Le whisky l'aurait aidé, il en était sûr. Il l'aurait réchauffé, apaisé. Il aurait érigé des barrières devant ces couloirs sombres où il n'y avait qu'angoisse et terreur à espérer. Le whisky l'aurait fait dormir... Mais jeter au loin cette béquille était une des raisons pour lesquelles il était venu dans cette retraite. Apprendre à marcher de nouveau sur ses deux jambes, porté par ses seules forces. Marcher vers l'aube.

Si seulement cette aube-là voulait se lever.

Non, il ne pouvait pas boire maintenant, il avait besoin de

penser clairement. L'enjeu était trop grand pour qu'il risque de faire un faux pas. Était-ce un faux pas, le message électronique envoyé à cette journaliste de Washington ? Un risque, en tout cas. S'il s'était trompé sur le compte de Granville et Mays, ce message était une catastrophe. Ses ennemis s'abattraient sur lui tels des vautours sur une charogne. Il avait soigneusement réfléchi, cependant. Il avait pesé tous les détails. Le président Adamson lit le début d'un manuscrit relatant son passé tragique. Un jeune auteur est engagé pour écrire des Mémoires secrets ; son éditrice et d'autres personnes autour de lui sont assassinées, il est accusé de ces meurtres ; il cherche refuge auprès d'une journaliste de Washington dont la maison est ravagée par le feu et ils s'enfuient ensemble... Question : fuient-ils parce qu'ils sont coupables ou parce qu'ils sont innocents ? Cela se tenait, il le sentait. Le jeune écrivain avait été embauché à son insu par ceux qui essayaient d'éliminer le président. S'ils voulaient détruire le président, ils n'hésiteraient pas à écraser Granville. Adamson, dans sa confession, avait dit qu'ils n'hésiteraient devant rien, et qu'ils étaient assez puissants pour que rien ne les arrête.

Non, il ne savait pas s'il avait bien fait d'envoyer le message, mais, sous les doutes et les spéculations, il y avait la seule chose dont il était sûr : un crime terrible avait été commis, et il devait faire quelque chose. Mais quoi ?

Si seulement je trouvais la réponse, gémit intérieurement le père Patrick, assis dans la petite cabane en haut du rocher. Perché, seul et vulnérable, dans le noir, il attendait l'aube en tremblant. Belle métaphore de la crise personnelle qu'il traversait, observa-t-il tristement. De tous les côtés sauf un, la montagne tombait à pic dans le ravin. Il n'y avait qu'un sentier conduisant en lieu sûr.

Aide-moi à trouver le chemin, Seigneur. Aide-moi avant que je ne sombre irrémédiablement dans la folie.

Aux premières lueurs violettes de l'aube, quand il commença enfin à discerner les formes des rochers autour de lui, le père Patrick sortit de la cabane. Marcher était pour lui le seul moyen d'échapper à ses démons. Il demeura d'abord sur la sente qui contournait les affleurements de roche nue pour redescendre vers la forêt, mais, au bout d'une centaine de mètres, il la quitta pour s'enfoncer dans les broussailles. Les branches et les épines déchirèrent ses vêtements, lacérèrent ses mains et son visage. Au lieu de rebrousser chemin, il accéléra l'allure, insensible au sang qui coulait dans ses yeux. Il marcha plus vite encore, se mit à courir comme un ours, un grondement animal au fond de la gorge. Il trébucha et tomba plusieurs fois, se tordit la cheville, s'écorcha les genoux, les coudes, les paumes. Il heurta violemment un rocher de son épaule droite et perdit toute sensation dans le bras mais il n'arrêta pas. Il continua jusqu'à ce que, épuisé, il s'effondre sur ses genoux ensanglantés, tremblant, sanglotant, baigné de sueur. Et il pria : *Seigneur Dieu, j'ai atteint mes limites. Tu m'as toujours promis de ne pas m'infliger plus que je ne pourrais supporter. Je n'en peux plus, Seigneur. Je suis à genoux, brisé, couvert de sang. Délivre-moi, Seigneur, car j'ai foi en Toi. Sauve-moi.*

Le père Patrick resta plusieurs minutes agenouillé, les yeux clos, avant de se relever et de regarder autour de lui, sans rien voir. Remettre de l'ordre dans ses pensées, dresser la liste des priorités, voilà ce qu'il devait faire. Il allait retourner à la cabane, il se laverait le visage, changerait de vêtements, descendrait manger... Il acheva de se ressaisir en récitant sa liste à voix haute, regagna le sentier et monta vers le rocher de Notre-Père.

Quand il y parvint, le soleil se levait au-dessus du mont Pisgah, brillant et chaud. Ébloui, le père Patrick mit un moment à se rendre compte qu'il n'était pas seul. Un autre prêtre se tenait sur le rocher, dangereusement proche du bord, et contemplait la vue.

— Le père Thaddeus a raison, dit l'inconnu d'un ton admiratif. On a presque l'impression de pouvoir toucher la main de Dieu.

Il tourna la tête, sourit au père Patrick. Il était jeune et d'une beauté peu commune, avec des dents éclatantes, une peau sans défaut, de magnifiques cheveux noirs. Son corps mince mais athlétique se découpait dans la lumière du matin et semblait rayonner de bonté et de gentillesse.

— Bonjour, père Patrick.

— Q-qui êtes-vous ?

— Je suis la réponse à vos prières, dit le jeune prêtre avec douceur.

Le sentier était terriblement escarpé, et Amanda ne tarda pas à découvrir qu'elle n'était pas en état de grimper jusqu'au sommet. Elle était à bout de nerfs, à bout de forces, et son corps ne s'était pas encore habitué à l'air raréfié de la montagne. Elle peinait à respirer. Elle avait la tête légère et les jambes pesantes, comme si on y avait accroché des boules de plomb. Devant elle, sur le sentier étroit, Carl respirait difficilement lui aussi. Mais ils ne pouvaient s'arrêter.

Parce que quelqu'un d'autre cherchait aussi Patrick Jennings.

C'était ce que le père Thaddeus leur avait dit : un jeune prêtre les précédait de quelques minutes.

Qui était-il ? Que voulait-il ? Arrivaient-ils trop tard ? Se pouvait-il qu'après tant de jours et de nuits à courir, tant de kilomètres parcourus, ils arrivent trop tard ?

— Je ne pourrai pas, Carl, fit Amanda, pantelante.

— Si, tu peux, répondit-il, haletant lui aussi. Il le faut.

Les cent derniers mètres étaient de loin les plus épuisants : de la roche nue, une pente quasi verticale. Amanda grimpait à quatre pattes, maintenant. Tous les muscles de son corps tremblaient et elle se demanda si son cœur, à force de marteler sa poitrine, n'allait pas la transpercer.

Le sentier aboutit enfin à un rocher plat sur lequel une cabane était posée comme un nid d'aigle. Amanda entendit quelqu'un parler mais le sang battait si fort dans ses oreilles qu'elle distingua mal les mots. Quelque chose comme « Je suis la réponse à vos prières ».

Deux prêtres se tenaient au bord du rocher. Derrière eux, la pente tombait à pic.

L'un d'eux était Patrick Jennings. Amanda le reconnut bien

qu'il eût l'air d'avoir été attaqué par un tigre. Il avait le corps lacéré, les vêtements en lambeaux, le regard vitreux. Mais il était vivant.

Ils n'arrivaient pas trop tard.

L'autre prêtre, le jeune, était grand et mince, avec une chevelure noire ondulée, un front haut et lisse. Étrangement beau. Lorsqu'il entendit leurs pas lourds sur le rocher, il se retourna et leur sourit. Un sourire rassurant. Aimable. Rayonnant de calme et de sérénité.

Il s'attendait à leur arrivée, semblait-il.

— Je me demandais si tu y arriverais, Carl, fit le jeune prêtre d'une voix douce. Ou est-ce que je dois continuer à t'appeler Granny ?

Amanda vit la figure de Carl perdre quasiment toute couleur. Que se passait-il ? Pour une raison quelconque, il semblait stupéfait. Sidéré. Il plissa les yeux, se mit à respirer par petits coups rapides. Que se passait-il ? Pourquoi Carl était-il si... bouleversé ?

— J'avais envie de te voir, poursuivit le prêtre avec un sourire enjôleur. J'avais envie que tu me voies... (La confusion d'Amanda fut à son comble quand il se tourna et dit :) Pat, laissez-moi vous présenter Carl Granville. Je crois que vous savez tout de lui.

Le père Patrick, le regard encore vague, murmura à Carl d'un ton hésitant :

— Je suis soulagé que vous soyez venu. Je ne savais même pas si vous aviez reçu mon message.

Carl ne lui répondit pas, ne lui accorda pas même un regard. Il ne pouvait détacher ses yeux de l'autre prêtre, qu'il contemplait, bouche bée, avec une expression au-delà de la stupeur, maintenant, au-delà de toute compréhension.

— Tu n'es pas soulagé, toi, Carl ? fit le jeune prêtre.

Carl secoua la tête comme pour chasser un horrible cauchemar. Il ouvrit la bouche, débita sur un rythme saccadé :

— Non... ce n'est pas possible... Non, non... Tu es... morte. Je t'ai vue morte...

— Tu as vu quelqu'un que tu as pris pour moi. Un corps sans visage.

— Carl, explique-moi, je ne comprends pas, intervint Amanda.

— Qui es-tu vraiment ? lança-t-il au jeune prêtre.

— Je suis qui j'ai besoin d'être, répondit-il avec un accent de triomphe. Je suis ce que j'ai besoin d'être.

Son expression avait commencé à changer, passant de la sérénité à la sensualité provocante. Les contours de son visage s'adoucirent, ses reins se cambrèrent avec une grâce féline. Même la voix, perdant de sa gravité, se fit plus mélodieuse, plus aguicheuse.

— Ce n'est pas possible, répéta Carl dans un souffle.

— Oh mais si ! Crois-moi.

Le jeune prêtre se tourna vers le père Patrick, qui se tenait immobile au bord du rocher.

— Pensez-vous que Dieu sauve ceux qui croient ? lui demanda-t-il. (Voyant Patrick Jennings acquiescer de la tête, il ajouta :) Alors, préparez-vous à être sauvé.

Il tira de sous sa veste un pistolet semi-automatique, mais Carl plongeait déjà sur lui.

La balle manqua le père Patrick.

Amanda comprit au moment où Carl et la personne vêtue en prêtre tombaient ensemble, enlacés comme les amants qu'ils avaient été.

Ce fut violent, ce fut vicieux. Toni était presque l'égale de Carl sur le plan physique. Elle mesurait un mètre quatre-vingts, elle avait un corps musclé et, surtout, elle savait se battre. Sans cesse en mouvement, elle multipliait les attaques : le fauchant de la jambe, lui expédiant un genou dans le bas-ventre, lui plantant les doigts dans les yeux, le mordant au poignet comme un chien enragé. Impuissante, Amanda les regardait se disputer l'arme, rouler de plus en plus près du bord du rocher.

Carl réussit à saisir la gorge de Toni, serra pour l'étouffer, mais elle se dégagea et emprisonna son cou entre ses jambes. Il ne pouvait plus respirer, son visage devenait violacé. Dans un dernier effort désespéré, il ramena son bras en arrière et la frappa au nez de toutes ses forces. L'os craqua, le sang gicla ; Toni desserra l'étau de ses jambes, lâcha le pistolet. Carl s'élança, les mains tendues ; Toni aussi. L'arme glissa sur la roche.

Jusqu'aux pieds d'Amanda.

Elle la ramassa vivement. Jamais elle n'avait eu en main un pistolet chargé. Il était étonnamment lourd et froid. Elle demeurait sans bouger, fascinée par le reflet bleu de la crosse au soleil. Tout parut alors se dérouler au ralenti : Carl et Toni se rendant compte qu'Amanda avait l'arme... se relevant, ensanglantés et meurtris, haletants... tournant leurs yeux vers elle.

— Tire, Amanda, lui ordonna Carl d'une voix dénuée d'émotion. N'hésite pas. Ne réfléchis pas. Tire.

— Le cran de sûreté est défait, Amanda, fit observer Toni sans la moindre trace de frayeur. Il suffit de viser et d'appuyer sur la détente.

— Tire, répéta Carl. Maintenant.

Amanda leva l'arme, la braqua sur la femme, le bras tendu comme pour repousser un animal sauvage. Ses mains tremblaient, ses genoux tremblaient. Elle essaya de parler, pas un son ne sortit de ses lèvres.

Toni fit un pas vers elle.

— Vas-y, tire, la défia-t-elle. Montre-nous ce que tu sais faire.

Amanda entendit un murmure à côté d'elle : c'était le père Patrick qui priait. Elle avait oublié sa présence.

— Tue-la, Amanda ! cria Carl. Tue-la avant qu'elle nous tue tous les trois ! Comme elle a tué les LaRue, et Shanahoff, et Harry, et Maggie, et cette pauvre fille innocente que j'ai trouvée dans son appartement...

Toni passa lentement sa langue sur la lèvre inférieure.

— Elle n'était pas innocente, Carl.

Il se rapprocha lui aussi de l'arme.

— Ce n'est pas un être humain, Amanda. C'est une tueuse professionnelle. Un assassin. Un animal. Tue-la.

Le doigt d'Amanda se contracta sur la détente ; sa main commençait à s'engourdir.

Toni était à deux mètres d'elle, maintenant, ses lèvres sensuelles étirées en un sourire méprisant.

— Carl a léché tout mon corps avec sa langue, dit-elle d'une voix rauque. Il n'avait jamais assez de moi, c'est ce qu'il disait. Il n'arrivait pas à se rassasier...

— Tire, bon Dieu ! cria-t-il.

Amanda ne voyait plus très bien, à cause des larmes qui lui emplissaient les yeux. Toni continuait à avancer, à parler d'une voix enjôleuse :

— Quand je l'ai pris dans ma bouche, il m'a dit que personne ne l'avait jamais sucé comme ça. Il t'a dit ça à toi ? Réponds-moi. Je meurs d'envie de savoir...

— Tire ! cria Carl une fois de plus.

Et Toni bondit sur Amanda.

Elle ne pouvait pas.

Amanda n'avait pas la force de tirer sur Toni, il le savait. Il ne le lui reprochait pas. Il ne pensait pas qu'elle était lâche. Il ne pensait rien. Ce n'était pas le moment de penser. C'était le moment d'agir. De rester au niveau de Toni qui se rapprochait peu à peu de l'arme. De rester concentré.

Bien qu'il fût encore abasourdi de revoir la jeune femme. Il ne se remettrait jamais de ce choc. Il était non seulement sidéré de la voir en vie mais aussi de mesurer l'étendue de la toile qu'on avait tissée autour de lui. Sa complexité. Il ne devait pas penser à ça, il ne devait penser à rien d'autre qu'à son plan. Qu'est-ce que son vieil entraîneur leur serinait, au lycée ?

« Un champion ne pense pas. Un champion agit. »

— Tire ! cria-t-il, faisant un pas de plus vers Amanda et vers l'arme.

Toni bondit. Elle était agile, remarquablement rapide.

Mais Carl fut plus rapide. Il fut le premier sur Amanda, lui arracha l'arme des mains et, dans le même mouvement, expédia une balle dans le corps de Toni, l'arrêtant net.

Elle eut un hoquet étonné, demeura un moment immobile, le dos au vide, le visage grimaçant de douleur. Puis, lentement, elle se transforma. Son expression s'adoucit, ses yeux caressèrent Carl, l'attirant vers elle comme le jour où la passion les avait réunis. Comme s'ils étaient seuls sur ce rocher, sans Amanda, sans le père Patrick.

— Oh ! celle-là, je la sens jusque dans mes orteils, ronronna-t-elle.

Elle arracha son col, défit sa veste de prêtre, la jeta dans le vide et apparut devant lui, nue jusqu'à la taille, montrant à Carl ses seins magnifiques et fermes aux tétons dressés.

En la contemplant, il se rappela le goût de sa peau sous sa langue, son odeur délicieuse.

La balle avait pénétré juste au-dessus du nombril, perçant un petit trou d'où le sang commençait à couler. Toni considéra sa blessure d'un œil curieux puis releva la tête.

— Tu m'aimes, Carl ?

— Pour qui tu travailles ? lui demanda-t-il d'une voix calme. Qui te paie ?

Elle secoua la tête avec une moue affectée, comme une maîtresse qui ne consentirait à lui accorder la faveur demandée que s'il lui donnait un autre baiser.

— Fais-le-moi encore, Carl, gémit-elle.

— Qui est derrière tout ça ? dit-il.

Elle fit un pas vers lui.

— Fais-le-moi, chéri. Fais-le-moi bien.

La seconde balle la fit pivoter.

Elle regarda les montagnes et la vallée, le ciel : une nymphe admirant l'aube.

Elle se tourna une dernière fois vers Carl, tendit les bras vers lui.

— Encore, Carl... Encore... si tu m'aimes...

Il tira, une, deux, trois fois. L'impact des balles la projeta en arrière. Elle demeura un moment suspendue, tel un oiseau porté par un courant aérien, mais elle n'était plus qu'un corps lourd et mort qui n'avait pas sa place dans le ciel. Elle tomba en chute libre, se fracassa sur les rochers.

Secoué de frissons, Carl crut un instant qu'il allait vomir mais la nausée passa rapidement. Peu à peu, il reprit conscience de la présence des autres. Amanda, sa chère, sa douce Amanda...

— Je suis désolée, disait-elle. Je n'ai pas pu...

Il ne la laissa pas finir, la prit dans ses bras. Leurs bouches s'unirent, s'attardèrent l'une contre l'autre. Les lèvres d'Amanda avaient un goût de sel. Puis Carl la relâcha, se tourna vers Patrick Jennings, qui se signait en remuant les lèvres pour une bénédiction silencieuse.

— Mon père, je crois qu'il est temps que chacun de nous dise à l'autre ce qu'il sait...

33

L'aéroport Ronald Reagan, à Washington, était une maison de fous.

Les chefs d'État affluaient du monde entier pour les funérailles de Tom Adamson. Les voitures roulaient pare-chocs contre pare-chocs, les chauffeurs de taxi et de limousine juraient. Il y avait plus d'agents de sécurité aux portes, sur les pistes et près des tourniquets à bagages qu'on ne servait de tasses de café Starbuck.

Carl, Amanda et le père Patrick attendaient dans la voiture garée au parking courte durée, en face du terminal d'US Air. Shaneesa, cette bonne vieille Shaneesa que personne ne recherchait, que personne ne reconnaîtrait, attendait à la porte 9 la passagère très spéciale qu'ils étaient venus prendre.

Dans la voiture, tout le monde gardait le silence. Ils avaient parlé pendant des heures autour de la table grossièrement équarrie de la retraite, avec le père Thaddeus. Carl avait commencé, racontant son histoire depuis le début, n'omettant rien, ni les trous ni les événements qu'il ne savait pas relier entre eux.

Le père Patrick avait comblé les trous, établi les liaisons.

Après s'être signé et avoir imploré son pardon, il leur révéla la confession qu'il avait reçue à Washington. Il expliqua que le président Adamson l'avait déjà pris pour confesseur mais, à chaque fois, la rencontre avait été préparée et des mesures de sécurité prises. Pas cette fois-là : le président était accompagné d'un seul homme. Probablement un membre du Secret Service, avait pensé le prêtre, il en avait l'allure. Le père Patrick le décrivit à Carl et Amanda, qui reconnurent en lui Harry Wagner.

Harry Wagner avait conduit Tom Adamson au confessionnal ; il savait que le président avait parlé.

En termes précis, le prêtre résuma l'histoire qu'Adamson lui avait racontée. C'était, presque mot pour mot, celle que Carl connaissait. L'histoire de Gideon et du petit Tom Adamson, âgé de onze ans, qui l'avait assassiné.

Carl comprit alors comment on s'était servi de lui. Un manuscrit avait été envoyé à la Maison Blanche. Son manuscrit. La *First Lady*, à qui il était adressé, l'avait fait lire au président, qui en avait été atterré. Il n'y avait que deux personnes au monde qui connaissaient l'histoire de Gideon : sa mère, qui l'avait vécue, sa femme, à qui il l'avait confiée. La veille de leur mariage, il était tombé dans ses bras en pleurant et avait avoué son crime. Il ne se sentait pas capable d'entamer une union avec cette jeune femme qu'il aimait tant sans lui révéler le fond de son âme. Il lui avait donc raconté, en détail, comment il avait tué son seul frère. Elle connaissait déjà les ambitions de son futur époux, elle les partageait pour la plupart. Aussi s'était-elle contentée de le prendre dans ses bras et de le bercer. « Ce n'est plus ton secret, avait-elle dit. Dorénavant, c'est le nôtre, il nous unira plus solidement encore. Personne d'autre ne le connaîtra jamais. »

Ils n'en avaient parlé que deux autres fois, poursuivit le père Patrick. La première, quand Adamson avait découvert que sa mère tenait un journal. Avec l'âge, elle surveillait moins ses propos et avait laissé échapper cette confidence dans une conversation. Le président avait été pris de panique. Le souvenir lointain de son crime affreux revenait dans son esprit avec la puissance d'un train de marchandises. Cette nuit-là, pour la première fois de sa vie, Adamson s'était réveillé en hurlant. Elizabeth l'avait de nouveau pris dans ses bras pour le réconforter. Elle parlerait à sa mère, elle veillerait à ce que le journal intime soit détruit, ou gardé dans un endroit sûr. Elle serait là, comme toujours, pour le protéger. Il avait réussi à se rendormir, cette nuit-là, mais plus jamais il n'avait connu un sommeil paisible.

La seconde fois, c'était quand le manuscrit était arrivé à la Maison Blanche.

D'après le père Patrick, Elizabeth avait été bouleversée. Elle ne s'expliquait ni l'existence du livre ni sa mystérieuse apparition. Quelqu'un s'était emparé du journal intime, mais qui ? Adamson et elle avaient discuté de toutes les possibilités. Walter Chalmers, le candidat républicain à la présidence. Leurs autres ennemis politiques de la droite bigote. Les chacals des médias. Ils avaient même songé à Jerry Bickford. Adamson lui aurait-il révélé involontairement son secret après une soirée de beuverie ? Le vice-président était-il capable de s'abaisser à pratiquer le chantage pour réaliser son vieux rêve d'accéder au pouvoir suprême ?

Quelle qu'elle soit, la personne qui connaissait leur secret les tenait, ils en avaient conscience. Elle pouvait anéantir non seulement l'avenir d'Adamson mais aussi les réalisations de son passé. Même si le président échappait à un procès, la révélation de son crime ferait de lui un paria. Elle effacerait tout ce qu'il avait accompli, elle le chasserait non seulement du pouvoir mais de la société même. Il deviendrait un lépreux, rejeté comme d'autres avant lui dans l'histoire des États-Unis : Benedict Arnold, Aaron Burr, Richard Nixon.

Le président avait d'abord sérieusement envisagé de céder au chantage : de démissionner, pour sauvegarder sa réputation et son héritage. « Retire-toi, lui conseillait Elizabeth. Laisse-les gagner, ces salauds. » Pourquoi pas ? Ce serait plus sûr, et il trouverait enfin la paix. Mais Adamson était avant tout une bête politique. Son tempérament le portait à se battre. Au lieu de renoncer, il se tortura l'esprit pour trouver une solution. N'importe quelle solution, et celle qui finit par lui apparaître ne pouvait qu'être la bonne. Cette fois, il ne reculerait pas. Il ne fuirait pas comme il avait fui son enfance. Le président fit face à la vérité. Agenouillé dans le confessionnal de la Cathédrale américaine, il avait exposé au père Patrick les conclusions qu'il s'était contraint à accepter. Il avait tout dit au prêtre effondré : qui avait eu l'idée du manuscrit, qui l'avait réalisée, qui s'apprêtait à devenir le politicien le plus puissant au monde.

« Il y a un complice, avait révélé Tom Adamson. Cela n'aurait pas pu marcher sans un complice très puissant. Je crois savoir qui c'est. Je crois même savoir quand tout a commencé. Si j'ai raison, Dieu vous vienne en aide, mon père. Ils sauront que je vous ai parlé. Ils chercheront à vous tuer. Vous devez disparaître. Moi, je vais disparaître et, tout de suite après, vous aurez la preuve que ce que je dis est vrai. Elle sera sous vos yeux, en grandes lettres. Noir sur blanc. »

Aucun d'eux n'avait compris immédiatement ce que ces derniers mots voulaient dire. Il leur avait fallu attendre qu'Amanda eût quitté la table pour chercher désespérément une réponse, un indice quelconque dans les informations des services en ligne. Assise devant l'ordinateur du père Thaddeus, elle avait soudain appelé Carl. Il était accouru, avait regardé l'écran pardessus son épaule. Ils savaient maintenant.

Ils savaient qui était le complice très puissant. Ils savaient qui avait monté le chantage. Qui avait poussé le président au suicide. Qui avait essayé de les tuer. Ils connaissaient le nom de la mystérieuse source interne mentionnée par Maggie Peterson, des siècles plus tôt, semblait-il à Carl. Dans une autre vie.

« Elle sera sous vos yeux, avait dit le président Adamson au père Patrick. En grandes lettres. Noir sur blanc. »

En effet. Sous la forme d'un éditorial publié en première page par les *New York Journal, Washington Journal, Chicago Press, Los Angeles Post, Denver Tribune* et *Miami Daily Breeze* :

POURQUOI PAS LIZZIE ?

par Lindsay Augman
(président d'Apex Communications)

Mes amis, l'Amérique vit des jours dangereux. Alors que nous nous tenons au bord du précipice, prêts à sauter dans l'inconnu d'un nouveau siècle, notre pays affronte le plus grave des périls qu'il ait connus depuis la fin de la Seconde Guerre mondiale.

Jamais auparavant aucune nation n'a joui d'un pouvoir et d'un prestige aussi grands. Jamais aucun pays n'a connu une telle prospérité. Ni une telle responsabilité. Je n'exagère pas en affirmant que la stabilité du monde est entre nos mains. Nous sommes le puissant chef de ses forces armées, le maître de ses places boursières. Nous sommes sa boussole morale. Son espoir.

Et cependant, ici même, les forces de la tyrannie voudraient nous dire comment nous devons vivre et penser ; elles voudraient supprimer les libertés qui ont fait des États-Unis le plus grand pays de l'histoire du monde.

Et cependant, nous voyons ce qu'il faut bien appeler l'anarchie régner dans le Bureau ovale. Nous avons d'abord perdu tragiquement le président Thomas Adamson, qui avait lui-même perdu en chemin sa propre foi dans la vie. Son mentor, le président Bickford, se déclare maintenant incapable, sur le plan physique et mental, de relever le défi que l'avenir nous réserve.

Oui, mes amis, nous vivons des jours dangereux.

Nous aurons un choix à faire en novembre. Peut-être le plus important que nous ferons jamais. C'est pourquoi je prends la liberté de m'adresser à vous en personne, de vous exposer mon point de vue en toute humilité. Un point de vue tempéré par des années d'expérience dans mon pays d'adoption, l'Amérique, et forgé par les années passées dans ma Grande-Bretagne natale.

Il tient en trois mots :

Pourquoi pas Lizzie ?

Considérons l'autre choix possible. Walter Chalmers, sénateur du Wyoming, est un vétéran des guerres de tranchées au Congrès, un homme loyal envers son parti, un battant. J'admire ses principes conservateurs intransigeants et sa personnalité irréprochable. Mais le sénateur Chalmers peut-il conduire notre planète dans le vingt et unième siècle ? Est-il le dirigeant qui réussira à unir Est et Ouest, musulmans et chrétiens, protestants et catholiques, Arabes et Juifs ? Est-il capable de diriger l'économie mondiale complexe dont je suis la vivante illustration. J'en doute.

Alors, pourquoi pas Lizzie ?

Je reconnais volontiers que j'ai longtemps combattu les opinions de son mari. J'estimais que le président s'accrochait à son programme de droits de l'homme au détriment du progrès et de la croissance, qui auraient précisément permis l'épanouissement de ces droits. J'estimais qu'il faisait beaucoup trop confiance à la main lourde de la gestion gouvernementale, et pas assez à la main légère du marché. Mais, malgré nos nombreuses divergences, je n'ai jamais douté de l'intégrité de Tom Adamson ni de son intelligence. C'était un homme bon, un grand serviteur de la nation. Il mérite notre gratitude et notre respect. Il mérite des funérailles dignes de l'homme et de la fonction.

Pourquoi pas Lizzie ?

Les deux personnalités politiques les plus marquantes de ma vie adulte sont sans conteste Ronald Reagan et Margaret Thatcher. Le président Reagan fut le Grand Communicateur, un homme qui avait le don singulier de savoir parler simplement. Ce fut un dirigeant chaleureux et humain, un bâtisseur de ponts. Le Premier ministre Margaret Thatcher fut une tour inébranlable, un partisan résolu du libéralisme qui éloigna la Grande-Bretagne de l'effondrement économique et en fit l'entreprise dynamique et prospère qu'elle est aujourd'hui.

À mes yeux, Elizabeth Cartwright Adamson réunit les qualités de l'une et de l'autre.

Je connais Lizzie. J'ai passé plusieurs jours avec elle à la Conférence mondiale des pays en voie de développement, l'automne dernier, en Nouvelle-Zélande. J'ai uni mes efforts aux siens à Chicago, en mai, dans le cadre de la Croisade pour l'alphabétisation des enfants, quand je me suis engagé — à sa demande pressante et irrésistible — à rendre mes journaux plus accessibles aux enfants. L'hebdomadaire *La Page des gosses* et le mensuel *Le Magazine des jeunes*, entièrement rédigés par des écoliers, sont la preuve que cet engagement a été tenu par tous les journaux d'Apex en Amérique du Nord.

J'ai découvert que l'ex-Première Dame possède une vitalité et un enthousiasme sans limites. Elle a du cœur et de l'intelligence, elle comprend que les besoins du peuple et ceux du monde des affaires ne sont pas deux priorités distinctes mais une seule et unique obligation. Quand Elizabeth Cartwright Adamson considère un problème, elle ne le voit pas simplement en noir et blanc mais à travers un large spectre de couleurs. Je ne prétends pas être de son avis sur toutes les questions, mais je partage son opinion sur la plupart. J'ai aussi découvert en elle quelqu'un qui encourage l'union, qui cherche le terrain commun, qui favorise le consensus. Elle est talentueuse. Elle est forte. Elle est ferme. Elle a toutes les qualités requises chez un grand leader.

Un coup d'œil aux chiffres extraordinaires du sondage Apex News Network-*Washington Journal* d'aujourd'hui vous convaincra qu'elle est capable de toucher les électeurs de tous âges et opinions.

Alors, je vous réitère la question :

Pourquoi pas Lizzie ?

Rien ne s'y oppose. C'est la raison pour laquelle je propose qu'Elizabeth Cartwright Adamson soit la candidate du parti démocrate à la présidence. Et la personne qui nous mènera dans le prochain siècle.

Tous ensemble, demandons-lui de nous y conduire.

Lindsay Augman et Elizabeth Adamson.

Tout le dispositif était là, sous leurs yeux : les articles élogieux des journaux d'Apex ces derniers mois sur les activités remarquables de la *First Lady*, les commentaires respectueux d'ANN après le suicide d'Adamson, le documentaire dithyrambique prêt pour la diffusion quelques moments après la mort du président, les sondages nationaux — effectués par les propres instituts d'Augman — montrant la popularité d'Elizabeth parmi les électeurs.

Il la poussait vers la Maison Blanche, et personne ne pouvait pousser avec plus de force et d'efficacité que lui. La question était de savoir ce qu'il recevrait en échange. Que pouvait lui donner la présidente ? La réponse était d'une évidence effrayante : tout ce qu'il voulait. Tout.

C'était à Lindsay Augman que Carl avait parlé au téléphone. C'était Augman qui avait demandé : « Sont-ils morts, oui ou non ? »

Bon, maintenant qu'ils savaient, la suite était simple : il leur suffisait d'abattre le plus puissant des barons des médias et la plus aimée des Premières Dames de l'Histoire... qui avait en outre toutes les chances de devenir présidente des États-Unis.

Ils se mirent donc au travail, ce qui signifiait donner des coups de téléphone, rappeler notamment Shaneesa et l'écouter, regroupés autour de l'amplificateur du bureau du père Thaddeus.

— Je rêve, c'est la voix de l'Heureux Élu que je viens d'entendre ? s'extasia-t-elle après qu'Amanda l'eut mise au courant.

— Lui-même, dit Carl.

— J'attends notre rencontre avec impatience.

— Alors nous sommes deux.

— Trois, fit le père Patrick.

— Hé, on dirait que toute l'équipe est réunie ! Tant mieux, j'ai de la viande fraîche pour vous. Les cinq millions de dollars déposés sur le compte de Harry Wagner... je connais le nom de la compagnie qui les a versés...

— Quadrangle, dit Carl. La firme qui m'a payé pour écrire *Gideon*.

Amanda parut surprise et Shaneesa s'exclama :

— Hé, vous savez déjà tout !

— Je devine, c'est tout. La personne qui possède Quadrangle possède aussi Astor Realty. Il verse les cinq millions à Harry pour lui faire croire qu'il a gagné, puis il donne l'ordre de le tuer. Il me paie pour écrire le bouquin, puis il s'arrange pour que la femme censée me supprimer puisse me rencontrer facilement.

— Lindsay Augman, dit Amanda.

— Qui paie aussi mon salaire, ajouta Shaneesa. Ce sera une bonne action de dégringoler ce putain de sal... oh, pardon mon père !...

— Il n'y a pas de mal, assura Patrick Jennings. J'espère que je serai là pour voir ça.

— Rendez-vous à l'aéroport, dit Shaneesa. Et n'oubliez pas d'attacher vos ceintures.

Après avoir fini d'établir leur plan, ils montèrent dans la voiture et foncèrent vers la capitale, Carl au volant, le père Patrick à côté de lui, pâle et tendu, Amanda penchée nerveusement en avant sur la banquette arrière.

Maintenant ils attendaient l'arrivée de l'avion. Carl était glacé jusqu'aux os à la pensée de ce pouvoir auquel ils s'attaquaient. L'idée que c'était à eux qu'il revenait de faire tomber un tel édifice était à la fois paralysante et quasi incompréhensible. C'était pourtant ce qu'ils allaient essayer de faire. C'était ce qu'ils *devaient* faire. Leur plan était hasardeux, et Carl commençait à croire qu'il ne marcherait pas. Il avait les muscles douloureux. Tout son corps criait d'épuisement, mais ils n'avaient pas le temps de se reposer ni même de ralentir. « Le travail est fait ? » avait demandé Lindsay Augman au téléphone.

Non, le travail n'était pas terminé. Il ne faisait que commencer.

34

Lord Lindsay Augman était content de lui. La balance avait annoncé ce matin qu'il avait perdu un kilo et demi depuis la semaine dernière. Son poids ne lui avait jamais posé de gros problèmes mais, se sentant un peu enveloppé, il avait décidé de s'imposer un régime, avec pour objectif modeste de s'alléger de six kilos en un mois. Il ne lui restait plus qu'une livre à perdre pour l'atteindre et il se sentait particulièrement en forme. En ce moment, tout lui souriait : son courtier en art l'avait appelé ce matin : il avait embobiné un marchand de Soho possédant un Picasso qu'Augman désirait particulièrement acquérir. Cette toile faisait partie d'une série de trois tableaux que le peintre avait intitulée *Femme devant un miroir*. Ils avaient réussi à l'avoir pour un million et demi de dollars parce que le marchand ignorait que les deux autres seraient bientôt mis en vente à Sotheby's. Après avoir prudemment sondé les acheteurs potentiels, Augman découvrit qu'il pouvait immédiatement revendre sa récente acquisition pour près de six millions de dollars. Un moment, il songea à garder quand même le tableau, qu'il adorait vraiment. Mais la perspective de quadrupler sa mise chassa rapidement cette idée de sa tête. Sa vie, c'était les affaires. Il prendrait plus de plaisir à réaliser un gros bénéfice avec ce chef-d'œuvre qu'à en contempler la splendeur chaque matin.

Les coups de téléphone qu'il avait reçus ensuite l'avaient mis de plus belle humeur encore. Deux en particulier. Le premier émanait du directeur de la campagne de Walter Chalmers.

« Je ne sais comment dire, avait commencé l'homme, circonspect. (Il venait de la presse et y retournerait sans doute. Ce qui signifiait qu'il se présenterait un jour humblement devant Augman pour solliciter du travail.) J'espère que le choix de votre édito ne concerne que la convention démocrate. Lorsque la vraie course commencera, vous soutiendrez toujours notre candidat, n'est-ce pas ?

— Je m'en voudrais de briser vos espoirs, avait répondu le magnat, mais si vous pensez vraiment ce que vous dites vous avez de la merde dans le crâne... »

Le second avait été plus satisfaisant encore. Il provenait du sénateur du Wyoming en personne.

« Lindsay, puis-je vous parler avec ma franchise habituelle ? demanda Chalmers.

— Je vous en prie.

— Qu'est-ce que vous foutez, bon Dieu ?

— Je soutiens le gagnant, Walter. Comme toujours.

— Vous soutenez une féministe de gauche qui a les nichons plus gros que le cerveau !

— À votre place, je surveillerais mes propos, Walter. Je suis journaliste et je ne me suis pas engagé à ne rien répéter de notre conversation.

— Journaliste mon cul. Un enfoiré, oui. Un faux jeton en train de me doubler. Ce que je ne comprends pas, c'est pourquoi.

— J'ai pour vous la plus vive admiration, Walter. Vraiment. Mais vous êtes un dinosaure, avec tout ce que cela implique. Votre cerveau minuscule ne saisit pas que vous êtes au bord de l'extinction. Vous ne pouvez pas gagner. Mrs. Adamson, si. Et je vais m'assurer qu'elle remporte la victoire.

— Vous ne pouvez pas faire ça, bon sang !

— Je suis sûr que nous aurons bientôt l'occasion de nous reparler, Walter. D'ici là, je vous souhaite bonne chance. Sincèrement. »

Peu après, sa secrétaire lui annonça d'une voix émoustillée que Mrs. Adamson était en ligne. Il prit l'appel en appuyant sur un bouton de son téléphone.

— Bonjour, ma chère. J'espère que vous êtes satisfaite de ce que vous avez lu ce matin.

— Plus que satisfaite, Lindsay. Au comble de la joie.

— Je tiens à souligner que votre courage est un exemple pour nous tous.

— Merci. Avez-vous déjà eu des réactions ?

— Je dirais que, d'une manière générale, mon article suscite une réaction de stupeur, voire, dans un cas ou deux, de franche hostilité. Et de votre côté ?

— Une vive excitation, dans la plupart des cas. Et de l'étonnement, bien sûr. Je viens de rédiger un texte — je suis sûre qu'il fera la une de vos journaux du soir — dans lequel je déclare que si le deuil qui m'afflige rend quasiment impossible ma candidature à la prochaine élection j'ai trouvé dans votre éditorial une source d'encouragement. Si le peuple américain souhaite réellement que je poursuive l'œuvre de mon mari, je serai peut-être contrainte de revoir ma décision.

— Donc, aucune réaction négative ?

— Aucune. Un soutien extraordinaire. J'ai quand même reçu un coup de téléphone étrange de Bickford.

— Ah ! Disant quoi ?

— Rien, en fait. C'était plutôt son attitude que ses mots. J'ai eu l'impression qu'il se sentait... manipulé.

— À juste titre.

— Il est intelligent, vous savez.

— Et tout à fait inoffensif, maintenant.

— Oui, je suppose...

La sentant hésiter à poursuivre, il demanda :

— Quelque chose d'autre ? Je vous en prie, vous savez que vous pouvez absolument tout me confier.

— J'aimerais être sûre que vous contrôlez tout le reste. Qu'il n'y a plus de problème en suspens.

— J'attends un coup de téléphone d'un de mes collaborateurs qui doit me donner cette assurance.

— Vous me prévenez dès que vous l'aurez eu ?

— Je n'y manquerai pas.

Elizabeth Adamson tomba dans un autre silence, et Augman ne l'incita pas à le rompre, cette fois. D'une voix lointaine et triste, elle finit par reprendre :

— Je n'aurais jamais cru qu'il en viendrait là. Je pensais qu'il ferait le choix logique en démissionnant.

— Bien sûr. Ce n'était pas dans nos intentions.

— Il s'est tué parce qu'il savait. Je l'ai compris à la façon dont il m'a regardée ce matin-là. Il savait.

— C'était un homme faible. Il a fini par montrer sa faiblesse. Comme vous allez montrer votre force.

— Merci, Lindsay. (Elle hésita de nouveau.) Merci pour tout.

— Non, ma chère, répondit-il sans hésitation. Puis-je être le premier à vous le dire, madame la Présidente ? Merci à vous.

35

Extrait du reportage ininterrompu d'ANN sur les funérailles nationales du président Thomas Adamson.

John Burroughs, commentateur : *C'est un spectacle qui impressionne et qui donne à réfléchir. C'est un déferlement d'amour et un cri collectif de désespoir. C'est l'occasion de dire adieu et d'essayer de se résigner à une perte presque insupportable ; c'est aussi l'affirmation que le peuple, les institutions et le gouvernement demeurent, que la vie elle-même continue. Devant l'église des Apôtres, ici à Washington, les émotions sont mêlées. Les rares sourires s'accompagnent de larmes. Deux choses sont sûres cependant, en ce jour sombre : premièrement, plus de sept cent mille personnes se sont déjà rassemblées — un million, selon certaines estimations — le long des rues menant du parvis de la cathédrale au cimetière national d'Arlington pour témoigner leur respect et dire adieu à l'un des présidents les plus populaires de ce siècle. Deuxièmement, nous sommes en train d'assister à l'émergence d'un événement politique de première grandeur, un raz de marée populiste qui rappelle davantage un film de Frank Capra que n'importe quel épisode politique réel de notre passé.*

Elizabeth Adamson, la veuve courageuse — on devrait même dire héroïque — du regretté président, est l'objet d'une vague de sympathie sans précédent. La mort de Thomas Adamson étant survenue quelques jours avant la convention nationale démocrate, il semble bien que cette sympathie va se traduire en votes. Quoique Mrs. Adamson ait hésité dans un premier temps — et répugne encore, selon certains observateurs — à répondre à cet appel, on s'attend non seulement à ce qu'elle annonce sa candidature dans les vingt-quatre heures mais aussi à ce que les délégués démocrates portent leur choix sur elle à une majorité écrasante lorsque s'ouvrira la convention, dans deux jours maintenant.

Selon les derniers sondages ANN... Excusez-moi, mesdames et messieurs, les voitures commencent à arriver pour le service funèbre. Au cas où vous viendriez de tourner le bouton de votre poste, laissez-moi vous en rappeler les grandes lignes. La messe, qui débutera dans deux heures environ, aura un caractère privé. L'accès sera autorisé aux équipes de télévision, mais les portes sont fermées au public. Tels étaient les souhaits de Mrs. Adamson, et ils sont respectés. À l'issue de la messe, le cercueil du président parcourra les rues de Washington pour permettre à la population de lui rendre un dernier hommage. Puis l'enterrement aura lieu au cimetière d'Arlington, naturellement. Là encore, la cérémonie sera privée et réservée uniquement aux personnes ayant assisté à la messe.

Des dirigeants du monde entier sont arrivés hier soir dans la capitale. Ils ont déjà rencontré le président Bickford et l'ancienne First Lady, *à qui ils ont présenté leurs condoléances. Nous avons reçu confirmation que le président Boris Eltsine participera aux cérémonies et y prendra la parole, de même que le président chinois Jiang Zemin, le Premier ministre israélien Benjamin Netanyahu, et le dirigeant de l'OLP, Yasser Arafat. Le président Bickford prononcera aussi une allocution, mais on ne sait pas encore si Mrs. Adamson s'adressera à la foule. Nous savons en revanche que Nora Adamson, la mère de l'ancien président, s'est rendue tôt ce matin à la cathédrale pour s'entretenir avec Mgr Moloney, l'évêque qui célébrera la messe. Elizabeth Adamson ne devrait plus tarder à arriver. Elle sera accompagnée du président Bickford et de son épouse, la nouvelle Première Dame, Melissa Durant Bickford.*

Les chefs d'État de la plupart des pays européens sont également attendus. Pour l'Afrique...

En entrant dans le bureau confortable de l'évêque, Nora Adamson s'appuyait au bras musclé de l'agent du Secret Service qui l'escortait. Elle ne put s'en empêcher : les lèvres minces et ridées de la vieille femme se relevèrent légèrement sur ses dents jaunies et elle décocha un sourire de coquette au jeune gorille en pressant son biceps. Malgré son âge avancé, malgré les douleurs de l'arthrite, malgré le drame qui la plongeait dans le chagrin le plus accablant de sa longue vie, Nora flirtait. Elle avait ça dans le sang. Depuis qu'à l'adolescence elle était devenue une jeune pouliche affriolante. Elle éprouva la bouffée de plaisir et le frisson familiers quand l'agent lui rendit poliment son sourire et lui tapota le côté, couvrant presque de sa grosse main tout l'avant-bras osseux. Lorsqu'il l'aida à s'asseoir dans le fauteuil en cuir craquelé de l'évêque, elle ne put retenir ses larmes. Elle pleurait cette fois non seulement son fils bien-aimé — cela faisait deux jours qu'elle sanglotait — mais aussi sa jeunesse perdue. Les erreurs qu'elle avait commises et son absence de regrets. Elle pleurait parce qu'elle n'aurait plus jamais auprès d'elle un autre jeune homme musclé, elle le savait, parce qu'elle ne connaîtrait plus un moment sans chagrin et qu'elle ne voyait aucune raison de continuer à vivre.

Elle avait pourtant beaucoup appris depuis que son fils Tommy avait commencé sa carrière. Notamment à tenir tout le monde à distance, à ne jamais laisser personne savoir exactement ce qu'elle pensait ou ressentait. Une fois qu'ils savaient ce qui se passait en vous, ils pouvaient vous détruire. Comme ils avaient détruit Tommy.

Nora Adamson se redressa, s'assit convenablement dans son fauteuil, essuya les larmes qui coulaient sur ses joues ravinées et tourna les yeux vers l'évêque. C'est alors seulement qu'elle remarqua les deux prêtres qui se tenaient à la droite de Moloney. Ils étaient jeunes, tous les deux, surtout le plus éloigné. Il avait un visage d'adolescent, presque, et pourtant hagard. La mort de Tommy avait gravement affecté tout le monde, elle le savait. Elle n'était pas seule à le pleurer, les expressions de ces deux hommes de Dieu le lui confirmaient.

De la tête, elle fit signe à son garde du corps qu'il pouvait la laisser : ces gens étaient là pour la réconforter, elle n'avait pas besoin de protection.

— Merci de me recevoir, Monseigneur. J'ai beaucoup apprécié votre coup de téléphone. Comme vous pouvez le constater, j'ai grand besoin d'aide.

— Mrs. Adamson... commença l'évêque.

— Appelez-moi Nora, je vous en prie. Je suis restée une fille simple, je suis plus à l'aise quand on m'appelle Nora.

— Très bien... Nora, fit Moloney d'un ton solennel. (Il indiqua le prêtre qui se trouvait immédiatement à sa droite.) Le père Patrick connaissait votre fils. Il l'entendait en confession, le conseillait parfois.

La vieille femme sourit, réconfortée de savoir que quelqu'un avait été proche de Tommy sur le plan spirituel. Elle posa les yeux sur l'autre prêtre, qui se tenait à un mètre du père Patrick.

— Vous connaissiez aussi mon fils ?

— Non. Mais j'ai l'impression de l'avoir connu.

— Tout le pays a cette impression. C'est très émouvant.

— Mon cas est un peu différent. Je savais plus de choses sur lui que la plupart des gens, dit le jeune prêtre, qui semblait éprouver des difficultés à maîtriser ses émotions. Vous aussi, je vous connais mieux que vous ne pensez.

— Je vous crois, mon père. Je vois bien que, malgré votre jeunesse, vous êtes perspicace et...

— Je sais *tout* de vous, Mrs. Adamson.

Le ton sur lequel il avait prononcé ces mots n'était pas celui d'un prêtre. Soudain embarrassée, Nora gigota dans son fauteuil.

— Avez-vous apporté votre journal intime ? demanda-t-il d'une voix tranchante.

— Mon journal ? fit-elle, livide. Je ne comprends pas...

— Dites plutôt que vous ne voulez pas comprendre. Mais il y a quelqu'un ici qui vous convaincra d'écouter.

Elle se tourna vers l'évêque.

— Je voudrais partir, maintenant. Je suis en deuil, je ne m'attendais pas...

— Faites-la entrer, dit le jeune prêtre à l'autre.

— Carl, vous ne croyez pas qu'il vaudrait mieux la préparer à...

— Non, je crois qu'il faut la faire entrer tout de suite.

Nora suivit le père Patrick des yeux quand il alla ouvrir la porte du fond. Elle eut un soupir de soulagement à peine audible lorsque la femme franchit le seuil. Elle ne l'avait jamais vue. C'était une jeune femme, vingt-cinq, trente ans : quand elles étaient aussi jeunes, Nora ne savait pas trop deviner leur âge. Brune, les cheveux courts, très séduisante. Elle était sûre de ne pas la connaître.

Une autre femme suivit.

Celle-là, Wilhelmina Nora Adamson la connaissait.

— Seigneur ! murmura-t-elle, saisie d'une envie d'enfouir la tête entre ses bras pour ne plus voir cette femme. Seigneur, oh ! Seigneur, c'est pas possible. Tu es... un fantôme.

— J'suis pas un fantôme. Ça non.

Nora avait peine à respirer, peine à comprendre ce que disait maintenant l'homme qu'ils appelaient Carl.

— Je crois que vous connaissez Clarissa May Wynn. Ou peut-être ne la connaissiez-vous que sous le nom de Mama N'a-qu'un-œil.

Non, ce n'est pas possible, pensait Nora. *Ce n'est pas possible...*

Elle se tenait pourtant devant elle, cette femme à qui elle avait si souvent pensé. Cette femme qu'elle avait aimée parce qu'elle avait mis son fils au monde, qu'elle avait haïe, pour la même raison. Et maintenant cette femme parlait. Elle racontait ce qu'elle avait vu. Ce qu'elle savait. Ce qu'elle avait gardé pour elle pendant si longtemps et qu'elle était prête à divulguer au monde.

Nora se balançait d'avant en arrière. Elle avait mal aux os ; elle avait l'impression que sa peau allait se fendre et se déchirer, révélant ses entrailles. La femme continuait de parler :

— ... pendant des années, j'ai eu peur. Peur que vous reveniez m'punir d'avoir mis au monde ce pauvre petit démon. Mais j'ai pus peur maintenant. J'suis plus forte que vous. J'ai p'têt été un fantôme mais j'en suis pus un. Le moment est venu d'enterrer tous les fantômes, conclut Mama en baissant les yeux.

C'est alors que Nora s'approcha d'elle et la prit dans ses bras. La vieille Noire était frêle mais solide, et quand les larmes coulèrent ce fut elle qui soutint Nora. Les années s'effacèrent pour les ramener à cette terrible nuit. Elles se retrouvèrent seules, sanglotant dans les bras l'une de l'autre. Se rappelant, regrettant et pardonnant.

Au bout d'un long moment, Nora regarda à travers ses larmes la jeune femme qui se tenait près de Mama. Puis l'évêque, qui avait à demi détourné les yeux, et le père Patrick, qui secouait lentement la tête. Et le jeune homme, qui portait l'habit mais ne parlait pas et ne se comportait pas comme un prêtre. Ce fut à lui qu'elle s'adressa, d'une voix hésitante :

— Pourquoi ? Pourquoi vous m'avez fait ça ?

— Parce que nous avons besoin de votre aide, répondit Carl. Parce que nous savons quelque chose que vous ignorez encore.

— Quoi ? fit-elle, clignant des yeux d'étonnement. Qu'est-ce que vous pourriez m'apprendre ? Qu'est-ce que je pourrais avoir envie d'entendre le jour où on enterre mon Tommy ?

Carl s'approcha d'elle, lui toucha le bras.

— Le nom de celui qui l'a tué. Il est trop tard pour votre fils, mais vous pouvez encore nous sauver. C'est ce que nous voulons : que vous vengiez son meurtre.

— Son meurtre ? répéta-t-elle d'une voix tremblante. Tommy s'est suicidé...

— Il y a été poussé. Ce qui revient à un meurtre. Ils n'ont pas encore gagné, madame Adamson. Pas si vous faites une dernière chose pour nous. Pour *lui*.

— Non, c'est de la folie...

— Pendant des années, vous l'avez protégé. Vous avez toujours été là pour lui. Tout ce que nous vous demandons, c'est de l'être une dernière fois. Pour sauver l'héritage de Tom Adamson. Et peut-être aussi son âme. (Il lui adressa un regard suppliant.) Voulez-vous nous écouter ?

Elle le considéra attentivement. Il avait l'air sincère. Il était mignon, avec ses grands yeux bleus. Sérieux, intelligent. Si seulement elle avait rencontré un homme comme lui quand elle était jeune fille, elle lui aurait donné la lune.

Lentement, elle alla au fauteuil le plus proche, s'y assit, pressa ses lèvres sèches en une moue songeuse.

— Trois doigts de bon whisky du Tennessee dans un grand verre, avec un glaçon, et je suis tout à vous...

36

On racontait sur Marilyn Monroe une histoire qu'Elizabeth Adamson avait entendue dans sa jeunesse, lorsqu'elle n'était encore que Lizzie Cartwright, et qu'elle n'avait jamais vraiment comprise. La star était apparue quelque part en public, peut-être devant des soldats faisant la guerre en Corée, et avait reçu une ovation délirante. Alors mariée à Joe DiMaggio, elle lui avait parlé de ces dizaines de milliers de personnes qui l'avaient acclamée, qui lui avaient manifesté leur amour. « Tu ne peux pas imaginer ce que c'est », avait-elle dit. Et le grand champion de base-ball avait répondu : « Si, très bien. »

Maintenant, Lizzie comprenait.

Personne ne l'acclamait, personne ne l'applaudissait. Mais, aujourd'hui, des millions de gens — des dizaines, voire des centaines de millions — l'aimaient.

Ces funérailles seraient grandioses. Triomphales. La mémoire de Thomas serait préservée et son avenir à elle assuré, plus brillant que jamais. Elle savait que la force qu'elle montrait après la faiblesse de son mari les rendait en quelque sorte tous deux meilleurs, plus humains, plus accessibles. Son courage à elle effaçait sa lâcheté à lui. La triste fin de Tom tempérait l'ambition d'Elizabeth. Même après sa mort, ils continuaient à former le couple politique parfait.

Les médias semblaient pris de frénésie : ils ne parvenaient pas à se rassasier d'elle. Elle les faisait languir, maintenant ses distances et sa dignité. Cela ne faisait qu'augmenter leur fringale, qui atteindrait son point culminant ce soir, elle le savait.

Lindsay avait raison. Dès le début, il avait assuré qu'elle serait intouchable. Invincible.

Ce soir, quelques heures après l'enterrement, elle annoncerait sa candidature. À la fin de la semaine, elle obtiendrait l'investiture du parti démocrate.

Dans cinq mois, elle deviendrait présidente des États-Unis.

Intouchable.

Elle parcourut des yeux le salon de la partie résidentielle privée de la Maison Blanche. Tommy n'avait jamais aimé cette demeure, elle le savait. Il ne s'y était jamais senti à l'aise, n'avait jamais eu le sentiment qu'elle lui appartenait. Elizabeth l'avait aimée dès qu'elle y avait mis le pied. Elle appréciait sa beauté, sa splendeur, tout ce qui la rattachait à l'Histoire. Maintenant, elle était à elle.

Elizabeth Adamson enfila ses chaussures. Elle était prête. Une robe noire toute simple, une Valentino, qui la rendait élégante et, d'une certaine façon, vulnérable. Tout à coup elle n'eut plus qu'une envie : que cette journée se termine enfin. Elle voulait dormir. Elle ne s'attendait pas à ce que ce soit aussi éprouvant. Elle défit ses chaussures, s'assit, se laissa aller contre le dossier du canapé rembourré, la tête effleurant un des coussins. Juste un petit somme, pensa-t-elle. Deux minutes, pour se ressaisir et avoir les idées claires. Ensuite, elle serait prête à continuer.

Elle ne sut pas combien de temps elle avait gardé les yeux fermés quand elle sentit une présence dans la pièce. Quelqu'un la regardait. Les yeux d'Elizabeth s'ouvrirent en clignant. Elle jeta un coup d'œil à sa montre : elle avait sommeillé moins de cinq minutes. Souriante, elle tapota le canapé pour inviter le président des États-Unis à s'asseoir près d'elle. Mais Jerry Bickford resta debout, droit comme un piquet, inflexible.

— Je ne suis pas d'accord, Elizabeth. Je veux que vous le sachiez.

— Oui, Jerry, vous avez été très clair.

— C'est un manque de respect pour la fonction présidentielle. Et pour Tom. Surtout pour Tom.

— Ce n'est pas ce que je souhaite. Et je suis désolée si vous avez cette impression.

— J'ignore ce qui permet à Augman d'avoir barre sur vous. Je ne sais pas ce qui se passe entre vous deux, mais il n'a pas sa place ici. Pas maintenant. Pas aujourd'hui.

— Il n'a pas barre sur moi, Jerry. Et il ne se passe rien. Mais pour certains d'entre nous, le monde et ses problèmes sont toujours là. Vous savez mieux que quiconque que c'est une question d'affaires. À notre niveau, nous ne pouvons pas laisser la mort — pas même celle de Tom — perturber les affaires.

Le président Bickford regarda celle qui avait été l'épouse de son meilleur ami, il la regarda comme s'il la voyait pour la première fois et lui dit :

— La voiture attend. Nous y allons ?

La limousine s'arrêta devant le porche de la Cathédrale américaine. On frappa à la vitre de verre blindé puis la portière fut ouverte de l'extérieur par un agent du Secret Service. En descendant de voiture, Lindsay Augman vit Elizabeth Adamson sortir de l'autre long véhicule noir qui précédait le sien. Leurs regards se croisèrent. Des milliers de personnes se massaient déjà le long des rues. Toute la ville était là pour entrevoir brièvement la veuve du président. Lorsqu'elle apparut, le silence se fit. Nul bras ne se tendit vers elle, et le brouhaha de la foule cessa. Elle leva la tête, promena son regard sur son peuple, lui adressa un sourire triste pour montrer qu'elle partageait sa peine, pour le remercier de partager la sienne. Un sourire magnifique, qui ferait demain une formidable photo de une dans les journaux du monde entier, elle le savait.

Elle était d'une intelligence remarquable, pensa-t-il, mais, en définitive, elle n'avait aucune idée de ce qui se passait. Elle croyait le pouvoir absolu à portée de sa main mais elle ne savait pas ce qu'était le vrai pouvoir. *Parce que le vrai pouvoir c'est moi*, se dit Augman.

Cela ne lui procurait aucune exaltation particulière, juste une sorte de sérénité contenue. La partie était presque finie, maintenant. Son collaborateur le plus sûr avait inexplicablement échoué, à plusieurs reprises. Il avait laissé des protagonistes importants lui échapper, et il se heurtait à un adversaire étonnamment fort. Quoi qu'il en soit, l'issue était proche, et Augman finirait par gagner. Comme toujours.

Ce que les autres ne comprenaient pas, et notamment Elizabeth Adamson, c'est qu'il est fatigant de toujours gagner.

Elle était à côté de lui, maintenant. Elle lui présenta son bras, il le prit. Il avait demandé à faire partie du cortège officiel et elle avait acquiescé. Elle était même allée jusqu'à le prier de lui donner le bras. L'idée avait plu à Augman. Ils avaient tout organisé, ils avaient vu leurs efforts aboutir ; il lui semblait tout à fait indiqué qu'ils franchissent la porte ensemble.

— Madame Adamson, dit un prêtre à voix basse, Mgr Moloney voudrait s'entretenir en privé avec vous avant le service funèbre. Pour régler les derniers détails. La mère de Mr. Adamson est déjà dans son bureau.

Augman fit mine de lâcher le bras d'Elizabeth mais le prêtre poursuivit, du même ton respectueux.

— Votre présence est également souhaitée, monsieur Augman.

Elizabeth donna son accord d'un signe de tête et le magnat, serrant son bras plus fermement, la conduisit dans l'église à la suite du prêtre.

Elizabeth s'attendait à ce que le prêtre les laisse devant le bureau mais il y pénétra à leur suite et ferma la porte derrière lui. Elle le vit adresser un signe à Nora, assise dans un fauteuil au milieu de la pièce, impavide, les bras croisés sur la poitrine. Augman s'approcha d'elle, lui murmura ses condoléances.

La mère de Thomas Adamson n'y répondit pas, ne voulut pas même remarquer sa présence.

— Merci, père Patrick, dit-elle au prêtre, qui s'était posté près de la porte, les mains jointes devant lui.

Elizabeth le regarda, consternée. Elle ne l'avait pas reconnu dans la rue, elle ne lui avait pas prêté attention. Que faisait-il ici ? Elle se tourna vers Augman, qui fixait le sol sans bouger.

— Où est l'évêque ? demanda-t-elle. J'avais cru comprendre...

— On a pas besoin de Mgr Moloney, déclara Nora avec raideur. C'est moi qui veux régler les derniers détails. Le travail d'une mère ne finit pas parce que son garçon... son garçon...

Elle s'interrompit, secoua la tête, les yeux noyés de larmes.

— Allons, fit Elizabeth d'une voix apaisante. Nous allons surmonter cette terrible épreuve, vous et moi. Tout ira bien, je vous le promets.

Une larme glissa lentement sur le visage de la vieille femme, qui l'essuya et s'efforça de se ressaisir. Elizabeth remarqua que sa belle-mère avait les joues un peu trop colorées et se demanda si elle avait bu.

— Je lui avais dit, reprit Nora d'une voix tremblante. Je l'ai prévenu dès qu'il t'a rencontrée. Tu n'as pas de cœur. Moi je l'ai su tout de suite, peut-être parce que je suis une femme, on comprend ces choses-là mieux que les hommes. Ça me glaçait le sang chaque fois que tu entrais dans une pièce, Lizzie. Mais Tommy ne m'a pas écoutée. Il était amoureux. Pour la première fois, en plus. Et mon garçon méritait un peu de bonheur. Dieu sait que je lui en ai pas donné beaucoup. Alors, j'ai fini par garder mes sentiments pour moi...

— Nora, vous ne voulez pas vous étendre un peu ? s'enquit Elizabeth avec sollicitude.

Sans répondre, la vieille femme poursuivit :

— Avec les années, j'ai cru que tu avais changé. Tu étais devenue... si raffinée. Élégante, distinguée. Et tout le monde s'entichait de toi. Comme Tommy. Dieu, ce qu'il t'aimait !

— Et je l'aimais. Nous l'aimions toutes les deux. Nous l'avons perdu, nous souffrons, mais qu'est-ce que... ?

— Qu'est-ce que le reste vient faire là-dedans, hein ? (Nora se tourna vers Augman.) Vous le savez, vous.

— Madame, je vous assure que non, se hâta-t-il de répondre.

— Alors, asseyez-vous et écoutez, lui lança-t-elle sèchement. Parce que justement je suis d'humeur à causer...

Il hocha poliment la tête mais resta où il se trouvait, adressant un regard interrogateur à Elizabeth, dont les yeux n'avaient pas quitté la vieille femme.

— Qu'est-ce qui te fait le plus peur dans la vie, Lizzie ? continua Nora. Je sais ce qui te faisait peur dans le temps, en tout cas. Tommy me l'avait dit. Il me disait tout. Quand il était enfant mais aussi quand il est devenu un homme. Il m'a répété ce que tu lui avais dit. C'était il y a longtemps mais j'ai jamais oublié.

— Qu'est-ce que je lui ai dit, Nora ?

— Que t'avais peur qu'il me revienne un jour. Qu'il perde une élection, qu'il perde toute ambition et décide de retourner au Mississippi. Auprès des siens. Auprès de sa maman. Et tu aurais été obligée de le suivre. Finie Elizabeth la raffinée. Retour à la bonne vieille Lizzie, la fille aux pieds nus, avec de la bouse de vache entre les orteils. Tu te rappelles avoir dit ça, trésor ?

Elizabeth Adamson fit passer son poids d'une jambe à l'autre.

— J'étais très jeune. C'était il y a longtemps.

— Et maintenant ? Tu penses toujours la même chose ?

— Je ne vois pas où vous voulez en venir, Nora. En outre, le moment me paraît mal choisi pour égrener vos souvenirs. Alors, dites-moi plutôt clairement ce que vous voulez.

— Si j'avais le choix, j'aimerais que tu pourrisses dans une cellule le reste de ta vie, répliqua la vieille femme avec des mots cassants et froids. Mais je sais pas si on peut courir ce risque. Tu as été très prudente, parce que s'il y a quelque chose que tu n'es pas c'est idiote. Beaucoup de corps manquent à l'appel. Alors, tu engagerais une flopée d'avocats vraiment malins, l'affaire traînerait pendant des années, et qui sait comment les jurés réagiraient quand tu passerais enfin devant eux. Ils tomberaient amoureux de toi. Tout le monde t'aime. Enfin, tous ceux qui te connaissent pas, rectifia Nora avec un petit rire. Moi, je te connais.

— Belle-Maman, vous êtes sous le choc. Ce que vous dites n'...

— Ce que je dis tient parfaitement debout. J'essaie d'être pratique. Je me contenterai que tu convoques une bonne vieille conférence de presse cette après-midi pour annoncer que tu renonces à devenir présidente, finalement. Il te faut du temps pour te remettre d'une perte aussi tragique. Alors, tu te retires au Mississippi, avec ta belle-mère bien-aimée. Voilà ce que je veux, Lizzie. T'entendre dire que tu vivras sous le même toit que moi jusqu'à ma mort. Et je te signale, je me sens en parfaite santé, ma fille. J'ai pas l'intention de quitter ce monde avant longtemps.

Elizabeth la considéra avec incrédulité puis lâcha :

— Je suis navrée pour vous, Nora. J'aimerais pouvoir vous aider mais le monde entier attend que je franchisse cette porte. Pour rendre un dernier hommage à mon mari. C'est ce que je vais faire maintenant.

La vieille femme fit signe au prêtre, qui s'était glissé jusqu'à la porte du fond. Il l'ouvrit, fit entrer deux jeunes gens, un homme et une femme. Il fallut un moment à Elizabeth pour comprendre, puis elle tourna vers Augman un visage horrifié. Celui du milliardaire demeurait impassible.

— Vous savez qui sont ces braves gens, je suppose, fit Nora de son accent traînant. Carl Granville, Amanda Mays, je vous présente Elizabeth Cartwright Adamson et Lindsay Augman. *Lord* Lindsay Augman.

— Nous nous sommes parlé au téléphone, dit Carl à Augman. Madame Adamson, vous auriez dû accepter la proposition de Nora. Nous allons nous montrer moins pratiques, j'en ai peur...

Les narines d'Augman palpitèrent mais il demeura silencieux, parfaitement droit. En revanche, les épaules de la veuve du président s'étaient affaissées. Elle serra les poings, plissa les yeux, parut sur le point de s'enfuir, mais resta finalement sans bouger.

— Vous devriez engager de meilleurs tueurs, conseilla Carl au Britannique. Le second vous a également fait faux bond. Vous trouverez ce qu'il en reste au fond d'un ravin, à la sortie de Paint Gap.

— Je n'ai pas la moindre idée de ce que vous voulez dire, repartit Augman.

— Vraiment ? Vous voulez des explications ? Je vais me faire un plaisir de vous en donner. C'est vous qui tirez les ficelles, lord Augman. Vous avez chargé Harry Wagner de tuer une femme innocente et sa fillette de six ans à Warren, Mississippi. Puis vous avez fait liquider Harry par votre deuxième tueur, une femme. C'est elle qui a assassiné Maggie Peterson. Ainsi que la pauvre fille que j'ai trouvée dans l'appartement au-dessus du mien, et l'agent du FBI surveillant la maison d'Amanda, et les LaRue...

— Et le cardinal O'Brien à Baltimore, dit le père Patrick d'une voix chargée d'émotion. Et le père Gary...

Amanda poursuivit l'énumération :

— Et Luther Heller. Vous avez envoyé Payton l'éliminer.

— Payton est mort, maintenant. L'autre assassin aussi. Cela fait treize victimes, conclut Carl.

— Quatorze, si on compte mon Tommy, corrigea Nora.

Augman restait immobile ; seuls ses yeux trahissaient une certaine nervosité.

— Vous pouvez compter qui vous voulez, dit-il. Pour ma part, c'est plus que je n'en puis supporter. Mon jeune monsieur Granville, la cathédrale grouille d'agents fédéraux et de tireurs d'élite de la police. Il suffit qu'Elizabeth les prévienne que vous êtes ici et c'en sera fini de vous...

— Il faudra qu'ils m'abattent aussi, déclara Amanda.

— Et moi, ajouta le père Patrick.

— Et moi, dit Nora de son fauteuil. Lindsay, même vous, vous auriez un peu de mal à expliquer ça.

Malgré la climatisation, des gouttes de sueur se formaient sur la lèvre supérieure du Britannique.

— C'est ridicule. Vous n'avez aucune preuve pour étayer ces allégations délirantes.

— Vous croyez vraiment ?

— Vraiment, monsieur Granville, dit Augman, esquissant un sourire.

— Nous savons que Payton figure parmi votre personnel. Nous avons trouvé son numéro de sécurité sociale dans son portefeuille et l'ordinateur nous a appris qu'il était employé par Astor Realty Management. Sa voiture était également au nom de cette agence. Ainsi que la Toyota de location garée devant la retraite Sainte-Catherine, en Caroline du Nord. Je suis sûr que vous savez qui conduisait cette voiture, lord Augman. Comme je suis sûr qu'Astor Realty Management vous appartient.

— Laissez-moi vous dire qu'il est beaucoup plus difficile de citer des compagnies qui ne m'appartiennent pas ! répliqua Augman, méprisant.

Carl continua comme si de rien n'était :

— Vous possédez aussi une compagnie appelée Quadrangle. Là, nous avons eu un peu plus de mal, parce que nous pensions que c'était une maison d'édition. Mais ce n'est qu'une coquille que vous avez utilisée pour trois objectifs. Un, rémunérer votre assassin, la femme que je connaissais sous le nom de Toni. Deux, me payer pour la rédaction de *Gideon*. Trois, verser cinq millions de dollars sur le compte de Harry Wagner. Harry m'apportait le matériau de base pour le livre. Il travaillait aussi pour le Secret Service et, coïncidence, il était détaché auprès de la *First Lady*... (Carl s'approcha d'Elizabeth Adamson, la toisa.) Vous ne pouviez publier directement le journal intime, le président aurait su instantanément qui était responsable : sa propre femme. En le transformant, par mon intermédiaire, en un ouvrage de fiction, vous alimentiez ce qui le torturait depuis des années : la peur qu'une partie de la vérité finisse par émerger. C'est vous qui avez chargé Harry de voler le journal de Nora et d'en faire une copie. C'est vous qui l'avez envoyé à New York avec les feuillets collés à la jambe. Vous étiez à même de couvrir ses absences, et vous aviez le moyen de faire de lui un peu plus que votre garçon de courses...

— Harry était homo, enchaîna Amanda. (Elizabeth se tourna vivement vers elle, les yeux écarquillés de surprise.) Il nous a laissé un petit indice, expliqua la journaliste avec un sourire triomphant. Une pochette d'allumettes qui nous a menés à un bar homo, le *Port of Entry*. Il aurait été viré du Service si ses supérieurs l'avaient appris. Alors, vous le faisiez chanter...

Une expression d'une violence difficile à supporter se peignit sur le visage de la veuve.

— Je serai présidente des États-Unis ! s'écria-t-elle. Je suis née pour ça !

— Ne dites rien, Elizabeth ! lui ordonna sèchement Augman.

Elle ne l'écoutait pas. Les yeux flamboyants, elle poursuivit :

— Si vous essayez de m'en empêcher, je vous affronterai devant les tribunaux, je vous affronterai dans la presse ! N'importe où ! N'importe quand ! Je vous affronterai, et je gagnerai !

— Elizabeth !

Cette fois, le ton d'Augman fut si impérieux qu'il la fit taire. D'une voix plus calme, il ajouta :

— Vous n'aurez pas à les affronter.

Tous les regards se tournèrent vers le milliardaire, dont les yeux étaient braqués à présent sur Carl.

— Quelle fortune aimeriez-vous posséder, monsieur Granville ? Dans vos rêves les plus fous ? Parce que, voyez-vous, je peux faire de vous un homme très riche.

Carl le fixa un moment d'un regard sans expression puis lâcha, incrédule :

— Vous croyez que ça se résume à ça ? Au fric ?

— Bien sûr, répondit Augman. À quoi d'autre ? (Il s'adressa à Amanda :) Vous voulez diriger un journal ? Dites-moi celui qui vous plairait. Si je n'en suis pas propriétaire, je l'achèterai pour vous. (Se tournant vers le père Patrick :) Vous voulez une église à vous ? Une œuvre de charité ? Un hôpital pour enfants, peut-être ? (Vers la mère de Thomas Adamson :) Nora, vous voulez vraiment voir l'héritage de votre fils détruit ? Pour une vengeance mesquine ? Je peux mieux que quiconque glorifier sa mémoire, je peux en faire un héros pour le monde entier. (Il revint à Carl :) Mes reporters découvriront des preuves établissant votre innocence. Nous obtiendrons en quelques jours les aveux des vrais coupables...

— Quels coupables ?

— Ne vous préoccupez pas de cela. Je les trouverai. Et je les ferai condamner.

Il alla à la fenêtre, contempla un instant les grands lis du jardin puis se tourna de nouveau vers Carl.

— Vous m'avez donné du fil à retordre, mon garçon, mais je suis prêt à accepter un compromis, comme Nora. Je suis un homme raisonnable. Vous devriez accepter mon offre, c'est la seule conduite intelligente. Et votre meilleure chance de gagner.

Après un long temps de réflexion, Carl répondit :

— Vous êtes responsable de la mort de quatorze personnes. Les gens ne sont pas des Kleenex, on ne peut pas simplement les jeter après s'en être servi.

— Bien sûr que si, dit Augman avec un haussement d'épaules. C'est comme ça dans le spectacle. Dans la politique. Dans la *vie*. Acceptez mon offre. Vous ne pouvez pas m'atteindre. Je contrôle trop de choses et trop de gens.

— Si c'est le cas, pourquoi nous offrir quoi que ce soit ? intervint Amanda.

— Parce que c'est plus simple, répondit simplement le Britannique. Et parce qu'il y a beaucoup plus important en jeu. Je suis sur le point de conclure une opération véritablement gigantesque. Une fois devenue présidente, Elizabeth fera ce à quoi son défunt mari se refusait obstinément : lever l'embargo imposé à la Chine au nom des droits de l'homme. Je pourrai alors passer avec le gouvernement chinois un contrat de télécommunications par satellite qui me rapportera finalement plus de cent milliards de dollars... (Pris par l'excitation montante de son argumentation, il se mit à aller et venir devant la fenêtre tout en parlant.) Est-ce que vous êtes capables de vous représenter ce que c'est, cent milliards de dollars ? J'en doute. Et l'un de vous me croira-t-il si je vous dis que l'argent, en soi, n'est pas l'objectif ? J'en doute également. Il existe aujourd'hui dans le monde une nouvelle devise qui vaut plus que l'argent. C'est l'information. Qui contrôle les communications. Qui décide de ce que les gens sauront ou non : là est le vrai pouvoir. Je suis en passe de devenir l'homme le plus puissant de l'histoire du monde. Je contrôlerai ce que des milliards de gens regarderont, liront et *penseront*. En conséquence, je contrôlerai ce qu'ils feront. Je contrôlerai leurs gouvernements. Je *les* contrôlerai. Croyez-moi, ce n'est pas de la science-fiction. C'est la réalité... (Il s'arrêta de marcher, passa distraitement la main dans ses cheveux.) Voilà pourquoi je suis prêt à vous faire cette offre. Voilà pourquoi vous allez l'accepter... (Carl regarda Amanda, puis le père Patrick et Nora Adamson.) Ne réfléchissez pas trop longtemps, mon garçon. Vous vous en êtes remarquablement tiré, mais en fin de compte tout ce que vous avez, ce sont des hypothèses et des insinuations. Personne n'en croira un mot. Surtout si elles proviennent d'un dangereux criminel recherché comme vous...

— Peut-être, convint Carl. Mais les gens croiront au test d'ADN.

— Quel test d'ADN ? Sur quoi ?

— Sur les restes, répondit Nora d'une voix rauque en faisant de nouveau signe au père Patrick.

Quand il ouvrit la porte, une Noire vieille, et frêle, pénétra dans la pièce. Elizabeth retint sa respiration en la voyant. Jusque-là, elle avait pu espérer que tout irait bien. Que ces gens ne seraient que trop heureux d'accepter ce qu'on leur proposait, qu'ils étaient aussi cupides que les autres. Mais elle sut aussitôt qui était cette vieille, parce qu'un cercle parfait entourait son œil gauche, comme si on l'avait marquée.

Elle sut de même ce que contenait la boîte en bois fendillé, à demi pourri, que Mama N'a-qu'un-œil portait comme un précieux fardeau. Et cette révélation lui assena un coup si terrible qu'elle en eut un moment le souffle coupé. Elle ferma les yeux, lutta pour recouvrer son sang-froid, se convaincre que le rêve de sa vie n'était pas en train de s'évanouir. *Ce n'est pas possible. Je gagnerai. Je suis Elizabeth Cartwright Adamson, la femme la plus célèbre, la plus aimée au monde. Je ne suis pas montée si haut pour être détruite par une poignée de minables aux abois. J'ai travaillé trop dur, et je suis si près de réussir. Si près...*

Une prière s'échappant de ses lèvres, Mama posa doucement la boîte sur le bureau, l'ouvrit. Tous regardèrent le petit squelette qui se trouvait à l'intérieur.

— Dis bonjour à mon bébé, Lizzie, fit Nora d'une voix étranglée par l'émotion. Dis bonjour à mon pauvre petit Gideon...

— L'ADN prélevé sur sa dépouille correspondra à celui de Tom Adamson, assura Amanda. Il prouvera qu'il est bien son frère. Et l'enfant de Nora. Il prouvera que cette histoire est vraie.

— Du grand guignol, fit Augman, dédaigneux. Et tout à fait invraisemblable. Il n'y aura pas de test d'ADN. Dans quelques heures, Tom Adamson et son ADN seront enfouis pour l'éternité. Ça, vous ne pouvez pas l'empêcher. Et pas un juge du pays n'ordonnera l'exhumation du président des États-Unis sur des présomptions aussi faibles.

— Le Naval Hospital de Bethesda garde en réserve une certaine quantité de sang de Thomas Adamson, en cas d'urgence. On le fait pour chaque président.

Augman interrogea Elizabeth du regard. Elle confirma d'un signe de tête et parut soudain se tasser sur elle-même, comme si tout espoir quittait son corps.

— On va pouvoir faire à c't'enfant un enterrement chrétien, dit Mama à Nora. En terre consacrée. Pour qu'y puisse enfin reposer en paix.

— Et moi aussi.

Sur ce, Nora se leva, défit le bouton du haut de sa blouse, révélant un micro caché à l'intérieur du col.

— Grâce aux compétences informatiques de l'une de vos brillantes jeunes employées du *Journal*, ce micro envoie des signaux à un récepteur relié au Web, expliqua Amanda au Britannique interdit. Toute cette conversation a été diffusée en direct sur Internet. Mot pour mot.

— Non... vous n'avez pas... bredouilla Elizabeth.

Submergée par une terrible sensation de vide, elle se sentait fondre. Littéralement.

— Tous les accros de la Toile seront dessus avant midi, poursuivit Amanda. Demain, le monde entier sera au courant, grâce à la révolution de l'information dont vous êtes fier de constituer l'avant-garde, lord Augman...

— C'est sans valeur, rétorqua-t-il. Aucun tribunal ne l'admettra comme preuve. Vous n'avez pas le droit de nous enregistrer à notre insu ou sans notre consentement. C'est illégal.

— Alors, faites-nous un procès, dit Amanda.

— Nous ne sommes pas devant un tribunal de justice, rappela Carl. Nous sommes devant le tribunal de l'opinion publique, pour qui les rumeurs, les insinuations, les soupçons, *tout* est admissible. Hé, c'est ça, l'info ! dit-il avec un sourire.

Avec un cri d'animal blessé, Augman se jeta sur Nora pour tenter de lui arracher le micro. Carl s'interposa, le repoussa rudement. Le magnat tomba dans un fauteuil, le visage figé en un masque de douleur et de stupéfaction.

— Vous ne pouvez même pas comprendre ce que j'avais réalisé, murmura-t-il d'une voix lointaine. L'intelligence qu'il a fallu pour tout organiser. La vision et le cran nécessaires. Personne d'autre n'en aurait été capable. Personne. Vous avez tout gâché...

Un moment, lord Augman, le plus puissant homme de presse et de communication au monde, ne fut plus qu'un petit garçon qui vient d'apprendre qu'il ne recevra pas le vélo qu'il a demandé pour Noël. Il demeura un long moment affalé dans son fauteuil avant de gémir :

— Comment vous avez pu me faire ça ?

Carl traversa la pièce, le saisit à la gorge. Le milliardaire se recroquevilla de terreur, sûr que Granville allait l'étrangler. Les doigts de Carl s'attardèrent sur la chair molle du cou, sentirent la chaleur de la peau, les battements de cœur affolés. Puis ils se desserrèrent et Carl redressa le nœud de la cravate en soie du Britannique.

— Comment j'ai pu vous faire ça ?

Il songea qu'il aurait été plus facile d'accepter la combine du milliardaire. Il aurait pu avoir tout ce qu'il voulait, pour lui-même et pour Amanda. Argent. Luxe. Prestige. Pouvoir. Puis il se rappela les moments de terreur qu'il avait vécus. La mort, la destruction. Et il pensa à ce qui allait arriver maintenant à ceux qui en étaient la cause. Il sourit à lord Augman. Un sourire puéril, charmant. Le sourire avec lequel il avait fait la conquête d'Amanda Mays. Cela faisait longtemps qu'il n'avait pas souri de cette façon.

— Avec le plus grand plaisir, lord Augman. Un très grand plaisir...

ÉPILOGUE

16 juillet-24 août

Transcription partielle du reportage d'ANN sur les funérailles nationales du président Thomas Adamson, le 15 juillet :

John Burroughs, commentateur : *Le soleil est sur le point de se coucher, la procession funèbre va prendre fin. Dans un moment, Thomas Adamson sera enterré, et sa famille, ses compatriotes, tous ceux qui le pleurent dans le monde entier commenceront une nouvelle vie sans lui. Alors que nous nous apprêtons à voir le cercueil du président descendre dans la fosse, j'ai le sentiment qu'il vaudrait mieux observer le silence, laisser nos pensées et nos émotions s'apaiser. Je ne sais, pour ma part, combien de mots il me reste à cette heure tardive. Nous avons tous entendu beaucoup de mots, ici, aujourd'hui. Des mots qui ont évoqué des souvenirs héroïques et tragiques, politiques et personnels. Mais, de tous les discours prononcés en ce triste jour, aucun n'a été plus émouvant que l'éloge funèbre du père Patrick Jennings, curé de la Cathédrale américaine, où a été célébré le service funèbre.*

Comme beaucoup d'entre vous le savent, le père Jennings a été au centre d'une énigme, toute la semaine écoulée, après sa disparition soudaine et mystérieuse. On se pose encore un certain nombre de questions sur cette disparition, ainsi que sur sa réapparition inopinée. L'éloge funèbre du père Jennings fait allusion à des vérités qui seront révélées, à des fautes qui devront être expiées, et le temps fera probablement la lumière sur la signification de ces propos. L'essentiel du texte se passe cependant d'explications et, au moment où la dépouille du président Adamson arrive au cimetière d'Arlington, permettez-moi de citer la fin de la magnifique oraison du père Patrick : « Comprenons tous que la mort n'efface rien. Ni les actes ni le sens de la vie de qui que ce soit. Elle ne transforme pas les pauvres en riches, les grands hommes en ratés. Lorsque la mort vient, évitons de romancer sa présence, d'entourer d'un halo romantique ceux qu'elle nous enlève. Voyons-la pour ce qu'elle est vraiment : une frontière que nous devons tous passer, une frontière qui, plus que toute autre, délimite la vie que nous pouvons mener. Ne pleurons pas ceux qui la traversent. Pensons plutôt à l'image qu'ils laissent derrière eux. C'est l'unique vérité que nous pouvons connaître sur terre. Si cette image est grande, célébrons-la. Si elle est faible, tirons-en une leçon pour devenir meilleurs. Mettons-la à profit pour laisser nous-mêmes une image plus vraie, plus aimante, plus miraculeuse.

Prions maintenant pour dire adieu au président Thomas Adamson...

Transcription de la déclaration d'Elizabeth Adamson à la conférence de presse d'ANN, le 17 juillet :

Elizabeth Adamson, ex-Première Dame des États-Unis : *Ce que j'ai à vous dire étonnera sans doute certains mais ne devrait surprendre personne. Les événements de ces derniers jours ont été terriblement éprouvants pour moi, pour mon pays, pour le monde entier. L'Amérique a perdu son chef, le monde a perdu un symbole, une voix raisonnable, mais pour moi, le plus terrible, c'est que j'ai perdu mon mari. Je trouve assez extraordinaire que tant de gens me croient capable de remplacer Tom Adamson. Mais je suis ici devant vous pour vous dire que je ne le peux pas. Que je ne le remplacerai pas. Je ne suis pas qualifiée, je ne suis pas préparée, je n'en ai pas les capacités.*

À ceux qui sont déçus, je dirai que je me sens flattée. J'apprécie votre soutien et votre amour. Mais je ne me présenterai pas à la présidence des États-Unis. Ni maintenant ni jamais.

Merci. Bonsoir. Dieu vous bénisse.

Extrait de la page 5 du *Washington Journal* du 22 juin :

ÉTRANGE TOMBE MARINE

Washington : *Une équipe de tournage de Hollywood repérant des extérieurs pour le film* Mission impossible II *a découvert un cadavre aujourd'hui au fond du Potomac. Les plongeurs explorant les eaux du fleuve pour les besoins du film ont découvert, spectacle étrange, un réfrigérateur-congélateur couché dans son lit. Curieux, ils ont remonté l'appareil et, en l'ouvrant, y ont trouvé le corps d'un homme.*

La police n'a communiqué aucune information sur l'état du cadavre et n'a émis aucune hypothèse sur cette étrange tombe marine. Elle s'est contentée de déclarer qu'elle suit plusieurs pistes et devrait bientôt identifier le mort.

Article en première page du *New York Times* du 29 juillet :

AUGMAN LIQUIDE SES HOLDINGS AMÉRICAINS

par Amanda Mays, correspondante spéciale

Face aux rumeurs, aux allégations et au scandale qui menacent d'abattre son empire, lord Lindsay Augman a confirmé son intention de se séparer de ses holdings dans le secteur des médias aux États-Unis. Devraient être mis en vente l'Apex Studio, qui comprend Apex Films, Apex Animation et Apex Television Productions ; Apex Broadcasting Network, dont dépend ANN, la chaîne d'informations diffusant vingt-quatre heures sur vingt-quatre ; et toutes les sociétés que possède Apex dans le monde de l'édition : livres, journaux, magazines.

Lord Augman a refusé de répondre aux questions que nous voulions lui poser pour cet article. Dans une déclaration remise à la presse, il impute cette vente à la politique d'entraves économiques que le président Jeremiah Bickford « veut désormais maintenir au vingt et unième siècle, rendant impossibles l'expansion et la croissance des profits », et il ajoute : « Conséquence tragique du manque de vision du président, les hommes d'affaires clairvoyants doivent maintenant délocaliser leurs entreprises s'ils souhaitent prospérer et réussir. J'espère que le président saura supporter les dommages qu'il inflige à l'économie américaine et à ses travailleurs. »

Dans son argumentation, lord Augman n'a fait aucune allusion à la transcription explosive et controversée de ses « aveux » qui a été diffusée sur Internet le 15 juillet et a amené l'ouverture d'une enquête sur son implication, ainsi que celle de l'ancienne First Lady *Elizabeth Adamson, dans divers crimes, notamment l'assassinat de l'agent du Secret Service H. Harrison Wagner. Il avait auparavant nié la véracité de cette transcription en affirmant : « C'est le comble de la légèreté. Ce canular démontre les dangers que peuvent présenter les outils de communication quand ils sont démocratisés au point que toute censure devient impossible. »*

L'enquête est dirigée par le procureur spécial Philip Arnold. Nommé par le président Bickford peu après la transmission de la transcription sur le Web, et la publication dans ce journal des accusations portées par le romancier Carl Granville, lui-même récemment innocenté, le procureur Arnold s'est refusé à tout commentaire.

Selon Janice Morrison, analyste de Merrill Lynch : « Les Murdoch et Eisner du monde entier vont se jeter sur cette vente comme des requins sur un navire après un naufrage. Si les problèmes d'Augman l'affaiblissent personnellement, ses sociétés sont tout à fait saines, dirigées par d'excellentes équipes et... »

Extrait de la page 1 du *New York Times* du 4 août :

LA CHINE SIGNE UN CONTRAT MONDIAL
DE COMMUNICATIONS PAR SATELLITE

Pékin, Chine. *Nouvelle étape dans l'histoire des communications, le gouvernement chinois a conclu aujourd'hui un contrat de plusieurs milliards de dollars concédant à trois sociétés internatio-*

nales différentes les droits partiels de communications par câble et satellite en Chine.

Dans le cadre d'un accord sans précédent, New Corp. (Rupert Murdoch), Time Warner et France Télécom se partageront sur la période convenue des dix prochaines années...

La vague tiède lécha doucement la plage, chatouillant le pied gauche d'Amanda Mays, débarrassant ses orteils du sable qui s'y était glissé. Allongée sur le flanc droit, elle plissait les yeux derrière ses lunettes noires dans l'éclat insoutenable du soleil et souriait.

— Qu'est-ce que tu regardes ? lui demanda Carl Granville.

— Je ne t'avais jamais vu bronzé.

— Je l'ai déjà été.

— Quand ?

— Oh je l'ai été, tu peux me croire !

— Donne-moi un exemple.

— Un jour j'ai essayé d'allumer la cuisinière dans mon ancien appartement — tu sais, celle avec la veilleuse —, je me suis approché un peu trop près et... Enfin, ma peau n'était pas exactement bronzée, plutôt orange brûlée, maintenant que j'y pense...

— Je suis heureuse, dit Amanda. Et toi ?

— Moi aussi.

Ils avaient éprouvé le besoin de s'enfuir. La curiosité des médias, le poids de l'enquête, la pression que faisait naître le simple fait de marcher dans la rue, tout cela était devenu insupportable. Sans savoir exactement où l'escapade les mènerait, ils avaient pris l'avion pour Saint Thomas, avaient discuté avec divers plaisanciers et matelots et s'étaient retrouvés dans un petit hôtel — une série de cabanes, à vrai dire — sur le côté sud de Saint-Jean. La leur se trouvait à cent mètres d'un bar appelé *The Soggy Dollar*[1], tirant son nom de l'époque où les bateaux ne pouvaient approcher qu'à une certaine distance et

1. « Le dollar trempé ».

où il fallait gagner la côte à la nage. Les billets de banque mouillés étaient remis au patron, qui les accrochait au mur pour les faire sécher. L'appellation de « bar » était probablement peu appropriée, puisque ce n'était qu'une bande de sable blanc avec quelques tables, des parasols, et un serveur noir nommé Big Willie, qui concoctait avec le rhum local un délice surnommé « Tranquillisant »... Mais l'endroit correspondait parfaitement à ce que Carl et Amanda en attendaient. Au cours des deux semaines écoulées, ils n'avaient pas fait grand-chose d'autre que siroter leurs cocktails au rhum, lézarder sur la plage, nager dans l'eau claire, faire l'amour aussi souvent et aussi parfaitement que possible.

— Je suis très heureux, dit Carl. Et tu me poses la question parce que... ?

— Parce que nous ne pouvons pas rester ici éternellement. Même Big Willie va finir par nous demander de régler notre ardoise...

Carl se redressa, brossa de la main le sable collé à sa poitrine, contempla l'eau bleu-vert.

— Le *Times* veut que j'aille travailler là-bas en permanence, lui annonça-t-elle.

— Je ne suis pas étonné. Elle était formidable, ta série d'articles...

— Et le *Journal* est prêt à me reprendre. Maintenant qu'Augman vend, on m'offre le poste de rédac-chef pour les pages métropolitaines.

— Je ne suis pas étonné, répéta Carl. Tout le monde peut se rendre compte que tu es la meilleure, même ceux qui dirigent un canard.

— Je crois que je penche plutôt pour le *Journal*. Mais ça voudrait dire vivre à Washington.

— Oh !

— Ouais, dit Amanda, qui ne souriait plus.

Carl se tortilla sur son drap de bain.

— Je... Je dois retourner bientôt à New York. Discuter du contrat pour le bouquin. Rencontrer mon nouvel éditeur, etc.

— Hm, fit-elle.

— Tu sais à quoi j'ai pensé ? J'ai pensé que Washington ce serait peut-être pas mal pour écrire un livre. Pour un moment du moins.

Elle ôta ses lunettes de soleil.

— Un mois ou deux, tu veux dire ?

— Un mois, deux mois, six mois... Ou six ans...

Elle posa une main sur l'épaule de Carl, fit lentement courir un ongle le long de son bras, traçant une fine ligne blanche jusqu'à sa main. Le sourire était revenu.

Ils interrompirent leur baiser en entendant du brouhaha au bar. Big Willie, radieux, regardait un ouvrier juché sur une échelle fixer une antenne parabolique au toit de palmes du *Soggy Dollar*.

— Enfin la télé par satellite ! s'exclama-t-il. On va tout capter, maintenant.

L'ouvrier fit signe à Willie d'allumer le petit poste de télévision placé dans un coin du bar. Il tourna le bouton, tapota sur le boîtier de télécommande d'apparence très complexe. Défilèrent en succession rapide trois matches de base-ball et plusieurs vieux films, puis un épisode d'une série télé de 1967. Big Willie cessa d'appuyer sur les boutons, resta sur une chaîne. C'était ANN, le bulletin d'informations. Un journaliste annonçait : « L'ex-Première Dame des États-Unis Elizabeth Cartwright Adamson a été inculpée aujourd'hui à Owens, Mississippi, après avoir été arrêtée au domicile de sa belle-mère, Wilhelmina Nora Adamson, la mère du regretté président. Elizabeth Adamson est sous le coup de quatre inculpations d'entrave à la justice et trois inculpations d'association de malfaiteurs en vue de commettre un meurtre. Son avocat, T. Gene Monahan, estime les charges dénuées de fondement et proteste contre le traitement infligé à sa cliente. »

Apparut à l'écran l'image de Monahan. « Chacun sait que ces accusations extravagantes proviennent de sources irresponsables et hautement douteuses. Nous montrerons qu'elles sont sans valeur. Elizabeth Adamson est une patriote, une femme héroïque... »

Big Willie appuya sur une touche de la télécommande.

— Qui est-ce qui a envie de voir ces merdes ? grommela-t-il en secouant la tête.

Après plusieurs pressions, son sourire revint.

Carl et Amanda regardèrent quelques secondes le nouveau programme.

Wil-maaa ! Où est mon hamburger de brontosaure ?

Les clients du bar s'esclaffèrent, ravis.

Carl embrassa de nouveau Amanda, fit tomber avec sa langue quelques grains de sable collés à la lèvre supérieure de la jeune femme. Puis ils glissèrent dans l'eau et nagèrent, lentement d'abord puis d'un crawl rapide, puissant et régulier, s'éloignant de la côte, des rires, de Big Willie et de l'antenne parabolique fixée au-dessus de son bar.

Dossier auteur

COMPLICES

Tout d'abord, levons un voile : Russell Andrews n'existe pas. Ou, plus exactement, derrière ce pseudonyme se cachent deux auteurs qui ont uni leurs talents pour signer *Gideon*, roman à suspense mettant en scène un scandale présidentiel — sujet sensible de la vie publique américaine.

David *Andrews* Handler et Peter *Russell* Gethers sont en réalité de vieux complices. Ensemble, ils ont, depuis plus de vingt ans, écrit de nombreux scénarios de télévision et de cinéma. L'un et l'autre partagent une vocation pour l'écriture qui remonte à leurs plus jeunes années. Peter Gethers, qui vit à New York et à Long Island, a écrit plusieurs livres humoristiques, dont *Le Chat qui dînait chez Maxim's*, paru en France en 1992. Il travaille également comme éditeur dans une grande maison new-yorkaise, Random House. Quant à David Handler, qui vit à Old Lyme, petite ville historique du nord du Connecticut, il est le créateur d'une série de romans policiers dont le héros est... un écrivain dandy doublé d'un détective amateur.

Au moment où nous les avons contactés, l'un était dans sa retraite du Connecticut, plongé dans l'écriture d'une nouvelle série, l'autre était en Sicile, en train d'effectuer des repérages

Peter Russell Gethers

pour le prochain Russell Andrews. Il nous était donc impossible de les réunir pour une interview commune. Aussi avons-nous dû nous rabattre sur des méthodes plus prosaïques — le téléphone (avec David) et l'Internet (avec Peter) — pour réaliser deux entretiens séparés que nous avons réunis ici. « Russell Andrews » nous pardonnera certainement cet artifice... D'autant que nos deux acolytes, auxquels nous avons posé les mêmes questions, ont fait preuve d'un remarquable unisson.

David Andrews Handler
© D.L. Drake

Comment est né *Gideon* ?

David Handler : Nous sommes partis de l'hypothèse suivante : imaginons un jeune auteur embauché comme nègre pour écrire un livre. Mais à peine a-t-il commencé son travail que son éditrice est assassinée. Les soupçons se portent aussitôt sur lui mais, pour diverses raisons, il ne peut pas aller voir la police et se disculper. Il est donc obligé de partir lui-même à la recherche du vrai coupable. C'est le genre d'histoire à la

Hitchcock, comme celle des *39 marches*, que nous avons toujours adorée : un homme est accusé à tort, il se retrouve pris dans un piège diabolique qu'une force mystérieuse est en train de tisser autour de lui et il lui faut s'en sortir coûte que coûte.

Peter Gethers : Notre idée était de prendre un monsieur Tout le monde et de le mettre en possession d'une information qui pourrait se révéler dévastatrice pour une autre personne. Puis nous avons décidé que cette autre personne serait le président des États-Unis. Petit à petit, notre héros a pris forme, ainsi que les épreuves successives qu'il allait endurer. Puis nous avons imaginé tous les personnages que nous pourrions introduire dans l'intrigue.

Gideon est-il un livre à message ?

David Handler : Nous avons voulu écrire une sorte de fable édifiante sur un thème qui nous tient à cœur, les dangers d'un monde dans lequel tous les pouvoirs sont concentrés entre les mains de quelques personnes. L'Amérique possède une grande tradition de pluralité et celle-ci est mise en péril à cause de l'influence croissante du monde des affaires sur la presse. Il n'est pas irréaliste de penser que, dans un futur proche, la quasi-totalité des supports d'information et de communication — la presse, la télévision, l'Internet — appartiendra à une seule et même personne, à une seule et même entreprise.

Peter Gethers : *Gideon* n'est pas un livre à thèse mais il contient cependant deux messages assez forts. L'un — et ce fut notre motivation première pour l'écrire — est le danger que représente pour notre société la toute-puissance des médias. Des gens comme Rupert Murdoch ou Michael Eisner sont parmi les plus influents au monde, bien davantage que les dirigeants politiques. Non seulement ce sont eux qui décident de ce que nous voyons, nous entendons ou nous lisons, mais ils ont virtuellement le pouvoir de contrôler ce que nous pensons. L'autre message, plus classique dans les romans policiers, est également d'actualité : le pouvoir absolu est une source extraordinaire de corruption. Nous voulions porter cette notion de corruption à son point extrême, c'est pourquoi nous avons choisi d'impliquer la personne occupant l'échelon le plus élevé de la société, à savoir le président des États-Unis.

Avez-vous été inspiré par le récent scandale présidentiel ?

David Handler : Nous avons commencé à écrire le livre avant que ce scandale n'éclate. Mais il y a certainement un parallèle à faire entre notre histoire et le rôle démesuré des médias dans cette affaire. En utilisant ce qui était une relation entre deux adultes consentants et en exploitant la fascination du public pour le sexe, les médias ont pratiquement réussi à faire tomber la présidence.

Peter Gethers : Il y a un parallèle entre notre livre et l'affaire Lewinsky dans la mesure où il s'agit, dans les deux cas, d'un scandale touchant la présidence et mettant en cause l'honnêteté et la moralité du chef de l'État. Mais l'affaire Lewinsky était mineure comparée à la nôtre.

Pourquoi ce crime commis par un enfant ?

David Handler : Il fallait que notre président soit hanté depuis toujours par un drame secret. Un secret tel que même de nos jours, alors qu'il est difficile pour un homme public de cacher le moindre aspect de sa vie privée, personne n'ait encore réussi à le percer. Il fallait aussi que ce secret soit particulièrement atroce afin qu'après toutes ces années sa découverte puisse entraîner la perte de cet homme. D'où l'idée d'un meurtre.

Peter Gethers : C'est l'une de ces idées qui vous viennent comme ça quand vous écrivez un livre. Nous avons pensé au meurtre du petit frère handicapé parce qu'il fallait trouver un acte profondément enfoui dans le passé du président, un acte terrible qu'un garçon de douze ans puisse commettre et qui soit à la fois atroce et vraisemblable.

Qu'un meurtrier devienne président des États-Unis, cela vous semble plausible ?

David Handler : Je pense que pour parvenir à ce poste il faut passer par de telles épreuves que seul quelqu'un possédant en lui un besoin absolu, presque désespéré, d'être reconnu et approuvé est capable de tenir le coup. Prenez Hillary Clinton, qui vient de passer sept années éprouvantes à la Maison Blanche, eh bien, elle en veut encore et même davantage ! Vous retrouvez la même soif maladive de reconnaissance chez les acteurs, les athlètes, les compositeurs, les chanteurs, et même les écrivains.

Peter Gethers : Et comment ! Je pense que quelqu'un qui a commis un meurtre dans son enfance est exactement le genre de personne capable de devenir président des États-Unis.

Pourquoi avoir situé le passé d'Adamson dans une petite ville reculée du sud des États-Unis ?

David Handler : Pour que son crime soit resté secret pendant toutes ces années, il fallait qu'il se soit déroulé dans un endroit très isolé qui n'ait pratiquement pas changé depuis l'époque des faits. On trouve encore des lieux comme ça dans certains États du vieux Sud. Mais plus pour longtemps. Le Sud sera bientôt, comme tout le reste de l'Amérique, un vaste *shopping mall.*

Peter Gethers : J'aime beaucoup écrire sur le Sud car c'est l'une des régions les plus intéressantes des États-Unis et qui possède une grande tradition littéraire. Nous y avons tous deux, David et moi, passé beaucoup de temps. Mon amie est du Tennessee et les parents de David vivent dans le Sud. Et puis, inconsciemment, nous avons peut-être été influencés par le fait que Clinton soit originaire de cette région.

Aviez-vous en tête un modèle pour le personnage d'Adamson ?

David Handler : Nous nous sommes inspirés de plusieurs présidents plutôt que d'un seul et nous avons au contraire beaucoup travaillé pour éviter qu'Adamson ne ressemble trop à telle ou telle personne réelle. Mais il est inévitable que les lecteurs fassent le rapprochement avec Bill Clinton.

Peter Gethers : Je suppose qu'Adamson a un peu hérité de Clinton et sans doute aussi d'une petite touche de Nixon. Mais notre conviction profonde à tous les deux, c'est que tous les présidents sont des personnages corrompus et capables de la plus grande duperie quand il s'agit de défendre leur pouvoir.

Et pour le personnage de la First Lady ?

David Handler : Nous nous sommes aussi aidés de personnes réelles mais, à la fin du livre, nous nous sommes rendu compte que Lizzie ne ressemblait à personne, qu'elle avait acquis sa propre identité. Notre objectif, avec ce livre, n'était pas de mettre en cause un personnage public. Nous avons plutôt voulu tendre au lecteur un miroir qui refléterait la vie politique américaine au cours des vingt dernières années.

Peter Gethers : Bien que la note soit un peu forcée, Lizzie a certains traits d'Hillary Clinton. Voilà une femme qui est au moins aussi intelligente que son mari et qui, depuis des années, a placé sa carrière au second plan pour servir celle de son mari. À la longue, cela doit lui être insupportable, surtout quand celui-ci met en péril sa présidence de la manière la plus stupide.

Lizzie n'est pas aussi sympathique qu'il y paraît. Est-ce un manifeste contre les femmes en politique ?

David Handler : Absolument pas ! N'allez surtout pas croire que nous avons voulu empêcher les gens de voter pour Hillary Clinton au cas où elle se présente à la présidence ! Non, ce n'est pas du tout notre genre. En fait, nous avons décidé très tôt que Lizzie participerait à la conspiration contre le président. Ce personnage de reine noire nous a plu, et nous aimions bien l'idée qu'Adamson soit trahi non par l'un de ses ennemis politiques mais par la personne qui lui était le plus proche. Mais en aucun cas nous n'avons voulu suggérer qu'une femme ne pourrait être élue à la présidence. Je crois même fort possible que nous ayons bientôt une femme à la tête du pays.

Peter Gethers : Absolument pas ! Les femmes pourraient accomplir de bien meilleures choses que les hommes en politique et je suis persuadé que si Hillary Clinton était élue sénateur de l'État de New York elle aurait de bonnes chances de devenir un jour présidente. Nous avons tout simplement pensé que nous tenions là un personnage très intéressant et, bizarrement, plutôt sympathique.

Comment écrit-on un livre à deux ?

David Handler : C'est à la fois difficile et pratique, surtout dans le cas d'une intrigue complexe comportant beaucoup de personnages. Être deux nous a été très utile pour exprimer tous les points de vue. Nous nous sommes plus ou moins spécialisés. Par exemple, j'ai davantage travaillé sur les personnages de Carl et du Liquidateur, et Peter sur ceux du président et de Harry Wagner, l'autre tueur. Nous écrivions chacun un épisode puis nous échangions nos textes. Je ne sais pas comment nous aurions fait sans Internet et le fax ! Nous avons eu très peu de désaccords car notre idée de départ était très forte. Ensuite, l'histoire s'est déroulée presque malgré nous.

Peter Gethers : C'est à la fois exaltant et difficile. Nous avons des compétences et des opinions différentes mais nous travaillons ensemble depuis si longtemps que nous sommes très à l'aise avec nos divergences. Nous avons créé ensemble la trame du livre puis nous nous sommes réparti les tâches. Par exemple, j'écrivais trente pages pendant que David écrivait les trente suivantes. Quand nous avions fini, nous échangions nos textes et revoyions ensemble ce qui n'allait pas.

Que vous êtes-vous apportés mutuellement ?

David Handler : Peter a beaucoup d'idées et de sensibilité. De plus, du fait qu'il est aussi éditeur, il sait mieux que moi ce qui manque, ce qu'il faut faire, ce qui ne va pas, etc. Moi, je suis celui qui mouline du texte quotidiennement, qui fournit de la matière.

Peter Gethers : David avait déjà écrit plusieurs romans policiers et il est très doué pour les intrigues. De plus, il a un excellent œil critique. Quant à moi, à cause de mon expérience d'éditeur, je suis le plus commercial des deux. David poussait dans le sens de l'intrigue, et moi dans le sens du spectaculaire.

Qu'est-ce qui vous plaît dans ce métier d'auteur de thrillers ?

David Handler : J'aime beaucoup cette gymnastique mentale à laquelle il faut se livrer, ce puzzle à construire. Écrire des romans policiers est le meilleur moyen d'exprimer mes idées, de tester ma capacité à inventer des histoires.

Peter Gethers : Tout me plaît ! J'aime bâtir des intrigues compliquées. Et surtout, j'adore écrire toutes ces scènes gratuites de sexe et de violence !

Interview exclusive
réalisée pour France Loisirs
par Laurence de Bélizal.

Ouvrage réalisé par Nord Compo
(Villeneuve d'Ascq)

Aubin Imprimeur
LIGUGÉ, POITIERS

Achevé d'imprimer en novembre 2000
pour le compte de France Loisirs
123, bd de Grenelle, 75015 Paris

Cet ouvrage est imprimé sur du bouffant
sans bois et sans acide des papeteries de Vizille

N° d'édition 34319 / N° d'impression L 60963
Dépôt légal, décembre 2000
Imprimé en France